徳川幕閣盛衰記・下巻

黒船擾《じょう》乱《らん》

笹沢左保

祥伝社文庫

目次

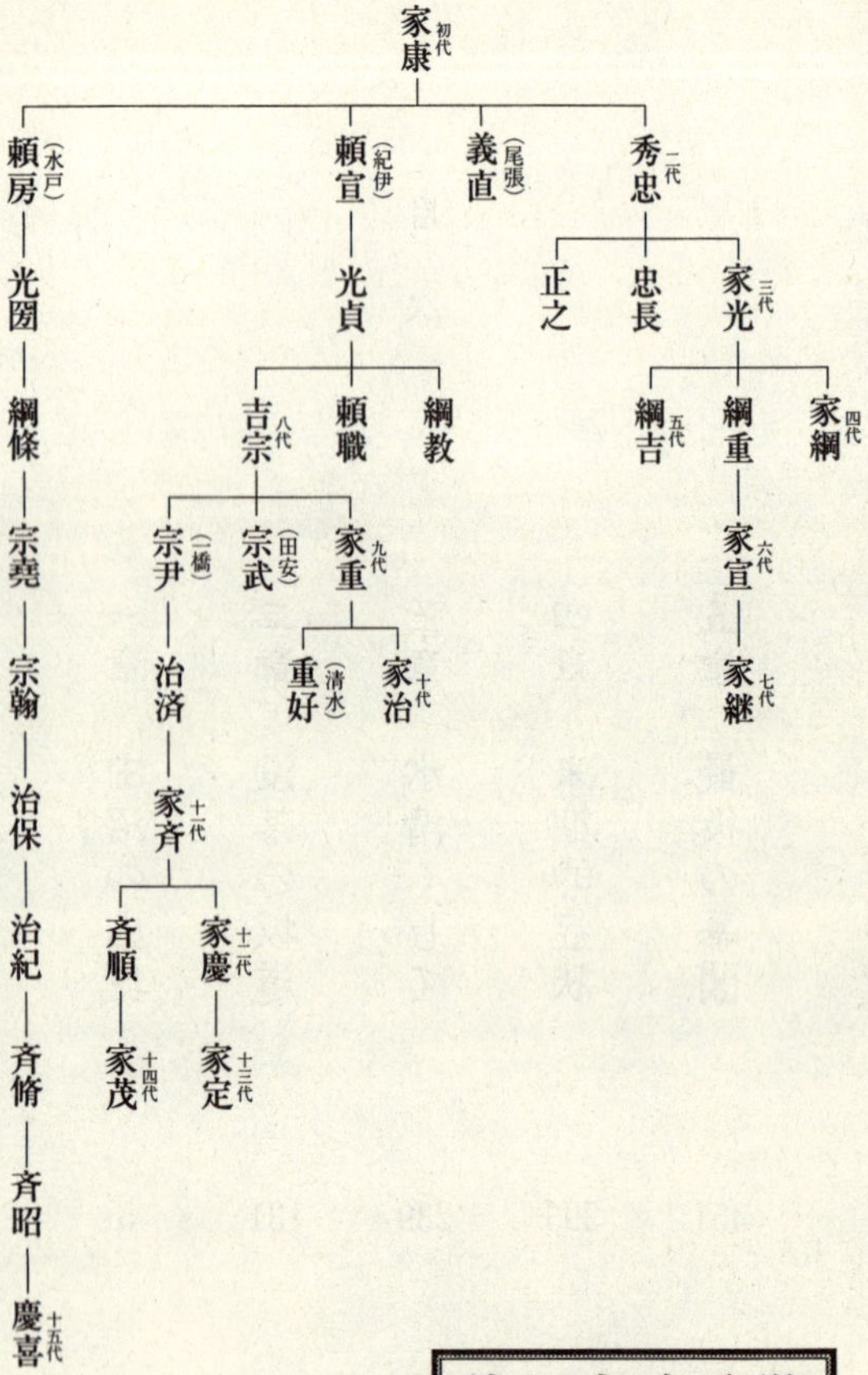
家康 初代
秀忠 二代
義直（尾張）
頼宣（紀伊）
頼房（水戸）
家光 三代
忠長
正之
家綱 四代
綱重
綱吉 五代
家宣 六代
家継 七代
光貞
綱教
頼職
吉宗 八代
家重 九代
宗武（田安）
宗尹（一橋）
家治 十代
重好（清水）
治済
家斉 十一代
家慶 十二代
斉順
家定 十三代
家茂 十四代
光圀
綱條
宗堯
宗翰
治保
治紀
斉脩
斉昭
慶喜 十五代

徳川家略系譜

一章　田沼《たぬま》の出現

一

九代将軍の家重《いえしげ》は、生涯、手に負えない暗君のままでいた。出来の悪い人間が、急に一変するような奇跡は起こらない。生まれつき暗愚だった家重は、ついに死ぬまで賢くなり得なかった。

家重の肉体も、決して健康ではなかった。虚弱体質というか、病床につくことが多い。それでいて、十代のときから大酒呑《の》みとなった。

酔っても差し支えないときは、朝から酒になる。一日中飲み続けると、もうとまらない。いまでいうアルコール依存症で、酒なしではいられなかった。

虚弱体質で大酒呑みのせいか、家重はまだ若いときから中風《ちゅうぶう》のような病《やま》いにかかっている。もともと言語不明瞭だったのが、そのために一段と舌の回りが悪くなった。

それでも家重は、酒を控えようとしない。更に家重は、性欲だけは強かった。女の身体ばかりを求める房事《ぼうじ》過多は、いっそう家重を駄目にする。

酒と女、酒色に耽《ふけ》るのが家重の毎日であった。幕政などには、見向きもしない。何ひとつ理解できないのだから、まったくの役立たずである。

しかし、だからといって家重の存在を、無視するわけにはいかない。家重が何か言えば、それに対する返事が必要となる。家重の質問にも、答えなければならない。家重から命令や指示があれば、そのとおり応ずるのであった。

そこで何よりも困ったのは、家重の不明瞭な言葉だった。家重の言語障害はますます進行して、何を言っているのか誰にもわからなくなっていた。

いや、たったひとりだけ、家重の言語の意味を読み取れる男がいた。大岡忠光《おおおかただみつ》という者であった。大岡忠光と大岡越前守忠相《えちぜんのかみただすけ》は同族だが、いわば遠縁であって他人と変わらなかった。

大岡忠光は宝永《ほうえい》六年（一七〇九年）に、三百石という小身《しょうしん》の旗本《はたもと》の長男として生まれている。大岡忠相より、三十二歳も若い。家重とは、二つしか違わない。

大岡忠光のほうが二歳うえだが、家重とは同世代といえるだろう。本来、三百石の旗本の子であっては、よほど幸運でなければ大出世のコースを歩める大岡忠光ではなかったのだ。

大岡忠光は十二歳のときに、初めて吉宗《よしむね》に拝謁を許される。

十四歳で、家重の御小姓《おこしょう》に任ぜられる。

十五歳から、西の丸さまとなった家重に仕《つか》える。

以後、大岡忠光は家重のそばを離れていない。家重は同年配の大岡忠光に、心を許すことになる。厳しく諫《いさ》めたりもしない忠光が、家重は気に入ったのである。

一方の忠光は御小姓、御小姓頭《がしら》、御側《おそば》衆《しゅう》と常に側近として家重の身近にいたことから、難解な家重の言語の意味を読み取るという特殊技術を会得した。この特殊技術こそが、重大だったのだ。

家重に何か言われたときには、忠光に通訳を頼むほかはない。忠光の通訳がなければ、君臣のあいだの意思疎通が図《はか》れないのである。家重の言葉の意味が不明だからと、家臣はそれですまされないのであった。

家重にしても、忠光がそばにいなければどうすることもできない。そうした形で家重と忠光は、特別なパイプによって結ばれるようになった。家重は当然、忠光を寵臣《ちょうしん》として扱うことになる。

家重は御殿女中を何人も引き連れて、城中の庭園を散策していた。そのうちに家重が、何やら口走った。だが、御殿女中たちはひとりとして、家重の言葉が理解できない。

「……を持て」

と、語尾だけはわかる。

家重は何かを持ってこいと、命じているのに違いない。しかし、何を持ってくればいいのか、御殿女中には通じない。御殿女中は、青くなって狼狽《ろうばい》する。

家重はイライラすると、甲《かん》高い奇声を発する。そうなればなおさら、言語は不明瞭であった。

「大岡さまを……」

御殿女中のひとりが、忠光を呼びに走った。

間もなく、忠光が駆けつけてくる。家重は改めて、忠光に何やら伝える。それだけで、忠光には意味が通じる。

「風が冷とうゆえ、お羽織を持てとの仰《おお》せにござる」

忠光は事もなげに、御殿女中たちにそう告げた。

万事がこのようなことになるので、家重には忠光が必要不可欠な人物なのである。ある意味で忠光は、家重の分身と変わらなかった。家重の大事な寵臣を、吉宗も無視できなくなっていた。

忠光は十七歳で、従五位下《じゅごいげ》の出雲守《いずものかみ》に叙任。二十三歳で、五百石に加増。次いで、八百石を給される。

延享《えんきょう》二年（一七四五年）九月、吉宗は隠居して西の丸へ退く。代わりに九代将軍として、家重が本丸にはいる。もちろん、忠光も本丸へ移る。

このとき忠光は、御小姓番頭《ばんがしら》に昇進した。十一月二日、家重は征夷《せいい》大将軍の宣下《せんげ》を受ける。ここで忠光は、将軍の分身ともいえるような掛け替えのない家臣になったのであった。

家重、三十五歳。

忠光、三十七歳。

これより大岡忠光は、出世街道を驀進《ばくしん》する。

翌年、忠光一千二百石の加増となり、御側衆に任ぜられる。

なおも二年後の寛延《かんえん》元年（一七四八年）十一月十五日に、三千石の加恩を賜《たま》わった。忠光は四十歳で、五千五百石の上級旗本になったのだ。

大御所《おおごしょ》となって院政に努《つと》めていた吉宗が、寛延四年（一七五一年）六月二十日にこの世を去った。この年には、大岡忠相も死去している。寛延は十二月三日に、宝暦《ほうれき》と改元される。

吉宗亡《な》きあとは家重のひとり舞台といいたいところだが、この将軍は相も変わらず幕政など眼中にない。政治能力のまったくない将軍となると酒池肉林《しゅちにくりん》の遊興と、その他の道楽に凝《こ》るほかはなかった。

家重の道楽には、盆栽というのがあった。およそ家重らしくなく、地味で渋みのある道楽だった。ところが、この暗愚の象徴のような家重が生涯にただ一度、拍手を送られたのはこの盆栽に関してのことである。

家重が盆栽を愛好することは、諸大名のあいだに知れ渡っている。それで大名たちはこぞって、名品とされる盆栽を献上した。それらを配列させて、家重は楽しそうに観賞する。

しかし、そのうちのひとつの盆栽の鉢が、ひび割れていた。側近たちはそれに気づいて、顔色を失った。家重がそれを見れば激怒して、盆栽を運んで並べた者を厳しく罰するだろう。

家重はひとつひとつ盆栽を手に取って、じっくりと眺めている。やがて、ひび割れた鉢の前に、家重はたたずんだ。側近たちは、息を詰めている。

だが、家重はその盆栽に限り、手に取ろうとはしなかった。家重は二、三歩も退いて、その盆栽を見守った。

「松の懸崖《けんがい》は、離れて眺めるのがよい」

大岡忠光の通訳によると、家重はそのように言ったのだという。

結局、お咎《とが》めはなかった。側近たちは、胸を撫《な》でおろした。このときの寛大さが、家重への唯一の称賛だったとされている。もっとも家重の目に、鉢のひび割れが映じなかったとも考えられる。

宝暦と改元されてわずか四日後に、家重は忠光に五千石の加増を許した。大岡忠光は、一万五百石の大名となったのである。それから三年後にも四千五百石の加増があり、忠光の禄高《ろくだか》は一万五千石となった。

多大の功績があった大岡忠相にも、吉宗は一万石しか与えていない。それに比べると家重は言葉が通じるというだけで、忠光に大盤振舞《おおばんぶるまい》をしたということになる。

同じ年に家重は、忠光を若年寄《わかどしより》に任じている。しかし、忠光は若年寄としての実績を、ほとんど残していない。忠光は政治向きの手腕もなければ、実力者というほどの器《うつわ》でもなかった。

忠光はあくまで、将軍の通訳という特殊技能だけで出世したのにすぎない。もし忠光が家重の言語を理解できなければ、若年寄はおろか大名にもなれなかっただろう。

いずれにしても、将軍家重は幕政に背を向けている。出世頭の忠光も、家重を補佐する能力はない。そのうえ六名の老中《ろうじゅう》にも、凡庸《ぼんよう》な人物ばかりがそろっていた。

西尾隠岐《おき》守忠尚
堀田相模《さがみ》守正亮《まさすけ》
松平右近将監《うこんのしょうげん》武元《たけちか》
本多伯耆《ほうき》守正珍《まさよし》
秋元但馬《たじま》守涼朝《すけとも》
酒井左衛門尉《さえもんのじょう》忠寄

姓を見れば名門であり、祖先に偉人がいたと察しがつく。しかし、それだけのことで最高の地位についたのであり、天下の治世に功績を残すような人物はひとりもいない。

西尾家の初代と二代は、家康《いえやす》に近侍《きんじ》している。初代の吉次は関ケ原《せきがはら》の合戦で、抜群の手柄を立てたことで知られる。五代の西尾忠尚は奏者番《そうじゃばん》、寺社奉行、若年寄、西の丸老中を歴任、老中となる。

西尾忠尚は西の丸の老中だった時代に、家重との接点を持っている。遠江《とおとうみ》（静岡県）横須賀《よこすか》三万五千石。

堀田家の初代の正俊は春日局《かすがのつぼね》の養子、父の正盛は三代将軍家光《いえみつ》のあとを追って殉死した。正俊は五代将軍綱吉《つなよし》の右腕といわれた実力派の老中として有名だが、殿中で稲葉正休《いなばまさやす》に刺殺された。

五代の堀田正亮は奏者番、寺社奉行、大坂城代《じょうだい》を歴任して老中となる。下総《しもうさ》（千葉県）佐倉《さくら》十一万石。

松平武元は、譜代《ふだい》大名の松平家の出ではない。徳川家と血のつながりがある親藩《しんぱん》の松平家、初代の清武《きよたけ》は六代将軍家宣《いえのぶ》の弟である。三代の武元は奏者番、寺社奉行、西の丸老中を経《へ》て老中となる。

この松平武元も、西の丸の老中だったころから家重に接していた。上野《こうずけ》（群馬県）館《たて》林《ばやし》六万一千石。

本多家の初代の正永も、老中を経験している。四代の本多正珍は奏者番、寺社奉行、西の丸老中、そして老中となった。この本多正珍もまた西の丸で、家重に仕えていたのだ。

駿河《するが》（静岡県）田中《たなか》四万石。

秋元家は家康時代から徳川譜代の臣、四代の喬知《たかとも》は若年寄から老中に昇進した。秋元喬知は大奥に敢然と挑戦して、業病《ごうびょう》による死を目前にしながら絵島《えじま》事件に断を下した豪傑老中である。

七代の凉朝は奏者番、寺社奉行を歴任、この時点ではまだ西の丸の老中であった。西の丸にいた大御所の吉宗が生前に、何かと頼りにした。秋元凉朝は数年後に、本丸の老中に迎えられる。武蔵《むさし》（埼玉県）川越《かわごえ》六万石。

酒井家は名門中の名門で、これまでに三人の大老を輩出している一族である。酒井忠寄もその一門で、吉宗が他界する二年前に老中に就任した。出羽《でわ》（山形県）鶴岡《つるおか》十三万八千石。

どれも家柄や祖先は立派だが、当人となると小粒である。政治家としては、二流といったところだろう。幕閣の質が、全体的に落ちている。

西尾忠尚、松平武元、本多正珍と三人の老中が、家重の息がかかった西の丸時代を過ごしているというのも気にかかる。見慣れた顔を老中にする、という家重の安易な人事だったのかもしれない。

そういうことから、これらの老中たちの時代には強い政治力を示すような変革は認められない。事件としては加賀《かが》騒動の決着、旗本の板倉勝該《かつかね》が熊本《くまもと》藩主を誤殺、蓑虫《みのむし》騒動、越《えち》後高田《ごたかだ》で大地震、岡崎《おかざき》藩主を家臣が座敷牢に監禁といったことがあったが、老中の政治力には関係がない。

一　老中がかかわった改革となると、数えるほどしかなかった。

一　綱紀粛正と武家の借金救済を狙《ねら》って、札差《ふださし》を細分化するとともに多くの規制を定めた。

一　婚礼の費用を倹約するために婚姻の許可を得ず、結婚後に届けることを大名と旗本に禁じた。

一　御三家《ごさんけ》、大名、旗本が、新しく別荘地を買い入れることを禁止する。

一　職務怠慢の代官《だいかん》八名を免職と謹慎《きんしん》、非行の御家人《ごけにん》六名を死刑と遠島《えんとう》に処する。

一　年貢の徴収に関して、定免法《じょうめんほう》（税を一定期間、豊凶の別なく定額を徴収すること）を施行した。

一　持参金付きの養子を迎えた幕臣を、二名ほど死刑に処した。

一　農民が年貢の免減などを求めて、強訴《ごうそ》、徒党を組むこと、逃散《ちょうさん》を厳しく禁じた。

一　全国に人口調査を命じ、二千五百九十一万八千六百五十四人という答えを出した。

一　大坂の銅座を廃止、長崎《ながさき》御用銅会所を設置、長崎より直買入れとする。

一　佐渡《さど》に初めて、代官を置く。

一　江戸での銀道具の流行を、抑制する。

一　薩摩《さつま》の島津《しまづ》家に、木曾《きそ》川の治水工事を命ず。

この程度のことに、動くのがせいぜいの老中である。何もやらない老中では、世の中に乱を招くことになる。財政的に窮した諸大名は、商人から莫大な借金をする。武家が衰退し、商人が力を持つという兆候が増す。

一方では大規模な百姓一揆《いっき》が、全国的に頻発した。一国に及ぶ一揆に発展、二万人の農民が苛酷《かこく》な増税を朝廷に直訴、農民七百人が他国へ逃散、三十カ村の農民が年貢の減免を求めて強訴、無数の農民が城を包囲、津軽《つがる》領で二万人が餓死、農民二千人が代官陣屋《じんや》に押し寄せて代官は自殺、諸国の農民が江戸に直訴すること跡《あと》を絶たず。

これほど大々的に農民が蜂起《ほうき》したことは、例がなかった。こうなると、無能な政治家ではどうにもならない。誰もが大物の出現を、期待するようになる。

しかし、いきなりそうした優秀な人物が、幕閣として登場するはずはない。ただ、それらしい影が未来を目ざして、見え隠れすることはあり得る。だが、そのような影が存在することを、予見できる者はいない。

二

その影は享保《きょうほう》四年（一七一九年）に、この世に誕生している。

享保四年は、吉宗が八代将軍に就任して丸三年がすぎている。その影は、幼名を龍助という。母は大叔父の養女であり、その長男であった。

家は代々、紀伊《きい》徳川家に仕えている。父の意行《もとゆき》も、吉宗を主君と仰《あお》いでいた。享保元年、吉宗が将軍となって江戸城に入城したとき、意行もお供の行列に加わっている。意行は、幕臣となったのだ。

間もなく意行は御小姓となり、三百俵を賜わる。意行のそのような時代に、長男が江戸で生まれたのである。

享保九年十一月十五日、意行は従五位下主殿頭《とのものかみ》に叙任。

九年後には、六百石取りの旗本になっていた。

それより二年前に意行の長男は十四歳で、初めて吉宗に拝謁する。

だが、意行は御小納戸《おこなんど》の組頭《くみがしら》を命ぜられて四カ月後に、あっけなくこの世を去ることになる。同じ年に長男は、西の丸の家重の御小姓に任ぜられていた。

享保二十年に、長男は父の意行の遺領を継いだ。

この意行の長男こそが、田沼意次《たぬまおきつぐ》なのである。

田沼意次は十六歳で、西の丸にいる家重に奉公することになった。十七歳で、田沼家の当主となる。十七歳にして、田沼意次は六百石の旗本であった。

田沼意次は、如才《じょさい》のない男として知られている。そのせいか、誰からも好意を寄せられた。若いときから、田沼意次には敵らしい敵がいなかった。

そのうえ田沼意次は、滅多にお目にかかれないという美男子であった。頗《すこぶ》る付きのいい男で、町娘たちは田沼意次だと気がつくと、頭を深く下げたまますれ違った。

田沼意次をチラッとでも見てしまうと、胸がドキドキして息苦しくなるからだった。このように無類の美男なので、意次への女たちの人気もまた大変なものである。

「江戸いちばんの男前となれば、田沼さまのほかにどなたさまがおいでかい」

「そうだねえ。この広い大江戸でも、田沼さまほどの男前にはお目にかかったことはないものねえ」

「いま評判の役者が十人そろったところで、田沼さまの前に並んでごらん。見劣りがして、どうしようもないよ」

「お武家さまであれほどの男前となると、話にも聞いたことがないよ」

「町方の男どもってのはいくら色男ぶっても、どことなく下品だろう。それに、凜々《りり》しさってものがないよ」

「松前屋さんのお嬢さんね、お店の前で何気なくお馬に乗られてお通りの田沼さまをチラリと見てしまったんですとさ。とたんにお嬢さんは立っていられなくなって、その場にすわり込んじまったとか……」

「三河屋のおひでちゃんなんか、もっとひどいよ。田沼さまのお顔を拝見しただけで、柱に抱きついたまま震《ふる》えがとまらなかったそうだよ」

「こうやって田沼さまに肩を引き寄せられたら、わたしなんぞ死んじまうだろうね」

身分違いの町屋《まちや》の女房たちまで、こうして田沼意次の美男ぶりの噂《うわさ》話を楽しんでいる。

武家の女となれば当然より切実に、田沼意次に恋慕の情を寄せたはずである。

近くの屋敷に住む旗本の妻女が、門前で田沼意次と鉢合わせをした。

「これは、ご妻女」

「あれ、田沼さま」

「結構なお日和《ひより》にござる」

「まことに……」

「ご家門に、お変わりなきものと推察つかまつる」

「田沼さまも、ご壮健にて何よりにございます」

「花見にでも、出かけとう存ずる」

「はい」

ただこれだけの他愛ないやりとり、というよりも挨拶《あいさつ》にすぎない。それなのに若い妻女は、吸い寄せられるように田沼意次の目を見つめている。ふとそのことに気づいた妻女は、ひどく狼狽して真っ赤になった。

「焼《や》き鏝《ごて》を火にくべておりますのを、失念いたしました」

妻女は、門の中へ逃げ込むように消えた。田沼意次に見惚《みと》れてしまい、妻女は妖《あや》しい気分になったらしい。意次のほうは別に意識することもなかったが、以来その妻女は田沼意次を避けるようになったという。

このように魅力的な美男であることが、意次が権力を増すためにも役立っている。後年、意次が大奥の人気を得て、その絶大な力に後押しされたこともそのひとつである。

田沼意次は十九歳で、従五位下の主殿頭に叙任される。

二十七歳のときに吉宗が隠居したので、意次は家重とともに西の丸から江戸城の本丸へ移った。

二十九歳で御小姓組番頭の格、三十歳で御小姓組番頭となる。この年、一千四百石の加増が決まる。

三十二歳で、将軍家重の御側に昇進した。

意次は本丸へ移ってから御側に任ぜられるまでの五年間、必死になって家重の不明瞭な言語が理解できるように努めた。それは厳しい耳の訓練であり、勉学や研究と変わらなかった。

ただひとり家重の言葉を読み取れるというだけで、さして有能でもない大岡忠光が大した権勢を誇っている。そのことに、意次は着目したのだ。

将軍の側近でいるくせに、家重と自由に対話ができないようでは出世は望めない。同時に家重の発言をすべて、大岡忠光の裁量に任せておいては御政道《ごせいどう》が成り立たないと、意次は思ったのである。

その後、大岡忠光は確かに権力者にのし上がっていた。宝暦四年（一七五四年）の時点で、大岡忠光は一万五千石の小大名ながら若年寄に抜擢《ばってき》されている。

大岡忠光の存在を、恐れる者は少なくない。大岡忠光の屋敷は、贈り物と称する賄賂《わいろ》で埋まっていた。権力者として増長した忠光は、この賄賂というものを大歓迎したのである。

それもこれも、家重の言葉が理解できるからにすぎない。それなら意次自身も、大岡忠光と同じようになればいい。五年間の努力の甲斐《かい》あって、意次も家重の言葉が七分どおりわかるようになっていた。

宝暦六年（一七五六年）十月――。

家重としては珍しく、本丸の御座所《ござしょ》に老中たちを招集した。六名の老中の顔触れは、まったく変わっていない。ただ例によって、大岡忠光が家重のそばに控えている。

大岡忠光は五カ月前に、若年寄を辞職していた。辞《や》めたといっても、懲罰のための罷免《ひめん》ではない。むしろ、若年寄を退いて昇進したのである。

吉宗の政治は、封建社会の安定を目的としていた。しかし、時代の変化というものが、いつまでも享保の改革を維持させるはずはない。武家社会の質の低下と商人の隆盛、諸大名の財政破綻と商業資本の発展は、もはや家康をご本尊とする武士階級の手に負えなくなっている。

才能と実力が、必要になってくる。身分や家柄に頼ってはならない。身分の低い旗本だろうと、優秀な人材を多く抜擢する。将軍はそういう側近の補佐を、求めるほかはなかった。

吉宗のような独裁は、もう通用しない。吉宗は御側御用人《ごようにん》を廃し、側近政治を禁じた。だが、それでは治世そのものが、揺らぐことになる。

まして家重は、政治が何であるかもわからない。大岡忠光の通訳がなければ、命令のひとつも下せない。家重は側近がいてこそ、将軍でいられるのだ。

そのために家重は、田沼意次のような御側衆を重用《ちょうよう》する。大岡忠光にしても、そばにいてくれなければ困る。大岡忠光も若年寄でいるよりも、御側御用人のほうが役に立つだろう。

そんなことから家重は、若年寄在任わずか二年の大岡忠光を御側御用人に任じたのであった。吉宗の死後たったの五年で、家重は御側御用人を復活させた。

御座所には大岡忠光と六名の老中のほかに、太刀《たち》持ちなどの前髪小姓、御側衆が控えている。田沼意次も、同席していた。このとき、意次は三十八歳。

大岡忠光は御側御用人になったとたん、これまでの数倍もの権勢を手中にした。大岡忠光の権威は殿中を圧し、老中もその意に逆《さか》らえなかった。

大岡忠光、四十八歳。

「これより肥後《ひご》細川家が財政立て直しにつき、上《うえ》さまが御下問《ごかもん》を賜わる。ご存じのことあらば、ご返答いただきたい」

大岡忠光はそう告げてから、家重に一礼する。

「…………」

家重が意味不明の言葉を、大岡忠光に伝える。

「そも細川家にはどれほどの天守銀《てんしゅぎん》(非常用の貯金)の蓄えがあったのかと、お尋ねがござった」

忠光は、老中たちの顔を見渡した。

「かつては二十万両の天守銀があったものと、聞き及んでおりまする」

古参の老中、堀田正亮が口を開いた。

この声はちゃんと家重にも聞こえているので、忠光が通訳する必要はない。

「…………」

家重が、次の質問に移る。

「二十万両の天守銀は、とうに使い果たしたのじゃな」

このように家重の代弁をする忠光と、堀田正亮のやりとりがしばらく続いた。

「御意《ぎょい》」

「細川家には、御公儀よりの拝借金もあったのではあるまいか」

「三十七万両の拝借金がございました」

「藩札《はんさつ》は、いかがなっておる」

「藩札を発しましたるところ、かえって混乱に陥《おちい》りましたゆえ直《ただ》ちに中止いたしましたとのことにござりまする」

「それに、そのころ細川家にては思わぬ異変が起きておる」

「御意。八年前のことにござります」

「板倉某なる者が殿中において誤認のうえ刃傷《にんじょう》に及び、六代越中《えっちゅう》（細川宗孝）に深手を負わせたのであったな」

「御意。その遺領を継ぎましたるは、弟の重賢にござりまする」

「それがまた、たいそうな切れ者にして、みごとに細川家が危機に瀕《ひん》したる台所事情を救ったのであろう」

「ははっ」

「されど、さようなことが、まことに叶《かな》うであろうか。拝借金三十七万両を返済のうえ、肥後の領民の暮らし向きは豊かとのことじゃ」

「新しき策は、二つあったものと思われます。そのひとつは櫨《はぜ》、楮《こうぞ》などに加え養蚕《ようさん》をはじめといたしまする多くの産物を得ることに力を入れておるようにございます。いまひとつは産物の大半を、藩の専売にいたそうとの策にございまする」

「名臣あればこそのことじゃ、名臣こそ肝要ぞ」

「ははっ」

堀田正亮は、困惑の表情となった。

忠光の通訳にいきなり二度も、『名臣』という言葉が飛び出したためである。名臣とはいったい誰を指《さ》して言うのか、堀田正亮は答えようがなかった。

家重が不思議そうな目を、忠光へ向けている。忠光自身も、あれっという顔つきでいた。あたりは、静まり返っている。

「恐れながら申し上げまする」

田沼意次の声が、静寂を破った。

「出雲守（忠光）さまのただいまのお言葉には、誤りがございました。名君のもとに名臣あり、おそらくは名臣がおるのであろう、と上さまは仰せられましてございまする」

田沼意次の口調は穏《おだ》やかで、咎《とが》めるような角々しさがなかった。

そのとおりだというように、家重が何度もうなずいている。忠光は、茫然となっている。頭が空《から》っぽになっている忠光に、更に家重が話しかける。

「されど、それほどの名臣は何者か、わかったものではあるまい」

落ち着きを失って、大岡忠光はそう通訳した。

家重も今度はひどく驚いて、助けを求めるように田沼意次のほうを見やった。

「それほどの名臣がおるものなれば、何者か知りたいものじゃ。上さまはかように、仰せにございました。ご返答つかまつります。名臣とは、堀平太左衛門どのと申されるそうにござりまする」

田沼意次は、通訳の言葉に答えまで付け加えた。

家重は、安心したような笑顔になっている。大岡忠光の表情は、対照的に険《けわ》しかった。怒ったり、恨《うら》んだりしているわけではない。この世で自分ひとりだと思っていた家重の言語を理解できる人間が、ほかにもいたことに大岡忠光は最大のショックを受けたのだ。

家重も、同様であった。家重の言葉が通じるのに、今日まで田沼意次はそのことにいっさい触れなかった。なかなかの人物だと、家重は感心した。

こういう人間こそ、いざとなると役に立つ。頼もしき男の存在をより重視すべきだと、家重は田沼意次への信頼度を強めていた。

三

九代将軍の家重の不明瞭な言語を理解し、通訳も務《つと》まるようになったことが、田沼意次の運命を一変させたといえる。そのことが家重の田沼意次への親密感と信頼度を、不動のものとしたからである。

これまでの家重が杖《つえ》代わりにしていたのが大岡忠光、二万石の大名にして御側御用人、四十八歳にして、絶大なる権勢を誇っていた。そこへ田沼意次というもう一本の杖が、出現したのだった。

田沼意次は前年に三千石の加増があって、まだ五千石の旗本にすぎない。三十八歳で、御側衆のひとりである。しかし、そうした田沼意次がにわかに、将軍のもう一本の杖になったのだ。

家重は田沼意次がまだ若いということで、むしろ大岡忠光よりも頼りにするようになった。何かにつけて家重は主殿《とのも》（意次）を呼べと、田沼意次を重用した。

御側御用人の大岡忠光のほうが、準主役へ回される。大岡忠光は一歩二歩と、日没の空へ近づいている。それに対して、田沼意次はみごとに上昇気流に乗ったのだ。

田沼意次には、このうえない出世のチャンスが訪れた。それを見逃すほど、愚かな田沼意次ではない。

田沼意次には、誰もがうらやむ特徴が三つあった。

その一は、頭が切れるうえに勉強家で、出世する条件を備えている。

その二は、夢も大きい理想家で、野心を実行に移す大胆さを備えている。

その三は、大奥の女たちが大騒ぎするほどの美男子で、人当たりがいいので敵が少なかった。

いよいよ、そのような特徴を活《い》かすときが来た。田沼意次がまず、野望の対象にするのは出世することであった。出世しなければ、何にもならない。

出世の階段をのぼりつめて、天下の権力者となる。これが、江戸時代の武家の野望というものだった。では、江戸時代の出世の仕組みは、どのようになっていたか。

将軍の信任を得るとともに、気に入られること。

大奥の女たちの人気と信頼を得て、大奥の後押しがあること。

賄賂を贈ることで、権力者の歓心を買うこと。

この三点から、出世の道が開けることになる。そのうちの一点でも欠ければ、大出世は望めない。それに加えて、策略、裏工作、駆け引きなども必要となる。

田沼意次も宝暦七年（一七五七年）から十二年間、これら大出世を成り立たせるための方策に全力を尽くすことになる。将軍の信任を得て大いに気に入られている、大奥の女に人気があって後押しをしてもらえる、という二つの条件はすでにそろっている。

策略、裏工作、駆け引きなどは、意次の得意とするところである。問題は、賄賂に用いる金品だった。意次は、五千石の旗本でしかない。

田沼家にも、売り払って大金になるような遺産はなかった。天下に聞こえた名器、あるいは小判がザクザクなければ賄賂として通用しないのだ。

現代の法律では、贈収賄《ぞうしゅうわい》が犯罪とされている。贈収賄は、賄賂を贈ったり受け取ったりすることである。そして賄賂とは、『不正な金や品物』となっている。

しかし、江戸時代の賄賂となると、意味がまるで違ってくる。賄賂は『不正な金や品物』ではない。賄賂は、贈り物であった。場合によっては贈収賄の罪にも問えるが、よほどのことがなければそうはしなかった。

つまり、賄賂は公認されていたのだ。あのお方のお力をお借りしたいので豪勢な贈り物をいたしましょう、あのお方のおかげでこうなったのだからお礼を差し上げましょう、というわけである。

自分の望みを叶えてくれる相手、約束を守ってくれた人には金品や贈り物で謝礼する。これが当然の礼儀という考え方なので、贈収賄は悪事だなどと罪の意識は持たなかった。

ただ賄賂を受け取るほうの権力者が、金銭感覚が麻痺《まひ》したせいか常識的な金品では満足しなくなった。そのために賄賂の相場が上がりすぎて、それが賄賂政治の瓦解《がかい》に結びつくようになるのである。

たとえば権力者に面会するときに、賄賂を差し出すようになった。用件どころか先に金を積まないと、いまは会うことができないと断わられてしまう。

面会の目的は、大半が昇進出世であった。それで権力者に、誰々さまにお引き合わせくださいますようにと願い出る。いわば、仲介料だった。

「御目付《おめつけ》に、引き合わせと申すのか。それには、千両ほど要するぞ」

「長崎奉行との面談となれば、二千両の出費は覚悟されよ」

「ほう、大坂御城代か。まずは三千両を、持参いたされよ」

このような賄賂を権力者と折半すれば、御目付も長崎奉行も大坂城代も大儲《もう》けである。

それほどの大金を贈ったのだから、願い出たほうも大願成就《じょうじゅ》で立身出世を果たすことができる。

だが、千両、二千両、三千両という出費があった。何とか、その始末をつけなければならない。そこで立身出世組も、もっと規模の小さい収賄に精出して穴を埋めるのであった。

賄賂はこのようにして、幕臣や大名の武家社会を支配していた。各階級の武家の財政も潤《うるお》うが、驚くほどの大金や財宝が最終的に集積されるのは、最高権力者の屋敷と金蔵なのである。

賄賂は、江戸時代の初期から慣習となっていた。しかも、罪を犯しているとは思っていない。だから収賄を恣《ほしいまま》にした各時代の権力者は、独特の賄賂哲学を持っている。

江戸時代で、収賄日本一と称された権力者は五人いた。

そのうちの水野忠邦《みずのただくに》は後年に登場するので、ここでは紹介しない。あとの四人の収賄日本一は、次のようになる。

四代将軍の大老《たいろう》で、下馬《げば》将軍ともいわれた酒井雅楽頭《うたのかみ》忠清《ただきよ》。

五代将軍時代の御側御用人並びに大老格、柳沢《やなぎさわ》美濃《みの》守吉保《よしやす》。

九代将軍時代の御側御用人、大岡出雲守忠光。

十代将軍時代の御側御用人並びに老中、田沼主殿頭意次。

酒井忠清以前の権力者たちも、収賄哲学というものを後世に残している。

「いまだ、徳川家も安泰にあらず。たとえ明日にでも諸大名の謀叛《むほん》となり、江戸へ攻め寄せようと不思議ではあるまい」

「さよう。諸大名の謀叛を封ずることこそ、われらが役目よ」

「諸大名が謀叛を防ぐには、大金を出費させることが何よりじゃ。軍用金が乏《とぼ》しければ、戦えまいからのう」

「諸大名の金蔵が空《から》になれば、挙兵も謀叛もあったものではない」

「何かにつけて諸大名より、大金を拠出いたさせよう。江戸城、江戸の御城下、諸国の治水、橋、街道などの普請《ふしん》を諸大名に命じようではないか」

「不服を申し立てる大名がわれらに面談を願い出れば、そのたびに莫大なる賂《まいない》を取り立てつかわす」

「諸大名より限りのう賂を取り立てるのが、われらがお上《かみ》への御奉公じゃ」

冗談を、言っているのではない。彼らは、真剣であった。徳川家がまだ不安定で、強力な外様《とざま》大名が戦争を仕掛けてくることを、老臣たちがひどく恐れていた時代だった。

彼らは最善の方法として、外様大名の財政的な弱体化を狙った。大金を費《つい》やしての工事を請負わせるほかに、大名から莫大な賄賂を巻き上げることまで彼らは思いついたのだから恐れいる。

奇妙な理屈だが、賄賂を要求するのも将軍家への奉公と忠義のためだと、彼らは本気で知恵を絞ったのである。この時代の権力者はしたがって、もっぱら外様大名を収賄の対象とした。

それならば賄賂ではなく、献金を求めたというべきかもしれない。

次からは、私腹を肥《こ》やした権力者の賄賂哲学である。

酒井忠清――。

「わしが多くの人々から金品を頂戴いたしたのは、その人々の胸のうちを読み取ってのことである」

「人々は心より上さまを尊ぶがゆえ、代わりにわしに金品を奉《たてまつ》られたのだ」

総理大臣を尊敬する余り、国民は贈賄するのだと受け取る。苦しまぎれというよりも、自分も将軍と同じような下馬将軍であるとの驕《おご》りがあったのではないか。

柳沢吉保——。

吉保は老中になると、妙な布令を諸大名に出した。この布令というのが、吉保の賄賂哲学と収賄精神を実にはっきりと物語っている。

「これまで諸大名は節句をはじめ相続、隠居、歳暮、参勤交代などの際に嘉例《かれい》として将軍家へ差し出しておったが、今後いっさいご祝儀並びに贈り物は受納されないことと相成った。ただし柳沢吉保、松平輝貞《てるさだ》（吉保の女婿）への見舞、祝儀、贈り物はその限りにあらず」

徹底した贈賄の催促であり、将軍への代わりに自分のところに金品を持ってくるようにと、諸大名に命じたようなものである。この結果、諸侯は以前にも増して多くの賄賂を、柳沢邸へ運んだという。

正々堂々と賄賂の独占を、宣言したのと変わらない。賄賂はわたしだけによこすものだというのが、権力者になってからの吉保の収賄哲学だったのに違いない。

大岡忠光——。

「他者の好意は、受けておくのが礼儀と心得る」

「礼を尽くされれば、それなりに報いるのも人の道である」

賄賂を受け取るのも、それに見合うお返しをするのも礼儀だと、収賄を人の道と説いている。将軍の代弁をすることで権力者となった大岡忠光のもとへは、目を見はるほど大量の賄賂が常に届けられたという。

だが、この大岡忠光は狡猾《こうかつ》で、やり方がきたないと評判が悪かった。

田沼意次――。

「金銀は人の命にも、代え難《がた》い宝物である。その宝物も惜《お》しげもなく差し出して奉公を願う者は、立派な志《こころざし》を持ちこのうえなく忠義のはずである」

「それゆえ、贈り物に値打ちがあればあるほど、その者の志がいかに厚いかが読み取れる」

「たかが知れた贈り物を持参いたす者は、それだけ厚き志と忠義の心に欠けておるのであろう」

田沼意次は賄賂の価値によって、人間を評価した。多くの賄賂を持ち込む者はそれだけ、志が厚くて忠義で立派な人物だというのである。わかったような、わからないような理屈だった。

以上が収賄四人衆の確固たる集金のための信念だが、四人衆のナンバーワンで賄賂の王者を挙《あ》げれば、やはり田沼意次ということになる。田沼意次が賄賂によって貯《た》め込んだ財産は、さすがの酒井忠清も柳沢吉保もスケールが及ばない。

とにかく諸大名は田沼意次の顔色を窺《うかが》い、ちょっとした言葉にも聞き耳を立てて、意次がいま何を欲しているかを気遣《づか》った。意次の求めているものがわかれば、諸大名は競《きそ》い合ってそれを田沼邸に届けなければならなかった。

大名たちの神経の消耗も甚《はなは》だしいが、家臣にも情報係が必要となる。意次が何を欲しがっているかの情報を仕入れて、それを入手したうえで田沼邸へ持参する。

それ専門の家臣が常時、諸大名の屋敷には待機していたという。その凄《すさ》まじさを証明するのに、ぴったりのエピソードがある。

これは、田沼意次の晩年の話だった。

稲荷堀《いなりぼり》にある田沼家の下屋敷内に、堀が設《もう》けられた。現代の家の庭にある池などとは、比較にならない堀であった。水溜まりのような池と違い、舟を浮かべて夕涼みも酒盛りもできるという堀である。

新たに設けられた堀が見たくて、田沼意次は下屋敷へ出向いた。翌朝、何人かの側近や小姓を引き連れて、意次は庭園を散策しながら堀をしみじみと眺めやった。

「なかなかの堀じゃ。このうえに鯉《こい》でも泳いでおれば、さぞよき眺めであろう」

何気なく、意次はそうつぶやいた。

間もなく、意次は登城する。

八ツ（午後二時）に下城した意次は、その足で再び下屋敷へ帰邸した。庭園に出て、意次は堀に沿って歩いてみた。今朝の堀と様子が一変していることに、意次はすぐに気づいた。

鯉や鮒《ふな》が、無数に堀の水面を泳いでいる。あちこちで勢いよく、鯉がはねていた。まるで広大な堀の水を、鯉と鮒が埋めているようだった。

今朝の意次のつぶやきがあっという間に、諸大名の屋敷に伝わったのである。それっというので江戸中の生きている鯉や鮒を買い漁《あさ》り、大名たちはこぞって田沼家の下屋敷へ届けたのだ。

それも、たった半日のあいだにやってのけたのであった。打てば響くとは、このことをいうのだろう。おかげで、江戸中の鯉と鮒が値上がりしたそうである。

意次のつぶやきには、これほどの威力があった。正式に命令したのではなく、面と向かって頼んだわけでもない。誰かに聞かせようというつもりさえなく、意次はつぶやきを口にしたのにすぎない。

まことにもって、恐ろしいつぶやきだった。ところが同じ日に意次は再び、その恐ろしいつぶやきを洩《も》らしたのである。

四

そのつぶやきとは——。

「これでは鯉や鮒が、窮屈な思いをいたすであろう。いま少し、堀が広ければよいのにのう」

田沼意次は、そんなことを口にしたのだ。

これも家臣への命令、注文、相談ではなかった。意次はふと思いついて、贅沢《ぜいたく》な感想を述べたのにすぎない。何よりも、いくら意次の求めだろうと、実現が不可能であった。

田沼家の下屋敷の周囲に、所有者のいない空地などあろうはずがない。田沼邸内にもいま以上、堀を広げる余裕はなかった。付近一帯は、将軍家から拝領した諸大名の屋敷が塀を連ねている。

意次の威光をもってしても、土地だけは湧いてこない。鯉や鮒を減らせばいちばん簡単なのだが、それは意次の指示がない限り許されないことだった。

仮に田沼邸内の堀が拡張できたら、奇跡といっていいだろう。ところが、その奇跡が起きたのである。意次のつぶやきが、神通力《じんつうりき》を発揮したのだった。

田沼家の下屋敷は、隣りの阿部《あべ》家の下屋敷と境を接していた。阿部家は、寛永《かんえい》の遺老《いろう》のひとり阿部忠秋《ただあき》を祖としている。先代の豊後《ぶんご》守正允《まさちか》は陸奥《むつ》白河《しらかわ》十万石で奏者番、大坂城代、京都所司代《しょしだい》、西の丸老中と昇進した。

しかし、どうしても本丸における最高位の老中に、就任できなかった。それで阿部正允は意次に多大の賄賂を贈り、老中への昇進を依頼した。意次は、それを聞き入れた。

この鯉と鮒のための堀拡張の一件があったときより一年前の安永《あんえい》九年（一七八〇年）に、阿部正允は念願叶って老中に任ぜられた。だが、わずか五カ月後に、阿部正允は病死してしまう。

阿部家を相続したのは、能登《のと》守正敏だった。阿部正敏は考えた。莫大な賄賂を贈ったのに、父親が老中でいられたのはたったの五カ月。これでは、割りが合わない。

しかも、正敏は五十一歳になっているのに、さっぱり重職につけるという沙汰《さた》がなかった。阿部家の名誉のためにも、自分が幕閣への道を歩むべきだと正敏は思った。

そんなときに意次が堀の拡張を望んでいるという話が、正敏の耳に聞こえて来た。これこそ最高の賄賂になると正敏はさっそく、田沼意次にわが屋敷の土地を譲りたいと将軍家に申し出る。

田沼意次を分身のように信頼している十代将軍の家治《いえはる》は、阿部正敏の申し出を殊勝なこととして受け入れる。将軍家治は別の土地に阿部家の下屋敷を賜わり、旧阿部邸を田沼意次に与えた。

田沼家の下屋敷は広大となり、堀の拡張も容易なことであった。意次は大いに喜ぶ一方で、阿部正敏の下心を見抜いていた。屋敷を譲られるという賄賂の見返りとして、意次は早くも翌年に阿部正敏を奏者番に推挙している。

阿部正敏は更に、大坂城代に昇進した。

田沼意次のつぶやきは、十万石の大名の屋敷もわがものとするほど威力があった、という逸話である。

さて、話を宝暦七年に戻そう。

田沼意次は、三十九歳。

御側衆なので、将軍の公邸に相当する中奥の三之間《ま》に詰めている。将軍家重は意次を、御座之間にちょいちょい招いた。家重は御座之間にいても、政務には見向きもしなかった。

意次には、言葉が通じる。つまり家重は相手が意次ならば、自由に話ができるのだ。ほかに大岡忠光もいるが、意次の話のほうがはるかにおもしろい。

それで家重は、意次を招いては雑談を楽しむのであった。もし、家重と意次が服装も言葉遣いも着座する位置も同じだったとしたら、無二の親友同士が話し合う雰囲気になったのに違いない。

意次は、大奥にも出入りしていた。その多くは、公務を目的としていた。だが、公務と称して、私用で大奥に出入りすることも少なくなかった。

後年、意次と各務《かがみ》久左衛門という家臣のあいだで、次のようなやりとりが交わされているからだった。

「大奥を抜きにして、栄達を図ることは叶わぬ」

「大奥の力こそ、事のほか強きものにございます」

「かつて栄華と勢威を極《きわ》めし御大老、御老中、御側御用人にして、大奥のお力をお借りいたさずにすみし御仁《ごじん》が、ひとりでもおられたであろうか」

「さて……」

「わしの知る限りでは、ひとりとしておられなかった」

「大奥そのものにも、常に権力の争いがござりましょう」

「恐れながら御世嗣《ごせいし》が、争いの火種におなりあそばされる」

「争いを引き起こされる大奥の御側室《ごそくしつ》さまにはまた必ず、それぞれに後ろ楯《だて》となられる御老中、御側御用人が控えておられるようで……」

「つまりは、後ろ楯と後ろ楯との争いであろう」

「大奥が、後ろ楯と相成りますこともございます」

「大奥を援軍として迎えれば、百万の味方を迎えたも同然。何にも増して力強き味方は、御側室さまより御年寄《おとしより》じゃ」

「大奥の実権を握っておられるのは、御年寄だそうにござりますな」

「いつのことであったか失念いたしたが、わしもさる御年寄のご機嫌取りに努めたものよ」

このときの意次は、苦笑しながらも懐かしそうな目つきでいた。意次の朧《おぼ》ろげな記憶によれば、まだ三十四、五歳だったと思われる。意次は松島という大奥の御年寄と、親しい仲になっていた。

御年寄といえば事実上、大奥女中の最高位である。御年寄は年齢にかかわりなく、三十前後の女人もいた。定員は複数だが、数はそのときどきによって違った。

幕府であれば、老中に匹敵する要職だった。したがって、それなりの実権と格式を与えられている。老中と対等で、話し合いができた。また御年寄は、老中の意見に反対することも許される。

松島という御年寄は、当時三十歳であった。近寄りがたい気品を感じさせるが、女らしさを失っていなかった。美女というより、美人である。

初対面は、公務による。

大奥といえば絶対的な男子禁制と受け取られがちだが、極《ご》く一部に男子の出入りが認められている場所もある。たとえば、応接室だった。

御対面所と称される部屋は上段が二十畳、下段も二十畳、二之間が三十畳、三之間が十二畳という大広間になっている。ここは御三家、御三卿《ごさんきょう》、そのほかの親戚の男子が通される。

御広《おひろ》座敷は二カ所にあっていずれも四十畳、ここは老中をはじめ上級役人の面会所に使われる。

御使座敷《おつかいざしき》は、諸大名・旗本からの使者に提供される。

こうした応接室のうちで、御錠口《おじょうぐち》にいちばん近い御広座敷で、用をすませる男子が多かった。

意次も常に、この御広座敷で松島と面談した。初めてのとき、松島はポーッと顔色を桜色に染めた。女護が島《にょごしま》にいて、美男子中の美男子と対面したのだから無理もなかった。

この瞬間に松島は意次に、ひと目惚《ぼ》れしたことになる。松島が一方的に、恋をしたのであった。意次のほうは、そのような感情に微塵《みじん》も動かされない。

だが、松島が自分に恋情を抱いていると気づいて、意次には計算が働いた。それは松島という御年寄を、利用しようということだった。

御年寄を味方にすれば百人力、意次の今後にとって大いに役に立つ。たとえ男に恋をしようと、御年寄は肉体関係を求めるといった端《はし》たない真似《まね》はしない。

実際、大奥の御年寄が男と二人きりになるのは困難だし、旗本の出だろうから淫欲を自制する。それに発覚したら男女ともに、身の破滅を招くという恐怖心もある。

松島の恋はあくまで、精神的なものでなければならない。しかし、恋心が単なる友情に変わるはずはないから、松島はあくまで意次のために尽くそうとするだろう。

意次にとって松島は、情を通じての後援者になってくれる。そう判断した意次は、公用と私用を織りまぜて松島のもとへ足を運ぶようになった。

そのうちに大奥の女たちのあいだで、意次の美男ぶりが評判になる。大勢の大奥の女たちが、さりげなく御広座敷に近づいて意次の顔をチラッと見る。

意次が通る廊下で、すれ違うように心掛ける奥女中もいた。思わず足をとめて、うっとりと意次に見惚れる者もいる。

「あっ」

「あれ」

そんな声を発して、真っ赤になる女も珍しくなかった。

恋はできないが、好意を抱いてもいい。意次は、大奥の人気者になった。熱烈なファンの気持ちと同じで、大奥の女たちは無条件に意次のことを贔屓《ひいき》にするようになったのだ。

意次は大奥を訪れるたびに、重立った奥女中たちに贈り物をした。それらは、別に賄賂でも何でもない。いわば、手みやげであった。また、大金をかけた値打ちものでもなかった。

だが、いかにも女が喜びそうな品物で、気の利《き》いた贈り物である。女はそういう男の気遣いに、感激させられる。まして相手は、美男の意次なのだ。

このように意次は御年寄の松島と気脈を通じて、大奥の一部をわが陣営に引き入れる。

意次に懐柔《かいじゅう》された大奥の女たちは、田沼派を形成したのであった。

もちろん大奥には、反田沼の一派がいる。それは対立する側室によって、だいたい色分けされていた。正室が他界してから、再婚しなかった家重には二人の側室がいた。

ひとりは、お幸の方。

このお幸の方は、長男の竹千代を生んでいる。竹千代は、のちに十代将軍の家治となる。世嗣の生母であるお幸の方は、本丸で亡き正室の代理を務めていた。

もうひとりは、お逸の方。

お逸の方は、次男の万次郎を生んでいる。万次郎はのちに、新設された御三卿の三番目、清水《しみず》徳川家の祖となる。

しかし、世嗣にならないうちに竹千代の身に万が一のことがあれば、万次郎が十代将軍となる。そうした思惑から側室同士が対立するというのは、大奥では珍しくないことだった。

お逸の方には、幕府の権力者が後ろ楯になっていた。それは、大岡忠光であった。お逸の方の側につく大奥の女たちは当然、反田沼の大岡派である。

松島はお幸の方に、目をかけられている御年寄だった。その関係で意次も自然に、お幸の方の味方をするようになる。つまり、お幸の方を取り巻く大奥の女中は、すべて田沼派なのであった。

だが、意次の関心はお幸の方より、竹千代に向けられていたのだ。

もはや九代将軍家重の時代は、長くなかった。それは衆目の一致するところであり、意次もそう判断した。間もなく、十代将軍の時代となる。

意次が出世街道を驀進するために、密着すべき相手は十代将軍なのである。今後の策として、竹千代との関係を密にしなければならない。お幸の方に気に入られるのも、そのために必要なことであった。

竹千代は父の家重ではなく、祖父の吉宗の教育を受けて成長した。寛延元年（一七四八年）に、竹千代は十二歳で婚約した。相手は閑院宮直仁親王《しんのう》の姫で五十宮倫子、竹千代よりひとつ年下の十一歳だった。

翌年、倫子は江戸に到着、浜御殿で暮らした。六年の婚約時代を経て、倫子は西の丸へ輿《こし》入れをする。家治は十八歳、倫子は十七歳になっていた。宝暦四年（一七五四年）の十二月一日のことである。

この五十宮倫子には何人もの女の従者が、京都から付き添って来ている。それらの女たちも倫子とともに、西の丸で生活するようになる。

その中に、藤井品子という女がいた。京都の公卿《くぎょう》で従二位《じゅにい》の藤井兼矩の娘だが、輝くような美貌の持ち主であった。品子は西の丸にはいって、御簾中《ごれんちゅう》付きの御中﨟《おちゅうろう》となった。

意次はこの品子に急接近したうえ、何かにつけて肩入れをする。品子も次第に、意次を頼るようになる。意次と品子は互いに気を許す関係になったが、要するに意次が品子を手なずけたのである。

家治と結婚して二年目の宝暦六年に、倫子は西の丸で長女を出産する。千代姫と名付けられたが、この長女は翌年に夭折《ようせつ》した。

翌八年、田沼意次は五千石の加増となる。三年前に五千石取りだったので、合わせて一万石であった。大名として一万石は最低だが、それにしても田沼意次はついに諸侯に列したのである。

同時に『こののち執政《しっせい》と同じく評定所《ひょうじょうしょ》に伺候《しこう》して、訴訟うけ給《たま》はるべし』と命ぜられた。このことにしても、奉行ではない一万石の大名にとって破格の扱いであった。

加えて二カ月後には、『本多長門《ながと》守忠央が領せし遠江国（静岡県）相良《さがら》の地に移さる』との御沙汰を賜わった。田沼意次は、城持ち大名になれたのだ。

翌々年――。

宝暦十年四月二十六日、大岡忠光が五十二歳で死去する。田沼意次の気持ちを軽くさせた大岡忠光の死と、いってよかった。老中をも服従させた最高権力者、御側御用人の大岡出雲守忠光は、失脚の憂《う》き目を見ることなく静かにこの世を去った。

それから数日後、家重が九代将軍を辞して隠居することを公言した。

五

江戸ほど、火事の多いところはない。江戸に火事のない日はないといわれるくらいに、日常茶飯《さはん》のことであった。家が何軒か焼けたというのでは、火事のうちにはいらない。いくつかの町が焼け野原になったという中規模の火事だと、初めて江戸のどこそこに火災ありと記録される。その記録に残る中規模の火事さえ、無数にあった。

明日は、わが身。いくら稼《かせ》いだところで、火事に焼け出されたら明日はどうなるかわからない。それなら今日こうして懐中にした金は、今夜のうちにきれいさっぱり使っちまおう。

江戸っ子は、宵越《よいご》しの金を持たぬ。江戸っ子の気質や習性がこのようになったのも、つまりそのくらい火事が多くて他人事《ひとごと》ではなかったためである。

中規模以上の大火事、大火災、大火《たいか》というのも、これがまた決して少なくなかった。これ以上、大火災や大火が何度もあったら、おそらく江戸は自滅していたのに違いない。

江戸三大火事というのがある。

その第一が明暦《めいれき》の大火で、四代将軍の明暦三年（一六五七年）に発生した。いわゆる振《ふり》袖《そで》火事で、この大火の被害状況は前述しているのでここでは省略する（『野望の下馬《げば》将軍』

参照）。

いずれにせよ、江戸全域を焦土《しょうど》と化して壊滅状態に追い込んだ。この大火による損害は、幕府の財政に大きなダメージを与えた。この振袖火事は江戸三大火事だけではなく、世界三大火事ともいわれている。

江戸三大火事で、明暦に次いで二番目とされているのは明和《めいわ》の大火だった。これは、目《め》黒行人坂《ぐろぎょうにんざか》の大火ともいわれている。火事の混乱を利用して、盗みを働くのが目的の悪人どもの放火であった。

明和九年（一七七二年）閏《うるう》二月二十九日の正午に、目黒の行人坂にある大円寺から出火した。十代将軍の時代で、田沼意次も五十四歳で存命していた。老中に任ぜられ、三万石を領した田沼意次の最盛期だった。

一方、目黒行人坂からの火事は、芝《しば》、麻布《あざぶ》と江戸西端から東へ延焼を続けていた。赤坂《あかさか》溜池《ためいけ》の付近を黒煙に包み、桜田《さくらだ》大名小路《こうじ》へと猛火を広げた。

桜田大手前《おおてまえ》の多くの大名屋敷を灰にしたあと、京橋《きょうばし》、日本橋《にほんばし》、神田《かんだ》一帯を焼き尽くし、なおも本郷《ほんごう》、下谷《したや》、浅草《あさくさ》に燃え広がって、ついには千住《せんじゅ》に達した。

実に江戸の半分近くが、灰燼《かいじん》に帰したのである。全焼した建築物の総数は、次のとおりに記録されている。

見附《みつけ》　八カ所
大名屋敷　百六十九邸
旗本屋敷　三百余邸
町数　九百三十四町
寺院数　三百八十二院
橋数　百七十本

死者　一万四千七百余人
行方不明者　四千六十余人
負傷者　六千七百六十一人

なお罪人七名が残らず召《め》し捕《と》られ、主謀者の真秀は引き廻しのうえ小塚原《こづかっぱら》で火刑に処せられた。

この年は大火のあと三月と八月に大風雨に見舞われ、江戸の復興は遅々《ちち》として進まず、大坂の経済にも影響が及ぶような物価の高騰に人々は困窮した。疫病神《やくびょうがみ》に見込まれたのだと、誰もがうんざりさせられた。

明和九年、明和九《めいわく》すなわち迷惑の年なのに違いないという声が、江戸中に広まった。幕府も、これを無視できなかった。人心を安定させるためにも幕府は、十一月になって明和を安永《あんえい》と改元する。明和九年は消えて、安永元年となったのである。

江戸三大火事の三番目は文化《ぶんか》の大火で、文化三年（一八〇六年）の三月四日に起きている。この大火は芝増上寺《ぞうじようじ》、芝神明《しんめい》、東本願寺《ほんがんじ》を焼失せしめ、大名屋敷五十七邸、旗本屋敷二百余邸、町屋五百三十余町を灰にした。

江戸四大大火とはいわないが、四番目の大火は文政《ぶんせい》の大火とされている。文化の大火から二十三年後の文政十二年（一八二九年）に発生して、江戸の地の二百五十九万二千坪を焼け野原にした。

しかし、これらの大火はいずれも後年のことである。文化・文政の大火は、十一代将軍家斉《いえなり》の時代の出来事であった。とっくに他界した田沼意次には、いささかの関係もない。田沼意次が経験した日本三大火事は、明和の目黒行人坂の大火だけだった。だが、すでに述べたとおり、火事のない日はないという江戸なのである。

江戸三大火事とまではいかない中規模以下の火事ならば、田沼意次は何度も経験している。その中でも忘れられないのは、宝暦十年（一七六〇年）の二月の火事であった。

明和の大火より、十二年前のことである。この宝暦十年に九代将軍家重は、早々に隠居することを表明するつもりでいた。おそらく三月か四月だろうと、察しをつけている者が多かった。

それを裏付けるように、家重の任を右大臣から左大臣に転ずるという勅命《ちょくめい》が下った。左大臣は右大臣より上位で、武家にとっては最高の官位であった。同時に次期将軍と決まっている家治にも、大納言《だいなごん》のほかに右大臣の兼任が命ぜられた。間もなく将軍を辞する家重に左大臣という最高の官位を贈り、新たな将軍となる家治には左大臣に次ぐ右大臣の地位を与える。

これで家重の隠退と家治の将軍就任を、朝廷までが公認したことが明らかになった。だが、そうしたことは問題外にしても、徳川家にとってこれに勝《まさ》る慶事はなかった。

現将軍が左大臣に、次期将軍が右大臣に同時に任ぜられる。徳川家と幕府にとって、これ以上の栄誉があるだろうか。いや、武家だけではない。町屋の一般市民までが、大歓迎することになった。

「これほどの御慶事はないよ」

「めでたいとしか、言いようがないね」

「こんなときには、働いたって商売にならないよ」

「お祝いってことで、大いに遊ばせてもらおうじゃあねえか」

「おい、景気よくやろうぜ」

もともと、祭りが好きな江戸っ子である。この御慶事を祝うということで、江戸中を大がかりな祭りにしてしまおうという気でいる。しかし、江戸の町人たちが『景気よくいこうぜ』にこだわるのは、実はもうひとつ理由があってのことだったのである。

それは前年の夏ごろから、何者かが触れて回ったのか気味の悪い噂が広まっていたことであった。

「来年は十年（宝暦十年）の辰《たつ》年なり。三河万歳《みかわまんざい》の謎としてある、未禄十年辰年に当たる。よって、この年は災難多かるべし」

災難を逃れるためには、常に倍して正月の寿《ことぶき》を祝って厄《やく》払いをするほかはない——と、何とも不気味な予言だった。当時の人々は、こういう迷信に躍《おど》らされやすい。

それとばかりに例年の倍の餅《もち》をつき、松飾りも立派にして、巨大な鏡餅を作った。何事も、災難の多い年にしたくないとの一心からで、景気よくいこうぜが合言葉になった。

新年を迎えた。

元旦から雲ひとつない晴天で、風が吹くことさえもないのどかな日々が続いた。どうやら厄払いに成功したようだと、江戸市民は大喜びで大酒を喰《くら》った。

二月になった。

四日から家重に左大臣、家治に右大臣の宣下という祝事が、江戸城中で行なわれる。式典とそれにともなう儀式、祝宴、能《のう》の見物とかの慰労が四日から五日、六日まで続くことになる。

城中へ招かれる諸大名、旗本は三日の夜から準備万端を整《ととの》えて、ようやく眠りにつく。

三日が、四日に変わる。七ツ（午前四時）になって、赤坂今井谷《いまいたに》の小十人組正木新蔵の家から火が出た。

火は麻布十番《じゅうばん》、六本木《ろっぽんぎ》、三田《みた》寺町、同朋《どうぼう》町、田《た》町と燃え広がり、品川《しながわ》の海辺まで焼け抜けた。この吉日の朝火事に、江戸市中は大混乱に陥った。

奉祝飾りを取り付けた町屋の家々が灰となり、焼失した大名や旗本の屋敷も少なくない。登城しなければならない大名や旗本は、まず紋服を整えるのに大あわてだった。

そんな中で、真っ先に登城したのが、田沼意次であった。田沼意次は、一万石といえども大名である。評定所出座《しゅつざ》も、許されている。そのうえ意次には、将軍の言葉を通訳するという重大な役目があった。

何か異変が起きたときに、意次が真っ先に登城してもおかしくない。実際にこのときの登城も、意次がいちばん早かったのだ。どうも火が延焼しそうだと聞いたとたん、まだ暗いうちから意次は屋敷を出発した。

意次は衣冠《いかん》を身につけ、そのうえ防火用の皮羽織を重ねていた。家臣たちも半《なか》ば火事装束《しょうぞく》で、意次のあとに従った。意次が登城すると、火事という知らせで起こされた家重は中奥の御座之間の下段之間をウロウロと歩き回っていた。

「おお、主殿《とのも》（意次）か」

家重はホッとして、ようやく座についた。

「お早きお目覚めにござりまする」

意次は、いつもと変わらぬ笑顔でいる。

「起こされたのじゃ」

「上さまが、お目覚めあそばされるほどのことにはござりませぬ」

「火のほうに、大事はないか」

「何のこれしきのこと、本日の御慶事を妨げるものにはござりませぬ」

「さようか」

「何とぞ、御心をお痛めあそばされませぬように……」

「夜の明けぬうちに、大儀であったのう」

「いかなることがござりましょうともこの主殿、上さまをお守りに馳《は》せ参じまする」

「そのほうが忠義、見上げたる心掛け、余は忘れまいぞ」

「ありがたきお言葉、恐悦至極《きょうえつしごく》に存じまする」

家重と意次しか理解できない言葉で、両者はそのようなやりとりを交わしたのであった。

この日の式典は予定どおり進行し、滞《とどこお》りなく終わった。勅使《ちょくし》を迎えての式典の日は、江戸城表御殿の最も華麗になるときである。よく錦絵のような武家装束といわれるが、総登城した武家の式服が艶《あで》やかだったからだろう。

勅使、副使、将軍、老中までが衣冠。五位以上の大名も衣冠だが色違いで、五位の諸大名は大紋《だいもん》に風折烏帽子《かざおりえぼし》。無位で御目見得《おめみえ》以上の武家は布衣《ほい》に風折烏帽子、御目見得以下は素襖《すおう》といった具合だった。

この日の式典は、無事に終了した。

翌日は江戸城表御殿で、一日がかりの初賀会が催《もよお》された。町民も祝いを許されて、江戸中がお祭り騒ぎとなった。だが、夜の五つ半（九時）に、麻布狸穴《まみあな》の武家屋敷から出火した。この火事は、間もなく消しとめられたが、田沼意次は直ちに登城して家重の身辺警護に当たった。

翌六日は、慶賀の式典の最終日であった。挨拶の儀がすんだあと、表御殿の能舞台で能の観賞が始まった。夕方になって、この日も火事があった。芝神明前から出た火が、田町方面へ燃え広がった。

だが、消火に努めたり逃げ出したりするのは、家に延焼する恐れがある地域の人々に限られていた。大江戸は広い。江戸の大部分の住民は、火事に無関心である。

四日から許されているお祭り騒ぎが、まだ続いているのだ。江戸のあちこちで祝賀の催しが行なわれていて、大勢の見物人が押し寄せている。鉦《かね》や太鼓を叩いて回る酔っぱらいも、かなり多かった。

田町の長屋の住人で、焼け出された男が二人いた。

専明に伊三郎という男で、これという職もなくタカリ専門のならず者だった。しかし、いくらならず者でも、火事には勝てない。専明と伊三郎は、着のみ着のままで逃げ出した。

とりあえず両国《りょうごく》に住んでいる仲間を頼ろうと、専明と伊三郎は京橋を経て日本橋にたどりついた。ところが日本橋をすぎると、もう火事など別世界の出来事だった。お祭りに浮かれっぱなしで、火事のカの字もない。飲み食いを、楽しんでいる。

「おい、ここは江戸じゃあねえのか」

専明が、あたりを見回した。

「田町あたりの火事場が、まるで嘘みてえだな」

伊三郎も、不満そうな顔でいる。

「何を、馬鹿騒ぎなんぞしていやがるんだい」

「祝いの続きってやつだろうぜ」

「おれたちに、かかわりのある祝い事じゃあねえだろう」

「田町の火事なんて、どうでも構わねえってんだろう」

「おれは、気にいらねえな」

「大勢の者が、焼け出されている。焼け死んだやつだっているし、まるで地獄だ。それなのに同じ江戸の連中が、楽しむだけ楽しんでいやがる」

「おれには、勘弁ならねえ」

「どうするんだ」

「このあたりも、火事にしてやろうじゃねえかい」

「火付けをするのか」

「恐ろしがることはねえだろう。みんなが同じように楽しんだり、同じように苦しい思いをしたりするのが、道理ってもんじゃあねえのか」

「道理ってのは、天の声だからな」

「そうよ。おれたちは、天の声に従うんだと思え」

「いいだろう、やってやろうじゃあねえかい」

伊三郎は、腕まくりをした。

「よし、これで決まりだ」

柏手《かしわで》を打つように、専明は両手を叩き合わせた。

専明と伊三郎は、神田旅籠《はたご》町にさしかかっていた。

六

神田旅籠町も、祭礼並みに賑《にぎ》わっていた。

五社の神前では、猿楽《さるがく》の舞が演じられている。境内《けいだい》とその周辺には縁日のように、出店が軒《のき》を連《つら》ねていた。女義太夫《ぎだゆう》や居合《いあい》抜きまでが、大勢の客を集めている。

神楽《かぐら》太鼓の囃子《はやし》と老若男女の声が、どよめきとなってあたりを圧していた。あちこちに黒山の人だかりがしているし、境内は人で埋まっている。

専明と伊三郎は、町内をぶらぶらしてみた。どの商家も、留守のようだった。いちおう大戸をおろしたりで戸締まりをしているが、家人も奉公人もいないということは勘でわかる。

「あの商家は、どうでえ」

専明が、切り戸がほんの少し開きかかっている店を指さした。

「宮田屋、薬種問屋かい」

伊三郎が、看板を見上げた。

「いまだ、人目がねえぞ」

専明が切り戸をあけて、薬種問屋の店内へ飛び込んだ。

伊三郎が、そのあとを追う。やはり、人気《ひとけ》はなかった。専明が、手燭《てしょく》を見つけて火を点じた。伊三郎は帳場にあった蠟燭《ろうそく》に、手燭の火を移した。

専明が、帳場の銭箱をあけた。もちろん、金銀ははいっていない。それでも一文銭と十六文銭を集めれば、二百文にはなるだろう。専明はそれを、懐中へ押し込んだ。

そのあいだに伊三郎が、店の奥にありったけの燈油をぶちまけた。専明と伊三郎は、手燭と蠟燭の火を、燈油の中へ投げ捨てる。一瞬にして、あたりは火の海となる。

専明と伊三郎は、宮田屋の外へ出た。だが、丁度宮田屋の前を町内の若い衆が、五人ばかり通りかかったときであった。宮田屋の店内で、炎が噴《ふ》き上げているのも見える。

「野郎、火付けをしやがった！」

「盗人《ぬすっと》だ！」

五人の若い衆は、専明と伊三郎に躍りかかった。引き倒されたうえに殴ったり蹴ったりされて、専明と伊三郎はその場で気絶してしまった。

このように専明と伊三郎は簡単に捕えられたが、宮田屋に放たれた火のほうはそうはいかなかった。放火による火事は日本橋から京橋まで焼き尽くす一方、逆方向へも延焼して永代橋《えいたいばし》と新大橋伝いに深川《ふかがわ》へ広がり、洲崎《すさき》までを灰にしたのである。

鎮火したのは、翌日の五ツ（夜八時）であった。この大火による人的被害は不明だが、物資の損害は詳《くわ》しく記録されている。

焼失した大名屋敷　二百余邸
同じく旗本屋敷　四百二十邸
町数　四百六十町

寺社　八十カ所
大橋　十一本
小橋　四十五本
米　三万七百俵
酒　八万四千樽
油　四万七千樽
醬油　二万七千樽

このうちの米、酒、油、醬油は問屋の段階での計算なので、仲買以下の量は知らずとされている。


専明と伊三郎の放火は、宵の口であった。しかし、田沼意次が登城して家重のご機嫌を伺《うかが》ったのは、それよりわずか一時《いっとき》（二時間）後のことであった。

「風向きは二転、三転いたしますが、火の手がお城へ向かう恐れはございませぬ」

田沼意次は、家重の前に平伏した。

慶賀の行事がすべて終わって、諸大名は夕刻に帰邸した。それから間もなく神田旅籠町で放火があり、炎の津波が押し寄せるような早さで大火となって広がった。多くの大名屋敷も、火に包まれているはずである。

諸大名は消火と対策に、必死になっていることだろう。その証拠にまだ、ひとりの大名も登城していない。またしても意次が、一番乗りで馳せ参じている。

「主殿」

家重は、驚きの目を見はった。

「ははっ」

意次は、落ち着き払っている。

「そのほうの屋敷は、いかが相成ったのじゃ」

家重のわかりにくい言葉が、いっそう難解になっていた。

「いまだ、見届けてはおりませぬ。ただし、わが手の者の知らせによりますれば、わが屋敷は炎上中とのことにござりまする」

意次は和やかな笑いを口もとに漂《ただよ》わせていた。

「そのほう、屋敷の焼失を承知のうえで登城いたしたのか」

家重はいまにも、涙ぐみそうな顔になっている。

「何事がござりましょうとも主殿は第一に、上さまが御側に控えておりまする」

意次は家重の胸を、グサリと刺すようなことを言う。

「そのほうが忠義、重ねて感じ入ったぞ」

家重の不明瞭な言語にも、感動が込められていた。

姫路《ひめじ》十五万石の酒井雅楽頭忠恭、唐津《からつ》七万石の土井大炊頭《おおいのかみ》利里、三河吉田《よしだ》七万石の松平伊豆守信礼などをはじめ屋敷を焼かれた諸大名が、上さまお見舞いに駆けつけたのは後刻のことであり、その大半が翌日になってからであった。

それだけに家重の意次への信頼感は、絶対的なものともなった。将軍家にとって意次は最高の忠臣であり、その誠意というものを高く評価しなければならない。家重は心から、そのように思ったのだ。

家重は将軍位を譲って隠居するとき、家治に厳しく申し付けた。

「主殿は、またうどの者なり。ゆくゆく心を召しつかはるべし」

意次は完璧にして最高の人物だから、今後ずっと信頼して政務を任せよ——という意味である。

御墨付《おすみつき》ではないにしろ家重は、意次に関してこのうえない保証を家治に引き継いだのだ。家治はもちろん父の遺訓にして、家重の言い付けを遵守する。

このことにより、意次は本格的な権力者への道を与えられ、田沼時代を招くことができたといってもいいだろう。以後、家治は田沼意次なしではいられない将軍に、なっていくのであった。

そういう意味で意次は、この宝暦十年二月の数回にわたる火事に、深い因縁を覚えるのである。もし、このときの火事がまったくなかったとしたら、意次の人生もいささか変わっていたかもしれない。

いずれにせよ、宝暦十年二月の慶事は過去のこととなった。

翌三月に意次は、重病説の飛び交う大岡忠光を見舞った。意次にとって大岡忠光は、邪魔者となる先輩であった。意次にしてみれば出世の妨《さまた》げになるし、早々に消えてもらいたい忠光であった。

だが、そういう胸のうちを、意次は絶対に表に出さない。如才がなくて、人当たりがよかった。行動に出して対立しないし、敵を作らない。

それも、多方面にわたる意次の人脈を、物語る証拠のひとつだろう。たとえ相手がありがたくない大岡忠光だろうと、意次はちゃんと自分の養女を大岡家の長男の忠喜《ただよし》の妻としている。

大岡忠光は、四月になってこの世を去った。御側御用人として絶大な権勢を振るい、何よりも収賄を好んだ権力者が消滅した。一時的ではあったが、幕府の実力者の席に穴があいたのである。

次いで、家重が正式に引退を宣言した。五月にはいると、家重は二の丸へ移る。田沼意次はみずからの指揮により、家重のための隠居所を建設した。

五月十五日に、家治が本丸にはいる。

九代将軍家重は、将軍らしいことを何ひとつしないまま五十歳で隠居した。

新たに誕生したのは、二十四歳の十代将軍家治であった。

大奥にしても、新将軍の天下となった。家治の生母のお幸の方もすでに亡く、大奥の女たちの顔触れは変わる。かつてはお幸の方と張り合って、激烈な女の戦いを演じたお逸の方がいた。

お逸の方が生んだ次男の万次郎にも、十代将軍に就任する可能性があったからである。だが、長男の家治は壮健であり、後継者となる立場は揺るがない。加えて万次郎は、清水徳川家の祖となることが決まった。

田安《たやす》、一橋《ひとつばし》に次いで清水が最後の御三卿として創始された。万次郎が将軍になる見込みはなくなり、お逸の方は御三卿の生母で終わることになった。そのためにお逸の方は、急激に勢力を失った。

昨年の九月、万次郎は元服して重好《しげよし》となる。清水徳川家の重好は従三位《じゅさんみ》左近衛権中将に叙任され、十万石を給される身となった。

今年の五月、お逸の方は家重とともに二の丸へ去った。二の丸に移り住んだ以上、大奥への影響力はまったくない。お逸の方もまた過去の人となった。

大奥の支配者は御台《みだい》さま、すなわち新将軍の正室である。この時点ではまだ家治に愛妾《あいしょう》側室はおらず、正室の倫子だけが新将軍と肉体関係にあった。

大奥の支配者として、倫子がいちばんしあわせな時代だったといえる。もっとも大奥の支配者といえども、実務については何も知らない。大奥の慣習についても、口出しはできない倫子だった。

大奥全体と大奥の女中を動かすのは、やはり御年寄である。その御年寄の中でも、実権を握っているのは依然として松島であった。いまや松島は以前にも増して、田沼意次の大事な人脈となっている。

九月二日、家治への正式な将軍宣下があった。

家治は老中どもを従え黒書院へ赴《おもむ》き、勅使たちとともに正二位《しょうにい》に昇進する旨の儀式を執《と》り行なう。

先導は老中首座の松平武元、裾《すそ》持ちは老中酒井忠寄で、家治は白書院へ進む。白書院では、御三家などの拝謁を許す。

次に大広間へ移り、勅使や諸大名が居並ぶ中で、告使役が声を張り上げる。告使役は庭から上段の家治に向かって、『御昇進』と二度ばかり叫ぶ。

このあと朝廷からの征夷大将軍、内大臣、源氏長者《げんじのちょうじゃ》といった宣下が次々に告げられて式典を終わる。

ここに家治は正式に、徳川家第十代の征夷大将軍に就任したのである。

陰暦だと節分は、二月の初めではない。古くからあったこの厄払いの行事は、いつの間にか追儺《ついな》の式として大晦日《おおみそか》の夜に行なわれるようになった。つまり、節分の豆撒《ま》きは、大晦日の夜となった。

大奥でもこの習慣は、長いあいだ保たれていた。豆撒きは、男の役目である。したがって節分の豆撒きのときに限り、男子禁制の大奥へ男が堂々と出入りすることが公認されていた。

豆撒きの役目は、初め老中と決まっていた。しかし、老中となると、年寄りばかりではなく十分に男の匂いをさせる老中もいるから、大奥の女中たちに性的な刺激を与える。常に禁欲生活に苦しんでいる女たちは、どうしても男の身体に触れないではいられない。豆を撒きながら老中を大勢の女中が取り囲み、男の身体を撫でたりさすったりする。しまいには揉《も》みくちゃにされ、押し倒されたりする。

これではたまったものではないと、のちに老中は豆撒きの役目を辞退した。こういったことから節分の豆撒きは、大奥の性的行事のひとつと見なされたものである。

老中のあとを引き受けた豆撒き男は、御留守居《おるすい》の者たちだった。御留守居は旗本としての最高位にあるが、それだけに昇進に手間がかかる。

御留守居になれたころには、すっかり年を取っている。完全な老人であった。この御留守居のおじいちゃんが大奥へやってくるのだから、いくら欲求不満の女でも男を感じない。大奥の女中たちの楽しみが、減ったということである。

だが、この宝暦の時代にはまだ御留守居ではなく、老中が豆撒きの役目を務めていた。しかも順番からいくと今年の豆撒き男は、松平武元であった。ところが、松平武元は年老いていて、豆撒き男の役目はとても務まらない。それで、当時、御側衆であった田沼意次が代理を引き受けた。

「今年の豆撒きの御老中さまは、どなたさまでございましょう」

「松平さまでございますが、田沼さまが代わられると、伺っております」

「まことにございますか」

「間違いございません」

「まあ、どうしましょう」

「田沼さまが、お見えとは……」

「わたくし、眠れそうにございません」

「田沼さまのお身体に触れることが、叶うなんて……」

「お顔を拝見いたしただけで、足がすくんでしまいます」

「ああ、待ち遠しい」

「いかがいたしたらよいものか。じっとしておられませぬ」

「田沼さま」

「早よう、おいでくださいませ」

大奥の女中たちは、ワアワアキャーキャー大変な騒ぎであった。何しろ田沼意次は、無類の美男子ということで有名である。田沼意次を見かけただけで、真っ赤になった大奥の女人もいたということもよく知られているのだ。

このときの田沼意次は、すでに四十二歳になっていた。

青年のように、決して若くはない。だが、まだまだ立派に男であり、四十二歳になったゆえに美男ぶりが一段と魅力的になったといえないこともない。

大奥の女中たちは、大晦日が訪れるのを楽しみに待った。

しかし、そういった大奥の女中たちのことなど、田沼意次はもちろん眼中になかった。田沼意次はこの機会に家治と、密談をしたいという目的があったのである。

七

豆撒きをする田沼意次の身体のあちこちを、大奥の女たちは触りまくった。奥女中の大半は興奮して、赤くなったり陶然となったりしていた。

大奥での人気なるものは、場合によって大変な威力を発揮する。たとえ奥女中にしろ不人気を買うことは、決して得策といえなかった。奥女中が団結して味方となってくれれば、強力な援軍となる。

その辺のところをよく承知している田沼意次は、奥女中に恥をかかせるようなことをしない。少しも逆らわずに、いやな顔のひとつもしない。奥女中たちの好きなようにさせておいた。

豆撒きが終わると年男は女たちの手によって、裏表も縁《ふち》取りもない布団《ふとん》のようなものにグルグル巻きにされる。そのうえで女たちは年男を持ち上げて、いわゆる胴上げのように宙に舞わせるのだ。

めでためでたの若松さまよ、枝も栄えて葉も茂る——と唱和しながらの胴上げは、最後に『お万々年おめでとう』という言葉によって終了する。田沼意次も、ようやく女の匂いから解放される。

意次は髪と衣服の乱れを改めると、大奥を出て中奥へ向かう。同じ大奥でも将軍と御《み》台所《だいどころ》がいる御休息之間では、御年寄に次ぐ地位にある中年寄が豆を撒いた。

それも、福は内、鬼は外などと声を出さない。そうした無言の豆撒きは、すでに終わっていた。将軍家治も大奥を去り、中奥に座を移している。意次と、面談する約束があったからだった。

家治と意次は御座之間の下段之間で顔を合わせた。御側衆や小姓は遠ざけられて、いちおう密談の形をとっている。しかし、陰謀とか策略とかには、まるで関係のない内緒話なのだ。

「これぞと思われます女人にお情《なさ》けを授けられ、数多くの御子をもうけられますように、衷心《ちゅうしん》より願い奉りましてござりまする」

意次は、頭を下げた。

何ということはなかった。愛妾側室とどしどし情を通じて、大勢の子どもを作ってくれというお願いなのである。庶民にはあり得なくても、将軍にとっては当然のことだったのだ。

いや、将軍の義務ともいえる。タネ馬であることも、将軍の重要な職務のひとつであった。正統な血筋を維持し、後継者問題で混乱を招かないように、心身ともに健全な世嗣を確保しなければならない。

「うむ」

家治のほうも、別に驚かない。

何度か同じようなことを、言われているからである。御台所の倫子も、反対はしないだろう。将軍の正室になるからには、そのようなことは百も承知で輿《こし》入れしている。

将軍が何人の側室にどれほどの子を生ませようと、嫉妬してはならないのが御台所なのである。将軍が多くの女と肉体関係を結び、妊娠させる。そもそも大奥とは、そのために存在しているのだ。

元日を迎えれば、家治は二十六歳になる。その家治には、いまだに側室がいない。家治が知っている女となれば、御台所の倫子だけであった。

倫子は四年前に長女の千代姫を生んだが、わずか九カ月でこの世を去った。もっとも千代姫が無事に成長しても、将軍の後継者問題にかかわりはない。

女子には、将軍となる資格がなかった。将軍の姫君に婿《むこ》を迎えて、次期将軍にすることも許されない。将軍の姫君というのは、いずれ大大名かそれに準じた身分の男の妻になるよう運命づけられている。

何としても、家治の男子が欲しい。誰もが、そう望む。それには、家治に寵愛する側室が必要だった。ただ当人に、その気がなかった。

何しろ、家治は御台所と仲がいい。それに家治は好色とか、精力絶倫とかいう男ではなかった。いまに倫子が男子を生むだろうぐらいにしか、家治は考えていない。

しかし、このころ倫子は、二人目の子を懐妊していたのである。

翌宝暦十一年（一七六一年）八月一日、倫子は無事に出産を果たす。ところが、誕生したのはまたしても女子であった。そればかりかこの万寿姫も、十三歳で他界することになる。

だが、それは後年のことであり、万寿姫が生まれた時点では男子誕生でなかったことに多くの人が失望した。倫子自身も、落胆したほどだった。

このまま男子が生まれなかったら、大変なことになる。自分には女子しかできないのかもしれないと、倫子は責任を感じた。倫子がみずから家治に、お手付《てつき》御中臈をすすめたのはその責任感からであった。

家治のほうも、狼狽気味である。いつか倫子が男児を生むだろうなどという楽観は、許されなかった。同時に、側室を持つことをすすめる声も強まった。

家治はついに、倫子以外の女人との情交を決意する。

家治が初めてその相手として選んだのは、知保というお清の御中臈であった。『お清』とは、処女という意味だった。家治は御中臈に手を出したことがないので、知保も処女に決まっている。

知保は、津田宇右衛門の娘としかわかっていない。しかも、お次《つぎ》として大奥へ奉公に上がっている。『お次』というのは御道具係で、大奥の女としても上位とはいえなかった。したがって、ちゃんとした旗本の出ではないのだろう。

そのお次だった知保が、たったの二年で御中臈になっている。この破格の昇進は、家治の異母弟の生母がまだお逸の方として権力を振るっていたころ、縁者ということで格別な扱いをしたらしい。

いずれにしても、知保は家治付きの御中臈でいたのだった。その知保を家治は、寝所に呼んだのである。家治にとって、側室第一号。ちなみに知保は、家治と同年齢であったという。

続いて家治は、品子という女人を側室とした。品子は従二位藤井兼矩公の娘で、倫子に従って江戸へ下って来た。その後は、倫子付きの御中﨟でいた品子に、なぜか田沼意次は目をつけた。

意次は品子を家治だけではなく、倫子との接点にもしようと考えたのだろうか。意次は品子を、以前より気脈を通ずる御年寄の松島の養女として、家治の側室に推挙したのだった。

松島の養女として意次が推挙となれば、家治も逆らえない。家治は品子を、側室第二号とする。しかし、家治の側室は、そこまでであった。家治の側室に関しては、知保と品子を除き明らかな記録がない。

家治が関係した女は倫子のほかに、知保と品子だけだったらしい。知保と品子はほとんど同時期に家治の側室となったが、宝暦十一年の暮れごろからともに寵愛を受けたのであった。

この年、倫子が万寿姫を出産する二カ月近く前に、隠居の身であった前将軍の家重が五十一歳で没した。家重は、増上寺に葬《ほうむ》られた。意次は盛大な葬儀を営《いとな》むべく、誠心誠意ことに当たった。

その意次の奔走《ほんそう》ぶりにも、家治は心を打たれた。『田沼意次は、またうど（完全な人間）なる者なり。決しておろそかに、扱ってはならぬ。大いに、重用せよ』と、父から遺言同様に命ぜられたことを家治は改めて肝《きも》に銘じた。

家治は祖父の吉宗の教育により、人形のような飾りものでいることを許されなかった。文武両道を身につけるように、吉宗は孫を厳しく指導した。

剣術、槍術、弓術、馬術の稽古も、家治の日課とされた。しばしば鷹狩りに出かけることも、吉宗は家治に強制した。家治のほうも、愚鈍にして無能な人物ではなかった。

だが、所詮《しょせん》は剛毅な独裁者になれるような性格を、持ち合わせている家治ではない。家治は江戸城中だけをわが世界としていればよく、祖父吉宗のように苦労を知ることがなかった。

成長するとともに、家治は武人というより、文人のタイプとなった。それに家治は人見知りをするように、あれこれと人に接することを嫌った。

将軍職についてからも、個人的な時間を過ごすことを好んだ。父の家重のように酒と女に溺《おぼ》れ、放蕩無頼《ほうとうぶらい》にして無能な将軍とまではいかない。

家治は特に、酒呑みではなかった。女に関しては、無類の堅物といえた。酒色についてのみ評すれば、二代将軍秀忠《ひでただ》よりも真面目《まじめ》な家治だったのだ。

だが、政務に怠慢だった点では、家治も父と同じように無能者であった。表御殿での政治向きのことは、幕閣に任せておく。自分はひとりで絵を描いているのが、何よりの楽しみであった。

お気に入りの相手と将棋を指《さ》すことも、楽しみのひとつだった。家治の絵は名人、将棋は達人の腕前とされている。ほかに決まった者を招き、世間話や城中の風評を聞くことを好んだ。

決まった相手とは山村良旺《やまむらたかあきら》なる者と、吉宗時代からの奥医師だった。田沼意次はこの両者の無駄話を怒り、山村良旺の出仕《しゅっし》と奥医師の出入りを禁じた。

山村には御小納戸というお役目がありながら、侍講《じこう》か講釈師まがいのことをしておってよいものか。奥医師にしても、むかし話ばかりしているのが能ではあるまい――。

意次は、そう叱ったのである。

このように意次から厳しい指図を受けても、家治の機嫌を損じることにはならなかった。意次の進言や意見は常に正しいと、信じているからである。

意次は完璧、完全な人間なり。意次に任せておけば、何事にも間違いなし。意次を重用し、その深慮には従うべし――。こういう父の遺志にあくまで、家治は忠実だったのだろう。

家治は、意次を信頼している。尊敬すらしている家治は、意次を頼りきっていた。意次に一任すれば、万事がうまくいく。と、そのような依存心も、家治の政治嫌いの原因のひとつになっていた。

翌宝暦十二年二月、家治は意次に五千石の加増を命じた。意次は、一万五千石の大名となった。更に意次は依然として、御側衆の中にあって重きをなしている。

将軍は中奥にある御座之間の下段之間で、政務を執《と》ることになっていた。御座之間から通路を経て、間もなくのところに御用部屋がある。

御用部屋というのは、老中と若年寄が詰めている幕閣の執務室であった。この御用部屋から将軍の決裁を要する書類やお伺い書が、御座之間の下段之間へ届けられる。

それらに目を通して問題がなければ、『伺いの通りたるべく候《そうろう》』と御用部屋へ返す。御用部屋では将軍の裁可が下ったものとして、その案件を実行に移す。

逆に不審な点や疑問があれば、将軍は担当の老中に質問したり訂正を命じたりする。不許可とすることもある。将軍の政務とは、そんな程度のものであった。

ただし、そうした将軍と御用部屋との質疑応答、申告と決裁は直接、行なわれるものではなかった。必ずあいだに、御側御用人がはいる。将軍の意向や決裁を御用部屋に伝えるのも、老中たちに質問するのも、すべて御側御用人なのである。

中奥で重職を担う実力者は、御側衆であった。御側衆は常に、御座之間に接する三之間に控えている。そのような御側衆の中で将軍にこれぞと見込まれた筆頭が、御側御用人を命ぜられるのだ。

御側御用人は、いわば将軍の秘書であった。将軍の代行者になる場合もあるし、将軍の代弁もできる。御用部屋の提案に反対して、将軍に否決させることも可能だった。

極端な言い方をすれば、御側御用人は御用部屋の生殺与奪の権さえも握っているのである。御側御用人の言動には、それくらいに大きな影響力があった。

そのために老中だろうと、御側御用人には一目も二目も置いた。二、三万石の小大名だったとしても御側御用人になると、その将軍家の代理人という威光に勝てる者はいなかった。

そのために御側御用人は、意味なく権力を握ることになる。そこで吉宗は、御側御用人というものを廃止した。しかし、その子の家重が自分の不明瞭な言語を理解できる大岡忠光を代弁者として、あっさり御側御用人を復活させてしまった。

家治も父の家重のあとを引き継ぎ、御側御用人の制度を維持した。大岡忠光も家重も、故人になっている。次は家治がみずからのための御側御用人を、任命することになる。

その第一候補は、いまのところ田沼意次しかいない。意次こそが、御側衆の筆頭といえるからだった。だが、家治は意次を御側御用人にすることを、いまだに控えている。

それは、家治の信任も厚い重鎮、松平武元がいまもなお健在だったからである。

八

田沼意次が一万五千石を給されることが決まって数カ月後に、予期し得なかった事態が大奥を騒がせた。側室の知保と品子が、ともに懐妊したのであった。めでたいことには違いないが、非常に珍しく意外な出来事といわなければならない。それに、その結果というものが大問題を引き起こすかもしれない。

大奥はもちろんのこと、表御殿においても『めでたい』という言葉が連発される。笑顔も、見られる。しかし、胸のうちはどうだろうか。誰もが、複雑な気持ちにさせられていた。

口には絶対に出せないことだが、心の中の不安は打ち消せなかった。

――知保も品子も無事に出産したとして、それが同時期だったらどうなるのか。

――一方あるいは双方とも女児であれば、それほど波風は立たない。

――ところが双方ともに、男児だったとしたらどうなるか。

――一日でも早く生まれたほうが、長男として将軍の世嗣となる。

――一日遅れて生まれただけで、次男としての処遇を受ける。

――出産が遅れたほうの側室としては、とても割り切れないだろう。

――大奥における両派の女中たちの対立が、一悶着《ひともんちゃく》起こすかもしれない。

――大奥での抗争は、もっと深刻なものになるだろう。

――万が一、同じ日に出産したらどうなるのか。

――時刻もさして変わらなければ、これは大騒動になる。

——世嗣を決定するのに、激しい争いが起きる。

このように心配する者もいれば、逆に応援団よろしく期待する連中もいる。さていずれが勝つかと、野次馬《やじうま》根性を発揮する幕臣も多かった。

いずれにしても江戸城中の関心は、二人の側室の出産に集中していた。それも七月、八月となると緊張感に変わった。特に大奥の女たちは、落ち着きを失っていた。

この二人の側室の出産問題について、田沼意次が気を揉むようなことはなかった。意次が推挙した品子が長男を生めば、それに越したことはない。

今後、将軍の世嗣に対して意次は、多大な影響力を持つことになる。また、お袋さまとなった品子の後見人のような形で、大奥との結びつきも深くなるだろう。

では、知保が家治の長男を出産したら、どうなるだろうか。知保は品子を推挙した意次を、味方にあらずと軽んじるか。そのようなことにはならないと、意次には少なからず自信があった。

意次は、知保と極《ご》く親しい関係にある女人を、自分の側室にしていたのだ。知保は意次とのそうした深い縁を、無視するわけにはいかない。

知保は意次に通じる人脈を断ち切るようなことをせずに、これまでどおりの交誼《こうぎ》を大切にする。つまり、知保がお袋さまになっても、意次を敵に回すようなことにはならないのである。

しかし、知保と品子の同時期の懐妊というのには、誤解があったらしい。二カ月ほどの差があったのに、人の口が噂を事実のようにしてしまったのだ。

その証拠に、当の知保と品子が誰よりも冷静でいた。それは九月になって、知保と品子の腹のふくらみ具合で明らかにされた。大奥の女たちの興味は、生まれるのが男子か女子かに変わった。

十月二十五日――。

知保は本丸で、男子を出産した。

将軍の長男の誕生であり、竹千代という幼名が授けられた。ただ将軍の長男を生んだのに、知保はお袋さまになれなかった。御台所の倫子が、竹千代の養母となったからだった。

知保はお知保の方という側室には違いないが、大奥の女中では最高とされる『老女上席』の地位を与えられた。

これに遅れること、二カ月近く――。

十二月十九日に、品子も男子を出産した。家治の次男であり、幼名を貞次郎とした。出生が、わずか二カ月しか違わない。本来ならば何らかの形で、争いが起きそうな感じがする。

しかし、貞次郎がこの世に生存したのも、わずか三カ月にすぎなかった。翌年の三月に、貞次郎は病死した。後継者争いはなかったにしろ、やはり不運であった。こののち倫子、お知保の方、お品の方はそろって妊娠しなかった。家治は、ほかの女にも子を生ませていない。結局、家治の息子は、ひとりだけということになる。

そのことが後年、十一代将軍の地位の争奪戦を招くのである。

四年が経過して、明和四年（一七六七年）を迎えた。この年の七月一日、家治はついに田沼意次を御側御用人と決定する。同時に五千石の加増により、意次は二万石の禄高になった。

一方では、従四位下に叙任される。意次は、将軍を補佐する権力者となった。しかも家治は意次に半ば、もたれかかっているような将軍である。いよいよ、田沼時代の到来であった。

だが、意次が専横を極めるというときまでにはまだ間がある。意次以上の実力者である松平武元が、なお老中首座の地位にあってにらみを利かせているからだった。

意次が御側御用人に任ぜられた時点で、老中は四人いた。

松平右近将監武元　館林六万一千石　五十五歳　老中歴二十二年。
松平右京大夫《うきょうだいぶ》輝高　高崎《たかさき》八万二千石　四十三歳　老中歴十年。
松平周防《すおう》守康福《やすよし》　岡崎五万石　四十九歳　老中歴六年。

阿部伊予《いよ》守正右《まさすけ》　福山《ふくやま》十万石　四十四歳　老中歴四年。

いずれも名家名門の出で、成り上がり者の意次とは家格が違いすぎる。松平輝高は家光、松平康福は家康以来の譜代である。阿部正右の祖先も、関ケ原の合戦の時代から家康に重んじられていた譜代の大名であった。

松平武元となると同じ松平でも譜代ではなく、徳川家の一門とされるほうの松平なのだ。この松平家の祖は、六代将軍家宣の弟に当たる。

いわば徳川の分家なのだから、本来ならば紀伊徳川家の足軽の子に生まれた意次など、そばにも近寄れない。将軍家の御側御用人を務める大名にまで出世したからこそ、意次も何とか松平武元と対等にものが言えるようになったのだ。

しかし、それでもなお意次は気持ちのどこかで、松平武元を畏怖《いふ》していた。劣等感を抱いているわけではないが、やはり松平武元を高貴の人と見てしまう。

しかも武元は、意次より六歳ほど年長である。老中首座の地位にあるばかりではなく、松平武元は二十二年間も老中でいる。そのことを思うと、さすがの意次も威圧されるのだ。

意次の一方的な意見に、松平武元を従わせることは難しい。押しつけがましいことを言うのも、つい遠慮してしまう。松平武元のほうが、意次に敵対する態度を示すことはない。

「悪《あ》しき政策とも思わぬし、それがしに異論を唱えるつもりはござらぬ」

松平武元の言葉つきは、常に穏やかであった。

「さようにございますか」

意次は、いちおうホッとする。

「ただし、それなる方策を直ちに実施いたすは、時期尚早の感ありと存ずるがいかがにござろう」

武元の目が、笑っている。

「時期尚早にございますか」

武元は結局のところ反対なのだと、意次は気がつく。

「何やらこう、主殿頭《とのものかみ》どのが思いつきのごとくに、受け取られる恐れもございましょうぞ」

「思いつきどころか、一年も前より熟慮を重ねております」

「機の熟すを待つ。これが何よりも、肝心《かんじん》にございますぞ」

「右近将監さまには、いつのころをもって機が熟すと仰せられましょうや」

「さよう、あと半年……」

「半年も待ちましては、手遅れになる恐れがございます」

「されば主殿頭どの、これよりいくたびかこの件につき、われらにて詮議《せんぎ》を重ねてはいかがにござろう」

松平武元は提案するというより、意次に伺いを立てるような言い方をする。

「承知つかまつりました」

意次も思わず、そう応じないではいられない。

その後、何度も評定所で話し合いが繰り返されて結局、案件が決定するのは武元の望みどおり半年後ということになる。このように武元と勝負をすれば、意次のほうの分が悪くなる。

頭が上がらないということにはならないが、意次は松平武元を大の苦手としていた。田沼家の弱点はやはり、低い身分から出発したことにあったようである。

それを補《おぎな》うのは、人脈だった。どこかで名家名門につながる縁を、多くの人々と結ぶことであった。意次が政略的な縁組、交流を重視したのもそのためである。

そもそも意次の父の意行からして江戸で旗本に取り立てられてから、将軍吉宗のお満というお古の側室をありがたく頂戴している。お古とはいえ将軍のかつての側室と、結びついて損はないだろう。

意次は御台所の御中﨟だった品子を、家治の側室に推挙した。

一方で家治の側室となった知保と、かかわりが深い女人を、意次はおのれの愛妾とした。

大奥の実力者である御年寄の松島を、意次は完全に抱き込んでいる。ほかにも大奥で権力を握る多くの女たちを、惜しげもなく金品を贈ることで懐柔した。

また意次は弟の意誠《おきのぶ》を、御三卿の一橋家へ送り込んでいる。意誠は、一橋家の家老となった。意誠の死後その子の意致《おきむね》、すなわち意次の甥《おい》が一橋家の家老職を務めている。

意次の長男の意知《おきとも》は、現在の老中で岡崎五万石の松平康福の娘を正室に迎えていた。

意次の長女は、遠江（静岡県）横須賀三万五千石の西尾忠移《ただゆき》の正室だった。

次女は、掛川《かけがわ》三万五千石の井伊《いい》直朗《なおあきら》の正室となる。

四男の意正《おきまさ》は、現在の若年寄である水野忠友《みずのただとも》の養子となっている。

意次の養女は、ライバルでもあった先輩の御側御用人、大岡忠光の長男忠喜と結婚した。

六男の雄貞《かつさだ》は伊勢《いせ》菰野《こもの》一万一千石の土方《ひじかた》家の養子となり、八代藩主の地位を継ぐ。七男の隆祺《たかよし》も綾部《あやべ》二万石の九鬼《くき》隆貞の養子となり、第六代の殿さまになるのであった。

これ以外に意次は、御三家と御三卿に織物のように入り組んだ人脈を広げている。更に意次の歓心を得るために、ありとあらゆる人間が接近してくる。田沼意次は日本一、顔の広い男になりつつあったのだ。

意次が御側御用人になって二年後、明和六年（一七六九年）。意次は、老中格となった。

いまだ老中にあらず老中格ではあったが、将軍家の御側にあることはこれまでと変わりなしと、家治からわざわざ言葉が添えられていた。

このとき五千石の加増があり、意次は二万五千石となった。家治は『意次はこれより評定所の会議に老中どもとともに出席し、誓詞《せいし》があるときは意次の名を用うべし』と命じている。

そのうえ意次はこの年、常憲院《じょうけんいん》（綱吉《つなよし》）や惇信院（家重）の霊廟《れいびょう》に代参するという栄誉を与えられている。

ところで、意次が老中格になるまでの老中が、四人であったことはすでに記した。だが、実際には五人の老中がいたはずなのだ。それが突然、四人に減ってしまったのはなぜか。ひとりの老中が、急に辞任したからであった。

それは、秋元但馬守涼朝《すけとも》だった。

秋元涼朝は川越六万石の城主で、奏者番、寺社奉行、西の丸若年寄、西の丸老中、本丸の老中というふうに昇進を続けた優秀な人物である。

明和四年の六月下旬、秋元涼朝は表御殿の廊下を歩いていた。反対方向から、人が近づいてくる。田沼意次であった。このときの意次は、単なる御側衆だった。両者は、すれ違った。

意次は、頭を下げなかった。江戸城中で老中とすれ違いながら、一礼もしないという人間はいなかった。秋元凉朝は、礼儀知らずに怒りを覚えた。

「待たれよ」

秋元凉朝は、振り返って声をかけた。

意次は知らん顔で、廊下を去って行く。

「聞こえぬのか！」

凉朝は、怒鳴った。

意次は、ようやく立ちどまった。何があったのかというように、意次はぼんやりとした顔でいる。

「この無礼者めが！」

「但馬守さまに何やら、無礼を働きましたか」

「それがしとすれ違いながら一礼をいたすこともなく、主殿頭どのには通りすぎて行かれたではないか」

「さようでございましたか。御用多忙ゆえ思案いたしながら歩いておりまして、但馬守さまのお姿が目にはいらなかったのでございましょう」

「いかに御用多忙にござろうと、礼儀を弁《わきま》えずともよろしいとは申せまい」

「まことに、ご無礼をつかまつりました。何とぞお許しのほどを……」

意次は、腰を屈《かが》めた。

「うむ」

凉朝は冷静さを取り戻して、その場を立ち去った。

だが、カッとなって思わず叱りつけたものの、考えてみれば相手は意次である。お役目こそただの御側衆にすぎないが、上さまの杖といわれるほど意次は家治の信任を得ている。それに近々、意次は御側衆の筆頭ということで、御用人に任ぜられるらしい。

まずいことをしたと、凉朝は青くなった。御用人になってからの意次の報復を、凉朝は恐れたのだ。謹慎の意を表するために、あわてて凉朝は老中の辞職を願い出た。

辞任はあっさりと認められて、凉朝は六月二十八日付で老中を免ぜられる。それから三日後に、田沼意次は五千石加増の御側御用人となる。秋元凉朝は川越から、山形《やまがた》へ移封《いふう》となった。これが秋元凉朝の老中失脚に至る経緯《いきさつ》であり、秋元家から二度と老中は出ていない。

九

田沼意次は老中首座の松平武元を苦手としてその顔色を窺いながらも、権力の拡大のために着々と布石を進めていた。一族あるいは縁者を徳川家の中枢に配置して、意次みずからの権勢の定着を意図したのである。

たとえば、水野忠友がいる。

水野忠友は意次の四男の意正を養子に迎え、おのれの娘の婿とした人物であった。意次は、この水野忠友の出世の後押しをする。おかげで水野忠友は旗本から、三河《みかわ》の大浜《おおはま》一万三千石の大名となることができた。

同時に水野忠友は、御側衆より若年寄に昇進する。九年後、御側御用人のひとりとなる。四年がすぎて、老中格を命ぜられる。更に四年ののち老中に昇格、水野忠友は意次の失脚後までその地位を保つのであった。

田沼意次に忠実な三千石の旗本で、稲葉正明《まさあきら》という御側御用取次がいた。意次はこの稲葉正明に目をかけて、三度にわたり加増を将軍家に働きかけた。

そのため稲葉正明は二千石、二千石、三千石をプラスされ、旗本から合計一万石の大名となった。

田沼意次の娘を妻とする掛川三万五千石の井伊直朗は、意次の援助を受けて奏者番に任ぜられ、間もなく西の丸の老中へと出世を遂げている。

井伊家は、二つある。この掛川三万五千石の井伊家のほかに、有名な彦根《ひこね》三十万石の井伊家があった。三十万石と三万五千石の違いから、どうしても彦根が本家で、掛川は分家と思われがちである。

彦根の井伊家の祖は直孝《なおたか》、掛川の井伊家の祖は直勝《なおかつ》であった。いずれも、家康の四天王のひとり井伊直政《なおまさ》の息子なのだ。ところが、直勝が井伊直政の長男で、直孝は次男となっている。

本来ならば長男の直勝が本家を継ぎ、直孝が分家するはずだった。しかし、直勝は病弱だったために大坂冬の陣に参戦できず、直孝が出陣した。

家康はそのことを理由として、弟の直孝に井伊家の家督の相続を命じた。兄の直勝は、三万石を分与して別家させた。そのような過去の事情によって今日、三十万石と三万五千石の井伊家が存在する。

彦根三十万石の井伊家は代々、掃部頭《かもんのかみ》に任ぜられることになっている。名君を輩出し、何か事があれば徳川家の大黒柱となることを命ぜられる。

江戸時代を通じて十二名が大老の地位についているが、酒井家が四名、土井家と堀田家が各一名で、あとの六名はすべて井伊家の当主であった。二代直澄《なおずみ》、三代直該《なおもり》が二度、十一代直幸《なおひで》、十三代直亮《なおあき》、十四代直弼《なおすけ》と大老に就任している。

だが、この中にひとりだけ、大老にふさわしくない人物がいた。十一代の井伊直幸であった。井伊直幸は田沼意次の推挙により、突如として大老に任ぜられたのだ。

もちろん直幸は、意次の傀儡《かいらい》だった。意次の言いなりになる大老で、幕閣ににらみを利かせることを役目とした。ほかに大老らしいことは、何ひとつしていない。

では、意次に請《こ》われて大老になる義理が、井伊直幸にはあったのか。意次と直幸には、それだけの付き合いがあったのか。実のところ、意次と直幸は一種の縁故関係にあったのだ。

掛川三万五千石の井伊直朗の線である。井伊直朗と彦根の井伊直幸は、まず同族ということがあった。そのうえ意次の娘を妻としている井伊直朗は、井伊直幸の末っ子の直広《なおひろ》を婿養子にもしているのだった。

また井伊直幸は、井伊直朗の娘を養女に迎えている。つまり直朗は直幸の息子を婿養子とし、直幸は直朗の娘を養女として、互いに義父同士の立場にいたのだ。直朗と直幸の関係が親密だったことは、断わるまでもないだろう。

それに加えて直朗は、田沼意次を舅《しゅうと》すなわち義父としている。そこに意次、直朗、直幸の縁故が成り立つわけである。井伊直幸は当然、意次の味方になる。

意次に逆らうほど、気骨のある直幸ではない。しかも彦根三十万石の井伊家の当主であれば、直幸は大老に就任する資格を持っていることになる。

意次は将軍家治に、直幸を大老にすべく願い出た。家治は、それを認めた。わずか三年間にすぎなかったが、井伊直幸は意次の代弁者という大老の役目を果たしたのだった。

おのれの長男となれば、出世を早めることなどもう当たり前といえる。意次の長男である意知は奏者番を経て、三十五歳の若さで若年寄に昇進した。

父が老中、息子が若年寄と同時期に任ぜられたのは、三代将軍以降に例がない。老中、若年寄という職名が正式に定まったのは、田沼父子が初めてである。

このように若年寄、西の丸老中、本丸老中、それに大老に至るまで家治の信頼により、思うように任命することが田沼意次には可能だった。幕閣より下位のお役目の人事であれば、もっと容易に任免できる。

意次は、実力主義に徹している。これはと思う能吏《のうり》がいれば、それにふさわしい役職につける。門閥とか家柄とかは、問題にしない。特に財政面で有能な幕臣がいれば、適材適所といえる地位を与えた。

勘定《かんじょう》奉行なども身分は二の次で、優秀な人間を抜擢する。そのために家格は低いが実力に自信のある多くの幕臣が、活気づいて希望に燃えるようになった。

田沼ファンが、幕臣の中に増えていく。意次によって抜擢された者たちは、忠誠を誓わずにいられない。田沼グループは、根を深くおろしながら拡大された。

それでいて意次は、少しも威張《いば》らない。人当たりがいい点は、むかしから変わらなかった。大きな声ひとつ出さないし、怒ったり人前で誰かを叱りつけたりもしない。気さくであって、目下の相手にも馴《な》れ馴れしい口のきき方をする。

これは、意次の演技でも何でもなかった。意次には和を重んじ、慈悲の心を大切にする一面があった。意次は正月に身内や家臣に必読すべしと、遺訓を残していったということである。

忠義を、怠《おこた》ってはならない。

孝心を、忘れてはならない。

武芸の修行に、励まなければならない。

大身《たいしん》の人々には無礼のないように、注意しなければならない。

公事《くじ》に関しては、些細《ささい》と思えることでも念を入れて処理しなければならない。

賞罰は公平であって、感情に左右されてはならない。

主人の命令となれば家来は否応《いやおう》なしに従うものだから、道理と分別に基づいて命令を下さなければならない。

人々に対して裏表なく、心を尽くして接しなければならない。

相手が軽輩《けいはい》であろうと、人情によって結ばれなければならない。

貧しすぎては武士として役に立たず面目《めんぼく》を失うことになるから、収入と支出について常に気を配らなければならない。

借金がすぎれば、際限なく借金が増すことを肝に銘じなければならない。

だからといって領内の年貢の取り立てを、やたらと厳しくしてはならない。

百姓及び町人に、無慈悲なことをしてはならない。

人々のうえに立つ者は、財政が均衡を保つことを重視しなければならない。

このように意次の遺訓には、みずからの人生体験と処世術が盛り込まれているそうである。いずれにしても、意次は苦労人だったといえる。何よりも人間関係を大切にして、その結びつきを人情によって保つように心がけたのだ。

それは、庶民的な感覚だった。そこに、門閥を誇り毛並みのよさだけが取柄《とりえ》の権力者が、雲のうえにいてひたすら威光に頼るのと、明らかな違いがあった。意次は誰だろうと、人間が好きだったのかもしれない。

そのせいか、人間関係によって基盤を固めた田沼グループにかかわる人々のあいだからは、意次の専横を批判する声は出なかった。むしろ意次の改革的なやり方に、興味と関心を寄せていた。

意次に反感と敵意を抱いたのは、門閥譜代の保守派であった。しかし、その保守派にしてもまだ、面と向かって意次に挑戦する勇気は持ち合わせていなかった。保守派の中にも、意次に贈り物をする連中が少なからずいたのだ。

意次の政策は、幕府の財政立て直しに重きを置いた。財政の立て直しとなると、これまでの施策は馬鹿のひとつ覚えのように『倹約令』に決まっていた。

意次も倹約を奨励したが、それは形だけのものだった。意次の経済策は支出をちょっぴり減らすよりも、収入を増やすというのが基本理念になっていた。

意次の経済思想は、誰もが豊かになろうということだったのかもしれない。しかし、それはこの時代に不可能なことであり、貧富の差を作り上げている階級と身分までは、意次にも否定できなかった。

そこで意次は殖産興業や税制改革などを最重要視し、商業主義に沿った政策を推《お》し進めることになる。なお意次は鎖国令を廃止することは困難にしても、外国との貿易のために一部開国を夢見ていた。

これなどは当時の幕閣としては、画期的なことといえる。

挫折、中止、不成功に終わった計画もあるが、意次の治績には思いきった経済政策が織り込まれている。意次はただ過去を未来にバトンタッチするという凡庸な政治家ではなく、現実を直視して策を講ずる改革の傑物といえる。

それを実行するために、意次は絶対的な権力を求めた。権勢欲に動かされたのではなく、意次は自分の改革を妨げられることのない地位と、協力してくれるブレーンが欲しかったのだ。

施策の一

享保の時代に始まってそのまま続かなくなっている印旛《いんば》沼と手賀《てが》沼の干拓を、意次は再開させた。ただし、前回のように幕府の出資によらず、民間の財力を動かして工事を進めた。
だが、利根《とね》川の洪水と意次の失脚によって、この大事業はまたしても中止となる。それにしても注目すべきは、公共事業の資金に町人の財力を導入したことだろう。
施策の二
特産品を専売制とし、その座《ざ》から運上金《うんじょうきん》を徴収した。運上金は雑税のひとつで、商、工、漁猟、運送などの営業者に納めさせた。専売となったのは銅座、鉄座、真鍮《しんちゅう》座、人参座といったものである。
施策の三
御用金の高利貸付けを、意次は計画した。幕府が金融会社になって、利息の一部を収入として得ようとしたのだ。これは意次の失脚で、実現に至らなかった。
施策の四
米という実物そのものを物価の基準としないで、米切手の通用を一般的とするように意次は努めた。現物の米よりも米切手を経済に、利用するということである。
意次は正米切手保証や不渡切手買上を発令して、米切手の価値を保護した。米切手は、一種の通貨となる。現物の米から、貨幣への移行であった。
施策の五
通貨の改鋳でも、意次は新しい方法を用いた。これまでの改鋳は金や銀の質を落とすことで、幕府が利益を得るという経済策だった。しかし、意次はそのように、ミミッチーことをしなかった。

たとえば銀貨だが、従来は銀貨の重量がモノを言った。五匁銀《もんめ》なら、それなりの重量がなければならない。意次はその重さを二の次にして、『銀五匁』と表面に刻《きざ》まれていれば、それで五匁銀として通用するという改鋳をやってのけたのだ。

一枚の紙きれでも一万円の印刷が施《ほどこ》されていれば、一万円として通用するという現代の紙幣と同じである。

重量に頼るより、表記された金額を重んじようということになる。これは商品の流通にもプラスになるし、幕府も財政的に大いに潤ったのであった。

もし、この時代に印刷技術が発達していたら、意次は紙幣の発行に踏み切ったのに違いない。

施策の六

商業の発展とともに、全国的に商人は増収の一途をたどることになる。そこで意次は多くの株仲間を公認し、問屋との結びつきを強めることを通じて、運上金や冥加金《みようがきん》を徴収するという策を立てた。

冥加金は営業許可に対する献金とされているが、運上金と同じ税金であることに変わりない。ありとあらゆる商品の売買による収入に課税すれば、幕府が吸い上げる税金は莫大な金額となる。だが、これは物価の上昇を招き、一般には酷税と見なされた。

施策の七

富める国になるには外国との貿易が不可欠だ、という判断が意次の念頭にあった。しかし、いくら意次とそのグループに力があろうと、鎖国を撤廃して開国令を発することはできない。

そうしたことから意次は、一部開国を目論《もくろ》んだ。長崎と蝦夷地《えぞち》（北海道）を拠点として、諸外国との自由貿易を実現させる。密貿易によって一部の商人や大名だけに利益をもたらすのではなく、日本国延《ひ》いては幕府を豊かにする政策である。

このため意次は調査団を北海道や千島《ちしま》に派遣し、蝦夷地の開発に着手する。開発と同時に蝦夷地に良港を開港して、ロシアをはじめ諸外国の貿易を公認する。

西の長崎とともに北の蝦夷地を、貿易を通じて開国するというのが意次の構想だったのだろう。だが、蝦夷地の開発もまた意次の失脚によって、実を結ぶことなく終わった。

意次がいかに進歩的な改革派で、財政対策に積極性を発揮したかは明らかである。もう十年、意次が失脚することなく生存していれば、日本経済の歴史は違っていたものと思われる。

おかげで田沼時代の一時期、幕府の財政はいままでにない黒字となったのだった。

十

田沼意次と親交を結んだ者の中には、異色の人物といえる変わり種が何人かいた。そのうち代表的なのは、一橋治済《はるさだ》と島津重豪《しげひで》であった。

治済は御三卿の一橋家の第二代の当主で、初代の宗尹《むねただ》の三男として生まれている。宗尹は八代将軍吉宗の四男だから、治済も吉宗の孫のひとりということになる。

この一橋治済は傑物などといわれているが、それは御三卿の当主だったからである。もし治済がただの男であれば、悪人の部類とされただろう。

確かに高貴な身分にしては、鳴かず飛ばずという治済ではなかった。その代わり治済は、腹黒い野心家であり権謀術数で固まっているような策士であった。

みずからの目的のためには信義もへったくれもない。親だろうと平気で、裏切りそうなタイプだった。田沼意次も最後にはこの背信の男によって、決定的な打撃を被《こうむ》ることになる。

しかし、意次も初めのうちは、治済をなかなかのやり手と見た。徳川一門にあって、物事に積極的な点では群を抜いている。底知れぬところがあって、何となく大人物を思わせた。

御三家や御三卿の田安家よりも、治済は発言力を強めている。一橋治済は御三家をも抑《おさ》えて、徳川一門のリーダーになるかもしれないと、意次は見て取ったのだ。そこでは、意次の人のよさというものが災《わざわ》いしたのだろう。

そもそも意次と一橋家のあいだに縁が生じたのは、弟の意誠が召《め》されて宗尹の小姓となったことからだった。このとき一橋宗尹と意誠はともに十二歳、意次は十四歳、治済はまだ生まれていなかった。

それより意誠は、一橋家に長く仕えることになる。小姓から小十人頭、目付、番頭、御用人を経て、意誠は一橋家の家老となる。そのときの意誠は三十九歳、従五位下能登《のと》守に叙任し、五百石の采地《さいち》（知行所）を賜わっていた。

治済は、まだ九歳。意次は一万石の大名となり、評定所への出座を許されたばかりであった。その意次が四十六歳になった明和元年（一七六四年）に、一橋宗尹がこの世を去る。一橋家を相続したのは、十四歳の治済であった。

三十二という年の開きがあっても意誠を仲介に、意次と治済は互いに親近感を覚える仲になっていた。それも年を経るごとに、親密度が増していく。

意次が御側御用人そして老中格になると、これを逃してたまるものかと治済はいっそう権力者を厚遇する。大いに利用できるとの計算のもとに、治済は吸盤のように意次に吸いついて離れない。

意次の父の古い同輩の孫娘が大奥に奉公に上がっていると聞くと、治済はそのままにしておかなかった。治済はわざわざ大奥へ出向いて、その登美という奉公人に目通りを許す。

登美の父は旗本で、西の丸の御目付として勤仕する岩本正利。母は、大奥の御年寄の養女であった。

登美は絶世の美女どころか、色が青黒くてやや肥満していた。それにもかかわらず治済は大奥に話をつけて、もらい受けた登美を一橋邸へ引き取った。

直ちに、登美は御中﨟《おちゅうろう》となる。治済は登美を、側室にしてお手付きにしたのである。

意次はそれをおのれへの治済の好意と解釈して、喜んだり感謝したりであった。

治済は二十二歳にして、このような策士ぶりを発揮している。しかも登美は間もなく懐妊し、翌安永二年（一七七三年）十月三日に男児を出産した。

治済の長男の誕生であり、幼名を豊千代と称した。このとき豊千代が十一代将軍になるとは、誰が予想しただろうか。しかし、ただひとり野心家の治済だけは、豊千代が将軍に就任することへの期待を捨てきれずにいたのだ。

いまや将軍の継承権の順位は御三家より、吉宗直系の御三卿が優先されている。もし十代将軍に世嗣がいなければ、御三卿から十一代将軍が選ばれるのだ。

御三卿のうち清水徳川家は、十五年ほど前に創始されたばかりであった。初代の当主の重好には、子がひとりもいない。したがって、清水家に将軍継承の資格がなかった。

残るは、田安家と一橋家である。田安家は現在、吉宗の孫の代になっている。それに対して一橋家の豊千代は、吉宗の曾孫《ひまご》ということになる。

その点では、一橋家のほうが不利だった。ところが、将軍家継承などという野心のない田安家では、数少ない子まで養子に出してしまっていた。

二年前に病死した初代の田安宗武《むねたけ》は、七人の男子をもうけている。だが、長男、次男、三男、四男は早世した。残った三人のうち、五男の治察《はるあき》は田安家を相続している。

あと二人しかいないのに、六男の定国は伊予松山《いよまつやま》十五万石の松平定静《さだきよ》の養子となったのであった。結局、田安家からの将軍候補は、七男の定信《さだのぶ》ひとりだけということになる。

田安家の定信は吉宗の孫、一橋家の豊千代は吉宗の曾孫。直系の血の濃淡が決め手になるとすれば当然、田安家の定信が候補に選ばれる。孫と曾孫の差、加えて田安家は御三卿の筆頭でもあるのだ。

豊千代に、勝ち目はない。

それは治済にとって、耐え難いことであった。もともと田安家と一橋家とは、しっくりいっていなかった。御三卿筆頭の田安家に、治済が対抗意識を持ちすぎることがその原因になっている。

治済の一人相撲《ずもう》ともいえるが、事あるごとに田安家に負けまいと張り合った。田安家の定信に将軍職を奪われるようなことになれば、治済は決定的な敗北を喫するのだった。それだけは、何としてでも避けたい。

いかなる強硬手段を用いても、邪魔者の定信から将軍継承の資格を奪い取らなければならなかった。その強硬手段は、ひとつしかない。定信を田安家から、追い出すことであった。

つまり、定信を、他家の養子とすることである。そうするには、田沼意次の力が必要になる。治済は一橋邸で、その件につき意次に相談した。

治済と意次の密談は、安永二年の暮れから始められている。豊千代が誕生して、まだ二カ月しかたっていない。それで初めのうちの意次は、何と気の早いと笑いを禁じ得なかった。

「さように苛立《いらだ》たれて、いったい何事がございましょう。上さまにはご壮健であらせられ、西の丸さまもまた病をお近づけになりませぬ」

意次は、落ち着き払っている。

将軍家治はまだ三十七歳で、健康でもある。十代将軍の時代は、これからも当分続く。更に西の丸さま、家治の長男の家基がいる。当然のことながら家治の世嗣として、この家基が十一代将軍の地位につく。

家基は、十二歳の権大納言になっている。確かに家治の実子は、家基ひとりしかいない。だが、当の家基はすこぶる元気であり、これより先も健在の身でいるだろう。家治そして家基が将軍でいる歳月はまだまだ長く、家基に男子が誕生すればそれが十二代将軍になる。とても御三卿から定信や豊千代が、将軍継承に割り込む隙《すき》はないと意次には滑稽《こっけい》に思えたのだ。

「万が一、ということがござろう」

治済のほうは、真剣であった。

「陸奥白河の松平家が定信さまを御養子にと望まれておられるとは、この田沼も伺っておりますが……」

意次は、つい口を滑らせた。

「まことにござるか」

治済は、目の色を変えた。

「ただし、難しゅうございますな」

意次は、首を振った。

「白河の松平家なれば、定信どのにふさわしき養子縁組。田沼どの、何とかこの縁組をまとめていただけまいか」

治済は、必死であった。

このような談合が、延々と続けられた。年が明けて安永三年の正月、ついに意次は治済の懇願を受け入れることにした。もともと盟友として、がっちり手を結んでいる意次と治済だった。

互いに利用価値があるうえに、気も合っている両者が協力しないほうがおかしい。意次とすれば、この御三家の口さえも封じて徳川一門の中心人物となりそうな治済に、大きな貸しを作っておくのも悪いことではなかった。

それに父の代からの知人である岩本家のお登美の方、そのお登美の方が生んだ豊千代に冷淡だと受け取られたくない、という義理にも意次はこだわった。意次は、治済との人間関係を重んじた。

意次は二年前に、すでに老中格から老中になっていた。家治の信任は相変わらずで御側御用人時代と同様に、意次の将軍家への影響力は強い。意次は、頂点に立つ権力者になっている。

商業資本の操作、幕臣の登用、お役目任免の人事、諸大名の負担の軽減など何事も意次の意のままになる。養子縁組の取り決めが、意次の手に負えないはずはなかった。

意次は評定所において、陸奥白河の松平家が望みどおり、田安徳川定信との養子縁組を実現させてはいかがなものかと提案した。老中たちは、それに賛成する。老中首座の松平武元も、反対はしなかった。

白河の松平家は禄高こそ十一万石だが、徳川の御家門である。徳川一門の支流、あるいは親戚筋であった。その点では、松平武元も同じだった。

松平武元は越智《おち》松平家、白河の松平は久松《ひさまつ》松平家といわれる。白河の久松松平の祖は、家康の異父弟にして母は同じ於大《おだい》の方という定勝《さだかつ》の血を引いている。

久松松平家の初代は、定勝の三男の定綱《さだつな》なのである。家康の異父弟の血筋となれば、名家・名門のうちにはいる。現在の当主は、八代の定邦《さだくに》であった。

松平定邦には、女子はともかく男子ができなかった。だから田安の定信を、単なる養子にするわけではない。定邦は娘の峰姫の婿として、定信を迎えることを希望したのだ。いずれにせよ、悪い縁組ではない。

老中から田安家へ、縁組の一件が持ち込まれる。田安家では、それを固辞する。辞退の理由は当主の治察が病弱であり、年が若いので世嗣もいないということだった。

治察の身にもしものことがあれば、田安家を継ぐ者は定信を除いてほかにいない。その定信を他家へ養子に出してしまったら、田安家の今後はどうなるのか。

だが、いったん幕閣から出された通告は、ちょっとやそっとのことで引っ込められるものではない。老中の権威を損ねないためにも、無理を承知で押し通さなければならないのだ。

そのうえ、御三卿をお荷物と感じている幕閣も少なからずいた。御三卿の維持は幕府にとって、財政的に大きな負担になっている。この際、三卿が二卿に減ってもよかろうと、老中たちは考える。

老中あるいは大奥の御年寄から再三にわたり、田安家へ養子縁組の申し入れがある。そのたびに、田安家では申し入れを拒否する。ついに老中は、これは上さまの御内意であると田安家に伝える。

田安家としては、万事休すだった。内意とはまだ公《おおやけ》にしていない内々の意向だが、命令と変わらなかった。将軍家の命令には、逆らうことができない。

安永三年三月十五日、田安定信は白河の松平定邦の養子に迎えられ、峰姫と婚約することが正式に決定した。十七歳の定信は、この不本意にして強制的な取り決めに怒り狂った。

「田安家は、断絶になるやもしれぬ」

先代の田安宗武の未亡人・宝蓮院は病人となり、嘆きの余り床の中で気を失ったという。

更に、田安家の不幸は続く。定信の養子縁組が決まって五カ月後の八月に、田安家の当主の治察が逝去《せいきょ》したのだ。それを機に田安家では、このままでは絶家になると定信の養子縁組の解消を願い出る。

しかし、老中はそれを拒絶する。上さまの御内意を覆《くつがえ》したうえ、白河松平との縁組をいまさら取り消すことはできないというのである。その代わり、田安家を断絶とはしないと老中連名で保証した。

これで定信の養子縁組は、改めて動かし難いものとなった。定信はこの件についてある程度、裏を見抜いていた。いや、一橋治済に協力を請われた田沼意次の策略だと、定信は断定を下していたのだ。

それだけに、このときの定信の意次への怒りには、凄まじいものがあった。定信の怒りに、恨みと憎悪が加わる。意次許すまじ、との執念に燃える定信になっていた。

このころの意次は、定信のことなど少しも恐れていない。意次にしてみれば、定信は世間知らずの若造にすぎなかった。その若造がやがて、意次追い落としの急先鋒になるとは夢にも思っていない。

だが、定信のほうは意次憎しの一念を、貫き通す。定信が何が何でもと意次を失脚の道へと追い込むのは、幕閣の浄化や保守派の巻き返しという大義名分よりも、定信の私怨に基づいている。

意次は養子縁組を実現させたことによって、定信という最強の疫病神に見込まれたのであった。それも一橋治済に力を貸したために、疫病神に取りつかれたのだから意次としては割りに合わない。

しかし、疫病神が正体を現わすのはまだ何年か先のことで、それまでは前触れともいえそうな重大事件が続発するのであった。

十一

田沼意次が親交を結んだ諸大名の中で、大物とされるのは島津重豪である。断わるまでもなく島津家は九州の雄藩であり、幕府が最も警戒した外様大名であった。薩摩・大隅《おおすみ》の二国を支配する国主であり、いわゆる国持ち大名である。七十七万石——。御三家にしても尾張《おわり》が六十一万石、紀伊が五十五万五千石、水戸《みと》が三十五万石なので、島津の七十七万石には遠く及ばない。

日本全国における大大名というのは、すべて外様大名である。御三家、御三卿は例外で、一般に大名とはいわれなかった。したがって、大大名の上位五位というと次のようになる。

一位　金沢《かなざわ》百二万石、前田《まえだ》家。
二位　鹿児島《かごしま》七十七万石、島津家。
三位　仙台《せんだい》六十二万石、伊達《だて》家。
四位　熊本五十四万石、細川家。
五位　福岡《ふくおか》五十二万石、黒田《くろだ》家。

次点が広島《ひろしま》四十二万石、浅野《あさの》家ということになる。

島津家は前田家に次いで、全国で二番目の大大名であった。その島津家の第八代の当主が重豪で、正室は一橋宗尹の娘、継室（後妻）は甘露寺矩長の娘だった。正室の一橋宗尹の娘は、長女を出産しただけでこの世を去った。それで島津重豪は継室に、甘露寺大納言矩長の娘を迎える。公卿のお姫さまであった。

もちろん、ほかにも側室が少なからずいる。その結果、重豪は大勢の子女の父親となった。記録に残っている子女だけでも十人以上だし、ほかに男子八名、女子六名となっている。

この時代のことだから、生母が異《こと》なるのは珍しくない。異母兄弟・姉妹の集団であった。しかも、実子が多くいたとしても、それに養子と養女が加わるのである。

その代わり、みずからの実子も他の大名の嫁や婿養子にやらなければならない。政略結婚だけではなく、世嗣の男子に恵まれない大名がいかに多かったかを物語っている。

重豪の場合もたとえば、養女にした娘が分家の島津忠持の正室になっている。他方で実の息子を奥平昌男《おくだいらまさとき》、有馬誉純《しげずみ》、黒田斉清、南部《なんぶ》信貴といった大名の養子に遣《つか》わしているのだ。

実の娘のひとりを、柳沢保興の正室にもしている。だが、そんな結婚など問題にならないような縁組が、成立することもあった。その縁組は重豪延《ひ》いては島津家に、重大な影響を及ぼすのであった。

安永二年（一七七三年）の六月二十一日、重豪にとって三人目の実の娘が芝の薩摩藩の屋敷で生まれた。寔子と名付けられたが、のちに茂子と改められる。

ときを同じくして、一橋家では男子が誕生している。一橋治済が、側室の登美に生ませた長男の豊千代であった。豊千代の生誕は、十月三日とされていた。

豊千代と寔子は同年齢だが、生まれたのは寔子のほうが三カ月半ほど早い。

三年後の同五年七月十八日に、豊千代と寔子は婚約する。ともに、四歳での婚約だった。寔子の亡き義母は一橋宗尹の娘、豊千代の父は同じ宗尹の三男なので、寔子と豊千代は従姉弟《いとこ》である。

一方は御三卿一橋家の当主の長男、他方は全国二位の大大名島津家の当主の姫となれば、似合《にあ》いのカップルといえそうに釣り合いがとれている。

そのうえ、もともと一橋家と島津家は姻戚関係にあった。いわば昵懇《じっこん》の間柄で、二十六歳の一橋治済と三十三歳の島津重豪も気心が知れていた。

「めでたきことよ」

「このうえなき縁組じゃ」

と、治済も重豪も、まったく不満ではなかった。

しかし、それ以上に大喜びをすることもない。特に島津重豪は狂喜乱舞するわけでもなし、普通の祝い事として受け取っていた。まさか豊千代が十一代将軍に就任するとは、夢にも思わない重豪だったからである。

この島津重豪というのは、性格的に豪放で進歩的な人物であった。革新派で、藩政の改革に努めている。家臣の封建思想を洗い落とし、新しい時代に向く人材を養成するために後年、重豪は造士館、演武館、医学院、明時館といった藩校を創設している。

また重豪は、海外へ目を向けることしきりだった。外国の物産と、貿易とに関心があったのである。重豪はオランダに好奇心を寄せ、そのため『蘭癖』と呼ばれたくらいである。

たびたび家臣を長崎へ派遣し、重豪みずから長崎へ赴くことも珍しくない。長崎でこれはと思えるオランダ文明を次々に薩摩へ持ち帰り、殖産興業を推し進めるのに役立てたのだ。

こうした重豪の思想と、一部開国論者で改革に積極的な田沼意次には共通性がある。考え方が、よく似ている。それも意次と重豪が、意気投合した一因になっていた。

重豪と意次は、友人同士のように親しくなった。もちろん七十七万石の大大名と幕閣の実力者であれば、互いに利用価値があるという計算も働いてのことであった。

田沼意次が平賀源内《ひらがげんない》に目をかけたのも、多分に重豪からの影響があってのことである。

平賀源内は歴史上の人物として有名だが、多才なるがゆえに変人ともいうべき生き方をした。

平賀源内は、四国の高松《たかまつ》十二万石の松平頼恭に仕えた。父は、松平家の御蔵番《おくらばん》。二十二歳のときに、父の跡を継ぐ。

源内は生涯において、多くの肩書きを持った。現代語にすると、次のようになる。

・本草学者《ほんぞうがくしゃ》
劇作家
発明家
科学者
陶芸家
画家
工学者

これらすべてが、一流だったというから驚く。まさしく、博学にして多技多能の天才児だったのだ。

少年時代に早くも藩医の久保桑閑から、医学と本草学を学んでいる。同時に菊地黄山なる儒学者から儒学を、三好官兵衛なる者から陶芸を教えられた。少年のころから、優秀な頭脳を買われていたのである。

松平頼恭は薬草や薬園に関心を寄せていたので、源内も薬草園の頭取に任命された。その後、長崎へ派遣され本草学のほか医学まで、多くの西洋知識を身につける。

宝暦四年（一七五四年）二十七歳のときに、源内は主君の許可を得て江戸へ出る。そのころ本草学を通じて知り合った千葉道友という医師に紹介されて、源内は田沼意次の知遇を得たらしい。

意次は才人と見込んで、源内を厚遇した。源内はみやげとして意次のもとに、火浣布《かかんぷ》を持参した。

火浣布は中国で『火ねずみの毛』と呼ばれる石綿で、それを火に放っても燃えない布に織り上げたものである。これは珍品なりと意次は、九代将軍の家重に献上した。

「世にも珍しきものなり」

と、家重も感服して、火浣布を宝物のひとつに加えている。

「江戸は火事が頻発《ひんぱつ》致しますところゆえ、この火浣布を風下に張りめぐらせば、大火になることを防げましょう」

源内はこのように、奇想天外なことも意次に言上している。

宝暦七年になると源内は、わが国初めての薬品会（物産会）を開いた。意次はあらゆる分野で豊富な知識を持つ源内に魅せられて、一種のパトロンとして源内に屋敷への出入りを許した。

同九年、源内は高松の松平家から『医術修行』という名目で、三人扶持《ぶち》（一日一升五合）を支給されるようになった。

しかし、あくまで自由を求める源内は同十一年に、浪人になることを申し出る。松平家では、他家に仕官しないという条件でそれを認めた。

以来、平賀源内は死ぬまで、浪人で通す。その代わり無収入であり、出世する可能性もない。源内は廃屋《はいおく》のような裏長屋のボロ家に住み、食うや食わずの生活を余儀なくされた。

「ところが、世にも不思議なことがあるんだぜ」

「何でえ」

「源内さんのことよ」

「化け物でも、出るのかい」

同じ長屋の住人ばかりではなく、町内全体がそのような噂で持ちきりであった。

「源内さんの貧しさといったら、貧乏の親分みたいなものだろう」

「着物も一年中、同じものを身にまとっているな」

「食っているものは薄粥《がゆ》だけ、それも一日に一度だ」

「一日に薄粥一杯、塩をかけてすすっているそうだな」

「見るに見かねて長屋の連中が、煮物や味噌汁を恵んでやっているんだろう」

「源内さんの貧しさは、江戸でいちばんってところだ」

「と、思いきや、実はそうじゃあねえってことよ」

「何だと」

「源内さんは、ちゃんと金を持っているのさ」

「まさか……」

「それも、百両だ」

「ひゃっ、百両！」

「源内さんはいつ何どきだろうと、百両を懐中にしているのよ」

「いい加減なことを、言うんじゃあねえぞ」

「見た者が何人かいるんだが、おいらもそのうちのひとりだぜ」

「おめえも、見たのか」

「切り餅《もち》(二十五両)を四つ、胴巻に並べて腹に巻くのを、おいらもこの目で見ているんだ」

「合点がいかねえな」

「百両もありゃあ、食いてえものはいくらでも食える」

「それなのに、ろくすっぽ飲み食いもしねえ。いってえ、何のための百両だい」

「どうも源内さんは、おいらたちにはわけのわからねえ品物を惜しげもなく買い込むってえ話だ」

「わけのわからねえような品物を買い込むのに、惜しげもなく百両をバラ撒《ま》くってえのかい」

「だったら、百両は使い果たすことにならあな。それなのに、いつ何どきだろうと百両を欠かさねえっていうんじゃあ、話の辻褄《つじつま》が合わねえな」

「それがちゃんと次の百両が、源内さんの懐中に転がり込んでいるってえ寸法なのさ。だから世にも不思議なことだってえ、町内にも噂が広まったのよ」

「ひょっとすると、ひょっとするかもしれねえぞ」

「何がだい」

「源内さんの正体は、盗人かもしれねえってことよ」

平賀源内が常に懐中にしていた百両は、田沼意次から出ていたものである。意次は発明の研究費として百両ずつ与え飲食、遊興、生活費に使ってはならないと命じ、源内はそれを忠実に守ったのだ。

源内が百両を使い果たせば、意次はすぐに次の百両を渡した。こうした意次の援助も源内の火浣布の量産、平線儀（水平を見定める測量器）、量程器、寒熱昇降器（寒暖計）などの発明にも大いに役立っている。

明和の初めに意次は源内に、秋田《あきた》地方へ銅と鉛の鉱脈の調査を命じた。

明和七年（一七七〇年）、幕府は源内にオランダ翻訳御用を申し付け、再び長崎遊学に派遣した。当然これも意次の推挙、発案によるものであった。

このとき長崎で入手したオランダ製の起電器を復元して、源内はエレキテルを完成している。一方で意次から豊富な援助資金を受け取っている源内は、長崎で買い入れた珍しい外国製品を意次のもとへ送り届けた。

安永八年（一七七九年）、源内はさる大名屋敷の庭園造りの見積もりで職人たちと意見が対立、喧嘩となった。

争いは傷害事件となって、源内もお縄になった。小伝馬町《こでんまちよう》の牢屋へ入れられた源内は、喧嘩での傷が悪化してその年の十二月十八日に獄死した。

罪人の死体は下げ渡さないのが決まりだが、駆けつけた杉田玄白《すぎたげんぱく》や蜀山人《しよくさんじん》たちが、源内がまとっていた着物だけをもらい受けたという。その衣服は、浅草の総泉寺の境内に葬ったそうである。

このとき平賀源内、五十二歳。

俗説によると意次の口ききで、源内は牢を出たことになっている。だが、この安永八年には大事件が続発して、とてもじっとしていられる意次ではなかった。

おそらく平賀源内の獄死も後日、意次に報告されたことだろう。

十二

安永五年には、将軍家治の日光社参《にっこう》があった。

将軍の日光社参は吉宗以来、四十八年ぶりのことである。四年前から決まっていたことだが、いろいろと都合があってかなり遅れた。具体的な準備は、一年半ほどで整えられた。

将軍が宿泊する岩槻《いわつき》城、古河《こが》城、宇都宮《うつのみや》城は大改築をしなければならない。そして諸大名と旗本の行列が延々と、江戸と日光のあいだを埋め尽くす。

天地が引っくり返りそうな騒ぎとなり、莫大な金銀と労働力を浪費する。各地の警固の分担を命ぜられた大名も、責任重大で楽ではない。

松平某という大名は、東照宮《とうしょうぐう》一帯の警固を命ぜられた。これは大役だと松平某はその日から軍学者の指導のもとに、警固に携《たずさ》わる家臣どもの調練と猛訓練を始めた。そっちのほうは、うまくいった。だが、何かものたりない感じがする。

「御老中、何とぞご教示のほどを……」

松平某は、田沼意次に知恵を借りることにした。

「さて、難問にございますな」

意次は相変わらず、偉ぶった口のきき方をしない。

「兵を動かしますのは、もはや万全と自負いたしております」

松平某は、真剣そのものであった。

「大将の下知《げち》あらば一糸乱れず、手足となって御警固をまっとういたすことが叶うと信じて疑わぬ。されど、それ以上のものを求めたいと、申されるのでございましょう」

意次は、目をつぶった。

「仰せのとおりにございます。その求めるところが何か、おのれに読めませぬので始末が悪うございます」

松平某は、恐縮する一方だった。

「あるいは目立つことを、お求めなのではございますまいか」

意次は、ニヤリとした。

「目立つことと、申されますと……」

松平某には、まだわからない。

「せっかくの一糸乱れぬ御警固、そのみごとなる采配《さいはい》ぶりは上さまの御覧に供したい。更に、上さまにご満足をいただきたい。さような願いが何やら胸のうちを、晴らさぬのではございませぬかな?」

意次は、目を開いた。

「恐れ入りましてございます。仰せのとおりに、相違ございませぬ」

松平某は、膝を打った。

「決して、悪《あ》しき欲心ではございませぬ。ただし、いかにその欲心を遂げられるか、その策がまた難問にございますぞ」

「確かに……」

「目立つとは人目を引くこと、見栄《みば》えいたすことにござる」

「いかにも」

「されば、身にまとうもの。それも他の者とは一味、違うておる装《よそお》いこそが肝心にございましょう」

「はは」

「さて、その装いじゃが……」

「いかなる装いが、よろしゅうございましょう」

「まずは大将より下士に至るまで身分にかかわりなく、そろいの装いなること」

「はは」

「黒木綿《もめん》の羽織に、それぞれの家紋を白く染め抜くこと」

「はは」

「袴《はかま》もそろって、桟留縞《さんとめじま》に定めること」

「はは」

「それで、よろしいかと存じますぞ」

「かたじけのうございました」

松平某は現金なもので、気分がすっきりしていた。

「首尾を、楽しみに……」

意次は、席を立った。

意次の策は、大したものだった。身分に関係なく、全員が同じ装いで警備に付くというのは、この時代にすれば前代未聞《ぜんだいみもん》である。上級武士も下級武士も黒木綿の羽織に、桟留縞の袴をはいている。

違うのは、黒木綿の羽織の家紋だけであった。サントメはポルトガル語で、インドから渡来した木綿である。つまり桟留縞は、木綿の袴と同意語だった。

ただ桟留は表面が滑《なめ》らかで光沢《こうたく》があり、赤色か紺色の縞《しま》がはいっている。高価なものではなくても、よく目立つ。粗末な衣装でも全員が同じものを着ていると、今日の制服のように統一された頼もしさを感じさせる。

それに動き全体が、キビキビしているように受け取れる。松平某は、諸大名はこの警備隊に、称賛を惜しまなかった。家治も、ほうと感心したという。意次の知恵に心から感謝した。

とにかく家治は、四月十三日に江戸を出発した。

その日は、岩槻城に一泊。

十四日の夜は、古河城に泊まる。

十五日は宇都宮城で、翌十六日に日光に到着。

十七日に東照宮、家康の墓、家光の廟《びょう》に参った。

十八日には日光をあとにして、二十一日に江戸城に帰着する。

ただこれだけのことなのに動員された人数は、大名・旗本から人足まで加えると実に四百万人以上、馬の数は、三十万五千頭に達した。

費用として使ったのが、何と二十二万両だった。二十二万両となると、幕府の年収の七分の一に相当するという。

田沼意次も、二十二万両の出費には批判的であった。将軍家の日光社参に、反対するわけではない。しかし、何も二十二万両という巨費を、投ずる必要はないだろう。

無用な出費を抑制して、経費節減に努めれば十二、三万両ですむのではないのか。いや十万両で、何とかなるかもしれない。経済政策を最重要視する改革派の意次は、大金を古くからの慣行としてドブに捨てるようなことを嫌うのだ。

ある夜、意次はそんなことを話題に、井上伊織と意見を交わした。田沼家の江戸家老は各務《かがみ》久左衛門、深谷内膳、井上伊織の三人がいる。

井上伊織は意次の家臣になって七年で家老、まだ三十六歳であった。二十九歳のときからだったので、仕官としては遅いほうである。徒士《かち》、徒士頭、算用方と昇進したのち、いきなり家老に抜擢される。二年後、意次が相良に新しい城を築くことになり、伊織はその普請奉行に任命される。

相良城を築くに当たっての手腕を高く評価して、意次はいっそう伊織を信頼し重用するようになる。井上伊織は二人の先輩を抜いて、筆頭家老の扱いになっていた。

井上伊織は、頭が切れて博学だった。経済にも、政治にも通じている。先見の明があり、何もかも見通しているような感じである。相手が意次だろうと、伊織は遠慮せずに直言したり諫言《かんげん》したりする。

今夜の井上伊織も意次の商業主義は、いまのままだと悪政になると評した。人々は豊かになって遊びたいと、そうしたことだけを考える傾向が強い。

それでいて、相変わらず貧富の差が激しい。一部の人間が金持ちになり、あとの者は物価が上がるだけだと勤労意欲を失っている。だから賭場が、盛んになる。

「いかがせよと申すのか」

意次はいつものことだが、伊織に反論しなかった。

「心にございます」

四十六歳の筆頭家老は、表情のない顔で答える。

「心とは……」

「人それぞれが、相応の心を取り戻すことにございます」

「人それぞれか」

「近ごろの武家に、武家らしゅう心がございますか」

「うむ」

「近ごろの百姓に、百姓らしゅう心がございましょうか。武家は腑《ふ》抜けぞろい、心にありますものは遊興のみ。百姓にいたしましても、いったい何人の者どもが田畑を捨て、江戸へ出稼ぎに参っておるかをご存じでございますか」

「商人は……」

「商人らしき信用も心意気も仁義も捨て去り、儲けるためなれば何事も厭《いと》わぬのが近ごろの商人にございます」

「町人は……」

「不平不満を互いに申し立てることのみに明け暮れ、怠惰にして強欲。盗みを働く者どもが、増えつつあると聞き及んでおります」

「それらはすべて、心のタガが緩《ゆる》みおることに起因すると申すのか」

「さように、愚考いたします。銭金を求めて世の中が乱れ、人の心が浮かれすぎておると思われます」

「うむ」
「それに加えて、飢饉《ききん》の恐れがございましょう。多くの百姓の逃散により、荒廃いたしましたる田畑は長雨、旱魃《かんばつ》に耐えることが難しゅうございます。天下万民の食すべき米が著《いちじる》しく不足いたし、多くの餓死者が出るやもしれませぬ」

井上伊織は、淡々とした口調で意見を述べる。

それだけに、脅しには聞こえない。大袈裟《おおげさ》とも、受け取れない、理路整然としているから、説得力がある。単なる予想や推測ではなく、伊織は世の中の風潮と現象から答えを割り出す。

「うむ」

意次も伊織の危惧《きぐ》するところに真実味を感じて、一抹《いちまつ》の不安を覚えていた。

「明日にでも何事が起きるやもしれぬことを肝に銘じ、せめてここ五、六年の不幸なる異変を忘れぬよう相努めますことこそ、政事《まつりごと》にとっての大事と思われます」

井上伊織は、一礼した。

ここ五、六年の不幸な異変というのを、意次は振り返ってみた。六年前には全国から二百万人を超《こ》える人々が、伊勢を目ざすという『おかげ参り』があった。

これは特に不幸な出来事ではないが、『おかげ参り』には庶民の不満の発散や鬱憤《うっぷん》晴らしも秘められている。つまり全国の不満分子が二百万人以上も大移動したのだから、幕府にとってはある意味で脅威にもなるのだった。

五年前には明和の大火があって江戸の大半を焼き尽くし、死者一万五千人、行方不明者四千人以上を出している。

四年前には飛驒《ひだ》(岐阜県)の大野《おおの》、吉城《よしき》、益田《ました》の幕府領三郡で、新しい検地令《けんちれい》に反対する農民三万人が蜂起するという大野騒動があった。天領《てんりょう》の農民三万人が暴動を起こしたのだから、これには幕府もびっくり仰天《ぎょうてん》した。

幕府は近隣の諸大名に出兵を命じ、何とか農民三万人の蜂起の鎮圧に成功する。幕府では一万人の農民を処罰し、新検地令を実施した。しかし、その後も農民の抵抗は続き、幕府の頭痛の種となっている。

三年前には、諸国に疫病《えきびょう》(天然痘《てんねんとう》)が大流行した。この時代には猛威をふるう天然痘に手の施しようがなく、江戸だけでも十九万人以上が死亡した。

二年前には京都、大坂、堺《さかい》が大風雨に見舞われ沈船と溺死者の数知れず、実に六十六年ぶりの大被害を受けている。

昨年も宇治《うじ》川や鴨《かも》川の洪水で、京都は大混乱に陥った。一方、弘前《ひろさき》(青森県)では疫病が流行、三、四万人が死亡した。

将軍家治が日光社参に赴いた今年にしても、決して平和ではなかった。西国の疫病の流行はますます猛烈になり、各地で疫神送りを行なったほどである。だが、その効果もなく、死者が続出した。相模《さがみ》（神奈川県）、安房《あわ》（千葉県）でも暴風雨と津波に襲われ、流失した人畜は無数とされている。

しかし、以上のことはすべて、過去の事件となっている。災害は忘れたころにやってくると気持ちを引き締めて、やたらと浮かれていなければそれですむのが過去である。問題は、未来にあった。

井上伊織は、その未来をも見通していたのだ。飢饉である。

「聞くところによりますれば、諸国に冷害が増えておるそうにございます」

伊織はそのような表現で、飢饉の可能性を示唆《しさ》した。

だが、冷害と飢饉がどう結びつくのか、意次には具体的に理解できなかった。意次がそれを知ったのは、実際に冷害がひどくなってからであった。

これより二年後に、まず三原山《みはらやま》が噴火する。それを皮切りに三宅島《みやけじま》の雄山《おやま》と青ケ島《あおがしま》の噴火、桜島《さくらじま》の三百年ぶりの大噴火、浅間山《あさまやま》の空前の大爆発と続く。

こうした噴火が異常低温、天候不順、冷害を招く。負けじとばかりに、暴風雨、大洪水、長雨、季節はずれの降雪といった異常気象が日本全国を支配する。

米どころか、その他の作物の収穫も望めない。その結果、ついに四年間も続く絶望的な天明《てんめい》の大飢饉に、日本の大半が突入するのだった。

しかし、この安永五年の時点では、そこまで先を読める人間はまだいなかった。漠然としながらも飢饉の可能性に危機感を抱いていたのは、井上伊織ただひとりだったかもしれない。

ちなみに、この年アメリカが独立宣言をしている。

二章　没落の坂道

一

安永《あんえい》六年（一七七七年）、幕府は農民の出稼ぎを制限するようになった。農作物の収穫が悪化して食べていけないからと、農村を捨てて奉公に出る。そのために田畑はいっそう荒廃して、米も作物も収穫が激減する。

それを防ぐために、村を出て行く農民の数を制限したり、許可制にしたりしたのである。

翌七年になると幕府は、江戸市中の犯罪防止に乗り出した。

地方とか農村とかから一稼ぎしたいと、江戸へ出てくる人間の数が驚異的に増えた。だが、アテもなく江戸へ来たところで、奉公先が簡単に見つかるわけではない。

結局は正業につけずに、銭もなくブラブラしているほかはない。そういう連中は、だいたい同じようなところに集まってくる。そこで、よくない相談をする。

大都会の吹き溜まりは、悪の温床《おんしょう》になりやすい。罪を犯す者が多くなり、江戸の風紀は乱れるし治安も悪くなる。

それで江戸市中の取り締まりを、徹底的に厳しくしたのである。無宿人《むしゅくにん》とわかれば、容赦なく捕えて佐渡《さど》へ送った。

農民の出稼ぎの制限、江戸市中の治安回復は、意次《おきつぐ》が井上伊織の忠告を受け入れてのことかもしれない。

しかし、いよいよ田沼意次が運命の岐路に立たされる安永八年を、迎えることになる。この安永八年からの四年間、田沼意次は最高権力者の頂点に立つ。だが、直後に暗転する。そういう意味での運命の岐路なのであった。

安永八年は、異常気象を代表するように天災続きの年だった。

まずは、春の訪れがなかった。

陰暦の四月は、初夏である。その四月になっても北国はもちろん、伊勢(三重県)に至るまでの地域に大雪が降った。

江戸は、雹《ひょう》であった。

寒波が去って暦のうえでは夏になっても、異常低温が暑さを感じさせなかった。代わりに近畿地方は大洪水、奥羽《おうう》・関東・東海の各地方は風水害に襲われた。

九月には、四国に雪が降った。

そして十月一日、桜島の大噴火となる。火山灰が遠く大坂でも降ったというから、いかに大噴火であったかは明らかである。

死者　百五十人以上。

全半壊した家屋　五百戸。

負傷者　無数にして不明。

死んだ牛馬　二千頭。

損失した田畑　二万石。

噴煙は空を隠し、陽光を遮《さえぎ》り、地上は闇と化した。噴火の際の爆発音は、九州の諸国に響き渡った。噴《ふ》き上げる火柱、熔岩の火災は、この世のものと思えなかった。

越後（新潟県）の魚沼《うおぬま》地方では、大地震が発生した。

このように縁起が悪いというか不吉というか、日本の最期《さいご》を思わせる天災続きの一年であった。そしてこの年、田沼意次は三人の知人を失うことになる。

そのうちのひとりは、十二月に獄死した平賀源内《ひらがげんない》である。

もっとも源内の死が、意次の未来に影響を与えることはない。平賀源内は田沼意次の運命を、左右するほどの人物ではなかったということになる。

次は、松平右近将監武元《うこんのしょうげんたけちか》であった。最古参の老中にして、意次の頭を押さえつけられる唯一の人物、松平武元は三月から病気がちになった。

間もなく静養を許されて、松平武元は登城しなくなる。意次の一人舞台であり、遠慮する必要もなかった。

七月になって、松平武元はこの世を去った。人の死を喜ぶほど不謹慎ではないが、意次がホッとしたことは否定できない。

誰よりも苦手とした松平武元が没した瞬間に、意次は名実ともに最高権力者の座を得たのだった。このときから意次は、人生の最盛期を迎えるのである。

あとひとり、これが問題であった。

幼名は、竹千代。

四歳のとき、名を家基《いえもと》と改める。

翌年、元服して従二位権大納言《じゅにいごんだいなごん》となった。

八歳でお世嗣《よつぎ》となり、西の丸入りをする。

断わるまでもなく、将軍家治《いえはる》の長男であり、たったひとりの実子である。十一代将軍に就任が、当然という徳川家基であった。家基は病弱どころか、頼もしいくらいに健康といえた。

万が一にも家治が在世中に、家基が先立つようなことはあり得ない。十一代将軍が家基であることを疑う者はいなかった。というよりも、十一代将軍が家基でなければ、おかしかったのである。

家基はもはや、幼児や少年ではない。十八歳という一人前の若者で、お鷹狩りを好んだ。一カ月に二回は、鷹狩りに出かけたといわれている。

前年の十月に、中野《なかの》と浅草《あさくさ》あたり。

十一月には、亀有《かめあり》と千住《せんじゅ》。

十二月には、西葛西《かさい》と千住あたり。

新年を迎えて一月には、小松川《こまつがわ》と二《に》の江《え》へ初鷹狩り。

二月は、目黒《めぐろ》と新井《あらい》あたりに決まっていた。

将軍の鷹狩りに比較すれば規模はやや小さいが、形式は似たり寄ったりである。何しろ次期将軍なのだから、間違いがあっては取り返しのつかないことになる。

身辺警固も厳重で、数十人の小姓《こしょう》やお番衆《ばんしゅう》がお供をする。行き先には前日からお番衆がいて、見張りを続けている。

乗り物の用意もあるが、家基は馬を走らせたがる。騎乗には、危険が付きものである。落馬をすることもあるし、的《まと》として狙《ねら》われやすい。

それで馬術の達人とされる小姓二名が、馬首を並べて両側を走る。更にお番衆の騎馬隊が、まわりを囲むようにして馬を進める。

この日は二月二十二日で、鷹狩りの目的地は新井あたりとなっていた。品川《しながわ》の先であったが、視界の大部分は森林と田畑と原野で占《し》められる。

「広いのう」

家基は、小姓のひとりに声をかけた。

「ははっ」

今日の家基は上機嫌だと、小姓は察していた。

「富士が、見ゆるぞ」

「昨日までの曇天が、とても信じられませぬ」

「天が高く、空が広く、雲もない」

「寒くもございませぬ」

「雪など、降ろうはずはない」

「お鷹狩りには、上々のお日和《ひより》にございます」

「枯れ草のうえに身を横たえ、目を軽く閉じるのじゃ。さぞや、心地よかろう」

「眠気を、催《もよお》しましょう」

「眠ればよい」

「お戯《たわむ》れを……」

「再び、目覚めぬやもしれぬがのう」

家基は、楽しそうに笑った。

「はっ……？」

小姓は、眉をひそめた。

再び目覚めぬとは、死を意味する。冗談にしろ、奇妙なことを口にする。縁起でもないと、小姓は気になったのである。

いずれにしろ家基は、予定の時間まで鷹狩りを楽しんだ。九ツ半（午後一時）に帰路につき途中、品川の東海寺に寄って休息した。ところが、にわかに家基は気分が悪くなった。

こういう場合の用心に、典薬《てんやく》が随行している。典薬は医薬の専門家で、このときは池原雲伯が典薬としてお供をしていたので、直《ただ》ちに家基の診察、投薬などの手当てをする。だが、何の効《き》き目もない。

家基の苦悶は、ひどくなる一方だった。

急いで、江戸城へ戻るほかはない。

乗馬は無理なので、家基を乗り物に移す。必死に江戸城へ急行したが、乗り物の中から家基の苦しむうなり声が聞こえてやまなかったという。

西の丸に到着して、家基はすぐに楽な衣服に着替えて横になる。しかし、急病の原因が判然としないので、手の施《ほどこ》しようがない。大勢の医師があらゆる手当てを試みたが、何の効果もなかった。

将軍家治は名のある社寺に使者を派遣して、家基の病気平癒《へいゆ》の祈禱《きとう》をさせたが霊験あらたかとはいかなかった。家基の回復は、望めなかった。

翌二十三日に、家基は死去した。

家治のただひとりの実子にして、将軍家の世嗣《せいし》に決まっていた家基が急死した――。これほどの大事は、ほかになかった。

ただ家基の死を、悲しめばいいというものではない。家基の代わりに誰が十一代将軍になるのか、という重大問題がある。江戸城中は、大混乱に陥《おちい》った。

この家基急死の件についても田沼意次の陰謀によるものと、多くの書物に記されている。

しかし、これはどうしても意次を悪役に仕立てたがる講談か芝居でなければ、成り立たない俗説である。

家基は斑猫《はんみょう》で毒殺されたと、噂《ささや》かれたという。斑猫は甲虫《かぶとむし》の一種で、別に毒虫でも何でもない。ただマメハンミョウというのが、毒性を持つとされている。

では、いかなる方法でマメハンミョウを、家基に毒薬として盛ったのか。家基の口の中に入れるほかには、方法がない。当然、食物と一緒にということになる。

将軍の後継者が、その辺《あた》りの茶店で買い食いをするはずはない。

家基の茶弁当は、西の丸から持参される。その茶弁当も家基が口にする前に、毒見役が毒見をする。毒見役に異常がなければ、毒など仕込んでいないわけである。

休息した東海寺で茶菓が出ても、やはり毒見役が安全を確認する。仮に民家に寄って何かを口にするにしても、毒見役が引っ込んではいないのだ。

マメハンミョウを、家基に飲食させることは不可能であった。そこで俗説は苦しまぎれに、意次に命ぜられた典薬の池原雲伯が家基に、マメハンミョウを飲ませたのだという話を作った。

池原雲伯はいったいどういう口実を設《もう》けて、家基にマメハンミョウを服用させたのだろうか。

食物に一服盛るならともかく、ピンピンしている家基にいきなり薬をすすめても、素直に応ずるとは思えない。それにその場面をほかの者に目撃されたら、たちまち池原雲伯は疑いをかけられる。

また池原雲伯がよこした薬を服用しても苦しくなれば、『雲伯が一服盛りおった』ぐらいのことを訴えなければおかしい。だが、家基は何も言っていない。

西の丸に帰館した家基を、大勢の名医が直ちに診察している。それなのに医師たちには、いかなる病気かわからなかった。名医がひとりも、マメハンミョウだと気づかないのだ。

これも、おかしな話である。

マメハンミョウの粉末は、有効成分がカンタリジンであった。

古法の医学は、このカンタリジンが血行をよくする刺激剤になるのでしばしば外用した。

肌につけると、引赤発疱《いんせきはっぽう》する。

それほど強烈なので、内服したら劇毒となる。

正保《しょうほう》年間（一六四四～四八）に旗本屋敷の井戸にマメハンミョウの粉末が投げ込まれ、多くの死者が出たことから売買の取り締まりが厳しくなった。

このようにマメハンミョウは、井戸水を調べて簡単にわかるものであった。死体のあちこちに、マメハンミョウ特有の反応が現われる。

それを何人もの名医が、見逃すとは考えられない。

少しでもマメハンミョウの疑いがあれば、真っ先に典薬の池原雲伯が怪しまれる。しかし、池原雲伯はこの件に関して、いっさい調べられていない。

マメハンミョウを盛られた疑いありという報告を受ければ、家治も病気回復の祈禱を社寺に依頼したりしないだろう。家治は老中をはじめ幕閣全員を招集して、真相糾明《きゅうめい》に全力を尽くせと厳命することになる。だが、そうした動きも、まるでなかったのである。

もうひとつ肝心なのは、意次に家基を毒殺する動機がないことであった。家基が死んだことでマイナスにはなっても、意次にとってプラスになる点はまったくないのであった。

家基の急死の原因は急性腹膜炎とか、内臓の急性の炎症だったと推定される。不運な病死と、いうほかはない。

二

家基の予期せぬ急死に、田沼意次は驚愕《きょうがく》した。今後のことについても、大きな悩みを抱え込まなければならない。どうすればいいのかと、苦慮することになる。

松平武元も同様で、家基の死を悲しむと同時に、家治の後継者問題が心痛の種となった。六十六歳という老齢のうえに、武元は体調を崩していた。

それに加えて、心労が重なった。家基が急死した翌月から、松平武元は病床につく。そのまま再起は望めず、松平武元は七月に帰らぬ人となるのである。

家基の死をひそかに歓迎したのは、一橋治済《はるさだ》ただひとりといえるかもしれない。将軍に子なき場合、その世嗣に選ばれるのは御三家からではない。

吉宗の直系である御三卿に、その資格が与えられている。御三卿の筆頭とされる田安家《たやす》には、定信《さだのぶ》が無理やり白河の松平家の婿《むこ》養子にされたことからも、ひとりの候補者もいない。

創設されたのが新しい清水《しみず》家は、問題外であった。残るは、一橋家のみである。家基の急死によって、十一代将軍に選ばれるのは、一橋家の者と決まったも同然だった。

一橋治済には、長男の豊千代がいる。この豊千代が、十一代将軍になる。治済は、将軍の父であった。今後の将軍はおのれの血筋だ——と、治済は思わずほくそ笑む。

陰暦五月に田沼意次も過労のため、五日ほど寝込むことになった。暑気当たりのようなもので心配無用と医師は診断したが、意次は休養のつもりで終日横になっていた。

見舞の客が訪れても、意次は会おうとしなかった。

「近ごろのお好みは、いかようなものにござろう」

見舞の客は、そう用人に尋ねた。

「岩石菖《いわせきしょう》を枕もとに、置かれておいでてござる」

そうとしか、用人は答えなかった。

岩石菖は、正しくは花石菖という。鉢の中に置いた湿り気のある岩から生えている、シヨウブに似た花だった。いまが、盛りの季節である。

それから数日のあいだに、諸家より岩石菖が続々と届けられて、田沼邸は身動きもできないくらいになったという。

相変わらず田沼邸への贈り物、付け届けは凄まじかった。最高の権力を握る実力者と自他ともに認める意次になってからは、付け届けの量が倍増したようで、それらを積み上げる場所に困るほどだった。

田沼邸の周辺は常に、訪問者の駕籠《かご》や馬で埋まっている。

訪問客の大半は、諸大名の留守居役《るすいやく》（江戸駐在の外交官）だった。諸侯の江戸家老、それに旗本もいる。目立たないように控えているのは、商人であった。大名自身が訪れようと、分け隔《へだ》てはしない。その代わり意次は、応対を用人に任《まか》せるといったこともしなかった。

付け届けを手にした訪問客は、三十畳の部屋へ通される。大名自身が訪れようと、分け

老中ともなれば直接会って、話し合うということはしないものである。面談するにしても、ひとりひとり別室へ呼びつけるのが普通であった。

ところが意次は自分から、三十畳の部屋へ出向いてくる。意次は部屋にすわると大きな声で挨拶《あいさつ》をして、用向きを聞き、それに返事を与える。

「これはこれは……」

「なるほど、さようにござるか」

「いや、痛《いた》み入る」

「それは、よろしくない」

「さぞや、お困りでしょう」

全員一緒くたに、こうした調子であった。

ひととおり話がすむと、先客は引き揚げる。すると待っていた次の訪問者で、三十畳の部屋がいっぱいになる。それが何回となく続くのだから、まさしく千客万来である。

二月に徳川家基が、七月に松平武元が、十二月に平賀源内が没した安永八年は、桜島の大噴火を置きみやげに暮れていった。

それから二年後に安永は世の中を闇にすると、四月をもって天明《てんめい》と改元される。

この年の五月十八日、家治は一橋家の豊千代を養嗣子《ようしし》とする。

これで、一橋治済の思いどおりになった。豊千代が十一代将軍の地位につくことが確定し、名も家斉《いえなり》と改めて西の丸さまとなった。婚約者の寔子も西の丸へ移り、『御縁女さま』と呼ばれた。

その後しばらくして島津重豪《しげひで》が、田沼家の屋敷を訪れた。七十七万石の大大名が訪問するとなれば、人目について隠しようもない。だが、島津重豪は内々の話があって、出向いて来たのだ。

人払いをすれば、何事かと怪しむ者もいる。それで意次は重豪を、茶室に案内した。茶室は、広い庭園の奥にある。完全に、二人きりになれる。

「気がかりなことが、ございましてな」

重豪は、憮然たる面持《おもも》ちでいる。

「何事にござろう」

意次には、重豪の胸のうちが読めていた。

重豪は、『御縁女さま』と呼ばれる寔子の父親なのだ。話はどうせ、そのことに決まっている。

「寔子のことにござる」

果たして、重豪はそう答えた。

「御縁女さまが、いかがなされた」

老中の権威は、相手が大大名だろうと対等な口のきき方を許している。

「征夷《せいい》大将軍におかれては、たとえいかなる大大名にあろうと、これすべて臣下なり」

「いかにも」

「となれば征夷大将軍と肩を並ぶるを許される武家は、この世にまったくないことと相成る」

「さよう」

「それゆえ大猷院《だいゆういん》（家光《いえみつ》）さま以来、征夷大将軍におかれては朝廷並びに身分高きお公卿《くぎょう》衆の姫さまを、御台《みだい》（正室）さまにお迎えあそばされるのが定めのこと」

「さよう」

「さりながら寔子は、島津家が姫にござるぞ」

「さようなことを、承知いたさぬ者はおりますまい」

「朝廷にもお公卿衆にも無縁の寔子が、御台さまに迎えられることが許されるのでござろうか」

「寔子さまはすでに、御縁女さまとして西の丸におわします。それをいまさら取り消すなど、さような理不尽が通るものと島津どのはお思いか」

「されど、尾張大納言どのが……」

「妨《さまた》げるがごときことを、仰《おお》せになられたのでござろうか」

「島津家の姫は一橋豊千代と縁を結んだのであり、将軍家の御台所《みだいどころ》には似つかわしくないと申されたそうにござる」

「まさか、本気ではござるまい」

「いまのうちに高貴なる公卿の姫を、選ぶべしとも……」

「島津どの、ようわかり申した。尾張大納言さまの仰せに、従えばよろしいかと存ずるが……」

「何と！」

重豪は、愕然となった。

「ただし、寔子さまにはこれまでと少しもお変わりなく、西の丸さま（家斉）の御縁女さまにござる」

意次は、悪戯《いたずら》っぽく笑っていた。

「はて……」

重豪は、小首をかしげた。

重豪には、意次の心中が見抜けなかった。ただ、何かいい知恵があるらしいとだけは、察しがついた。いずれにしても、両者のあいだには親交というものがある。

意次が重豪を、裏切るはずはない。きっと意次が何とかしてくれると、信ずるほかはなかった。重豪はいっさいを意次に任せて、田沼邸を辞したのであった。

数日後、寔子を高貴な公卿の養女にすべきであることを、意次は家治に説いた。意次の話を聞いて、それは道理なりと家治も納得した。

「仮親となる公卿どのだが、心当たりがあるのか」

家治は訊《き》いた。

「ござりまする」

即座に、意次は答えた。

「されば、よきに計《はか》らえ」

もともと意次の進言に、逆らう家治ではなかったのである。

意次の尽力により寔子の養父は、近衛《このえ》右大臣の藤原経熙と決定した。寔子は名を茂子と変えて、『姫君さま』と呼ばれるようになる。

次いで意次は腹心ともいうべき御側御用人で、四男意正《おきまさ》の養父でもある水野忠友を、勝手掛《かつてがかり》（財政担当）の老中格に昇進させる。この年の八月、絹の運上《うんじょう》（税）に反対する上州《じょうしゅう》の農民数万人が、高崎の御城下に押し寄せている。

翌天明二年（一七八二年）、意次は懸案だった印旛《いんば》・手賀《てが》沼の干拓に着手する。しかし、天は意次に味方せずで、いかにも時期が悪かった。

この年、西国はいずこも大風雨に襲われ、それに春から夏にかけての長雨が追い討ちをかけたのだ。西日本の農作物はこれまでにない大打撃を受けた。

各地で打ちこわしや強訴《ごうそ》が発生するうちは、まだ何とかなる。それより恐ろしいのは、凶作が食糧難を招くことである。この西日本の大凶作が、天明の大飢饉《ききん》の序曲となるのだった。

翌年、飢饉は東北地方へ広がった。東北地方の凶作は直接、関東地方にも影響を与える。それに加えて七月八日、浅間山が空前の大爆発を起こす。

死者、二万人。

降灰は関東平野を中心に、十数国に被害をもたらした。

中仙道《なかせんどう》は、通行不能になった。

江戸にも、火山灰が積もった。

この浅間山の大噴火で、飢餓《きが》に拍車がかかる。毎日のようにどこかで一揆《いっき》が起こり、全国的な暴動にもなりかねない。幕府は関東地方の一揆を取り締まるように命じ、全国にも徒党を組んでの打ちこわしを禁ずる触れを出している。

このように騒然とした世情の中で、意次にとっては疫病神《やくびょうがみ》といえる松平定信がいよいよ表舞台に登場する。

十月十六日に、養父の定邦が致仕《ちし》(隠居)した。

松平家は、定信が継ぐことになる。三日後に越中守《えっちゅうのかみ》に任ぜられた定信はさっそく、越後などの自領から多くの米を白河へ送らせた。更に在府と在国の重臣たちに、禄《ろく》を減じて倹約に努めることを命ずる。

翌年の七月一日、定信は初めて白河入りを果たす。定信は二十七歳にして、白河十一万石の松平家の当主となったのである。もはやただの小僧っ子ではなく、有能な大名として御三家からも高く評価される定信になりつつあった。

意次のほうはまだ、定信を政敵と意識していない。その証拠に意次は、定信の養父が隠居して半月後に、長男の意知《おきとも》を奏者番《そうじゃばん》から若年寄《わかどしより》に昇進させている。

このことは意次の専横がすぎると、少なからず非難の声を招いた。もし意次が強力な政敵の存在に気づいていたら、不評を買うような情実人事は避けただろう。

それでも意次は意知を呼んで、苦労を覚悟するようにと諭《さと》している。

「わしの専横がすぎる、との悪口《あっこう》しきりと聞く」

意次は少しも、感情的になっていない。

「手前も耳にいたしております」

意知のほうも、落ち着き払っている。

意知はこのとき三十五歳、愚かどころか優秀な人物であった。父の権勢も鼻にかけず、周囲の評判はよかった。

「父が老中、子が若年寄となれば、例もないことゆえ驕《おご》りと受け取られようと致し方あるまい」

「はい」

意次は、苦笑を浮かべていた。

正直なところ意知は、若年寄に就任したことをさして喜んでいなかったのだ。

「加えて、そちは三十も半《なか》ばの若輩者。妬《ねた》み、嫉《そね》みは避けられまい」

「はい」

「ゆえに、驕りは禁物じゃ」

「心得ております」

「謙虚なる振る舞いに常々、心掛けねばならぬ」

「はい」

「挨拶はそちのほうが、先に頭《ず》を低くすることじゃ」

「肝《きも》に銘じます」

「身分の低き者を、粗略に扱ってはならぬぞ」

「はい」

「要は日ごろより、敵を作るまいと気配りをいたすことじゃ」

「はい」

「長年の苦労は、無用である。まあ、三年の辛抱であろう」

意次は、三本の指を突き出した。

「ご教訓、かたじけのう存じます」

意知は、両手を突いた。

ここに、田沼意知の若年寄昇進を知って、怒り狂った男がいる。

姓名は、佐野善左衛門《さのぜんざえもん》。

田沼家の先祖は、佐野庄司成俊という者から発している。佐野氏六代のときに下野国《しもつけのくに》(栃木県）安蘇《あそ》郡田沼邑《むら》に住み、初めて田沼と称号したという。

鎌倉《かまくら》時代のことだから古い話だが、佐野家は田沼家の主筋に当たる。それで延々と佐野家の血筋を引いて、今日に至ったのが佐野善左衛門ということになる。

いまの佐野家と田沼家は、身分が逆転している。

田沼意次は老中にして、幕府の最高権力者。この時点で、四万七千石の大名になっている。

片や佐野善左衛門は、一旗本にすぎない。役目も、新番《しんばん》である。小姓組と書院番を御両番と称したが、この御両番を補助するのが新番組で新番と呼ばれていた。

新番は八組、百六十人もいる。殿中の警備と外出時の将軍の護衛を役目としているが、もともと非役の旗本を救済するために設けられた役務なので閑職だった。

いちおう旗本の嫡男《ちゃくなん》から、選ばれることになっている。だが、御両番よりはるかに、格が低かった。旗本といっても、いわば小身《しょうしん》である。

それが佐野善左衛門には、おもしろくなかった。主筋の佐野家と比較にならないほど、田沼家は出世している。しかも、主筋という縁故で佐野家を取り立てようと、便宜《べんぎ》を与えてくれるわけでもない。

「何が大和守《やまと》じゃ、何が山城守《やましろ》じゃ！」

佐野善左衛門は酔うと、そのように怒声を発した。

田沼意知は大和守、山城守と任ぜられている。それで善左衛門は意知のことを、そんなふうに罵《ののし》るのであった。そのうえ今度は意知が、若年寄の地位を得た。善左衛門はもう、どうにも許せなくなっていた。

「意知は、わが佐野家の系図を持ち出し、そのまま返さぬのじゃ」

善左衛門は、そうした愚痴《ぐち》めいたことを妻にも聞かせる。

「さようでございますか」

佐野家の系図を見たことがない妻は、そう応ずるしかなかった。

「わが佐野家の知行所《ちぎょうしょ》には、佐野大明神《だいみょうじん》と呼ばれる社《やしろ》があった」

善左衛門は言った。

「さようでございますか」

佐野大明神というのもまた、妻は聞いたことがなかったのだ。

「それを意知が、田沼大明神と改めさせたのじゃ」

善左衛門は、いかにも悔《くや》しそうである。

「さようでございますか」

意知がどうして神社を欲しがったのか、妻には理解できなかった。

「また意知はこのわしを小納戸《こなんど》役に取り立てると、吐《ぬ》かしおった」

「小納戸役に……」

「わしも出世を望むゆえ、意知の言葉を信じた」

「はい」

「そのために、わしは心付けとしていくたびか金品を意知に渡した」

「それで、いかがなりました」

「意知に、謀《はか》られたのよ」

「小納戸役のお話は、まことではなかったのですね」

「意知は急ぐな、しばらく待たれよ、と申すのみ」

「山城守さまにどれほどの金子《きんす》を、渡されたのでございますか」

「締めて、六百二十両になろう」

「六百二十両……！」

妻は仰天した。

しかし、すぐに冷静な妻に戻って、席を立つことになった。この佐野家に六百二十両もの小判が、あろうはずはないと気づいたからである。

「恨み重なる意知め、このままには捨ておかぬぞ！」

善左衛門は、大刀を引き寄せた。

妻は、知らん顔でいた。酔っている善左衛門の話を、妻はすべて本気にしていなかったのだ。事実は善左衛門が心から、田沼父子を憎悪しているということであった。

それも田沼父子が異例の出世を遂げたことへの嫉妬、主筋に当たる善左衛門を厚遇してくれないことへの恨み、という理由にならない理由からである。それで善左衛門は酔うたびに、意知への殺意を胸のうちで膨脹させるのだった。

「いまに、見ておれ。必ずや、山城守が一命をもらい受けるぞ！」

善左衛門は、抜刀した。

「武芸のお稽古《けいこ》は、庭先にてお願い致します」

妻は腹を立てるのも、馬鹿馬鹿しくなっていた。

ところが――。

佐野善左衛門は言葉どおり、田沼意知の殺害を実行に移したのである。

天明四年（一七八四年）三月二十四日のことで、閏《うるう》一月を加算しても意知が若年寄に任ぜられてから、わずか半年しかたっていなかった。

この日、意知が四月二日から木挽町《こびきちょう》の新しい屋敷で、若年寄として来客に応ずるとの触れが出ていた。そんな触れが出た三月二十四日に佐野善左衛門の凶刃を浴びた田沼意知は、何と木挽町の屋敷へ移る予定日の四月二日に死亡することになる。

刃傷《にんじょう》は、殿中で起こった。

三

天明四年三月二十四日の正午すぎに、幕閣たちはいつものように御用を終えて退出することになった。まず老中が、御用部屋を出る。
老中の御用部屋は、中庭に面した御成《おなり》廊下のすぐ東側に位置している。その老中の御用部屋よりやや南寄りに、若年寄の御用部屋があった。
老中たちが退出してしばらくしてから、今度は若年寄が御用部屋をあとにする。全員が連れ立ってというわけではなく、それぞれがバラバラになって目的地へ向かう。
酒井石見《いわみ》守忠休
酒井飛驒《ひだ》守忠香《ただか》
加納遠江《かのうとおとうみ》守久堅《ひさかた》

米倉丹後守《よねくらたんご》昌晴
太田備後守《びんご》資愛《すけよし》
井伊兵部少輔《いいひょうぶしょうゆう》直朗《なおあきら》
田沼山城守意知

このときの若年寄は、右の七名であった。

ただし七名が残らず、御用部屋に顔をそろえることにはならない。老中も若年寄も、月番制だったのだ。月番の老中と若年寄が、御用部屋に詰めていた。

月番の老中と若年寄は、役宅においても多忙を極《きわ》める。『対客日』というのが定めてあって、陳情とか政治上の提案事項とかを聞かなければならない。

もっとも非番であっても、老中や若年寄は忙しい。用事は、いくらでもあった。不意の御用があったりすると、将軍は非番の老中や若年寄にそれを命ずるのである。

田沼山城守意知は、このとき月番だった。来月になれば木挽町の役宅で、対客日も決めなければならないことになっている。新参者《しんざんもの》の若年寄として、田沼意知はいちばん最後に御用部屋を出た。

御廊下を、南へ向かう。

このあたりには、新番所や新番詰所がある。つまり、新番組の佐野善左衛門政言の居場所が、この辺にあったことになる。佐野善左衛門はどこからともなく現われて、田沼意知のあとを追った。

御廊下を絶え間なく、幕臣が往来しているその中のひとりに見えるから、誰も佐野善左衛門のことを怪しまない。実は若年寄の御用部屋とは目と鼻の先にある新番の御番所に、佐野善左衛門は四人の同僚とともに控えていたのだった。

田沼意知は中之間で先輩たちに追いつき、数人の若年寄とともに歩《ほ》を進めた。この細長い中之間も、新番の御番所に接している。したがって、佐野善左衛門があとを追ったというのも、大した距離ではなかった。

中之間を抜けると、桔梗《ききよう》之間であった。襖《ふすま》に桔梗が描かれていて、中奥の御番詰所に使われている。その桔梗之間に田沼意知がさしかかったところで、佐野善左衛門は二尺一寸（六十四センチ）の刀を抜き放った。

二尺以上が大刀、一尺（三十センチ）以下が短刀、その中間が脇差《わきざし》であった。佐野善左衛門が抜いたのは、立派な大刀だったことになる。

善左衛門が白刃を振りかぶった瞬間を、目撃した者が少なからずいた。だが、誰ひとり反応らしい反応を、示さずにいた。殿中での抜刀は、文句なしに禁じられている。

まして堂々と大刀を抜いたりするのは、常人のやることではない。そのため驚く以前に目撃者たちは、夢を見ているのではないかとわが目を疑ったのだ。

「覚えがあろう！」

善左衛門は、そう叫んだ。

その声に、若年寄たちは振り返った。眼前に悪鬼のような形相《ぎようそう》で、大刀を振りかざした男が迫って来ている。殿中であるぞとか、無礼者とか言葉で威圧する若年寄は、ひとりもいなかった。

若年寄たちは、声もなく逃げ散った。桔梗之間に詰めている中奥の番士たちも、腰が抜けたようにすわったままでいた。逃げようとしなかった若年寄は、田沼意知だけであった。

それは相手が、よく知っている善左衛門だったからである。たとえ凶器を手にしていても、親しい知人であればまさかと思う。それに意知には、なぜ善左衛門に襲われるのかわからなかった。

「覚えがあろう！」

次の瞬間、善左衛門は意知に斬りつけていた。

善左衛門が振りおろした大刀は、意知の肩先を割った。長さが三寸（九センチ）、深さが七分（二センチ）の傷を負った意知は、退くしかなかった。意知は、中之間へ逃れた。善左衛門は、それを追いかける。

更に人数が増えて、大勢の幕臣がこの白昼夢のような光景を眺めていた。しかし、いずれも見物にすぎず、ただ茫然となっているだけだった。

幕臣の中には屈強な若者が何人もいたが、善左衛門に飛びかかったりはしなかった。意知を救おうとして、善左衛門を取り囲む者たちもいない。

「覚えがあろう！」

善左衛門は、意知の股《もも》に大刀を突き立てた。

これはかなりの傷となり、意知はその場に倒れた。善左衛門は再び、意知の股を突き刺した。この股の傷はいずれも、骨にまで達する深手となった。

意知は動くこともままならず、苦悶するばかりであった。出血もひどく、あたりを真っ赤に染めていた。善左衛門とすれば、あとはトドメを刺すだけでよかった。

そこへ駆けつけたのが、大目付《おおめつけ》の松平忠郷《ただくに》である。松平対馬《つしま》守忠郷はこのとき七十歳、白髪の老人であった。松平忠郷は役立たずの見物人を押しのけ追い散らし、中之間へ飛び込んだ。

「乱心者めが！」

大声で一喝した松平忠郷は、血刀を振り上げる善左衛門に背後から組みついた。羽交《はがい》締めにして、老人とは思えない大力で善左衛門を引き倒す。松平忠郷は馬乗りになって、大刀を握った善左衛門の右手を踏みつける。七十歳の松平忠郷がみごとに、二十八歳の善左衛門を取り押さえたのだった。

「御目付衆！　刃傷にござるぞ、お出ましあれ！」

松平忠郷は、大音声で呼ばわった。

松平忠郷のような大目付は、老中の耳目《じもく》となって大名、高家《こうけ》などを監察する。目付は若年寄の耳目となって旗本を監察するほか、城中での火事や刃傷に対処する。

旗本が若年寄に刃傷に及んだとなれば、何から何まで目付の管轄であった。それで松平忠郷は、真っ先に目付を呼んだのである。目付の柳生主膳正久通をはじめ、何人かが中之間へ飛んで来た。

善左衛門はたちまち、刀を取り上げられ捕えられた。中之間や桔梗之間からだいぶ南へ寄った蘇鉄《そてつ》之間の小部屋に、とりあえず善左衛門は監禁された。

意知のほうは峯岸春庵、天野良順の両医師が治療を加えたうえで轎《きょう》という輿《こし》に似た乗り物で、神田橋《かんだばし》の田沼邸へ運んだ。しかし、意知は出血多量で、重体になっていた。

この事件で、面目《めんぼく》を施したのは松平忠郷である。多くの若者が恐れをなして傍観しているほかはなかったのに、七十歳の老人がひとりで善左衛門を取り押さえた。まことにもって大した気骨者なりと松平忠郷は称賛されたのであった。

善左衛門は入牢を申し付けられ、取調べを受けることになる。調べに対して善左衛門は、決して狂気ではないと言い張った。頭から、乱心を否定したのだ。

「それがしは、正気にござる」

「山城守どのが数々の悪行、これを許すまじと思いつめたうえでの所業」

「私憤には相違ござらぬとも、それなりの子細があってのこと」

子細について、善左衛門は口上書を提出している。だが、口上書の内容は善左衛門が日ごろ、酔って妻に聞かせる愚痴と変わらなかった。一口で言えば、幼稚で馬鹿馬鹿しいのである。

一　田沼家の者たちは主筋の佐野家に礼を尽くさず、むしろ蔑《ないがし》ろにした。主筋の佐野家の繁栄を望まず、何ひとつ便宜を図《はか》らなかった。
一　意知は佐野家の系図を持ち出し、そのまま返そうとしない。
一　佐野大明神を乗っ取り、意知は田沼大明神と改めた。
一　小納戸役に取り立てるからと六百二十両を受け取りながら、意知はその実現に努めなかった。

意知は聡明にして常識家、礼儀正しく敵を作らず、清廉で優秀な人物という評判を得ている。その意知がなぜ、そんな愚にもつかないことをするのか。

佐野家の系図など、意知にとって何の価値もない。田沼大明神が欲しければ、佐野大明神を乗っ取ったりしないで、新たに豪壮な神社を建立《こんりゅう》するだろう。

田沼邸は知らん顔でいても、贈り物や付け届けで埋まるのである。小納戸役に取り立てるといった人事権も、父の田沼意次がその気になれば簡単に発動できる。

それなのに意知が、六百二十両ぽっちの賄賂《わいろ》を要求するはずはない。

要するに、意知に対する嫉妬心が爆発したのだろう。古いむかし主筋にあった佐野家なのに、現在の善左衛門は小身の旗本にすぎない。お役目にしても、格下の新番であった。

一方、古いむかしは佐野家に仕《つか》えていた田沼家なのに、いまは父が老中、子が若年寄に就任して権勢と栄華を誇っている。あまりにも不合理、不公平ではないか。

しかも田沼家は佐野家を、特別に扱わないし面倒も見ない。何よりも口惜《くや》しいのは、二十八歳の善左衛門にこれ以上の出世の見込みがなく、意知は三十五歳で若年寄になったということではなかったか。

そうだとすればやはり乱心したのであると、善左衛門の口上書は無視されることになる。

善左衛門が刃傷に及んで八日後の四月二日、田沼意知は息を引き取った。名医たちの懸命の治療にもかかわらず、意知が負った深手は回復どころか悪化する一方だったのである。

意知、死す――。

その日のうちに、佐野善左衛門は切腹を命ぜられた。

善左衛門は、乱心者とされたのだ。この月の十六日に幕府はわざわざ『佐野善左衛門は乱心のため、今回のような大事を引き起こした。もし正常と思えない者がいたら、不審な行動に出る前に療養させせよ』と触れている。

果たして、善左衛門は正常でなかったのか。

善左衛門は、切腹してしまった。死人に口なしで、真相はわからない。しかし、善左衛門の意知殺害には、謎が残っている。それは、善左衛門が意知を殺す動機が、明白でないということだった。

善左衛門の口上書は、内容が馬鹿げている。口上書にあることは、事実とも思えない。では、どうしてそのようにお粗末な口上書を、善左衛門は用意しなければならなかったのか。

その答えは、意知を殺す口実が必要だったため、と推定できる。ところが、誰もが納得するような殺人の動機というものを、創作することは不可能である。

無理に作り上げようとすれば、どうしても無理な意知殺害の動機とならざるを得ない。善左衛門も苦しまぎれに口実を生み出したから、結果的に通用しないような動機になってしまった。

つまり、善左衛門には意知を殺したいという強烈な意思はなく、殺さずにはいられない理由もなかったのだ。そうだとすれば、善左衛門には黒幕がいたことになる。

善左衛門は、意知に嫉妬を感じていた。好きになれないどころか、憎しみを抱いていた。意知が死ねばいいと、思ったこともある。善左衛門は、田沼家が破滅することを心から願っていた。

黒幕は、善左衛門のそういう点を利用した。もちろん黒幕は口先だけで、善左衛門の一命と大出世を保証したに違いない。その口車に乗せられて、善左衛門は意知殺害を実行した。

あるいは、もともと善左衛門は黒幕に忠実な反田沼派に、与《くみ》していたのかもしれない。そういうことであれば、善左衛門は最初から死を覚悟で、意知殺害の陰謀に加わったことになる。

いずれにせよ、黒幕の存在や反田沼派の陰謀を隠すために、善左衛門には意知殺しの口実が必要だった。だが、もっともらしい理由を並べ立てたところで、とても通用するような動機にはならなかったのである。

黒幕と反田沼派は、どうして意知を標的にしたのか。反田沼派ならば、父の意次を狙うのが当然だろう。しかし、将軍家の絶対的な支持を受ける最高権力者を暗殺すれば、反田沼派も安穏ではいられないほどの混乱に陥るだろう。

それに意次を失脚させる機会は、いずれ訪れる。反田沼派が何よりも恐れたのは、意次・意知の二代にわたって、幕政の実権を握られることであった。

このままでいけば、意知が老中首座まで昇進する。意次は権力の座を、そっくり意知に譲り渡すだろう。そうなっては、田沼時代が二代も続くことになる。

何としてでも、田沼時代は意次一代で終わらせたい。それには優秀な人物として知られる意知を、亡《な》き者にすることである。意知が死ねば、意次は後継者を失う。いやでも意次を最後に、田沼時代は終息する。

反田沼派の意知殺害の目的は、そういうことにあったのではないか。反田沼派の黒幕としてはまず、意次を嫌悪し反感を強めている御三家が考えられる。あるいは、次期将軍の実父となる御三卿の一橋治済が、田沼父子は将来の邪魔者と判断して、策士にふさわしい陰謀を企《くわだ》てたのかもしれない。

四

意知の死は田沼意次にとって、生涯に二度とないほどの大ショックであった。弔問客が列をなして田沼邸を訪れたが、意次には何の慰めにもならなかった。

病死であれば、諦《あきら》めもつく。だが、前途有望な意知が、三十六歳にして人手にかかったのだ。それも乱心者に殺される、という無意味な死だったのである。

意次は将軍家治に、辞職を願い出たくらいであった。だが、そのときは慰留されて、辞職を思いとどまった。一カ月は、失意のどん底にある意次だった。

五月も半ばになって、ようやく意次は気を取り直した。以前の顔色に戻り、声にも張りが感じられた。意次は江戸家老たちと、政務について意見を交わすようになった。

その夜の意次は、井上伊織と話し合った。三人の江戸家老の筆頭とされていて、意次の知恵袋とも懐刀《ふところがたな》ともいわれている井上伊織だった。

「山城守（意知）さまがご一命を奪われましたる点につきまして、それがしは不審な点ありと疑《うたご》うております」

例によって井上伊織は、初めから話の核心に触れる。

「不審な点とは……」

伊織の意見となると、意次は真剣にならざるを得なかった。

「殿の追い落としを図り、山城守さまのご出世を恐れる一味の者どもの陰謀と、推察致しております」

なかなか口に出せないことを、井上伊織は平然と述べた。

「あり得ることじゃな」

意次は井上伊織の慧眼《けいがん》、それに洞察力を信じていた。

「殿をご隠退に追い込まんと策します方々が、次第に結束を固められつつあるご様子にございます」

「うむ」

「いちいち方々の正体を明らかに致すことは難しゅうございますが、まずは御三家が殿の御敵《おんてき》と申してもよろしいかと存じます」

「御三家のことは、承知しておる」

「次いで、御三卿の一橋治済さま」

「薄々、察しはついておったが……。何かにつけてわしの力を頼りに致され、わしの骨折りを嘆願された一橋さまだが、大願成就《じょうじゅ》と相成り申したいま、わしを邪魔者としてさっそく裏切るとはのう」

「加えて名門、門閥の諸侯が殿の追放を、企《たくら》みおるようにございます」

「門閥大名か。わしがごとき成り上がり者に幕政を委《ゆだ》ねること、並びに改革なるものが、門閥大名は何よりもお嫌いなのでな」

「その門閥の諸侯の先頭に立たれるお方は、白河十一万石の松平越中守定信さまと聞いております」

「松平越中守は、わしに恨みを抱く御仁《ごじん》じゃからのう」

「幕臣の中にも少なからず、殿を倒さんと致します一味と心を通じ合う輩《やから》がおるそうにございます」

「さような者どもは、上《うえ》さまがわがお味方であらせられる限り恐るるにたらずじゃ」

「しかしながら、一味の者どもは世間の耳に、このたびの飢饉も殿の悪政によるものと吹き込んでおるとのこと。百姓、町人がそれを信じますことが、何よりも恐ろしゅうございます」

「天災まで、わしのせいにされるのか」

意次は、苦笑していた。

「佐野某を操《あやつ》り山城守さまを死に至らしめたるのも、一味の仕業《しわざ》に相違ございませぬ。山城守さまが殿のお力を受け継がれますことを、一味は恐れたのでございましょう」

井上伊織はむなしさを、顔に表わしていた。

意次が急に不人気になったことを、井上伊織はよく知っている。人気を失ったどころか、意次は世間から反感を買っていた。武士の世界では表立って、意次に楯《たて》突く者はいなかった。

将軍の信任が厚く、最高権力者であることには、まだ変わりないからだった。意知の葬儀にも、顔を出さない大名・旗本はいなかった。

御三家、御三卿、在国中の大名は代理人をよこした。しかし、そうした大名・旗本の中には、面従腹背《めんじゅうふくはい》の者もかなりいたはずである。水面下では間違いなく、打倒田沼の動きが輪を広げているのだ。

意次の人気の急落と打倒田沼の気運の上昇は、いったい何が原因だったのか。

意知を、若年寄に昇進させたことである。父が老中、子が若年寄という前例のないポスト就任は、幕政の私物化と権力の独占だという誤解を招いた。

時期も、悪かった。

相次ぐ天災により天明の大飢饉が諸国に広がった年に、意知は若年寄に任ぜられている。

それは諸国で餓死者の続出により目を覆《おお》うような惨状を呈《てい》しているときに、意次は田沼家の繁栄を優先させるという印象を与え、批判の的になったのである。

百姓や町人は、この大飢饉はたび重なる天災が原因だと思わなくなる。一方で無数の餓死者を出しながら、一部の人間だけが金儲けをしたり、飢餓など無縁の生活を送ったりしている。

それらはすべて、田沼意次の悪政によるものだろう。暴動を起こして金儲けをしている商家を打ちこわし、田沼父子を追放しなければ世直しができない。

世直しが叶《かな》わなければ、天災も大飢饉もこのまま続くことになる。特に農民はこのように単純に結論づけて、全国的に暴動に近い打ちこわしや強訴を展開したのだった。

江戸市民も、同じような気持ちでいた。田沼父子が健在である限り、世直しは無理だろうと思い込む。そんなときに、佐野善左衛門の刃傷により意知が死んだのだ。

「やった！」

「世直しだ」

「佐野さまは、立派なお方だ」

「世のため人のために、やったんだ」

「切腹を覚悟で、世直しをやってのけたんだ」

このように江戸には、意知の死を喜ぶ人々がいた。

「これで、世の中が明るくなる」

と、人殺し善左衛門のことを、『世直し大明神』と呼ぶ者もいる。

それを裏付けるように米の値段が下がり始めたので、善左衛門を敬《うやま》う人間が一段と増えた。善左衛門の墓は浅草の徳本寺にあって、縁者以外の参詣《さんけい》を禁じている。

しかし、そのようなことを、江戸市民は無視した。江戸中から老若男女が続々と、墓参りに徳本寺へ集まってくる。

善左衛門の墓に、線香の煙りの絶えることがなかった。善左衛門の百カ日までの法事の費用にしてくれと、金二十両を差し出した農民もいた。

それに対して駒込《こまごめ》の勝林寺にある田沼意知の墓には、誰ひとり訪れる江戸市民がいなかった。そこまで一般庶民からも、田沼父子は嫌われていたのである。

意知の若年寄昇進に一命を賭しても反対すべきだったと、いまになって井上伊織は悔まれてならなかった。

田沼意次は意次で、いよいよ松平定信という疫病神の存在を、意識しなければならなくなっていた。松平定信はすでに、意次の幕政を批判する『国本論』を書いている。意次は、それも問題にしなかった。

だが、その後の松平定信は藩政を成功に導き、大名ながら一流の政治家であることを立証した。定信は秀逸なる人物なりと、御三家をはじめ諸侯が高く評価した。

定信はみごとに、頭角を現わしたのだった。定信こそ幕府の中枢にあって然《しか》るべしと、御三家は期待する。家格を重んずる保守的な門閥大名は、こぞって松平定信を応援するようになる。

更に定信の器量と才能を見込んだ譜代《ふだい》の大名たちが、成り上がり者の田沼意次に老中首座の資格なしという共通の意見を持ち始めた。大半が小大名だが、定信のもとに結集したのである。

尼ケ崎《あまがさき》四万石　松平大膳亮忠告
泉二万石　本多弾正少弼忠籌《ただかず》
吉田七万石　松平伊豆《いず》守信明《のぶあきら》
丸岡五万石　有馬左近衛佐誉純《しげすみ》（外様《とざま》）
亀山五万石　松平紀伊《きい》守信道
山崎一万石　本多肥後《ひご》守忠可

大垣十万石　戸田采女正氏教
今治《いまばり》三万五千石　松平河内《かわち》守定奉《さだよし》（親藩《しんぱん》）
岩槻《いわつき》二万石　大岡式部少輔忠要《ただとし》
中津十万石　奥平大膳大夫昌男《まさとき》
八田一万石　加納備中《びっちゅう》守久周《ひさのり》
長岡七万四千石　牧野備前《びぜん》守忠精《ただきよ》
田辺三万五千石　牧野佐渡《さど》守宣成《ふさしげ》
津山五万石　松平越後《えちご》守康致（親藩）
宮川一万三千石　堀田豊前《ぶぜん》守正毅《まさざね》

こうした大名たちが主たるメンバーで、定信を盟主とするならば政治を通じて結ばれた盟友といえた。参勤交代で在府中は、全員が毎日のように定信の江戸屋敷で会合を持った。

政治について論じ、今後どうあるべきかを語り、田沼意次のすべてを批判する。意知が殺された天明四年、翌五年あたりになると、クーデター計画を練《ね》るような集会という感じもした。

いずれも小大名には違いないが、松平忠告は俳人として知られている。

松平信明は奏者番を命ぜられたばかりだが、こののち御側御用人、老中と出世する。

松平信道は今後、奏者番と寺社奉行の兼任を命ぜられる。

松平定奉は、のちに定休《さだやす》を名乗る。他の松平家と違い徳川の一門で、祖先は家康の異父弟であり、松平定信とは親戚筋に当たる。

松平康致も徳川一門の松平家で、祖先は家康の次男の秀康《ひでやす》である。康致はのちに、康哉《やすちか》と改める。

牧野忠精は奏者番と寺社奉行を兼任、大坂城代《じょうだい》、京都所司代《しょしだい》に昇進した。のちに二度にわたり、老中の任につく。

牧野宣成は前記の牧野家の分家で、父の遺領を継いで間もない。

本多忠籌はのちに若年寄、御側御用人を歴任し、老中格となる。寛政《かんせい》の改革では、松平定信の補佐役を務めた。

本多忠可はのちに、大番頭《おおばんがしら》を命ぜられることになる。

有馬誉純は外様大名にもかかわらず、奏者番、寺社奉行、若年寄として幕政に加わっている。

戸田氏教は今後、奏者番、寺社奉行、御側御用人を経て老中となり、幕政に参与することになる。

大岡忠要は天明五年に奏者番に任ぜられるが、わずか一年でこの世を去る。

奥平昌男は田沼打倒のクーデターを断行するが、やはりわずか一年で没する。

加納久周はこれから大番頭、御側御用取次、若年寄格、伏見《ふしみ》奉行などを歴任することになる。

堀田正穀は今後、大番頭、奏者番、寺社奉行に任ぜられる。

このように、優秀な者ばかりが顔をそろえたのである。その多くが将来、幕閣入りをするのであった。そういう意味では、錚々《そうそう》たるメンバーが結束したといえるだろう。

しかし、意次はまだ松平定信を、政敵とまで見ていなかった。何よりも格が違うし、実力のほどもわからない。反田沼の急先鋒だとは理解しているが、それも一時的な反抗に終わるのではないか。

「松平定信が器量人なることは、相違なかろう。だが、まだ若い」

意次は、いささかも動じなかった。

「さようにございますな」

井上伊織も、冷静を装《よそお》っている。

「そのうえ松平定信は、私情に駆られておる。恨みを晴らさんがためにわしを敵に回したのでは、事の成就は難しかろう」

「ははっ」

「意のままにならぬのが世の中なることを、苦労知らずの青二才にはわかるまい。しかも一介《いっかい》の大名にすぎぬ松平越中に、何ができようぞ」

「されど油断のならぬ方々が、越中守さまの後ろに控えておられます」

「御三家か」

「はい」

「わしには、上さまがおいであそばされる。御三家といえどもわしを差し措《お》いての直訴を、上さまがお取り上げあそばされるはずはあるまい」

「上さまが十年、二十年と、ご壮健であらせられますことを心より、ご祈念申し上げねばなりませぬ」

皮肉ではなく、井上伊織は本気でそう思った。

「わしが死神のごとく騒ぎ立てる声も、五十日、百日とすぎるうちに鎮静致すものと思われる」

人の噂も七十五日というのに、意次は期待したのかもしれない。

だが、意次の悪政が元凶だという声は、一向に消えなかった。五十日、百日とたつに連れて、意次への批判と非難はますます勢いを増した。

意知が殺されるという悲劇の年もやがて暮れて、天明五年（一七八五年）を迎える。

しかし、天明の大飢饉という悲劇には、新しい年もへったくれもなかった。西国、近畿、中部の諸国も惨憺《さんたん》たる有様《ありさま》だが、更にそれ以上にひどかったのは東北と関東である。

東北地方は、まさにこの世の地獄だった。飢餓に加えて、疫病《えきびょう》も猛威を振るった。領民の半分以上が、死亡するところもあった。幕府も、救済に必死だった。

幕府が輸送した米は、十一万石に及んだ。ただ、幕府が救済するのは、天領《てんりょう》すなわち幕府領の領民に限られる。あとの人々は領主である大名が、放出する米を頼るしかない。

だが、普段の心掛けが悪くて備蓄米が少なかったり、城中の米を出し渋ったりする無能な大名の支配下にある諸国の領民は、餓死するのを待つだけだったのである。

五

この天明の大飢饉により、全国で九十万人以上が餓死したとされている。

そのような惨状の中で、意次を取り巻く事態が好転するはずはなかった。田沼派、反田沼派の大名・旗本の色分けが、次第に鮮明になって来た。

ただし数のうえでは、まだかなりの差があった。もちろん、田沼派のほうが多数なのだ。それはまず、将軍が意次側に付いているからである。また、意次が最高権力者の地位を、依然として失っていないこともあった。

御三家は何度も松平定信の幕閣入りを、将軍に進言していた。だが、意次が時期尚早だと反対するので、将軍も首を横に振り続けた。将軍家治は相変わらず、意次を頼りきっている。

正月早々、家治は意次に一万石の加増を賜《たま》わった。意次はこれで、五万七千石になった。加増になるくらいだから、失脚には無縁といえた。

ところが、この年の十二月に松平定信が溜之間《たまり》詰めとなった。そうと知って、意次は初めて身近に迫る政敵を感じた。反対する理由がないので意次もそれを認めたが、いい気持ちはしなかった。

大名は家格、官位、領地、禄高、詰所、役職などによって格式が決まる。たとえば、官位は次のようになる。

大納言か中納言《ちゅうなごん》になれるのは、御三家と御三卿。

参議（宰相）になれるのは、前田家。

中将《ちゅうじょう》になれるのは井伊家、島津家、伊達家など。

少将《しょうしょう》になれるのは、細川家、黒田家、池田家など。

侍従《じじゅう》になれるのは国持ち大名、小笠原《おがさわら》家、酒井家、本多家など。

四位《しい》に叙せられるのは、家門（徳川一族）で十万石以上。

五位《ごい》に叙せられるのは、その他の一般大名。

松平定信はこの時点で従《じゅ》五位であり、二年後に侍従《じじゅう》に任ぜられている。

次は領地だが、国持ち、城持ち、城なしの順序である。城がない大名は、陣屋《じんや》を代用する。これに準じて、領地の広さも禄高も決まる。

幕閣は譜代の大名が占めていて、例外もあるが原則として外様大名は入閣しない。役職の順位は大老、老中首座、老中、若年寄、寺社奉行、留守居年寄、御側御用人、京都所司代、大坂城代、奏者番となっている。しかし、この順位どおりに昇進することは、あまりなかった。

さて問題の詰所だが、これは単なる控え室ではない。どこの詰所入りを命ぜられるかで、大名の家格が決まるのである。詰所は、七つの広間に分けられていた。

第一位　大廊下。

上下に二分されていて、上の部屋は御三家と御三卿。下の部屋にはその子弟、前田家などが詰めた。

第二位　大広間。

式日に国持ち大名から四位以上の外様大名が列座する広間だが、その四之間が松之間《まつ》と呼ばれ、そこに島津家、細川家、伊達家などの大大名が詰める。

第三位　溜之間。

家門の有力大名、それに譜代の門閥が詰める。

第四位　帝鑑之間《ていかん》。

譜代で十万石以上の城持ち大名が、六十家ほど詰める。

第五位　雁《かり》之間。

譜代にして中堅どころの大名が、四十家ほど詰める。

第六位　柳之間。

十万石以下の外様大名が、詰めることになっている。

第七位　菊之間。

三万石以下の譜代大名が、詰める。

この詰所の順位は家格、身分の上下を物語り、殿中における席次を示すものである。これまでの松平定信は、帝鑑之間詰めだった。城持ちで十万石以上の譜代大名の扱いを、受けていたことになる。

それが突然、溜之間詰めへ昇格が命ぜられた。溜之間詰めの大名は数が少なく、それだけ重きをなすわけなのだ。溜之間詰めで、松平姓を名乗る有力家門は、わずか四家しかない。

それに定信が加わって、家門の松平家は五家になった。ほかに溜之間詰めとなっている譜代の門閥は、岡崎の本多家、高田の榊原《さかきばら》家、彦根の井伊家、姫路の酒井家とたったの四家であった。

合わせて九家が、溜之間詰めだった。いかに席次が高いか、その権威というものが推定できる。松平定信は有力家門のひとりとなり、溜之間という上席についたのである。

その裏側には、いったい何があるのか。定信の意次への復讐心と執念には、凄まじいものがある。しかも御三家が、定信の後ろ楯になっている。

油断はできないと、意次は警戒心を強めていた。

だが、すでに手遅れだった。天は意次に味方せず、疫病神の松平定信に軍配を上げることになった。

定信が溜之間詰めになって一カ月がすぎると、天明六年（一七八六年）という新しい年を迎える。この天明六年こそが、意次にとって没落の坂道を転げ落ちるときになるのだった。

最大の原因は、将軍家治にあった。

春になって、意次の最も恐れていたことが起きた。家治の健康である。家治がいつまでも壮健でいてくれるように、という井上伊織の祈念もついに通じなかった。

家治は、水腫《すいしゅ》を病《や》むようになったのだ。

身体の組織の間隙、体腔内にリンパ液などが多量に溜まるのが水腫である。皮下組織に起こりやすく、局部はむくんで腫《は》れるという症状であった。

意次は必死になって、家治の本復《ほんぷく》を祈願する。しかし、家治の病状は、悪化する一方であった。奥医師の大八木伝庵の治療も、効果がなかった。

八月になると、家治はもはや重病となった。心痛の余り意次も病気となり、八月二十二日から病床に臥《ふ》せった。

　そういう意次とは逆に、家治の病気が重くなったことに勢いづき、大いに張りきった者たちもいた。松平定信、御三家の尾張宗睦《むねちか》、紀伊治貞《はるさだ》、水戸治保《はるもり》、それに御三卿の一橋治済であった。

　松平定信は、打倒意次に燃えている。意次を完全に打ち砕くには、家治に消えてもらうことである。そういう意味で、定信にとってはチャンス到来だったのだ。

　御三家は、意次の言いなりになる家治を見限っていた。意次を失脚させて、『身分低き者は去れ』の政治体制に戻すには、無用の長物というべき家治であった。

　一橋治済は、もののみごとに意次を裏切った。嫡男の家斉が、十一代将軍に就任することは決定ずみである。そうなれば、もう利用価値はないとばかりに、さっさと背を向けたのだ。

　一日も早く、家斉を将軍にさせたい。一日も早くみずからは将軍の実父となりたいと、治済が家治の死を望まないと言えば嘘になるだろう。

　政事《まつりごと》には仕掛けたほうに、大義名分と正義の旗印が用意されている。しかし、松平定信、御三家、一橋治済はひそかに将軍家治の死を願うとんでもない不忠者である、といった矛盾も必ず秘められているのであった。

六

奥医師は、漢方医の集団である。彼らは奥医師と権威を誇るばかりで、経験や勉強に不足している。もともと田沼意次は奥医師に対し、そのように不信感を抱いていた。意次の進歩的な外国かぶれも、影響していたのだろう。

将軍家治は、天明六年の春に発病している。それが八月になっても、快方に向かわない。もちろん、治療を担当しているのは奥医師であった。

「奥医師では、埒《らち》が明かぬ」

業《ごう》を煮やした意次は、心当たりのある二人の町医者を急遽《きゅうきょ》、奥医師にすることを決めた。

その二人の町医者は蘭方医《らんぽうい》としての心得もあり、名医という評判を取っていたのだ。二人の町医者は直ちに城中へ招かれて、二百俵を頂戴《ちょうだい》する奥医師を命ぜられる。

若林敬順。

日向陶庵。

と称するにわか奥医師は、八月十九日から診察と投薬を始めた。しかし、家治はすでに寿命を終えるときを、迎えていたのであった。神仏の力を借りようとも、どうにもならなかったのである。

家治の病状は、急激に悪化した。翌二十日には、危篤状態に陥った。本来ならば、医師団や御側衆の知るところになる。だが、なぜか家治の危篤は、極秘とされた。

そこには、とんでもない陰謀が仕組まれていたのであった。陰謀の主謀者は背負い投げを食わせるように意次を裏切ったうえ、いまや田沼追い落としの急先鋒でいる一橋治済である。

それに追随するのは尾張宗睦、紀伊治貞、水戸治保という御三家の当主たちだった。四人は、城中の大廊下に顔をそろえた。大廊下の上の部屋は、御三家と御三卿じか出入りが許されない。

密議の場としては、絶好であった。更に人払いばかりか、大廊下に接近することすら厳しく禁じた。この世に四人しかいないといっても、おかしくないような状況を作り上げたのだ。

「上さまが御薨去《ごこうきょ》、間近に迫りつつあるとのこと」

一橋治済が、まず口を開いた。

治済はこのとき三十六歳、間もなく十一代将軍の父親になる男であった。

「先刻、奥医師が首を横に振ってみせましたぞ」

次に、尾張宗睦が発言した。

宗睦は五十五歳、農政と文教政策に熱心なことで知られている。

「今朝《こんちょう》お声をおかけ申したが、ピクリとも動かれなかった」

紀伊治貞が、眉をひそめた。

治貞は五十九歳、吉宗を範として、藩政改革に成功している。

「おいたわしゅうござる」

水戸治保は、暗い眼差《まなざ》しでいた。

治保は一橋治済と同じ三十六歳だが、学者肌のインテリであった。天文や地理の研究を怠らず、本草学《ほんぞうがく》となると専門家の域に達している。

一橋治済となると、野心家の策士であって人間の質となればあまり高いほうではない。一橋家の繁栄しか目ざさないし、そのために権謀術数《けんぼうじゅっすう》をめぐらす。

しかし、御三家の当主たちは、いずれも名君の部類にはいる。治国政策も一流だし、薄汚れた古狸と違い知的で純粋であった。普通であれば、御三家と一橋治済は意見の一致を見ないだろう。

それにもかかわらず四人が協力的なのは、三つの理由があってのことだった。第一の理由はもちろん御三家、御三卿という徳川一門であって、四人とも今後の幕府を動かす力を持っていたこと。

第二の理由は次期将軍の父君たるべき一橋治済に対して、御三家がそれなりに敬意を払っていたこと。第三の理由はこれが最も重大だったのだが、四者に田沼意次の失脚を画《かく》すという共通点があったことである。

「おいたわしきことにござるが、上さまの御薨去はもはや避けられますまい」

一橋治済の顔に悲しみの色は、まったく認められなかった。

「その件についての密議とは、いかなることにござろう」

最年長者の紀伊治貞が、代表して治済の真意を質《ただ》した。

「近々のうちに上さま御薨去あそばされようとも、しばし御薨去を秘してはいかがにござろう」

治済は平然と、そのように提案した。

「ほう。上さま御薨去あそばされようとも、秘して喪《も》を発せずと申されるのか」

尾張宗睦が、驚きの目を見はった。

「何ゆえに……」

水戸治保が、身を乗り出す。

「策にござる」

治済は答えた。

「何のための策にござろう」

紀伊治貞が、姿勢を正した。

「主殿頭《とのものかみ》（田沼意次）を追い落とすための策にござる」

治済には、自信から生じる余裕があった。

「主殿頭を……」

紀伊治貞の目つきが、厳しくなっている。

尾張宗睦も水戸治保も、表情を引き締めていた。田沼意次の意のままになる幕政、その意次べったりの将軍家治。天災と人災をまじえての全国的な混乱に、これまでにない危機感を抱いている御三家なのだ。

それが田沼失脚の秘策ありと聞かされれば、緊張するのが当たり前であった。田沼失脚は望むところであり大いに喜ばしいと、御三家の面々は沈黙して一橋治済の次の言葉を待った。

「上さまご生存を装えば、主殿頭はお目通りを願い出ることと相成る。たとえ再三願い出ようと、ことごとくそれを退ける。それも上さまの御意向として、主殿頭に申し渡すのでござる。主殿頭の老中罷免《ひめん》も上さまの御意向となれば一言もなく、田沼はそれに従うほかはござるまい」

一橋治済は、策について語り始めた。

要するに家治の死後も生きていることにして、上さまの仰せということで何者かが命令を代弁する。家治は重病人なのだから、決して不自然ではない。

家治が生存していての命令には、何者も逆らうことができない。そこで家治の命令を勝手に作り上げて意次に伝え、将軍によって失脚したことにする。そうなれば、意次と田沼派の抵抗も容易に封じられる。

一橋治済の策とは、そういうことだったのだ。将軍の死を利用した卑劣な謀略だが、意次の手から幕政と世の秩序を取り戻すためにはやむを得ないと、御三家も賛同して一致協力を約す。

ただ、彼らにも予測できないことがあった。将軍家治が、その日のうちに急死したのだ。天明六年、八月二十日の宵《よい》のことである。

一橋治済と御三家はあわてて、家治の薨去を極秘とするための手を打った。家治の死を知る者は一部の奥医師、若林敬順と日向陶庵、それに御側と呼ばれる近臣数人と小姓だけにとどまった。

その者たちには厳しく他言を禁じ、一方では報酬を惜しまなかった。御三家よりのお言い付けとなれば、それだけでも背《そむ》くことはできない。一同は忠実に、秘密を厳守したのであった。

この年は異常気象により雨が降り続き、冷害が甚《はなは》だしかった。江戸中が水浸《びた》しになり、夏の訪れがない。夏のあいだも、浴衣《ゆかた》を着る者がいなかった。

陰暦の八月二十日は仲秋《ちゅうしゅう》も末であり、秋風が冷たくなる。だが、この年は寒いくらいであったので、いくらかでも遺体の腐敗が遅れることになる。

それでも三日後には遺体を何枚もの衣服で包み、顔まで何重《いくえ》にも覆って納棺した。更に奥医師たちの手によって大量の塩を詰め込み、あらゆる防腐剤を用いて遺体の腐敗を防ぐ作業が続けられた。

一方、田沼意次は心痛の余り、体調を崩していた。意次は、登城を差し控えた。城中に異常はなく、上さま危篤といった大事にも至っていない。

極秘事項は、意次の耳にも聞こえてこない。それほど秘密は、厳しく守られていたのだ。安心したせいもあって、意次は八月二十二日になって病床に臥した。

とはいうものの、やはり落ち着いて寝ていられなかった。しきりと、家治の夢を見る。意次は、悪い予感がした。それもそのはずで二日以上前に、家治はすでにこの世を去っていたのであった。

八月二十五日に、意次はついに登城することにする。

南御座敷で応対に出たのは、二、三度顔を合わせたことのある御側のひとりであった。意次は家治に、お目通りを申し出ている。意次なしではいられない家治だから、喜んでそれを許すに決まっている。

そのことを伝えるために現われる人間も、常識として定められていた。この天明六年八月の時点には御側御用人がいなかったので、御用御取次の役目となる。

横田《よこた》筑後《ちくご》守準松《のりよし》。
稲葉《いなば》越前《えちぜん》守正明《まさあきら》。
本郷大和《ほんごうやまと》守泰行《やすゆき》。

この三人が、現在の御用御取次であった。御用御取次は将軍家の側近中の側近で、老中も頭が上がらないほどの権勢を誇っている。特に横田と稲葉は意次が後ろ楯となって目をかけてやったために、飛ぶ鳥落とす勢いで実力者となった。

横田と稲葉と本郷は、意次の腹心である。田沼派の中心人物として、意次の権力の牙《が》城《じょう》を支えているのが御用御取次の横田筑後守、本郷大和守、稲葉越前守といえた。

今日も意次は横田筑後守あたりが、出迎えるものと思い込んでいた。ところが、意次の前に着座したのは、一介の御側にすぎなかったのだ。

「そのほう、中村とか申したな」

最高権力者に無礼であろうと思ったが、例によって意次は不平不満の色を顔に出さなかった。

「中村甚右衛門にございます」

中村という御側は両手も突かずに、意次に会釈《えしゃく》を送っただけであった。

「筑後守を、呼ぶがよい」

一介の御側とでは話が嚙み合わないと、意次は察したのである。

「横田筑後守さまにございますか」

中村甚右衛門も、尋常な顔つきではなくなっていた。

「そのほう、御用御取次を存じおらぬのか」

「存じております」

「その御用御取次を、ここへ呼べと申しておるのじゃ」

「横田さまには御用多忙のため、所在が明らかではございませぬ」

「ならば、越前守を呼べ」

「稲葉越前守さまも、ご同様にございます」

「それゆえ、そのほうごときが代わって、お役目を相務めると申すのか」

「恐れながら上さまの仰せに従いまして、それがしごときが御意向を田沼さまにお伝え致すべく、罷《まか》り出て参ったのでございます」

「偽《いつわ》りを申すでない」

「まことにございます」

「上さまがわしに仰せ付けあそばされることを、御側の耳などにお入れになられるはずはないのじゃ」

「されば、申し上げます。上さまには、田沼さまのお目通りは叶わぬと仰せにございます」

「何を申す」

「御上意にございます。田沼には目通り許さぬと、これが上さまのお言葉にございます」

中村甚右衛門の表情は、腹を切るときのように硬《こわ》ばっていた。

「そのほう、正気か」

意次は、わが耳を疑っていた。

「申すまでもございませぬ」

中村甚右衛門は死を覚悟しているのではないかと、意次はふと疑いを感じていた。

「されば、何ゆえお目通りが許されぬのか、その子細を申してみよ」

意次は、中村甚右衛門をにらみつけた。

七

「田沼さまが政事《まつりごと》には民心に背くこと甚だ多しとの訴えを、上さまはお聞き入れあそばされ、許すこと叶わずとお怒りになられたそうにございます」

中村甚右衛門は、即答した。

「民心に背く政事とは、いかなることであろうな」

意次は、皮肉っぽく笑った。

一　田沼の政策は経済中心で物質的豊かさのみを求め、商業と結びついた多くの役人に私腹を肥《こ》やすことを奨励した。

一　多くの役人が本来の治世の心を忘れ、賄賂を得ることを慣例化したのも、田沼が及ぼした害による。

一　この天明の時代の天災地変により農業は壊滅的な打撃を受け、無数の疫病死者と餓死者の救済は一向に進まない。

一　田沼が改革と称する大事業はことごとく失敗に終わり、ただ単に物価の高騰を招いたにすぎない。

一　一部の者が裕福になり、大部分の人民が困窮するという不公平さに、無関心でいるのが田沼の政治であり、これこそ民心に背くものなり。

中村甚右衛門は、以上のようにスラスラと並べ立てた。これも、用意されていた言葉のように聞こえた。それに御三家や松平定信の田沼批判と、内容と要点がほとんど変わらない。

「さような訴えをお聞きあそばされて、いまさらお怒りになられるだろうか。そのほうにかように命ぜられたるは、おそらく御三家の方々でござろうな」

意次はもう、中村甚右衛門に対して腹を立てていなかった。

「上さまが、仰せになられたことにございます」

中村甚右衛門は、顔色を失っていた。

「解《げ》せぬのは、上さまにお目通りが叶わぬことじゃ」

意次は何やら、異変が起きていることを察知していた。

家治は父の遺命もあって、これまで意次を特別な家臣として扱って来た。家治自身も心から、意次を頼りにしていた。家治にとって意次は、人生の杖《つえ》であった。

意次を見ると、家治はホッとする。そこまで意次に、気を許していたのだ。本日の意次は、家治の病気見舞に参上した。そうと知れば家治は大喜びをして、意次を寝所へ招くはずであった。

それが、どうだろう。

第一の寵臣が病気見舞に来たというのに、家治はそれを追い払おうとする。寝所で目通りするどころか、家治は意次と顔も合わせたがらない。まるで、別人ではないか。

しかも、これまで百も承知していた意次の政策に関して家治が、民心に背く悪業だと急に憤《いきどお》る。そのうえ、家治の悪政の指摘はかつてより松平定信や御三家をはじめ、反田沼派が痛烈にしていたことの写しのようなものだった。

少なくとも家治自身が激怒して、中村甚右衛門に言わせたことではない。御三家が中村を、代弁者に仕立てたのだ。その証拠に、御三家といった大物は姿を現わさない。中村甚右衛門のような小物を、矢面《やおもて》に立てているのだった。

家治は、何も知らずにいる。意次が見舞参上したことも、家治には伝わっていないのだろう。そこに何やら、カラクリがあるように思える。巨大な力が、家治と意次の接触を、阻止しようとしているのではないか。

「それまでお怒りが激しいとなれば、なおさらのことお目通りを願わねばなるまい」

意次は、腰を浮かせた。

「なりませぬ」

中村甚右衛門は、狼狽《ろうばい》して立ち上がった。

「御寝所にて上さまのお姿を拝見致すのみでよい」

意次は、歩き出した。

「お目通り叶わぬこと、御上意にございますぞ！」

中村甚右衛門は大手を広げて、意次の前に立ち塞《ふさ》がった。

「お目通りを、賜わるのではない。御寝所の隅より、ご尊顔を拝し奉《たてまつ》るのじゃ」

意次は、構わず進んだ。

「御寝所にお近づきになられることも、許されませぬ」

中村甚右衛門も、実力行使には出られなかった。

意次の身体に、触れることもできない。権力と身分に、差がありすぎる。加えて、貫禄《かんろく》の相違というものがあった。中村甚右衛門は、制止しながら後退した。

意次は、南御座敷を出た。だが、そこには思わぬ伏兵が、待ち受けていたのだった。中庭に沿った廊下の左右に、十人ほどの御側衆と近習《きんじゅう》が立ちはだかっていたのである。

この連中は実力行使も厭《いと》わぬとばかりに、身構えていた。意次が中奥の家治の寝所へ向かうならば、この場で取り押さえるつもりなのであった。

「上さまの御病間へあくまで向かわれるおつもりなれば、殿中での刃傷も承知のうえにて一太刀《たち》浴びせ奉る」

近臣のひとりが、脇差に手をかけた。

殿中における刃傷の禁を破っても、意次を斬るというのである。そうなっては、仕方がない。強行突破は不可能だし、家治見舞も諦めるほかはない。

「それほどまでに上さまにお目通りつかまつることを恐れられ、この田沼を遠ざけんと致されれば、かえって怪しまれましょうぞと、画策された方々に申し上げよ」

そう言い捨てて意次は、御老中御部屋へ向かった。

意次は、直ちに下城した。危機が迫っていることを、ひしひしと感じていた。家治がとっくに他界したことに、意次はまだ気づいていない。

ただし重病のためにほとんど意識がなく、口もきけない家治であることは見当がつく。その人形のような家治を擁《よう》して、反田沼派が蜂起したのだ。

いまこそ絶好の機会とばかりに、意次の追い落としを策している。意次の失脚を図る首謀者は御三家と一橋治済、意次政権の打倒を企てるリーダーは同志といえる諸侯を糾合《きゅうごう》した松平定信、とそのくらいのことはすでに見当がついている。

しかし、意次にとっては、このうえないショックであった。これまで一度として意次の権勢に逆らうことがなかったのに、初めて反田沼勢力というものが正面から攻撃して来たからである。

敵はとりあえず御三家、味方は幕閣ということになる。このときの幕閣は、大老がひとり、老中が五人いた。たとえそうであっても、全員が意次の忠実な味方とは限らない。

大老・井伊掃部頭《かもんのかみ》直幸　田沼派。
老中首座・田沼主殿頭意次　田沼派。
老中・松平周防《すおう》守康福　田沼派。
老中・水野出羽《でわ》守忠友　田沼派。
老中・鳥居丹波《たんば》守忠意　中立派。
老中・牧野越中《えっちゅう》守貞長　田沼派。

このように、反田沼派はいなかった。中立派ひとりを除いて、全員が田沼派だった。若年寄の中にも、田沼派は少なくない。大奥は完全に、意次の味方である。

家治の御側も横田準松、稲葉正明、本郷泰行らの御用御取次によって押さえてあった。その他、諸奉行など幕府の要職を占める者たちは、すべて意次に任命された田沼派なのだ。

御三家といえどもいま意次と正面からぶつかり合えば、必ずクーデターに失敗する。したがって恐ろしいのは、御三家側の裏工作である。

今日どうしても意次を家治に会わせなかったのも、一種の裏工作であった。陰謀には、裏工作がともなう。これから、大がかりな懐柔策を用いて、田沼派の切り崩しにかかるだろう。

その結果、大勢の田沼派が寝返るかもしれない。いずれにしても、頭の痛い話だった。

帰邸した意次は、再び寝込むことになった。家治の容体が、案じられてならない。

そのころ尾張宗睦、紀伊治貞、水戸治保の御三家の面々も、一橋治済を加えてクーデターの決行を急ぐかどうか苦慮していた。四人は家治が八月二十日に死亡しているのを、意次に悟られることを何よりも恐れていたのである。

「それほど上さまにお目通りつかまつることを恐れられ、この田沼を遠ざけんと致されれば、かえって怪しまれましょうぞと、画策された方々に申し上げよと、主殿頭は言い残して去ったそうにござる」

「画策された方々とは、われらを指《さ》してのことにござろう」

「さよう。主殿頭は初めに、御三家の方々の差し金であろうと申したそうにござるゆえ……」

「主殿頭は、われらが策を半ば読んでおるようじゃ」

「そこは主殿頭、抜かりはござるまい。主殿頭の耳目《じもく》は網の目のごとく、城中に張りめぐらされておると聞く」

「上さまがすでに御薨去あそばされたこと、間もなく主殿頭の知るところとなるやもしれぬ」

「さような事態と相成れば一大事、われらは数年のあいだ謹慎《きんしん》致さねばなるまい」

「何としてでも、それなる失態は防がねばならぬ」

「それには、いかがすべきか」

「急ぐことにござろう」

「主殿頭が動き出す前に、先手を打つと申されるのか」

「主殿頭に老中職を免ず、との断を下すのでござる」

「ほかに、手立てはござるまい」

「もはや、一刻の猶予もなりませぬぞ」

「ときを同じゅうして、御用御取次の処断も致されるのはいかがにござろう」

「さよう。上さまが御側は、主殿頭が本陣も同様。御用御取次は、本陣における総大将にございます」

「御用御取次はいずれも、主殿頭に忠義なことで知られおるそうじゃ。その中でも稲葉越前守が、主殿頭の懐刀として聞こえおるそうにござる」

「さすれば敵の本陣に、大筒《おおづつ》一発を撃ち込んだほどの効き目がござろう」

「主殿頭ともども、稲葉越前守をも処断すべし」

衆議一決、結論は出た。御三家と一橋治済はまだ第一段階だが、先手を打ってクーデターを決行することにしたのだ。ただひとつ、問題があった。

それは老中と御用御取次の職を解くと、誰が通告するかである。将軍が直接、仰せつければそれですむ。だが、将軍は存在しない。御三家は幕臣の人事問題に、タッチしないことになっている。

御三卿の一橋治済となると、なおさらその立場にない。そうなると、老中しかいなかった。しかし、ひとりを除いて老中はどれも田沼派で、意次の免職には反対する。やむなく中立派と目される鳥居丹波守忠意を説得にかかった。鳥居忠意は西の丸老中から今年、老中に移ったばかりである。新米だからこそ、中立派でいられたのだ。

それに七十歳という老齢なので欲も野心もなく、どっちの味方をするか否かなどと俗っぽいことには無口なのだろう。野州《やしゅう》（栃木県）壬生《みぶ》三万石の老いたる城主は、気骨者《きこつもの》であった。

「上さまの仰せを、そのままお伝え致すだけのこと」

「これは、あくまで上さまがお命じになられたことにござる」

「上さまの御上意を告げるなど、珍しいことではござるまい」

御三家からそのように頼まれると、鳥居忠意は引き受けざるを得なくなった。ついに新米の老中が老中首座に、免職を申し渡すということになった。

場所も目立たないように、大廊下を選んだ。大廊下で、処分を伝えるのも珍しい。このように異例ずくめの処断が八月二十七日に、田沼意次に下されたのである。

八

その日、意次と稲葉正明は登城を命ぜられ、大廊下へ呼びつけられた。そこで上段に立つ鳥居忠意から、生きてもいない将軍の御上意を宣せられる。

意次や稲葉正明はもちろん、鳥居忠意も将軍の死を知らないのだ。したがって三者とも、将軍の上意として素直に受け入れる。将軍の上意となれば、絶対に従わなければならない命令なのであった。

稲葉正明は、十万二千石の稲葉家の分家の祖である。三千石の旗本から出発し、小姓、小姓頭取、御用御取次へと昇進した。明和六年（一七六九年）二千石、安永五年（一七七六年）二千石、天明元年（一七八一年）三千石の加増で一万石の大名となる。昨年、更に三千石の加増があった。

――田沼主殿頭意次、老中の職を解く。雁之間詰めを命ず。

――稲葉越前守正明、御用御取次の職を解く。菊之間詰めを命ず。なお昨年の御加増分、三千石はこれを召し上ぐ。

意次はついに、老中という地位を失う。しかも殿中席次を証明する詰所も、第五位の雁之間まで下げられた。疫病神といえる政敵の松平定信は、第三位の溜之間に詰めていた。稲葉正明の菊之間は最下位である。

翌二十八日、にわか奥医師の若林敬順と日向陶庵が、蔵米二百俵ずつを頂戴して江戸城を去った。

次いで田沼派の要人で、勘定奉行の松本秀持と赤井忠晶が将軍の上意という言葉だけで解任された。ほかにも意次が能力を見込んで取り立てた優秀な人物が、田沼派というだけで次々に職を解かれた。

それらは常に、姿なき将軍の命令によっていた。

「得心が参りませぬ」

井上伊織が、力のこもった声を出した。

田沼家の江戸家老の筆頭で、意次の知恵袋といわれる井上伊織は、興奮することを知らなかった。そのせいか声にも口調にも、常に変わりがない。

「何がじゃ」

珍しい井上伊織の強い口調に、意次も驚きの目を見はった。

「何事も上さまの御上意で、片付けられております」

井上伊織の眼差しには、どこか怒りも感じられるようだった。

「それが、いかが致した」

井上伊織がいかなる疑いを抱いているのか、意次にはまだ理解できなかった。

「上さまは、いずこにおわしましょうや」

「御寝所と、決まっておろう」

「その御寝所にて上さまは何者に対し、御上意をお伝えあそばされておられるのでしょうか」

「おそらくは、御三家の方々であろうな」

「その御三家の方々は、上さまの御寝所に参上つかまつることなしと、それがしは聞き及んでおります。不審極《きわ》まりなきことながら、上さまの御寝所に出入りする者は、奥医師と僧侶のみ」

「まことか」

「御寝所のまわりを固める近臣どもも、何者といえども御寝所に近づけまいとする見張りらしゅうございます」

「お部屋さますら御寝所に近づくこと意に叶わぬとのこと、わしもチラッと耳に致したが信じ難《がた》かった」

　意次はようやく、不安を覚えていた。

　故人となってしまったが家基の生母が、お知保の方である。お部屋さまと呼ばれるが、家治の正室に準じている。そのお部屋さまの見舞さえ禁じるとなると異常がすぎて、何か隠されているのではないかと疑惑を抱きたくなる。

「上さまにはご生存にて、御寝所においであそばされるのでございましょうか」

　井上伊織は、膝を進めた。

「うむ」

「上さまはすでに、御薨去あそばされたのではございませぬか。それをいまだご存命と見せかけ数多くの御上意を作り上げ、殿と殿に与《くみ》する者たちをうむを言わさず追放致すとの策略にはございませぬか」

「考えられぬことではない」

「若林敬順、日向陶庵なる医師も、城中を去りましてございます。上さまがご存命のうちに、医師を無用と致すはずはございますまい」

「二百俵ずつ賜わったのも、気前がよすぎるのう」

「上さまのご遺体を腐らせぬために力を尽くしたことに、口止めの代金も加わっておるのではございませぬか」

「亡き上さまの御名を騙《かた》り、御上意と称してお気に召さぬ者を次々に陥れるとは、卑怯極まりなき御三家と一橋どのじゃ」

意次はいつになく怒りの形相で、目を吊《つ》り上げた。

「若林敬順、日向陶庵の両名を捕えて口を割らせましょう。さすれば、何事も明らかになるものと存じます」

井上伊織は、表情のない顔に戻っていた。

「うむ」

意次は、井上伊織の提案を認めた。

翌日、井上伊織は屈強な者どもを引き連れて、若林敬順と日向陶庵の住まいを訪れた。しかし、両家とも蛻《もぬけ》の殻《から》で、近所の住民も二人を見ていないという。

井上伊織は江戸詰めの家中の者を総動員して、若林と日向の探索に取りかかった。それでも若林と日向は発見できないし、両人に関する情報も得られない。

どうやら、江戸にはいないらしい。蔵米二百俵のほかに逃走資金として若林と日向は、数十両を与えられたのに違いない。当然、江戸から姿を消すという条件で、手が打たれたのだろう。

井上伊織も、断念するほかはなかった。

一方の御三家や一橋治済も、井上伊織の動きを知って警戒を強めていた。それに家治の遺体の腐敗状況も、限界を超えている。家治の死を公表してしまえば、何事もなくすむのだった。

御三家は、決断する。

九月六日、家治危篤と知らされて家門・譜代の大名が総登城した。

九月八日になって前日の七日に、家治が薨去したことを公表する。実際に薨去してから、半月以上が経過していた。

家治の遺体は改めて塩漬けにされ拝顔を許さず、腐臭を消すためにもうもうと香を焚《た》く中で、城中での法事が続いた。

九月十九日に、近臣の何名かが落髪する。

九月二十九日、お部屋さま・お知保の方が落飾《らくしょく》し、蓮光院と号して二の丸に移り住んだ。

十月四日が、いよいよ本葬となる。家治の遺体は霊柩《れいきゅう》に納められ、上野寛永寺《うえのかんえいじ》の廟《びょう》に埋葬される。霊柩の発引《はついん》は普通、昼間のうちに行なわれる。

また行列を誰にも見せない、ということもなかった。しかし、家治の霊柩発引はそれに反していて、まさに異様であった。そこにも、家治の死を何日も、隠し通したということが感じられる。

たとえば家治の父、九代将軍家重の場合はどうであったか。家重は増上寺に葬られたので、行列は芝へ向かっている。霊柩発引は未《ひつじ》の刻《こく》(午後二時前後)で、二の丸を出発している。

そのあと平河口《ひらかわぐち》へ向かい半蔵門《はんぞうもん》を出て、虎ノ門《とらもん》、新橋《しんばし》、浜松町《はままつちよう》などを経由、増上寺に到着している。では、家治の霊柩は、どうであったか。

出発が何と丑《うし》の中刻(午前一時四十分から二時二十分)だったのである。真夜中の埋葬であり、常識では考えられないことだった。もちろん上野へ直行であり、葬列を見る者などいなかった。

秘密を作る人間は最後まで、秘密めいた行動をとらないと、何らかの形で馬脚を現わすものなのかもしれない。

実質的には、十一代将軍の家斉の時代になっていた。正式に朝廷から征夷大将軍の宣下を受けるのは、翌年の四月と決まっている。しかし、それは形式的な儀式にすぎないし、家治の死と同時に後継者の家斉が将軍になっているのだ。

ただし家斉はまだ十四歳で、政治を動かす能力に不足している。それで幕政は、老中に任せてあった。田沼意次のいない幕閣には、御三家が助言者として加わっていた。

田沼意次は老中を罷免されてもなお、隠然たる勢力を保っている。幕府の要職につく者は、まだ大半が田沼派であった。これでは第一次クーデターも、花火を打ち揚げただけに終わってしまう。

もっとはっきりした形で、意次を失脚に追い込まなければならない。このまま膠着《こうちゃく》状態を続けては意味がないと、御三家は焦燥感に駆られた。

「かくなるうえは、上さまのお力におすがり申し上げるほかはない」

「上さまには主殿頭の失政あるいは悪政につき、つまびらかにご承知あそばされてはおられぬ」

「われらより改めて言上《ごんじょう》致し、主殿頭がいかに害を及ぼす人物なるかを、上さまにおわかりいただくほかはござるまい」

「そのうえで上さまより主殿頭へ、厳しきお達しを下されるよう、お願い申し上げようではないか」

御三家はまたもや、将軍の上意を利用することにした。御三家は家斉に意次がいかに世の中を乱し、どれほど私腹を肥やしたかを訴えて、厳罰に処することを願い出た。

家斉は個人として、意次を嫌ってはいない。かつて家斉が将軍家の世嗣になったことに、意次が尽力したという話も父親から聞かされている。だが、いまはその父も意次の失脚を願っていた。

それに御三家の申し出も、無視するわけにはいかない。不興の沙汰《さた》により、意次を罰するしかなかった。しかし、家斉に意次を徹底して、厳罰に処する気持ちはなかったようである。

閏十月五日――。

家斉は意次を召し出し、不興の沙汰を伝えた。今度はその存在もあやふやな家治ではなく、実在する将軍家斉から直接ご不興の上意を聞くのだ。これぞ本物だと、意次は上意に服した。

一　二万石の減封。
一　江戸神田橋の上屋敷と大坂蔵屋敷の没収。
一　江戸城への出仕を禁ず。

このような処分を、意次は家斉から申し渡された。

意次は五万七千石のうち、二万石を減ぜられた。三万七千石の大名になったのだ。そのうえ神田橋の上屋敷と、大坂の蔵屋敷を召し上げられた。

それも神田橋の上屋敷は、二日後の七日までに引き払えという期限付きであった。別荘にて、謹慎せよということになる。この別荘とは別邸、すなわち下屋敷を意味している。

二日後までに上屋敷を引き払い、下屋敷へ移らなければならない。

しかし、それよりも意次にとって寂しいのは、江戸城への登城を許されないことだった。

九

老中を解任。

二万石の減封。

上屋敷と大坂蔵屋敷を没収。

江戸城出仕の禁止。

二日のうちに下屋敷へ移り謹慎。

これだけ処罰されれば、権力者として明らかに失脚である。ところが意次は、失脚した人間には見えなかった。多くの田沼派も意次が失脚したと、落胆や失望をしていない。自他とも失脚と認めず、意気なお盛んといえそうだった。

それだけ田沼派は、意次を信奉している。意次に魅力を感じ、将来の夢を託している。

意次との友誼《ゆうぎ》と人間関係を大切にし、恩や借りを忘れていない。

意次の影響力というのは、まだまだ大変なものだった。それだけに、意次には余裕がある。御三家、一橋治済、松平定信に敗れたという意識もなかった。

蠣殻町《かきがらちょう》にある下屋敷への移転は、大変であった。何しろ家財、諸道具、什器《じゅうき》、その他の荷物がいくらでもある。それらを車に積んで、何度となく往復するのだ。

二日目の夕方になって、何とか片付いた。しかし、車ごと消えてしまった荷物が、かなりあったようだった。不心得者の奉公人が、車とともに盗んで逃げたらしい。

「まことにもって、不届き至極……」

井上伊織は、意次の背後に片膝を突いた。

「捨て置け、捨て置け」

意次は、庭園の片隅に立っていた。

最後に下屋敷に到着した意次は、寛《くつろ》ぐとともに真っ先に庭園を歩いてみたくなった。夕暮れの空が、オレンジ色に染まっている。太陽は、真っ赤な円形を描いていた。

「かようなときに盗みを働くとは、怪《け》しからぬ輩《やから》どもにございます」

井上伊織は上屋敷を公収されたことで、不機嫌になっているのだった。

「主人が落ちぶれる以前に、金目のものを手に入れておこうと、心が卑《いや》しくなるのであろう」

さいわい煉塀《ねりべい》の彼方の視界が広く、眺めのいいことが意次は気に入った。

「落ちぶれたとは、お情《なさ》けないお言葉にございます」

「いや、わしはさように思うてはおらぬ。しかし、老中を免ぜられるようなことになると、落ちぶれたなどと受け取りたがる者がおるものよ」

「合戦は、味方あってのことでございますぞ」

「味方の数や謀《はかりごと》のみで、合戦には勝てぬ。それぞれがおのれの陣を固く守り、乱れることなく敵を迎え撃てば不敗の軍勢となる」

「田沼勢は、不敗にございます」

「御三家にも、松平越中（定信）にも、わしは敗れる気がせんのじゃ」

「お心強きお言葉」

井上伊織は、機嫌が直ったようであった。

「上さまも間もなく、わしの登城をお許しくださるであろう」

意次は、日没に目を細めた。

シルエットを描く山の遠景は、箱根《はこね》の山々に違いない。日暮れどきの山の景色は、幼児の時代によく見たような気がする。子どものころを振り返るのは年老いた証拠、それとも少し疲れているのだろうかと意次は思った。

御三家と一橋治済は、これで完全に意次を追いつめたものと判断していた。いよいよ本格的なクーデターに取りかかるべきだった。

本格的なクーデターとは、新しい指導者に政権を渡すことである。

新しい指導者とは松平定信ということになる。

十月二十四日に一橋治済はすでに、松平定信を老中に登用したい旨《むね》、水戸治保に書簡を送っている。

閏十月六日、田沼家が下屋敷への移転に追われているとき、一橋治済は改めて書簡で御三家に、松平定信を是非とも老中にと推挙している。

御三家では十二月十五日になって、大老の井伊直幸や大奥に対し、松平定信の老中推挙の意見書を提出する。

この十二月に予測どおり、意次は江戸城への出仕を許された。年が明けて天明七年（一七八七年）正月の年賀でも、意次は将軍家斉に拝謁した。

その際の席順でも、意次は老中に準じていた。勢威いまだ衰《おとろ》えずというところを、意次は見せつけたようなものだ。意次は相変わらず、田沼派の幕府の実力者たちに囲まれている。

二月二十一日、大奥老女の大崎が江戸の尾張邸を訪問して、松平定信の一件に対する回答を伝える。大崎は、家斉の乳母であった。

その答えは――。

拒否。

松平定信の老中推挙には、大奥こぞって強硬に反対すると、大崎は尾張宗睦に告げたのである。

それから七日後の二月二十八日、御三家の登城を待って大老、老中、若年寄の、松平定信の老中推挙への回答が寄せられた。

答えは、拒絶。

御三家は大奥と幕閣の両方から、拒否の回答を突きつけられたのだ。全面的拒絶では、どうすることもできない。大奥と幕閣に反対されれば、動きがとれない。

推挙どころか、それ以前のこととなる。三役どころか、将軍が説得しても通じない。松平定信より意次のほうがいい、という答えのような感じさえする。

いずれにしても、松平定信を老中にしようとする案は、いったん引っ込めなければならない。いまの状態では松平定信が指導者になっても、幕政は機能しないし大奥までが大混乱に陥る。

松平定信の老中推挙は、一時棚上げとなった。反田沼派の敗退であった。このことは、噂となって世間に広まった。松平定信が老中に推挙されたが、田沼派の幕閣や大奥の反対によって沙汰やみになったと、特に江戸では庶民にまで知れ渡った。

「田沼なんぞ、早いところ引っ込め」

「越中守さまが、どうしてそんなにいいんだよ」

「田沼は、老人だ。老人には思いきって、新しいことができねえ」

「馬鹿を、言うんじゃあねえ。若けりゃあ、いいってもんじゃあねえんだ」

「越中守さまは、まだ三十歳だ」

「そんな若造は、頼りなくってしようがねえ」

「田沼なんぞは、六十九にもなったヨボヨボの爺《じい》さんだろう」

「ふざけるねえ。田沼さまは御老中として、脂《あぶら》が乗りきっていなさるんだ」

「越中守さまは、眉目秀麗《びもくしゅうれい》なことで知られているんだぞ」

「何でえ、そのビモクシュウレイってのは……」

「まあ、美男ってことよ」

「この野郎、御老中は色男だったらいいってのか」

「そうは、言わねえけど……」

「その色男が、大奥でも嫌われたんじゃあねえかい」

「それにな、越中守さまは文武両道に秀《ひい》でておいでなんだぞ」

「あのなあ、文はとにかくとして、御老中に武なんぞ無用なんだよ」

「越中守さまは、きっと世直しをしておくんなさる」

「聞いたところによると越中守さまは倹約、倹約と二言目には倹約だそうだ。田沼さまと比べたら、さぞかし窮屈な世の中になるだろうよ」

こんな他愛もないやりとりに、江戸の庶民がうつつを抜かしているあいだにも、御三家と一橋治済は事態挽回《ばんかい》の謀議を進めていた。今度はまともな進言などではなく、強硬手段を用いることを一橋治済も御三家も覚悟していた。

その謀議に直接関係しているかどうかは不明だが、五月の中旬になって諸国に打ちこわしが発生した。不思議なことに、打ちこわしは全国に同じ時期に波及している。江戸でも、打ちこわしが始まった。

さらに不思議なことに、この打ちこわしは破壊するだけで、何ひとつ盗んだりはしなかった。こうした打ちこわしの取締まりが、松平定信に命じられる。

松平定信が諸国の打ちこわしに、中止の命令を発する。あるいは江戸の打ちこわしの現場へ、松平定信が出向く。するとこれも妙なことに打ちこわしがぴたりとやみ、いとも簡単に鎮圧される。

このことが、大評判になる。

松平定信には、神通力がある。人徳のせいだろう。いや、世直しが可能な人間の才能だと誰もが騒ぎ立てた。松平定信は大勢の人々から称賛され崇拝され、人気が急上昇することになる。

もうひとつ奇妙なのは、この打ちこわし騒動の責任が御用御取次に押しつけられたことであった。御用御取次は将軍と老中のあいだにあって、政務に専念していた。

打ちこわしなどには、無関係であった。それにもかかわらず、御用御取次に責任を取らせた。これは家斉が、実父の治済と御三家の圧力に屈したのだ。

五月二十三日、御側御取次の本郷大和守泰行を解任。

五月二十九日、同じく横田筑後守準松を解任。

「なに……!」

さすがに、意次は血相を変えた。

これは、意次にとって大打撃だった。稲葉正明、横田準松、本郷泰行という三人の御用御取次を通じて、意次は将軍と老中を掌握《しょうあく》していた。

ところが昨年八月、意次、勘定奉行の松本秀持、赤井忠晶らとともに稲葉正明も解任された。それだけでも、意次は右腕を失ったのも同然であった。

そこへもって来て今度は、本郷泰行と横田準松が解任させられた。参謀総長と参謀長が追放になって、参謀本部が壊滅したのと変わらない。

意次は、両足をもぎ取られたのだった。この日を境に、意次は強気の余裕を持てなくなっていた。御三家と一橋治済の謀略、積極的な攻撃は成功した。

形勢逆転である。田沼派は、浮き足立った。意次はこれまでの権勢を、完全に奪われるかもしれない。意次に打つ手がなければ、田沼派の全面降伏となる。

クーデターは九分どおり、成ったのだった。次の権力者は、松平定信に決まっていた。

松平定信は、田沼派を徹底的に嫌うことで知られている。それならいまのうちに、松平側に寝返ったほうが有利ではないか。

大奥老女の大崎は、松平定信の老中就任を承諾すると尾張宗睦に内報した。いまや幕閣にも、松平定信の老中就任に断固反対する者はいない。

六月十九日、松平定信は老中に任ぜられた。

松平定信が老中になったのを潔《いさぎよ》しとせず、直ちに辞任した幕閣はただひとりだけである。大老の井伊直幸である。井伊直幸は、松平定信が老中になって二カ月半後の九月一日に、大老の職を辞している。

田沼派は総崩れとなり、松平定信が本物の疫病神になったことを意次は思い知らされた。

十

天明七年（一七八七年）六月十九日、松平定信はいきなり老中首座に就任した。首座といえば、最上位の首席を意味する。老中の経験もない松平定信が、その老中首座となったのだ。

それを嫌って、みずから大老の地位を退くという毅然《きぜん》たる態度を示したのは、井伊直幸のみであった。老中には、進んで辞任を申し出た者はひとりもいなかった。

しかし、何もこっちから辞職を申し出ることはなかろう、罷免されたらいつでも去ってやる、という覚悟でいる老中もいた。松平康福がそうであった。

松平康福は、完全な田沼派の老中である。康福の娘は、佐野善左衛門なる者に殿中で斬りつけられて死んだ若年寄の田沼意知、意次の長男の正室なのであった。

そのように意次と姻戚関係にもある松平康福を、松平定信は目の敵《かたき》にするのに決まっている。それに康福は松平定信と一度会っただけで、これはとても肌が合わない相手だとつくづく思った。

大変に優秀で、清廉潔白な英傑かもしれない。文武両道に秀でた美男子というのも、評判どおりに違いない。だが康福はそうした松平定信から、感情が死んでいるような冷たさを感じ取ったのだ。

田沼意次のように、温かい血が通っていない。酸《す》いも甘いも嚙みわけるといった人情など、これっぽっちもない。しかも、自分には欠点がなく、完璧な人間だということが顔に書かれている。

おそらく、血筋が影響しているのだろう。何しろ松平定信は御三卿の出で、八代将軍吉宗の孫なのである。しかも三十歳という最年少の老中首座になり、侍従に任ぜられたのであった。

ただの大名や老中とは違うという意識が、自然に言動に現われる。いわば殿さまの中の殿さまで、雲のうえの人としてどうしても人間味に欠ける。

白河十一万石の藩政に成功したことで知られる松平定信だが、それも冷徹な政治家の手腕によって成し遂げたのだろう。領民のためと称しながら、松平定信が心から百姓町人を愛しているとはとても思えない。

松平定信は明らかに、領民を見下げている。心の中で、民を蔑視《べっし》している。それは身分というものに、こだわりすぎるからだろう。定信は貧農たちに、同情を寄せることで有名である。

だが、それは本物の憐《あわ》れみによるものではなく、財源になるのは農民であるという考えに基づいている。定信はみずからの著書に、こう記している。

何よりも大切なのは、百姓から年貢を取り立てることである。そこで愚かなる農民たちを、甘やかすような仁政を施してはならない。生かさず殺さず、というのを救民の方法とすべきである。

生かさず殺さずの状態に置いておいて、搾《しぼ》れるだけ年貢を搾り取れというのが、定信の農民政策だった。定信は農民を、愚民視していたのである。

それはまた定信が自分のことを、聖人君子と見なしている証拠でもあった。解釈のしようによっては間違いなく、人格高潔で勉学家の定信だった。

たとえば松平定信は、色欲を好まなかった。あるいは女嫌いか、性欲が弱かったかのいずれかもしれない。定信は白河十一万石の松平定邦の養子に迎えられるとともに、定邦の娘の峰姫を妻とした。

この峰姫は、醜女《しこめ》であった。そのことを、父の定邦は何よりも気にかけていた。醜い妻を定信に押しつけることを、定邦は申し訳なく思ったのである。

「姫は不美人ゆえお気に召しますまいが、何とぞよろしゅうお願い申す」

と、定邦はわざわざ、定信の前に頭を下げている。

「いや、妻なるものは容色をもって、決めるべきではございますまい。わが身分にふさわしく、怜悧《れいり》なる賢妻こそが望ましゅうございます」

そのように、定信は答えた。

定邦を安心させるためではなく、定信は本心を伝えたのだ。妻の容色など、どうであろうと構わない。頭がよければそれでいいと、定信は割り切っていた。

すなわち妻と身体で交わることなど、二の次、三の次というわけである。事実、定信は峰姫とほとんど、睦《むつ》み合うことがなかった。そのために、子どもができない。

世嗣がいなければ、松平家としては大いに困る。二代続きで、養子を迎えなければならない。そのために絶世の美女を、側室として押しつける。

しかし、その美女の身分、素性、性格、教養の程度がはっきりするまで、定信は二カ月ほど側室の身体に手も触れなかったという。人間らしい血が流れていないというか、味もそっけもない男といえそうである。

そのうえ、側室を押しつけた甲斐《かい》もなかったと来ている。定信は絶世の美女を相手に、子作りに励むこともなかったのである。まるで修行僧のように、定信は女色を避けたのであった。

その代わり一年間に四百冊の書物を読破し、多くの著作に没頭した。一方で剣術が新陰《しんかげ》流、槍術が大島《おおしま》流と風伝流、馬術が大坪流、弓術が日置《へき》流、柔術が起倒流とあらゆる武芸に打ち込み、いずれも免許皆伝《かいでん》の腕前に達していた。

加えては起倒流柔術を通じて、定信は『神武の道』という秘伝を伝授された。これは呼吸調整などの鍛練により、神人合一《しんじんごういつ》の境地を得るという秘伝であった。

定信はこれを、精神統一に利用した。やや宗教がかった修練だが、定信はこれによってみずからの神格化を目ざした。やがて定信は『われは神なり』と、生きている自分を祀《まつ》った祠《ほこら》を建てたりする。

更に定信は儒教の信奉者であり、それが政治に関して大きな影響力を発揮している。単純な見方をすれば、定信は清らかにして真面目《まじめ》一方の求道者《ぐどうしゃ》であった。

だが反面、定信は農民を愚民視するとともに、百姓一揆の鎮圧に備えて軍備を怠らなかったという。英才にして人格者と称賛される定信だが、矛盾だらけの聖人君子、支離滅裂な思想家という傾向を内包しているようにも感じられる。

その松平定信が老中首座という最高権力者の地位につき、天下を支配することになったのである。譜代大名が結束しての保守派、成り上がり者の田沼意次が率《ひき》いる改革派の争いというだけではなく、定信には意次に対する私憤があった。

クーデターに成功して最高権力者となった定信は、まず田沼派の一掃に取りかかる。おそらく定信は理屈抜きの報復人事で、幕府の田沼色を隅《すみ》から隅まで塗りつぶすことだろう。

そんな松平定信にもちろん、松平康福が好意的になれるはずはなかった。むしろ、敵意を抱いている。松平康福は、定信の言葉遣いからして気に入らなかった。

「これなる書状に、お目を通されるように……」

普通、老中首座は老中に、こうした口のきき方をする。

しかし、定信は違う。

「これを、一読されよ」

と、定信は命令口調である。

「お手数《てかず》を、おかけ申しましたな」

これが、従来の老中首座。

「大儀《たいぎ》」

定信は、この一言。

「評定所にて談合致したいが、いかがにござろう」

これまでの老中首座は、このように言った。

「評定所にて、談合すべし」

定信だと、こう変わる。

「ご一同に、異存はござるまいか」

これまでの老中首座。

「異存なきものと認む」

これが、定信。

「くれぐれも御身《おんみ》大切に、日ごろの気配りが肝要にござる」

これまでの老中首座。

「日ごろの心身の鍛練を、怠るべからず」

これが、定信。

このように定信は、威張っているように聞こえる口のきき方をする。老中だけではなく、誰に対しても同じであった。これには田沼派に限らず、すべての人々が反感を覚えることになる。

何を、偉そうに……。

八代将軍の孫であることを、鼻にかけているのか。

若いくせに、諸先輩に接する態度が無礼である。

こんな蔭口が、城中のあちこちで囁かれる。のちに松平定信が急激に人気を失い、嫌われ者になった理由のひとつに、この威張った言葉遣いも含まれている。

しかし、定信は殊更《ことさら》偉そうにしたり、意識的に威厳を保とうとしたわけではない。定信の言動は生まれつきのもので、自然に身についた癖のようなものだった。ただし、それもやはり高貴な身分を自覚することから、生じているといっていいだろう。

「越中（定信）どのが御老中首座のもとにて、これまでどおりお役目に励むことはこのうえなくいまいましい。さように思うことが、ござろう」

松平康福は、同じ老中のひとり水野忠友の前でその話を持ち出した。

水野忠友は田沼意次に信頼され、その力によって旗本から三万石の大名に出世した男である。地位にしても意次のおかげで側衆から若年寄、御側御用人、老中格、そして老中へと昇進している。

そのうえ水野忠友は意次の四男の意正を、自分の娘の婿として迎えていた。意次に大恩ある水野忠友は当然、田沼派の中心人物でなければならなかった。

「さよう」

水野忠友は、どこか曖昧《あいまい》なうなずき方をした。

「御大老（井伊直幸）には近々、退かれるご覚悟と聞き申した」

「ご立派にござるのう」

「われらも遅かれ早かれ、お役目御免《ごめん》と相成ろう」

「やむを得ぬことにござる」

「かと申して、こちらより進んでお役御免を願い出るのも業腹《ごうはら》じゃ」

「うむ」

「越中どのに頭を下げるは、敵に降参致したのと変わるまい」

「それがしも、同じ思いにござる」

「上さまより老中部屋を去れとの御沙汰があるまでは、踏みとどまるのが武士の意地というものにござろう」

松平康福は、大声で笑った。

「さよう」

水野忠友のほうは、何となく浮かない顔つきでいる。

「大奥は、大したものよ。やむなく越中どのが御老中に任ぜられることに応じはしたが、大奥はいまだに田沼さまのお味方にござる。越中どのがいかに美男におわしても、大奥はこぞって越中どのを嫌っておるとのことじゃ」

松平康福は大奥の女たちが、松平定信に敵対するために一致団結していることを強調した。

それは水野忠友に、迷いが感じられたためだった。

「されど所詮《しょせん》、勝ち目はござるまい」

水野忠友は、落ち着きを失っているようである。

「先日、田沼さまお見舞のために、お屋敷にお伺い致した。田沼さまには、水野どのが姿を見せぬが患《わずら》っておるのではないかと、ご案じのご様子にござった」

松平康福は、水野忠友を見つめた。

「このところ多忙につき、ご無沙汰申し上げておりましてな」

水野忠友は、松平康福の視線を避けた。

それで松平康福は、水野忠友が意次を裏切るつもりでいることを察した。水野忠友は意次を見捨てて、松平定信への忠誠を示そうと考えているのだ。

果たして水野忠友は娘の婿であり、養子でもある意次の四男・意正に離縁を申し渡した。意正は、実家の田沼家へ戻ることになる。それで田沼家と水野家の姻戚関係は消滅し、意次とも無縁であることを忠友は証明したのであった。

保身のために、恩人を裏切る――。

それでも武士かと田沼派の者たちは、怒るよりも水野忠友を嘲笑した。反田沼派の面々も、とんだ醜態を演じたものだと水野忠友の寝返りを喜ばなかった。

このような延命策が、松平定信に通じるものかどうか。意次を見捨てたからといって、いまさら田沼派の中心人物でいたことを帳消しにしてくれるかどうか。

水野忠友は、松平定信という男を甘く見ていたのである。

十一

六月二十一日から、松平定信は改革をスタートさせた。

松平定信の目標は、祖父の吉宗の享保《きようほう》の改革の再現に置かれている。すなわち、基本は徹底した倹約と尚武《しようぶ》であった。尚武とは、士道や武事を重んずることである。

定信は六月二十一日に倹約の励行、財政の整理、人事の刷新を三本柱として打ち出している。大奥の監督も、定信に任された。

次いで八月四日に定信は諸大名、旗本、有司《ゆうし》（役人）に対し、向こう三年間の倹約令を発している。九月二十日には、財政に関する裁判の全権を任された。

その一方で定信の人事の任免は、熾烈《しれつ》を極めていた。人事の刷新というより、粛清であった。田沼派を徹底的に追放したのだが、意次の息がかかっているというだけでも容赦しなかった。

まさに、報復人事の凄まじさだった。

松本伊豆守秀持は、財政的手腕を意次に見込まれて、勘定方《かんじょうがた》、勘定組頭《くみがしら》、勘定吟味《ぎんみ》役《やく》、勘定奉行と出世した。その松本秀持を含めた二人の勘定奉行が解任され、松本の手足となって働いた勘定組頭の土山孝之は、宝蔵番頭に移されたのち五百両の公金横領の罪で死罪となった。

とにかく田沼政治に一枚嚙んでいた者、田沼意次によって登用された官吏は、ひとりも許されなかった。田沼派と目された勘定奉行、町奉行、諸代官をはじめ有能な官僚たちは残らず職を追われた。

すでに意次の腹心であり、幕府の中枢を掌握していた御用御取次の稲葉正明、横田準松、本郷泰行が解任されている。これで、田沼派は壊滅状態となった。

定信は田沼勢力を、一掃することに成功したのだ。九月一日には、井伊直幸が大老を辞任している。残るは田沼意次自身と、大奥だけである。

大奥とは厄介《やっかい》なもので、全体を引っかき回すことはできない。田沼派で固まっているからといって、大奥の女たちを総入れ替えとすることは不可能であった。

そこで定信は大奥の老女・大崎以下、数十人の奥女中を処罰した。このことによって定信は、大奥を完全に敵に回してしまった。このことは後年の定信にとって、不利な条件となる。

いよいよ、田沼意次の処分である。

意次は前年に相良五万七千石のうち二万石を減封、上屋敷と大坂蔵屋敷を没収、二日間のうちに下屋敷へ移って謹慎、老中の罷免という処罰を受けている。

しかし、それだけで定信は、満足できなかったのだ。意次を完全に葬り去らなければ、定信は気がすまない。それで意次に、追罰を下すことにしたのであった。

一　三万七千石に減封されたうちから、更に二万七千石を召し上げる。
一　相良城は没収のうえ、これを破却する。
一　田沼意次は致仕（隠居）のうえ、下屋敷にて蟄居《ちっきょ》。
一　家名は、孫の意明が継ぐことを差し許す。
一　残り一万石は、陸奥《むつ》下村にて意明に賜わる。

以上のような追罰が、十月二日に下された。これをもって、意次と定信の政争は終わりを告げた。定信の勝利、意次の完敗だった。飛ぶ鳥を落とす権勢を誇った意次が、みごとに没落への坂道を転げ落ちた。

田沼意次は、完全に失脚したのである。

意次は、無禄の隠居となった。しかも、閉門のうえ家の中で謹慎する蟄居を命ぜられた。家といっても立派な屋敷であり、使用人もいるから出費が少なくない。

孫の意明に一万石を与えられたが、陸奥の下村は五千石にもならない貧しい土地柄であった。意明に扶養してもらうことは、とても無理である。

では意次は、貧しさに苦労したのだろうか。

それが、違うのだ。

長年に亙《わた》り、謝礼、贈り物、賄賂を受け取っていた意次は、大した財産家といえるのであった。最高権力者時代の意次は、いったいどのくらいの物資や金品を受け取ったのだろうか。

『史実江戸の壱』（樋口清之氏著・芳賀書店刊）によると、貯《たくわ》えの集計は次のようになるという。

関東米（江戸）十二万俵
畿内《きない》米（大坂島之内《しまのうち》）二十五万俵
奥州米（奥州小名浜《おなはま》）百四十二万俵
南海道米（遠州《えんしゅう》相良）五百八十五万俵
北国米（長崎）三十万三千俵など。

合計八百六十二万八千俵だったそうである。これは、およそ、三百三十八万五千六百二十五石に相当する。加賀百二十万石の前田家の三倍に近く、徳川家四百万石にも迫る勢いである。

（）内の地名は貯蔵されていた場所だろうが、意次が御側御用人と老中の時代だったと仮定して約二十年間に集められた米であった。二十年間も同じ米を、貯蔵しておくはずはない。

消費したり、換金したりするだろう。しかし、三百三十八万石の米を現代の高級米が一升七百円として計算すると、実に二千三百六十六億円という金額になる。

米のほかに、水油が七億八十万樽も贈られたという。上屋敷と下屋敷に持ち込まれた金銀や反物は数えきれなかった。

たとえば意次は将軍家の正室で、島津重豪の娘だった寔子を近衛右大臣の藤原経熙の養女にすることに尽力した。島津重豪はそれを喜んで、意次に御礼と称する贈り物をしている。

その贈り物とは、いかなるものであっただろうか。

純銀製で長さ三間《けん》（五・四メートル）もある船であり、その船の中に金銀が山積みにされているという絢爛《けんらん》たる贈り物だった。

「ほう」

さすがの意次も、目を丸くした。

「お気に召しましたかな」

島津重豪にも、自信のある贈り物といえた。

「天下広しといえども、これなる船を気に入らぬと申す愚か者は、まずひとりとしておりますまい」

意次は、声を殺して笑った。

「ほんの御礼のおしるしにござる」

島津重豪も、ニヤリとした。

「この船を飾るための座敷を、新たに設けねばなりませぬな」

意次は、肩をすくめた。

意次は実際に五・四メートルの純銀の船が置ける床の間付きの座敷を、新築しなければならなかった。その船と中身の金銀を見物した者は、大名だろうと豪商だろうとしばし声を失ったという。

意次が強く推《お》して大老に就任した井伊直幸も、御礼として豪華な贈り物を持ち込んでいる。それは、箱庭であった。だが、ちっぽけなものではなく、九尺（二・七メートル）四方という大きな箱庭である。

これもまたすべて、金銀を使った箱庭だった。

「これは、よき眺め」

「これでも、秋景色のつもりでござる」

「山家の屋根を小判にて葺《ふ》くのは、ちと贅沢《ぜいたく》がすぎますな」

「立石、敷石には、豆銀《まめぎん》を用いてござる」

このように意次の力を借りたり、宴席に招かれたりした諸大名や豪商は、必ず答礼の名のもとに金銀、反物、美術工芸品などを贈った。

米、水油などにそうした高価なものを加えれば、意次の財産は五千億円に達していたかもしれない。もっとも、こういう話には誇張がある。それに意次のほうもこれはと思う相手には、気前よくばら撒《ま》くように贈り物をしている。

大坂蔵屋敷、相良城が召し上げられたとき、そこに貯蔵されていた米や金銀財宝も没収されたに違いない。失脚してからの意次の財産は、五千億円の二十分の一ぐらいだったと推定することもできる。

それでも、大金持ちである。翌年、意次の死後に貧しい陸奥下村一万石の意明に、川普請の費用六万両を上納せよと将軍から命令が下った。

意明は騒がずあわてず、直ちに六万両を幕府に献じた。こんな事実も意次の莫大な財産が意明に譲られていたことを、物語っているようである。

いずれにしても、失脚後の意次は経済的に追いつめられてはいなかった。ただ謹慎中の身であれば、大金を使って何かを楽しむことは許されない。

意次は奥座敷に、蟄居している。隠居しているので、家臣と名のつく者がいない。家人にしても、座敷の外から挨拶をする。屋敷で働く使用人は、町方の者ばかりであった。閉門ということになっているので、訪問客もいない。

意次の身のまわりの世話をするのは、むかしから田沼邸にいる九郎兵衛という奉公人だった。意次の話相手をするのも、いまでは九郎兵衛だけであった。

年が明けて、天明八年（一七八八年）を迎える。

意次は、元気がなくなった。口数も、少なくなる。書見も億劫《おっくう》になったのか、書見台に向かおうとしない。庭を眺めるのではなく、その先の空にぼんやりと視線を投げかけている。

「のう、九郎兵衛」

意次が珍しく、話しかけた。

「はい」

九郎兵衛は、何となく悲しくなっていた。

「わしに、不満はない」

「はい」

「何ら、不足もない」

「はい」

「ただ、すぎ去りし日々が、懐かしいだけじゃ」

「さようでございましょうな」

「みなの者と、会うことが叶わぬ。むかし知った顔なれば、何者であろうと構わぬ。思う存分に語り合いたい」

「お察し申し上げます」

「それが叶わぬゆえに、いっそうすぎし日が懐かしく相成る」

「はい」

「その懐かしさが、わしを寂《さび》しゅうさせる。九郎兵衛、寂しいのう」

「はい」

意次は、苦笑していた。

九郎兵衛は、涙をふいた。

夏になる前から、意次は寝込むようになった。家人が医者を呼ぼうとしたが、意次は閉門蟄居の身だからとそれを禁じた。六月になると一日中、ウトウトしている病人に変わった。

七月には、眠りながら笑顔を見せることが多くなった。過去の栄光と栄華を、夢の中に描いているのだろうか。やはり快男子といえる政治家だったと、意次を見守る者たちは思った。

天明八年七月二十四日、田沼意次は眠りながら息を引き取った。七十歳——。

三章　水清くして

一

田沼意次《たぬまおきつぐ》に死期が迫っている天明八年に、三人の老中が職を辞している。

まず二月二十九日に、前年に老中に任ぜられたばかりの阿部伊勢守正倫《あべいせまさとも》が、一年たらずで辞職した。

次は三月二十八日、田沼意正《おきまさ》を離縁するという保身の術も通用せず、水野出羽守忠友《みずのでわただとも》が老中を解任された。

そして四月三日、水野忠友が追放されたとなると自分も罷免《ひめん》されるだろうと、松平周防守康福《まつだいらすおう》がみずから願い出て老中を辞職した。

田沼時代から老中で留任しているのは、鳥居丹波守忠意《たんばただおき》と牧野越中守貞長《まきのえっちゅう》の二人だけになった。

松平定信《まつだいらさだのぶ》は穴埋めとして康福が辞任した翌日に、打倒田沼の同志であり誰よりも信頼する松平伊豆守信明《のぶあきら》を老中に任命する。しばらくは、この老中四人体制が続く。

全国的に広がった一揆、暴動、打ちこわしもどうにか収まった。その大きな理由として、一般民衆の若い指導者への絶大な人気があった。人々は定信を心から信じ、世直しを期待していたのだ。

た。田沼派の追放と粛清も、その大半を終えていた。定信に反抗的なのは、大奥だけであった。翌天明九年は、二月と続かなかった。一月二十五日から、寛政《かんせい》と改元されたのである。

その寛政元年（一七八九年）の正月に、早くも尊号《そんごう》事件が起きている。光格《こうかく》天皇が実父の閑院宮典仁親王《かんいんのみやのりひと》に、太上《だいじょう》天皇の称号を贈ろうとしたのである。これに、定信が真っ向から反対した。『私情による恩愛に道理なし』といういかにも定信らしい拒絶の理由だった。

光格天皇は、幕府に諒解《りょうかい》を求めたのにすぎない。何も幕府に、願い出たつもりではなかった。それなのに、老中首座に拒否されてしまった。

いけませんと、禁じられたのだ。これは、天皇にとって屈辱であった。老中になったばかりの若造が威張りくさって——と、光格天皇はこのときの怒りを忘れなかった。

大奥に次いで、朝廷も定信は敵に回すことになった。これらは数年後に、定信を危機に陥《おとしい》れる。だが、定信はそんなふうに、考えてもみなかった。

定信はただひたすら、寛政の改革を推《お》し進めることにした。

一　田沼の政策を一掃する。
二　農村の復興。
三　思想の改革。

四　人間生活と風俗の浄化。
五　財政の立て直し。
以上を政策の五本の柱とすることを、五人の老中の合議によって決めた。定信は四月から同志だった松平和泉《いずみ》守乗完《のりさだ》を加えて、老中を五人としていたのである。

こうした政策はすでに、前年から実行に移されていた。しかし、田沼意次の政策を一掃したところで、ほかに妙案があるわけではない。定信にもこれぞ完璧だと、躍《おど》り上がるような方策があるはずはない。

相変わらず、禁止と命令の連続であった。しかも田沼時代に比べると、定信のやり方は百倍も厳しかった。白河《しらかわ》藩という小さな世界で成功したことは、天下にも通用するという錯覚が定信にあったのかもしれない。

天明八年三月四日、定信は将軍補佐役を仰《おお》せ付かった。十六歳の将軍を助ける三十一歳の将軍補佐役というのは、前代未聞《ぜんだいみもん》であった。同時に月番を免ぜられ、定信は行動の自由を保証される。

定信は勘定《かんじょう》奉行を呼んで、幕府の財政状況について問うた。

「それが、このうえなく苦しゅうございまして……」

勘定奉行の顔は、暗かった。

「いかに苦しいかを、有体《ありてい》に申すように……」

定信も、緊張した面持ちになっていた。

「何しろ連年の凶作が、続いておりまして……」

「それは、よく存じておる」

「それに加えまして、出費も増大の一方にございます」

「うむ」

「金蔵はまさしく、底をつきてと申し上げてよろしいかと存じます」

「いまのままなれば、来年はいかが相成ろうか」

「百万両の不足になりますことは、避けられませぬ」

自分の罪であるかのように、勘定奉行は深く頭を下げた。

「百万両とな！」

定信は、愕然《がくぜん》となった。

定信としては農村の復興と、財政の立て直しを最優先することにした。

定信は老中になって間もなく諸大名、諸役人、旗本《はたもと》たちに向こう三年間の倹約令を発している。だが、よそさまのことどころではなかった。幕府の財政状態が、危機に瀕しているのだ。

定信はさっそく、徳川領の農村の復興に取りかかった。

「村々の荒廃は、目に余るものがございます」

「出稼ぎのために村を捨てる百姓が、あとを絶ちませぬ」

「村々には、荒地が増える一方にございます」

「村人はことごとく江戸へ出て、名主のみが残りおる村もございました」

このように調査の結果が、報告される。定信は、帰農帰村を第一の政策に掲げた。

まず、出稼ぎを規制する。

年季奉公を終えた農民は、必ず江戸から帰村させる。

農民の人口増加を図《はか》るために、帰村令を厳しくする。

帰村を申し出た農民には、路銀や農具の代金を支給する。

帰村した農民には特に、荒地を再墾することを奨励した。

車の両輪の片方として、定信は倹約令を五年間に延長した。向こう五年間の倹約令というのは、誰にとっても厳しく苦しい節約となった。

諸大名には寛政二年以降の五年間に、籾米《もみごめ》の貯蔵を命じた。一万石につき五十石の割合で籾米を貯《た》めよというのだから、大名も楽ではない。

江戸の町人も同様で七分金積立町会所という機関が設置され、町人の節約分の七割を各町内から徴収した。

定信は旗本たちにも、遊興と奢侈《しゃし》の禁を強制した。一方で旗本の困窮を救うと称し、棄《き》捐《えん》令を発する。五年前までの借金を、棒引きにするという棄捐令である。それ以後の借金も、一分以上の一カ月の利子を取ってはならないという。

旗本たちは楽をさせてもらったが、札差《ふださし》はこのとき百十八万七千両の損金を出している。札差を業《なりわい》とする者は当然、怒りが爆発の寸前まで来ていた。

ただし、旗本たちも楽をした、得をしただけではすまなかった。棄捐令で救ってもらった代わりに、文武両道に励むことを旗本たちは義務づけられた。

武術には上覧の制があり、学問のほうにはテストがある。適当にということが許されないので、武芸と学問の修行に旗本たちは必死にならなければならなかった。

賭博。

私娼。

女髪結い。

好色本の出版。

男女混浴。

これらは、すべて禁止された。女芸人、芸者、僧侶の淫行などは、厳しく取締まられた。また朱子学《しゅしがく》のみを正しい学問と決めて、ほかの異学はすべて禁じた。

人々は真面目人間に、なりきらなければならない。道徳と勤勉の手本のような生活を送り、貧しさに耐えて倹約に努《つと》めるだけの日々を過ごす。

農民は年貢米を納めるために、ひたすら働くほかはない、旗本たちには、武芸と学問の習得しかなかった。何のおもしろみもなく、味もそっけもない世の中になる。堅苦しくて、息が詰まりそうな浮世だった。

それでも定信はなお、金だ金だと財政のことだけを考える。もちろん、贈収賄は、厳しく禁じている。田沼時代を否定するために殊更、贈収賄を厳禁とした。

しかし、これなどにも矛盾がある。かつて定信自身も田沼意次をはじめとする権力者たちに、賄賂《わいろ》を贈っているからだった。定信はそのことを、自伝の中で認めている。

定信が白河十一万石を継いだ年、従四位下《じゅしいげ》に叙された。この昇進を目ざして定信は、かなりの賄賂を田沼意次らにばら撒いたのであった。だが、最高権力者となったとたんに、定信は清き水の流れに一変したということになる。

寛政二年（一七九〇年）に定信は、全国の商人に物価引き下げ令を発した。だが、これは商人たちの猛烈な反対運動を招き、定信の企画は挫折した。

すると定信は江戸の豪商十名を『勘定所御用達』に任じ、莫大な御用金を吸い上げた。それに物価の引き下げ、貨幣価値の安定、七分金積立町会所などに、勘定所御用達の豪商たちの影響力を利用した。一般商人に、圧迫を加えたのだ。

このように豪商と手を結ぶという定信のやり方も、田沼意次の場合と同じである。二朱判を田沼意次が鋳造した貨幣という理由で、定信は最初のうちだけ忌避《きひ》したが、間もなく流通を促進するように方針を変えている。

要するに定信の政策は、田沼時代とほとんど同じなのである。定信はただお題目のように、倹約、世間の浄化、精神の高揚を叫んでいるようなものだった。

それでいて商業資本に背を向ける、税金は高くなる、株仲間は存続する、運上金《うんじようきん》も冥加金《みようがきん》もむかしのまま、あらゆる遊興を禁ずる、景気は悪くなる一方である、生きているのがつまらなくなる——。

幕府の財政状況は回復しつつあるが、そうなると人心が離反する。

幕府には目付《めつけ》の助手として、横目《よこめ》というのがいる。横目はいわば隠密で、密偵を役目としていた。定信は目付に命じて、多くの横目を町や村に放った。

禁止事項に違反していないかどうかを、探索させるためである。人々は常に横目に見張られているように思えて、落ち着いた生活ができなくなった。

あの男は、横目かもしれない。あの家は横目に監視されているらしいなどと、疑心暗鬼にならずにはいられない。世の中は、ますます暗くなった。

世直しを期待した世間一般に、拍手で迎えられた定信の人気はどこへやらであった。もはや定信に、望みを託す者はいなかった。人々は見放しただけではなく、定信に敵意を抱き始めていた。

寛政四年には定信の不人気ぶりが、将軍家斉《いえなり》、御三家《ごさんけ》、大奥にも聞こえ始めていた。それを知らぬばかりか、清く正しく生きることが人間の務めと、固く信じている松平定信だったのである。

二

まずは学者など識者たちが、遠慮なく定信の批判を始めた。

「所詮は世間知らずのお殿さま、一途になられればほかのことがお目にはいらぬのであろう」

「天下の御名器なりと喜び勇み、越中守さまをお迎え致したわれらに誤りがあったと思う」

「水清ければ、すべてよし。御政道をそのように、お思いなのじゃ」

ほかはない」

「実は主殿頭《とのものかみ》（田沼意次）さまと、大差なしであったとは……」

「隠密横目を遣わされて些細《ささい》なる罪を暴《あば》かせ給《たま》い、多くの者に疑心を抱かせるは、これ悪政と申してもよい」

「万民の心を暗くさせるは、天下をお治めあそばされることにはならぬ」

「主殿頭さまの悪政には、まだ明るさがあり申した」

「越中守さまは、万民が越中守さまと同様になることを、お望みなのではあるまいか。われは、神なり。したごうて、万民も神になれと……」

「さもなくば、あれほど数多くの御制禁を仰せ付けにはなるまい」

「このままでは近々、必ずや大事が起きるであろう」

「さよう」

「越中守さまにはいまのうちに、御老中を退かれたほうがよかろう」

「御《おん》みずから望まれて、閑職に移られることじゃ」

「大事に至る前に、閑職に移られる。さようになされれば越中守さまは生涯、天下の名器のままお過ごしなされることが叶《かな》うであろうにな」

「いまこそ、引き際にござる」

旗本たちの不満も、ふくらみすぎた風船になっていた。屋敷の外で、大酒を食らうことは遠慮しなければならない。屋敷へ大勢の女を招いて、ドンチャン騒ぎをすることも許されない。

仕方がないので誰かの屋敷に目立たないよう集まり、女っ気のない奥座敷でチビチビと酒を飲む。表向きは朱子学の勉強会、ということになっている。

「酔いが、いささかも回らぬ」

「くさくさ致しておるからであろう」

「われらは、何のために生きておるのじゃ。これが、旗本の生きざまか」

「心身の鍛練のためであろう」

「われらは、学者になるのか。それとも、天下無双の兵法者になるのか」

「無理な話よ」

「それがしは、朱子学を好まぬ。それにもかかわらず、他の異学と称される書物を学ぶことも許されぬ」

「それがしは槍術を除き、武芸は不得手じゃ。しかし、新陰流兵法の稽古《けいこ》のみを、無理強《じ》いされておる」

「学問と武芸に打ち込み、生涯を終えよということか」

「越中守さまは、正気なのか」

「御公儀の備蓄金も、二十万両ほど増えたと聞いておる」

「奢侈を禁じ、倹約に努めるだけならば、われらも承服致す。五年もすぎれば、御公儀の備蓄金は百万両に達するに相違ない。御金蔵が千両箱で、埋まるであろう。越中守さまのお役目は、それで十分ではないか」

「越中守さまは備蓄と倹約にかけては、名人とのことだからのう」

「それ以外のことに、口出しは無用であろう」

「さよう。御老中が旗本に学問と武芸の修行に専念せよと、厳しく仰せ付けられることからして妙じゃ」

「越中守さまにはそろそろ、御老中をご隠退あそばされたらいかがなものか」

「そのうえで、御領地へお戻りになられては……」

「白河の御家中では、文武とも盛んと聞いておる」

「白河なれば、いかに朱子学と武芸をご奨励あそばされても構わぬ。それを上さまの旗本に押しつけられるゆえに、筋が通らなくなるのじゃ」

「いや、越中守さまのご隠退は当分、望めまい。一昨々年には松平和泉守乗完さまを、一昨年には本多《ほんだ》弾正少弼忠籌《ただかず》さまと戸田《とだ》采女正《うねめのしょう》氏教《うじのり》さまを、越中守さまが御老中に任ぜられた。更に近々、太田《おおた》備中《びっちゅう》守資愛《すけよし》さまと安藤対馬《つしま》守信成さまを、御老中にとの噂も耳に致しておる」

「松平伊豆守さま、本多弾正少弼さま、戸田采女正さま、太田備中守さま、安藤対馬守さまはいずれも、主殿頭さまを倒さんと致されたときの越中守さまと志《こころざし》を同じゅうされた方々ではないか」

「さよう。越中守さまは同志をもって、御老中をお固めになられるおつもりじゃ」

「すなわち越中守さまはこれより先、何年も御政道を意のままになさるお考えだと申すのか」

「まあ、越中守さまのご隠退など、望まぬほうがよいぞ」

「われらはまだまだ、文武両道と縁が切れぬのか」

「近ごろ、おもしろき落首が流行《はや》っておるぞ」

「聞こうではないか」

「世の中に蚊《か》ほどうるさきものはなし、文武（ブンブ）と言って夜も寝られず」

学者、武士、商人などより、定信に対する期待を手ひどく裏切られたのは、やはり一般の町人と農民ではあった。農民は帰村命令を受けて、再び貧困と労働の激しい生活に戻った。

そのうえ、いろいろな名目で取り立てられる税金も、以前より多くなった。かつては私領の農民にうらやましがられた天領の農民が、いまは逆に同情されるようになったくらいである。

農民はそうした現実的な意味から不満を抱き、定信を嫌うようになった。農民の心は完全に、定信から離れていた。このままで定信の政治が続くようなら、一揆を起こすという過激派の物騒な話も聞かれた。

それよりも怒りが激しいのは、一般の町人であった。単純な彼らは、期待を大きく持ちすぎた。それだけに裏切られたと思った町人たちは、失望を通り越して絶望感に打ちのめされたのだった。

町人は、田沼意次を徹底的に嫌った。詳しいことはわからなくても、町人は意次の権力主義を敏感に察した。特に長男を若年寄《わかどしより》としたこと、賄賂によって驚異的に私腹を肥《こ》やしたこと、相次ぐ天災や飢餓に対してあまりにも無策だったこと。

この三点が町人をして、疫病神《やくびょうがみ》のように意次を嫌悪させた。意次がいるからこの世の終わりのような災害が続くのだと、思い込んだ人間も少なからずいた。

意次が政治の頂点にいる限り、貧しい者にとってこの世は地獄だと、決めてしまった人々もいる。それで若年寄の田沼意知が殺されたとき、殺人犯の佐野善左衛門を世直し大明神と呼び、墓参りに喜んで行列を作ったのだ。

松平定信が意次を追い落として権力の座についたときは、江戸の町人たちは世直し大明神と称して大歓迎をした。定信によって、この世が一変するような世直しがおこなわれるものと、江戸の町人たちは信じて疑わなかった。

ところが、世直しらしきものはまるでなかった。賄賂をしないだけで、定信の政治は意次と大して変わらなかった。むしろ、いろいろな意味で締めつけが厳しくなった。町人たちは落胆するとともに日々、定信から離反していった。

「何が、世直し大明神だ。世の中、少しは変わったか」

「悪くは、変わったな。ずいぶんと、暮らしを苦しくしてくれたよ」

「禁ずるという言葉しか、知らねえんじゃあねえのかい」

「何から何まで、禁じやがってよ。横目に、見張らせるんだぜ」

「おかげで世の中、すっかり陰気になっちまった」

「倹約ってのも、馬鹿のひとつ覚えだろう。こちとら頼まれなくたって、むかしから倹約しなくちゃあ食っていけねえよ」

「世の中を悪く変える、という世直し大明神だよ」

「殿さまにしてみりゃあ、木綿《もめん》を着て一汁一菜ってえのは大した倹約だろうが、おれたちには当たり前みてえなもんだ」

「どこの商家も、景気が悪くなるばかりだとこぼしていらあ。これから先いってえどうなるんだろう」

「松平越中守さまに、引っ込んでもらうほかねえな」

「いまになってみると、田沼さまのほうがまだマシだった気がするぜ」

「田沼さまは、綺麗事ばかり押しつけなかったからな」

「田沼さまのころは、いくらかでも息抜きができるときがあったからよ」

「いまの越中守さまは何から何まで、澄みきった清き流れにならねえと気がすまねえだろう」

「それで、こうした落首を、知らねえ者がいねえんだ。白河の清きに魚も棲《す》みかねて、もとの濁りの田沼恋しき」

このようにあらゆる階級の人々が期待と望みを捨てて、定信は人心を失っていく。

定信、評判悪し。万民いまや、定信を見捨てたり。一町人に至るまで、定信に心寄せる者なし——。

寛政五年の初めになると、そうした風評は将軍家斉、父の一橋治済《ひとつばしはるさだ》、御三家とも薄々は承知していた。松平定信も政治の舵取には不向きらしいと、家斉までが不信感を持った。

あくまでも寛政の改革を遂行しようと、やる気十分なのは定信と老中に就任した同志たちだけであった。彼らは人心の離反を、甘く見ていたのかもしれない。

旗本のひとりがこのままだと間もなく大事が起きるから、定信は早々に幕閣から退くべきだと言った。その旗本の予言は、みごとに的中した。

大事が、起きたのである。

大事の発端は、例の尊号事件だった。四年前に光格天皇が実父の閑院宮典仁親王に太上天皇の称号を贈りたいと、幕府に諒解を求めて来た。しかし、私情による恩愛に道理なし、父に尊号を贈るのが孝心なれば同様のことを望む者に際限なし、と定信は反対して許さなかった。

だが、それで尊号事件が、片付いたというわけではない。光格天皇が、断念しなかったのだ。光格天皇は、粘《ねば》り抜いた。毎年、同じことを定信に要求して来た。

「朝廷内はもちろん、公卿にも異論を唱《とな》える者はいない」

「親王には、たとえ天皇の実父であろうと太上天皇と称される資格はない」

「いや、先例がある」

「その先例が、間違っているのだ」

このような議論が、朝廷と定信のあいだで四年間も繰り返されたのである。定信は、ついに激怒した。幕府は朝廷の伝奏《でんそう》、正親町公明《おおぎまちきんあき》と中山愛親《なかやまなるちか》を江戸へ呼びつけたのだった。

三

私情による恩愛に、道理なし。

たとえ天皇の実父にあろうと、親王には太上天皇と称される資格なし。

仮に先例があろうとも、その先例こそが悪《あ》しきものなり。

この三点が、光格天皇の要求をあくまで松平定信に拒否させた主たる理由であり、尊号事件を引き起こす原因となっている。しかし、実は定信の主張は、それだけのためではなかったのだ。

ほかにも、狙《ねら》いがあったのである。その狙いのほうが尊号問題よりも、定信にとって重大だったといえる。それはのちに、大御所《おおごしょ》事件と呼ばれた。

大御所事件の主人公はほかに類を見ないほどの野心家、例の一橋治済であった。治済は田沼意次を味方に引き入れ、競争相手の田安《たやす》家を追い落とすために定信を白河松平家の養子とすることに成功した。

おかげで治済の長男が、将軍家の世嗣《せいし》となった。とたんに一橋治済は、田沼意次を裏切った。治済は平然と打倒田沼に協力し、かつて白河松平家へ追い払った定信に与《くみ》したのだった。

いまの治済は、十一代将軍の家斉の実父という地位にいる。治済はそれで、目的を果たしたといってよかった。将軍の実父になれば、もう十分ではないか。

だが、治済はなおもまだ、満たされていなかった。治済は大御所の称号を、欲しがったのである。治済はそのことを、家斉に打ち明けた。それが父への孝行になるならばと、治済の望みを叶えてやりたかった。

朝廷では光格天皇が父の閑院宮典仁親王に、太上天皇の尊号を奉《たてまつ》りたがっている。徳川家では将軍家斉が父の治済に、大御所の称号を贈りたがっている。

いずれも子の父への孝心の表われであり、まるで同じということになる。当然、治済は松平定信が光格天皇の望みを、容認することに期待を抱いた。

もし、閑院宮典仁親王に太上天皇の尊号が与えられたならば、治済の大御所の称号も認められるといえる。朝廷と同様に子の孝心に免じて、特別に計らってくれなければ筋が通らない。

だが、定信は逆であった。何としてでも、治済の野心を打ち砕かなければならない。この場合の大御所とは、将軍の隠居所のことをいう。

生きているうちに将軍職をわが子に譲り、西の丸へ移るのが大御所である。これまでにも家康《いえやす》、二代秀忠《ひでただ》、八代吉宗《よしむね》などが大御所になっている。

秀忠は三代家光《いえみつ》を、吉宗は九代家重《いえしげ》を後見した程度の大御所だった。しかし、現将軍を傀儡《かいらい》としてそれ以上の実権を握り、意のままに政治を動かした大御所もいる。

その代表的なのが、家康と家斉であった。このときの十一代将軍家斉も後年、大御所になりながら実権を手放さなかった。それで、大御所時代などと称された。

いずれにしても大御所は、隠居した前《さき》の将軍でなければならない。将軍の経験のない者が、大御所になるというのは実に珍妙な話である。

治済はもちろん、将軍の地位についたことがない。分家の一橋家の当主であって、現在の将軍の実父だというのにすぎなかった。そうした治済が大御所になりたいと、とんでもない望みを抱いたのだ。

その治済の願いは、すでに家斉を通じて定信にも伝えられている。

「父上を西の丸へお移し申し上げ、おおごっさん（大御所さま）とお呼びしたいのだが、いかがなものか」

初めて家斉からそう問われたとき、定信は唖然となっていた。

「何と、仰せになられましてござりまするか」

定信は、わが耳を疑っていた。

「父上を西の丸へ、お移し申し上げたいのじゃ」

家斉は多少、面映《おもはゆ》げであった。

「御《お》父上さまを大御所さまにと、仰せにござりまするか」

定信は、家斉が正気なのかと首をかしげたくなる。

「父上が強く、お望みなのじゃ」

家斉はみずからが、思いついたことではないという点を強調した。

「それは、なりませぬ。筋道が通らぬことにござりまする」

定信は、目つきを鋭くした。

「申し上げるまでもござりませぬが、前の将軍家にあらざれば大御所さまにおなりあそばされること叶いませぬ」

家斉が黙っているので、定信はそのように付け加えた。

「叶わぬことか」

ややあって、家斉は肩を落とした。

「御意《ぎょい》」

治済のほうがどうかしてしまっていると、定信は情《なさ》けなくなった。

「格別なる計らいも、叶わぬことであろうか」

「格別なる計らいと申しますものは、二度目より格別な計らいには相成らなくなりましょ

「どういうことじゃ」

「先例を作りますれば、これよりのち当たり前なこととして、それに倣《なら》う方々が増えましょうと申し上げたのでござりまする」

「将軍職に無縁なる者どもが数多く、大御所になりたがろうと申すのか」

「御意」

「このの ち代々の将軍の縁者がわれもわれもと、大御所となることを望むようでは困るのう」

家斉は、考え込んだ。

「道理にはずれましたる先例をお作りあそばされては、後世まで上さまの恥と相成りまする」

定信は、必死の面持《おもも》ちでいた。

このときの家斉は、定信の諫言《かんげん》に理解を示した。家斉にも初めから、無理なことだという思いがあったのだろう。だが、だからといってこのまま綺麗さっぱり、諦《あきら》められる家斉ではなかった。

「例の一件は、いかが相成ったかな」

と、治済からそれとなくつっ突かれると、家斉の気持ちはぐらつくことになる。

筋の通らないことだからどうにもならないと、治済に対して明言できる家斉ではなかった。父がそこまでご執心ならば何とかしたいと、まだ若い将軍は情に動かされるのであった。

「越中（定信）が、承知致しませぬゆえ……」

そう逃げたところで、それっきり放置してはおけなかった。

家斉は定信を呼び、同じ話を持ち出す。かつての徳川家を復活させたいという定信の思想からすれば、絶対に許されることではなかった。また、長年の慣行や定めを勝手に変更することを、何よりも嫌うのが定信の性格でもある。

「将軍職を譲られてこそ、大御所さまにおなりあそばされまする。これは、恐れ多くも東照神君《とうしようしんくん》（家康）並びに台徳院《だいとくいん》（秀忠）さま以来の御諚《ごじよう》にござりまする。上さまには徳川家の動かし難《がた》い御諚を、曲げると仰せにござりまするか」

定信もまた同じような言葉で、家斉を諫《いさ》めなければならない。

そうしたことが、何度か繰り返されている。一橋家の屋敷から江戸城西の丸に移り、大御所になるといった治済の驕慢《きようまん》な野望は、絶対に阻止する必要がある。

そのことに比べたら、光格天皇の実父の尊号問題への対処のほうがはるかに気楽だった。ただ光格天皇の求めを認めれば、治済の厚かましい願いもまた、受け入れなければならない状況に一歩近づくことになる。

治済に馬鹿げた希望を断念させるには、その前提として光格天皇の求めを斥《しりぞ》けなければならない。そのような思惑もあって定信は四年間も、尊号宣下《せんげ》について朝廷と争って来たのだった。

しかし、光格天皇も執拗であって、いつまでも粘《ねば》り続ける。定信のほうも、その粘りを断ち切ることを急ぐ必要に迫られる。定信はついに堪忍袋の緒《お》が切れたという形で、朝廷の伝奏《でんそう》を江戸へ呼びつけたのである。

そうと知って家斉は治済のすすめに従い、定信だけでなく老中の松平信明も召《め》し出して、父の大御所問題の是非を問うた。だが、松平信明は定信の盟友であり、心をひとつにしている。

また松平信明は定信同様、大御所になって実権を握り将軍家斉を操り人形にする、という治済の野望を見抜いていた。そこで松平信明は定信と口をそろえて、家斉に対し反対論をぶった。

そのときの両名の語調があまりに激しかったので、家斉は顔色を変えたという。だが、家斉はそれでも懲《こ》りずに、次には老中の戸田氏教を呼んだ。家斉が戸田采女正氏教に相談したことの内容は、大御所の一件に変わりなかった。

戸田氏教はこのとき四十歳、分別《ふんべつ》盛りであった。おまけに戸田氏教も、定信と心を通じている。しかも、戸田氏教の実父は、田沼意次が誰よりも煙たがったかの松平武元《たけちか》だった。

「六代将軍の文昭院《ぶんしょういん》（家宣《いえのぶ》）さまが御実父の甲府宰相《こうふさいしょう》綱重《つなしげ》さまには、薨去《こうきょ》あそばされたのちに太政大臣《だじょうだいじん》の位を贈られておられまする。八代将軍の有徳院《ゆうとくいん》（吉宗）さまが御実父の紀伊《きい》徳川光貞《みつさだ》さまにおかれましては、薨去あそばされたのちも何ら贈官の御沙汰はござりませぬ」

松平武元の三男だけあって、戸田氏教の土性骨は大したものであった。

戸田氏教はいきなり、過去の将軍たちの実父の例を持ち出した。六代将軍の実父は、この世を去ってから贈官されている。八代将軍の実父に至っては、故人になっても官位を贈られていない。

「うむ」

そのとおりなので、家斉もうなずくほかはなかった。

「然《しか》るに上さまの御実父はいまだにご存命、そのうえまだまだお若《わこ》うござりまする。と致しますならば、大御所さまにおなりになることをお望みあそばされるのは、ちとお急ぎがすぎるものと思われまする」

戸田氏教は、笑いを浮かべていた。

死んでからいくらでも、お好みの官位を贈ってもらえばそれで十分ではないか。まだ老人でもないのに大御所の地位を欲したり、将軍に代わって実権を握りたがったりするのは、あまりにも生臭いという痛烈な皮肉である。

「うむ」

家斉には、返す言葉がない。

「それにもかかわりませず我意を通しあそばされ、御実父さまを大御所さまとして西の丸へお迎えになられるならば、上《うえ》さまが天下の誹謗《ひぼう》を免《まぬが》れること叶いませぬ。越中どの並びに伊豆《いず》（松平信明）どのが、不承知を唱《とな》え参らせ給《たま》いしはそのためにござりまする。何とぞ天下万世の公論と、お受け取りくだされますようお願い奉りまする」

戸田氏教は、そのように諫めた。

「さようか」

家斉は、目を伏せていた。

結局、老中たちはそろって、反対ということだった。やはり前将軍でもない一橋治済が大御所になるのは、道理に合わぬことなのだと家斉は説得される形になった。

だが、治済のほうはそうはいかない。治済はなお、大御所への未練を捨てきれなかった。こうなったら光格天皇の望みが叶えられるのを待つほかなしと、治済はそのことに期待を寄せた。

同じころ——寛政五年（一七九三年）二月。

老中たちの幕議を通じて京都所司代《しょしだい》の堀田《ほった》相模守《さがみのかみ》正順との打ち合わせがすみ、光格天皇の許可もおりたことから議奏《ぎそう》の中山権大納言《ごんだいなごん》愛親、伝奏の正親町《おおぎまち》権大納言公明の両卿が江戸へ下った。

二人の権大納言であり、議奏は天皇の側近にして口勅を伝え議事を奏上し、伝奏は請願を天皇に取り次ぐ公卿の役名である。そうした両卿の行列だから、壮麗にして物々しかった。

その大行列がやがて、江戸城に到着する。江戸城中において、老中たちと両卿の議論が重ねられる。これを、殿中《でんちゅう》問答と称した。老中の役宅へ場所を移して、質疑応答が行なわれることもあった。

しかし、最初から幕閣の方針は決まっていたし、定信も強硬な態度で臨む決意だった。光格天皇が実父に太上天皇の尊号を贈るという求めは、認められないと答えはとっくに出ている。

それればかりではなく、定信は思いきったことをやってのけた。何と定信は天皇の側近にして権大納言、朝廷の議奏と伝奏である両卿を処罰したのである。

三月七日、中山愛親と正親町公明の両卿は、老中の戸田氏教の役宅へ招かれた。列席者は、老中ばかりではなかった。寺社奉行、町奉行、勘定奉行、大目付《おおめつけ》、目付までが同席していた。

四

一　尊号の一件の取り計らいにつき不行届きがあった。
一　このたびの下向に際し多くを尋ねたが、的確なる答えがなかった。
一　老中との談合にも礼儀を欠き、軽率な振る舞いがあった。
以上は甚《はなは》だ不埒《ふらち》なるがゆえ、正親町権大納言公明には百日の閉門、中山権大納言愛親には五十日の逼塞《ひっそく》を申し付くるものなり。


両卿はその場で、このような申し渡しを受けたのであった。

閉門は門と窓を閉じて、昼夜ともに人の出入りを禁じる。逼塞は閉門と変わらないが、夜分の出入りは許される。いずれにせよ、幕府は大胆にも天皇の側近である二人の大納言を処罰したのだった。

両卿は直《ただ》ちに、芝《しば》の青松寺に監禁された。だが、本物の罪人の扱いは、受けなかった。一種の威嚇《いかく》のようなもので、幕府は形式的に両卿を罰したのにすぎない。

百日の閉門も五十日の逼塞もわずか十日で打ち切られ、赦免されて両卿は京都へ帰った。ただし幕府は、免職に限って本気で命令を下した。

中山愛親は議奏を、正親町公明は伝奏を解任された。ほかに万里小路《までのこうじ》政房、広橋尹光《ただみつ》をはじめ勧修寺《かじゅうじ》、甘露寺《かんろじ》、千種《ちぐさ》といった前大納言が差控《さしひかえ》を命ぜられた。差控とは出仕をせずに、自宅にて謹慎する罰だった。

こんなふうに幕府が公卿を処罰するのは、三代将軍家光以来のことであった。それだけに現在の幕閣の暴挙だと、憤慨する者が朝廷には多かった。当然、光格天皇も幕府に、怒りを向けることになった。

幕府は一方で、懐柔策も進めていた。光格天皇の叔父に当たる鷹司輔平《たかつかさすけひら》に、幕府は取成《とりな》しを頼む。叔父というだけではなく五摂家《せっけ》のひとつであり、代々が摂政関白《せっしょうかんぱく》の職につき、公卿の最高位にある鷹司家となれば、光格天皇も耳を貸さないわけにはいかない。

それに幕府は典仁親王一代に限ってだが、一千石の加増を申し出た。こういったことから朝廷も次第に軟化し、尊号事件は落着するのである。

しかし、尊号事件の主人公となった光格天皇の父の典仁親王は、翌年の秋に薨去している。

尊号事件の落着に落胆したのは、大御所事件の主人公の一橋治済であった。もはや、連鎖反応は起きない。治済が大御所になることは、すでに絶望的である。

それにしても定信以下の老中が、これほどまでに強硬に筋を通すとは予想もしていなかった。定信は頑迷なくらいに、正論を曲げようとしない。人間は神のように道理を重んじて、高潔で正しくなければいけないものと信じ込んでいる。

これでは人心の離反を招くのは当然だと、治済なりに納得した。同時に治済自身も、定信を嫌悪するようになった。治済は定信とのあいだに、距離を置くことにした。

将軍家斉も、定信の峻厳さに嫌気が差した。正しい政策との信念を抱けば、定信は何としてでも押し通す。今回の大御所問題にしても諫言によって将軍を圧倒し、父の治済の期待を無視して失望へ追いやった。

そのうえ定信は、ほかの老中たちを意のままに動かす力を持っている。今後のことを考えると、家斉は定信が鬱陶《うっとう》しくなる。そして朝廷との和を重んずる家斉は、それをぶち壊すような定信のやり方が気に入らなかった。将軍は宮家、親王、高い地位にある公卿の姫君を正室に迎えることが多いのだ。

その点は、御三家も同様であった。御三家の当主も代々、宮家、親王、公卿の姫君を正室とすることが少なくない。いわば将軍家と御三家は、朝廷や公卿と姻戚関係にある。したがって朝廷と対立し、大納言を処罰するといった定信の頑《かたく》なな決断を、御三家もまた歓迎できなかった。

朝廷は一件落着しようと、定信に好意的にはなれない。定信の狙《ねら》いが第一に、一橋治済の大御所への野心を粉砕することにあったとは、家斉も御三家も読み取れなかったのである。

むしろ、太上天皇の誕生を阻止したのは、定信の倹約政策に沿ったものだと推測する人々が多かった。幕臣たちのあいだにも、そういう噂が広がった。

太上天皇を認めれば、御所をもうひとつ造営しなければならない。それには、莫大な出費を要する。それを無駄遣いとして、定信は嫌ったという噂だった。

「五年前の一月三十日に、京において大火がござった。その大火によって、京の町は八割方が灰燼《かいじん》に帰した」

「うむ。一千四百余の町が、焼け野原と化したそうな」

「京の町は三日のあいだ燃え続け、三万七千の人家、二百の寺院、それに加えて御所も二条城も焼失致した」

「京としては、未曾有《みぞう》の大火であった」

「御老中となって間もない越中守さまが、復興をご指図されるため早々に京へと赴《おもむ》かれた」

「復興には、目が飛び出すほど莫大な費用がかかったであろう」

「公儀よりも、大した出費を要したと聞いた」

「薩摩《さつま》の島津《しまづ》家、肥後《ひご》の細川《ほそかわ》家だけでも禁裏《きんり》造営お手伝いとして二十万両を四年がかりで、上納なされることを命ぜられておる」

「何とか翌年には御所をはじめ数多くの公卿屋敷、それに町家も元の姿を取り戻した。何しろ京の高貴な方々は、自力では何もおできにならぬ」

「公儀に、頼るほかはない。そのため公儀及び白羽の矢を立てられた諸大名が、何百万両も灰の中に捨て申した」

「ところが復興が相成ったとたんに、朝廷より典仁親王の尊号の一件が持ち出された。それどころではあるまいと、御老中が気分を害されても無理はない」

「倹約令に徹せられる越中守さまには殊更《ことさら》、お腹立ちだったのではあるまいか」

「このうえ、いまひとつ御所を造営致すのかとな」

「それゆえ越中守さまは、断じてお許しにならずして、このたびようやく決着がつき申した」

「越中守さまは日光東照宮《にっこうとうしょうぐう》、上野寛永寺《うえのかんえいじ》、芝の増上寺《ぞうじょうじ》の修繕の費用を半減せよと命ぜられたお方だ。たとえ相手が朝廷であろうと倹約のためには、鬼にも相成られる越中守さまよ」

無責任な噂なので、真実にはほど遠い。定信は何も、ケチって反対したわけではない。あくまで尊号問題と大御所問題を連係させて、筋を通したのにすぎなかった。定信は、道理を貫《つらぬ》く政治という清き水の流れの中にいたのだ。

そのために定信は大奥に次いで、朝廷と一橋治済をも敵に回すことになった。敵視するまでにいかないにしろ、将軍家斉も御三家も、定信の味方ではなくなっていた。

加えて一般民衆の定信への不満と不人気は、日増しに輪を広げていく。まさしく、四面《しめん》楚歌《そか》であった。それを特に自覚しなかったのは、当の定信と同志たる老中たちのみである。

一橋治済は大御所になるという無理こそ通らなかったが、六年後の寛政十一年に四十九歳で従二位《じゅにい》権大納言に任ぜられている。

更に二十一年後の文政《ぶんせい》三年（一八二〇年）には、将軍の実父であることから七十歳で従一位に昇進した。文政八年、七十五歳のときに准大臣となる。

それから二年ののちに治済は七十七歳で没するが死後、太政大臣という最高の官位を贈られる。それが将軍の実父として、栄誉ある順当な生涯といえるだろう。

大御所になりたいなどと助平根性をまる出しにしたころの治済は、まだ四十代の初めと若かったのである。

定信は三十歳で、老中首座に就任した。三十一歳になって、将軍補佐役に任ぜられた。将軍家斉は、将軍になったばかりの十六歳だった。

将軍補佐役になって二年後に、定信は辞職の願いを出している。将軍補佐がいかに難しく、口うるさい批判の声が集中するかのいやらしさを、定信は思い知ったからだろう。

したがって、このときの定信は本気で、辞任を望んだといえる。だが、その後も定信は何度か、辞職を願い出ているのだ。それらはどうも、定信のゼスチュアだったらしい。

いずれを選ぶかという難問にぶつかったりすると、定信は家斉に辞任したいと伝える。

家斉がもし『許す』と答えれば、定信に任《まか》せておけないということになる。

逆に家斉の返事が『ならぬ』であれば、定信を信任しているという証拠であった。そのどちらかを試すために、定信は口先だけで辞《や》めると言ってみたようである。

もちろん、これまでのところ家斉の答えは、『ならぬ』に決まっていた。定信は家斉に、信頼され続けていたのだった。そのために定信には、ややいい気になりすぎた嫌いがある。

昨年――寛政四年（一七九二年）の九月晦日《みそか》にも、定信は老中首座と将軍補佐役を辞したいと申し出た。当然そのときも、定信は家斉に慰留された。

「これまでどおり、忠勤に励むべし」

家斉のこの言葉は依然として、定信を信任していることを示していた。

「上さまもお年ごろになり給《たも》うにより、ご直裁の御政務あって然るべし」

定信は辞職の理由として、このように述べた。

家斉も二十歳になってもはや一人前だから、将軍直裁による政治ができるはずだし、老中首座や将軍補佐の助けは必要としないだろうという意味であった。

定信は本気ではなく、例によって家斉に信任を求めたのだ。家斉は予想どおり、『ならぬ』と定信を慰留した。それは、これまでと変わらぬ定信の政策を推し進めてもよい、という返事に等しい。その点では定信も、ホッとして強気にもなれる。

この寛政四年に、定信は誤りともいえる二つの失敗をしている。

その一は、敵対している大奥を、更に刺激したことだった。定信は大奥に要する予算を、大幅に削減した。これは、大奥全体を激怒させた。

次いで八月には素行よろしからずとの理由で、梅の井という老女《ろうじょ》以下の奥女中を数多く処分した。これもまた大奥の怒りの火に、油を注ぐ結果となった。

定信が人気絶頂のときから、反定信を貫いて来たのは大奥だけである。諸般の事情からやむなく定信の老中就任を認めたが、大奥は決して屈伏していなかった。

いまだに大奥は結束して、定信嫌いを押し通して来た。その大奥の天敵のような定信が、予算の削減や梅の井たちの処罰を強行した。それは定信の大奥への挑戦、としか受け取れなかった。定信は今後も大奥の予算を減らし、綱紀粛正を積極的に進めるに違いない。

定信を、何とかしなければならない。大奥の女たちは一致団結して、定信への敵意に燃えた。単なる反定信ではなく、大奥の女たちは定信追放を目ざす集団となっていた。

大奥の機嫌を取った田沼意次とは正反対で、定信はみずから大奥との対立を深刻にしたのであった。

五

失敗その二は、林子平《はやししへい》の『海国兵談《かいこくへいだん》』を軽《かろ》んじたことである。

林子平は著書『海国兵談』で、外国から江戸まで何ら境界線もない海であり、外国船の江戸湾侵入がいかに容易であるかを訴えた。八年前に書いた『三国通覧図説《さんごくつうらんずせつ》』では、外国の攻撃に備える国防論を主張し、特にロシアの南下を防ぐために蝦夷地《えぞち》（北海道）の本格的な経営を提案している。

幕府はこれを人心を惑わせる妄想にして、奇怪なる異説なりと断じた。定信は幕政を批判したと、林子平の処罰を命じた。林子平は、仙台《せんだい》の兄の在所に蟄居《ちっきょ》させられる。『海国兵談』と『三国通覧図説』は絶版、板木《はんぎ》（印刷するために文字や絵図を彫った板）も押収された。林子平は翌年『親もなし妻なし子なし板木なし、金も無けれど死にたくもなし』と有名な歌を遺《のこ》して仙台でこの世を去る。

林子平が捕えられて四カ月後、その著作による予言が的中したようにロシアの使節ラックスマンが根室《ねむろ》に来航する。時期を同じくして、近海で外国船を見かけたという情報が続々と届いた。

幕府はにわかに、海防の必要性に直面した。定信も、あわてずにはいられなかった。もっと早い時期に林子平の主張に耳を傾けるべきだったかもしれないと、定信には後悔の念がちょっぴりあった。

だが、いまさら林子平を赦免したり、林子平に学んだりすることはできなかった。ただ幕府はこの年の末から、海防と沿岸警備に重大な関心を寄せるようになった。

新年を迎える。

寛政五年であった。

三月の初旬までの定信は、尊号事件の解決に多忙を極めた。

三月七日に議奏の中山愛親、伝奏の正親町公明の処罰が決まった。

三月十七日、芝の青松寺に監禁されていた両大納言に釈放のお達しがあり京に帰ることを許される。

それより数日前に房総《ぼうそう》沖に外国船が現われたという知らせがあり、幕府は警備を厳重にするようにと沿岸の諸大名に命じた。

同時に定信はみずから、海岸の巡視に出向くことを決意する。

三月十八日、定信は勘定奉行の久世丹後《たんご》守広氏、目付の森山源五郎孝盛らを従えて江戸を出発した。

定信は伊豆、相模（神奈川）、上総《かずさ》・下総《しもうさ》・安房《あわ》（以上千葉県）の沿岸を巡検するつもりであった。

ただし、四月七日には江戸に帰着するという時間的な制限があるので、まずは相模から伊豆へ行列を進めることにした。

大磯《おおいそ》で休息して、定信と久世広氏は相模湾の海を眺めた。

「広うございますな」

久世広氏は、水平線を見据《す》えていた。

「この大海原には、石垣も壁もない。船さえあれば、いずこにであろうと近づくことが叶う」

定信は林子平の処罰に、責任を感じて胸が痛かった。

「伊豆、相模、上総、下総、安房には小藩のみ」

「頼りになる大名は、小田原《おだわら》十一万三千石を除いてほかにあるまい」

「残るは旗本領にて、合戦に備える力もございませぬ」

「海より攻められては、箱根《はこね》の山も役立たずじゃ」

「江戸湾へ船を進められては、江戸も守りようがございませぬ」

「異国の船をば、追い払う手立てがあろうか」

「海沿いに大砲《おおづつ》を連ね、異国の船を撃ち砕く。さもなくば水軍をもって迎え撃ち、異国船を焼き払う。ほかにこれと申して、方策はございますまい」

そうした対策もまずは不可能と、久世広氏の顔に書いてあった。

「難しいのう」

大変な時代になったことを、定信は実感していた。

そのころ江戸城では、大奥が動き出していた。

定信が、江戸を離れた。当分は、登城しない。そうと知って大奥では、絶好のチャンスと断じたのである。

定信が留守のあいだに、退陣させる工作を進めるのだった。大統領が外遊中にクーデターを起こすようなもので、現代の策略とあまり変わっていない。

大奥ではまず将軍家斉に、定信の罷免を願い出た。老中と同等の権威を与えられている老女をはじめ、家斉の愛妾側室、多くの御中臈《おちゆうろう》たちが打ちそろって、代わる代わる懇願する。

家斉は、二十一歳とまだ若い。

それに家斉ほど、大奥が好きな将軍はいなかった。家斉は子どもが多いことで有名だった。

正確な数は不明だが、家斉が生涯に生ませた子どもはいちおう、五十三人ということになっている。

ほかに、流産した子どもが四人。

家斉の側室は四十人、そのうち母となった者は十九人。多産系の側室が、少なくなかったのかもしれない。

お八重という側室は、八人の子女を出産している。

お以登という側室は、五人を出産。

お蝶という側室は、七人を出産。

あとお満が四人、お宇多が四人、お登勢が五人、お袖が七人、お美代が三人。残りは二人ずつぐらいを、出産といった具合である。

御台所《みだいどころ》の茂子も、ひとり出産、ひとりを流産している。

最初の子が生まれたのは、家斉十七歳のとき。最後の子は、五十四歳のときに生まれている。実に三十七年間にわたり、五十七人の子作りに励んだ家斉であった。

いまの家斉は、二十一歳。さすがに、まだ子どもは少なかった。間もなく、三人目の子どもが生まれようとしていた。

そうした家斉なので、大奥の女たちの願いというのを無視できない。笑って相手にしないどころか、家斉は真剣に老女や御中﨟の意見を聞いた。

定信を、罷免すべし――。

と、大奥が最も強硬だった。

それが、よかろう――。

大御所になることを阻止されて、定信憎しの一橋治済も賛成した。

異存なし──。

御三家も、定信に冷ややかであった。

家斉はここで、定信の解任を決意する。定信から老中と将軍補佐役の地位を奪う、という結論が出たのである。

そんなこととは夢にも知らず、定信の一行は予定どおり四月七日に江戸へ戻った。海防の方策をいかがすべきか、北海道に来ているロシアの使節との外交をどのように処理すべきかと、幕府にとっては新たに難問を抱え込む結果となった。

定信にすれば、問題山積だった。

巡視に基づいて、定信は海防策を立案した。これに定信は、一カ月以上を費やしている。

一　下田《しもだ》奉行所をこれまでの通船改所から、異国船の来航に備えて要塞化する。

一　伊豆の下田や柏窪、相模の甘縄に三千石から五千石の旗本を配置する。

一　海岸線に近い各地に、与力・同心として小普請組《こぶしんぐみ》を常駐させる。

一　このためには、大がかりな領地替えを必要とする。

定信の海防案は、以上のようなことを柱としていた。しかし、この計画は定信の失脚によって、実現しなかった。

六月二十一日に、林子平が仙台で没した。いまにしてみれば惜しい人物を、みずから失わしめたものだと、口にこそ出さないが定信には忸怩《じくじ》たる思いがあった。

六月二十七日に北海道の松前《まつまえ》で、ロシアの使節ラックスマンと幕府代表が会見した。幕府代表はラックスマンに外交の地を長崎《ながさき》と指定し、長崎入港許可証を与える。

そして——。

七月を、迎えることになる。

七月二十三日、将軍家斉は定信ひとりを招いた。

「かねてよりのそのほうが願い、聞き届けて遣《つか》わすぞ」

家斉は、唐突に言った。

「はっ？　何事にござりましょうか」

いきなりのことなので、定信には意味がわからなかった。

「そのほうのかねてよりの願いを、許すと申しておるのじゃ」

家斉は、目をそらせている。

「ははっ」

定信も何となく、読めたような気がした。

「長年にわたるそのほうが並々ならぬ苦労に、余も礼を申さねばなるまい。こののちは、ゆるりと休息致すがよい」

家斉の顔に笑いはなく、表情が硬《こわ》ばっていた。

「ははあ、ありがたきしあわせに存じ上げ奉りまする」

定信は、平伏した。

定信の動悸が、激しくなっている。かねてよりの願いとは、老中首座と将軍補佐役を辞任したいと、定信が申し出たことを指しているのだ。

あれは本気ではなかった。家斉の信任を問うために言ったことなのだと、いまさら弁解するわけにはいかない。そのことを逆手《さかて》に取られた感じもしないことはないが、定信としては『ありがたきしあわせ』と喜びを装うしかなかった。

昨年の九月晦日にも、定信は家斉に辞任を申し出ている。いまは家斉は、それを許すと告げたのだ。

家斉のほうから定信を、罷免すると言い出したのではない。定信が願い出た辞職を、家斉が受理したことになるのであった。定信が反論したり、不満を洩らしたりするのはおかしい。

むしろ定信は、喜ばなければならない。しかし、実際には辞任を望んでいる定信ではなかった。解任は、不本意であった。寛政の改革のほかにも、実行すべき政策が山ほどある。

それらはいったい、どうなってしまうのか。定信は内心、茫然となっていた。だが、取り返しのつくことではない。定信が望んだことを家斉が許したとなれば、そのとおり老中首座と将軍補佐役の地位を去らなければならなかった。

「苦労をかけたな。余は心よりそのほうを、いたわりおるぞ」

家斉は、何度もうなずいた。

「もったいなきお言葉……」

定信には、これで終わったのだという実感が湧いた。

老中首座にして将軍補佐という最高指導者の座と権力を、松平定信は実にあっさりと失った。三十歳で幕政の頂点に立った松平定信は、わずか六年間で老中さえも免ぜられたのである。

六

松平定信には、悪事も失政もない。

定信の寛政の改革にしても、まだ過程にあって結果は出ていない。それでこの世の楽園を求めた人々の期待を、裏切ったにすぎなかった。

ただ天下を清き水の流れとするために、あまりにも厳しかった。それで人心の離反を招き、大奥、朝廷、一橋治済を敵に回し、将軍に御三家という味方も失った。

加えて、すぐに将軍に辞任を申し出る、という定信の軽率さが災《わざわ》いした。

そういったことから定信の希望に沿ったとして、老中首座と将軍補佐を御役御免となった。したがって、懲戒免職やお咎《とが》めによる罷免にはならない。

それで定信は老中首座と将軍補佐を辞しても、白河十一万石の当主に戻るだけのことだった。そればかりではなく、家斉は定信を優遇した。

定信は、左近衛権少将《さこんえごんのしょうしょう》に任ぜられた。

家斉は定信を代々、溜之間詰《たまりのまづ》めの家格にする。

溜之間は黒書院の老中御用部屋と隣り合わせており、ここに詰める大名は将軍や幕閣の諮問《しもん》機関をなしていた。

定信の登城の際は城内の諸門の衛士が下座する点も、老中時代と同様にされた。

また家斉は定信の同志・盟友たちを、重職から異動させなかった。それで定信の政治路線は、そのまま継承されることになったのである。

だが、定信には不本意な罷免だったのだから、失脚の一種には違いない。心ならずも解任に応ぜざるを得なかったのは、やはり失脚と見るべきだろう。

松平定信は期待が大きかった割りには、短期間で失脚したことになる。

定信は、白河藩政に専念する。翌年には白河藩の文武奨励に尽力し、みずからは著作に打ち込むようになっていた。同年、幕府は改めて倹約令を、十年延長することを命じている。

まさに定信の基本政策を続行することを、老中たちが証明したのである。

その年、すなわち寛政六年の六月二十三日に、ひとりの男児がこの世に誕生した。定信が解任されたのが寛政五年七月二十三日なので、丁度それから十一カ月後ということになる。

生誕した場所は、江戸の芝西久保《にしくぼ》にある水野《みずの》家の上屋敷だった。

水野家は、九州肥前《ひぜん》（佐賀県）唐津《からつ》六万石の大名であった。藩主は水野忠光《ただあきら》、このとき二十四歳。もちろん、これなる水野忠光が赤ン坊の父親である。

生母は、忠光の側室の恂《じゅん》。恂はこの日、忠光の若君を無事に出産した。

忠光にはすでに一年前、昨年の六月に正室の勝子が生んだ嫡男がいる。嫡男の幼名は、芳丸だった。

生まれたばかりの赤ン坊は、次男であって庶子《しょし》ということになる。忠光の後継者となる資格はないし、本来ならば他家の養子に迎えられる運命にあった。

しかし、運命ほど先が読めないものはない。二年後に芳丸が、四歳で他界する。その瞬間に三歳の次男坊は、養子に行くか部屋住みで過ごすかという将来から解放される。

次男坊は九歳のときに勝子を母親ということにして、忠光の世嗣となった。水野家代々の世嗣の名前に定められている於菟《おと》五郎を称して、無事に成長を続ける。

これが、のちに最高権力者への道を突き進む水野忠邦《ただくに》なのであった。

つまり松平定信が失脚してから水野忠邦が老中になるまでの三十五年間には、ぬきんでた実力者も名を知られた権力者も、幕閣に登場しなかったのであった。

三十五年間に十七人が老中に就任または再任されたが、その中に特に強大な権力を掌握した者はいなかった。将軍家斉も、大した政治力は発揮していない。

歳月の流れとともに、定信の施政方針を受け継いだ同志・盟友も次々に老中の座を去っていく。時代は変わり、寛政の改革もいつの間にか立ち消えになる。

清き水の流れは、濁り始めた。

定信はそれに対して、何ら批判をしていない。

やがて文化《ぶんか》・文政《ぶんせい》を中心とする化政《かせい》時代、江戸幕府の最後の安定期を迎える。商業の発展が目ざましく、代わって幕府や大名の財政は窮乏を増す。

武士は脆弱《ぜいじゃく》に流れ、誇りと権威と武道を捨てる。その分、商人の勢力が強まる。他方では異国船が頻繁《ひんぱん》に訪れ、未来がどうなるのか人々には見通せなかった。

そんな時代を背景にして、町人文化が花を開く。多くの文人、絵師、俳人など優秀な作家を輩出する。歌舞伎や浄瑠璃《じょうるり》が、いっそう盛んになる。

しかし、元禄《げんろく》文化のような足が地についたものではなく、本物の活気もともなわなかった。この時代の文化は華やかであっても、退廃的な享楽主義に通じていた。綱紀は弛《ゆる》み、風紀も乱れる。町人は遊楽に走り、役人は賄賂を歓迎した。幕閣にすれば、手のつけようのない時代だったのかもしれない。世直しに情熱を燃やす老中など、とても登場しにくかったのだろう。

文化七年（一八一〇年）、定信は十七年ぶりに中央に復帰した。幕府が会津《あいづ》藩とともに白河藩に、江戸湾の防備を命じたのだ。定信は房総半島の上総、安房の江戸湾に面した五つの郡を任された。

定信は五十三歳になっていたが、早々に任された上総と安房の五郡を視察した。定信は上総の百首村と安房の波佐間村に陣屋を設け、江戸湾の海へ向けての大砲を各所に据えた。

だが、海防計画について幕閣との意見が合わず、定信は二年後に突如として致仕《ちし》（隠居）を願い出て許される。松平家の家督は、嫡男の定永《さだなが》に譲られた。

隠居してからの定信は、悠々自適の日々を楽しんだ。

定信が移り住んだ江戸・築地《つきじ》の下屋敷には、浴恩園と名付けた自慢の庭園がある。その庭園にふさわしく隠居した定信は、楽翁あるいは風月翁と号した。

著作。

読書。

昼寝。

古書画の観賞。

古器物の研究。

これが、楽翁こと定信の日課であった。それに、たまに顔を出すかつての家老たちと思い出話をすることも、定信の楽しみのひとつになっていた。

文政六年（一八二三年）に、松平定永は白河から伊勢《いせ》の桑名《くわな》へ移封を命ぜられた。しかし、江戸における定信の生活に変化はなく、ただ六十六歳と年老いただけだった。そのせいか定信は、しきりとむかしを懐かしむようになっていた。

「白河は、桑の木と茶の木に乏《とぼ》しかったのう」

最年長の以前の家老の前で、定信はそんな話を持ち出す。

「さようでございました」

家老もよき時代を、振り返るような目つきになる。

「そのため信濃《しなの》（長野県）より、多くの桑の苗を取り寄せたものであった」

「茶の木は、京の宇治《うじ》より譲り受けましてございます」

「近ごろの白河の桑畑は、いかがであろうな」

「各所にみごとな桑畑が、広がりおるそうにございます」

「さようか」

「茶畑も、たいそう立派になったと聞き及んでおります」

「白河の桑畑と茶畑を一度、眺めてみたいものよのう」

定信は広大な桑畑や茶畑を、想像するように目を閉じた。

そうかと思うと話を一変させて、定信は女人との交合に関して告白することもあったようである。

「女人と接するは、子孫繁栄のため。淫欲に耐え難くして女人を求めるは、これ邪道なり」

定信は言った。

「俗人に、通じるお言葉ではございますまいな」

家老は苦笑する。

「神武の道の修行を積めば、よいのじゃ。余もその修行のおかげで、淫欲に苦しんだ覚えはない」

「お若きころから、でございますか」

「女人との交合は、二十代のころでも五日に一度であった」

「ほう」

「三、四十歳では、月に二度ほどであったかのう」

「五十歳では……」

「一年のあいだに、五、六度であろう。五十五歳よりのちは、女人を近づけることもなくなったのう」

このことは事実のようで、『修行録』という著作の中に定信は同様の一文を書き記している。

「まことにもって、清き水の流れにございますな」

家老はそう、思わずつぶやいていた。

定信の風雅な暮らしぶりは、隠居してから十七年後に終わりを告げた。文政十二年（一八二九年）の春、定信は病臥の身となったのである。

この年の三月二十一日に、江戸は大火に見舞われた。神田《かんだ》佐久間《さくま》町より出火、翌日には霊岸島《れいがんじま》まで焼け抜けた。焼失した町屋が十一万八千戸で、大名屋敷七十三邸、旗本屋敷百二十邸、町裏長屋二十五万五千六十五戸、焼失面積二百五十九万二千坪、死者は二千八百人に達した。

江戸三大火に次ぐ大火災で、佐久間町一丁目の尾張屋という材木商の奉公人のタバコの火の不始末が火元だった。

この大火で病人の定信は真っ先に助け出されたが、築地の下屋敷をはじめ松平家の八丁堀《はっちょうぼり》の上屋敷も、蠣殻《かきがら》町の中屋敷も類焼してしまった。

定信はとりあえず、親戚である松山《まつやま》藩の松平家の屋敷へ運ばれた。

「浴恩園を眺めながら、この世に別れを告げたかったのう」

「おのれの屋敷にて死ぬこと叶わぬは、不幸なことじゃ」

定信としては珍しく、そんな愚痴をこぼした。

しかし、大火災より二カ月もたたない五月十三日に、定信は寄寓《きぐう》先で息を引き取った。

いずれにしても、七十二歳の大往生だったのである。

世の中の大濁流を横目に見て、清き水の流れはとまったのだった。

大人が年を取れば、赤ン坊も成長する。松平定信が失脚した翌年に生まれた水野忠邦は、すでに三十六歳という年齢になっていた。奏者番《そうじゃばん》、寺社奉行、大坂城代《じょうだい》、京都所司代を経て、松平定信が他界する前年に水野忠邦は、西の丸の老中に昇進したのであった。

四章　末期的症状

一

水野忠邦は殊更《ことさら》、大器といえる人物ではない。

好んで荒海に身を投ずることなく、一大名として領国の統治に専念していれば、水野忠邦は平穏無事な生涯を送れたのに違いない。唐津《からつ》六万石は、あくまで表高ということになる。

だが、実高は二十万石、あるいは二十六万石ともいわれた。

表向きは六万石で、実際には二十六万石の収穫があったとする。その差は、何と二十万石である。出費は、六万石の大名ですむ。ところがほかに、二十万石もの秘めたる収入があった。

唐津は、経済的に恵まれていた。水野家は、裕福な大名だった。財政的に追いつめられている多くの大名の中にあって、水野忠邦はまあまあ楽ができたのである。

それにもかかわらず、水野忠邦はみずから豊かな領国を捨てることになる。

それは、天下の政治を動かしたいという身のほど知らずの大望を、抱いたがためであった。幕閣にあって最高の権力を握るのが当然という門閥でもないし、譜代《ふだい》大名たちの尊敬や支持を得られる血筋でもなかった。

これといって、実力者の片鱗も見当たらない。将軍家、御三家《ごさんけ》、御三卿《ごさんきょう》などから是非とも政治を任《まか》せたいと、声がかかったわけでもない。

あくまで、水野忠邦の一方的な思い込みということになる。

水野姓を名乗る譜代大名は、混乱するくらいに数が多い。先祖をたどれば美濃《みの》、尾張《おわり》、三河《みかわ》源氏《げんじ》の元祖で源満政《みなもとのみつまさ》の流れと、いずれも同じである。

しかし、いまでは一族にもほど遠いし、親戚《しんせき》ともいえない水野家同士となっている。その中にあって忠邦が当主の水野家は、代々パッとしなかった。

初代の忠元《ただもと》は、大坂の冬と夏の陣に戦功があって三万五千石を賜《たま》わり大名となったが、政務に参与するという程度に終わっている。

二代の忠善は一万石加増、次いで五千石の加増で岡崎《おかざき》へ移封。御役目は、府内の巡視だった。

三代の忠春は奏者番、寺社奉行どまりであった。

四代の忠盈《ただみつ》は、奥詰めを命ぜられたのにすぎない。

五代の忠之だけは、出世している。奏者番、若年寄《わかどしより》、京都所司代を経て勝手掛《かってがかり》老中に就任し、享保《きょうほう》の改革を推進した。また、一万石の加増となった。

六代の忠輝は、領内治政を賞せられたぐらいである。

七代の忠辰《ただとき》も、鳴かず飛ばずの生涯を終えた。

八代の忠任《ただとう》は、唐津へ移封になったほかに特記すべきことがない。

九代の忠鼎《ただかね》は、奏者番で終わった。

十代の忠光《ただあきら》は、藩主でいたのがわずか七年間であった。

そして忠光の次男の忠邦が、十一代の当主になるのであった。文化九年（一八一二年）のことであり、忠邦は十九歳とまだ若かった。父の忠光が他界したので、忠邦が後継者となったのとは違う。

忠光は病気がちのために、忠邦に家督を譲って致仕《ちし》（隠居）したのである。忠光の死去は二年後のことであり、忠邦は初めて唐津入りするために江戸を発った。

だが、忠光の死に間に合わず、忠邦は教訓ともいうべき父の遺書に接した。十九歳の藩主、水野和泉守忠邦は父の遺志を継いで、藩政改革の断行を決意する。

忠邦が何よりも衝撃を受けたのは、豊かな国と聞かされていた唐津が、むしろ貧しくなっていたことだった。

表高と実高の差が二十万石もあり、それが水野家にとって莫大な利益をもたらしたというのも、単なる計算上の話にすぎなかった。実際には支出が収入を、上回っていたのである。

唐津に移封になったのは三代前のことだが、そのときの当主忠任は新田の開発に熱心ではなかった。それに、なじみの薄い領民からも、一丸となってという協力を得られなかったらしい。

しかも、唐津藩は長崎警固《ながさきけいご》を任ぜられるので、そのための出費が馬鹿にならない。更にそれに追討ちをかけたのが、天明《てんめい》以来の大飢饉《だいききん》であった。

東北地方のように壊滅的な打撃こそ受けなかったが、九州の唐津でも食糧難と物価の高騰は避けられない。それは当然、藩の財政を極端に悪くさせる。

忠任の跡《あと》を継いだ先々代の忠鼎のときから、すでに財政の大緊縮が始められていた。赤字はすべて、借金で埋めなければならない。返すアテのない借金である。

藩を破産させないためには借金のほかに、倹約と家臣の減俸しかない。忠光の時代になると、藩主とその家族の生活費まで削減しなければならなかった。

文化四年、ロシアとの紛争のために遠く馬渡島《まだらしま》、加唐島《かからしま》への出兵を命ぜられる。このための費用も、そっくり累積赤字となる。

加えて江戸の上屋敷が火事で焼失したので、その再建の費用を大坂の商人から借金する。それにしても、返済のメドは立っていない。

忠任がお家の大事に使うようにと残した二万両の遺金も、借金返済に充《あ》てるどころではなかった。何年ものあいだ百石につき四分引き、四分五厘引きと知行《ちぎょう》を減らされている家臣たちの生活苦への不満は、爆発寸前にあった。

半《なか》ばヤケになれば、それは風紀と秩序の乱れを招く。唐津の御城下でも多くの家臣が、武士らしからぬ行動をとるようになった。取り分け、江戸屋敷はひどかった。

「定められた知行をくだされてこそ、ご主君であろう」

「さよう。知行をくだされずんば、殿にして殿にあらず」

「さればわれらも、家臣にして家臣にあらずじゃ」

「何もわれらが、家臣らしく振る舞うことはなかろう」

「礼節を知らずとも、構わぬわけじゃ」

「これより一同、勝手気儘《きまま》にさせていただこう」

「もはや殿に申し上げることは、何ひとつないわ」

「かように朝のうちから、酒を飲むのも悪くない」

「酌をする女がおれば、申し分ないのだが……」

「四分五厘引きの分、お役目を果たさずともよいのじゃ」

朝から酒を飲んで、その勢いで主君を批判する連中までが現われた。

酔いが醒《さ》めればおとなしくなるのだが、主君に愛想づかしをしているのは本心である。主君に、反抗しないではいられない。そのために、規律を無視する。

「出かけるか」

「よかろう」

「門限までに戻れば、大事ない」

江戸詰めの家臣どもは、遊びどころをよく承知している。それで、黙って屋敷を抜け出す。無断外出は厳禁であり、処罰の対象となる。しかし、家臣たちは主君に逆らうことで、溜飲《りゅういん》を下げるのだ。

願書はすべて目付《めつけ》を通じて、主君のもとへ差し出すことになっている。だが、主君を軽んじるために、家臣どもはそういう規則さえ無視した。

家臣どもは江戸家老のところへ直接、請願に出向く。家老も家老でそれを咎《とが》めることなく、家臣に慕われているものと気をよくする。家老は家中の者の申し出に、熱心に耳を傾ける。

「憂さ晴らしに、酒を振る舞うて遣《つか》わすぞ」

あげくに家老は下屋敷に家中の者を集めて、酒盛りをするという始末であった。

屋敷内での男女の密通も、公然の秘密となっていた。袴《はかま》もつけずに、屋敷へ出入りする者がいる。下男たちは屋敷内の通路で、賃米の精米のために米を搗《つ》いた。

正月のための餅搗きにしても、下男たちはこれまでの慣習を破った。神棚を中心に祭壇を正面に設《もう》け、周囲に紅白の幔幕《まんまく》を張り巡らせた屋敷内の土間で餅搗きが行なわれることになっていた。

しかし、下男・下女たちは神棚、祭壇、幔幕を省《はぶ》いた。下女たちが蒸籠《せいろう》で餅米を蒸し、下男たちが土間に臼《うす》を並べただけの餅搗きとなった。

「いただけるものも、いただけねえんじゃあ、餅を搗く張り合いだってねえや」

「派手に飾り立てたところで、気分が乗らねえもんな」

「幕を張るにしたって、面倒臭さが先に立つだろう」

「神棚なんぞ、何のご利益もねえんだから役立たずよ」

「貧乏神をどうせ、追っぱらっちゃあくれめえ」

「餅を搗けば、それでいいんだろう」

「めでたい、めでたいなんて気にもなれねえしな」

「せいぜい一杯引っかけて、威勢をつけようぜ」

下男たちの言い分は、こういうことだったのだ。

とても、景気のいい餅搗きにならない。威勢をつけるといっても、酒ばかり飲んでいて餅搗きは二の次であった。これもまた貧すれば鈍するを、絵に描いたような光景といえるだろう。

以上のように退廃的な風潮が江戸上屋敷、中屋敷、下屋敷に蔓延《まんえん》していることを知って、忠光は激怒した。以前の道徳観を無視したり、規律に違反したりした者は、小者に至るまで厳重に処罰する。

出奔した家臣は前非を悔いても、帰参を許さなかった。江戸家老をはじめ江戸詰めの家臣と、唐津在国の家臣を大幅に入れ替えた。人事の異動も、大胆に行なった。

その代わり家臣の窮乏生活の不満を少しでも和《やわ》らげるために、忠光は虎の子の二万両を分配しなければならなかった。借金を返すどころか、忠任の二万両の遺金は一瞬にして消えたのである。

忠光も、ずいぶん苦労した。

だが、収入は増えない。出費を強《し》いられるだけで、対策は家臣の減俸を除いてほかにない。そのうえ厄介なのは、大名としての格式だった。

いかに貧しかろうと、格式は守らなければならない。金がないから出せないでは、格式を維持することができない。格式なるものには、相応の出費がともなう。

たとえば水野忠邦が忠光の跡を継ぎ、江戸から行列を連ねて唐津へ初入国するというだけで、藩は九千三百七十一両を出費している。家督相続と帰国で、約一万両も要するのが格式というものであった。

忠邦が水野家の当主になって間もなく、二人の妹が相次いで輿《こし》入れをしている。一般庶民の嫁入りと違って、支度金、土産金《みやげ》、化粧料など目の玉が飛び出すような大金を必要とする。

妹のひとり釧《せん》姫は、下野《しもつけ》（栃木県《とちぎ》）烏山《からすやま》三万石の大久保忠成の長男忠保に嫁した。このときの忠保は、まだ家督を相続していなかった。

もうひとりの妹の連《れん》姫は、陸奥《むつ》棚倉《たなくら》六万石の小笠原長昌の妻となった。連姫は、五百両の土産金を持参している。ほかに化粧料として一年に二百五十両ずつを、向こう四年間送ることになっている。

釧姫も、同じようなものである。支度金を含めると二人の妹の結婚で、四千両はふっ飛ぶことになる。金がないからと、結婚を辞退するわけにはいかない。

大名同士の結婚は、ほとんどが将軍家のお声がかりだった。そうでなくても、将軍家の認可をもらっている。結婚を辞退すれば、将軍家の意向に逆らうことになる。

将軍家から結婚を認められたら、それをありがたく受け入れるのも大名としての格式の一種なのであった。

文化十一年に唐津に帰国した忠邦は十一月十五日、城中の大書院に家臣一同を集めて藩政改革を宣言した。しかし、新鮮みも特徴も、まったくなかった。

忠義。

精勤。

文武両道。

この奨励は、三本柱にした倹約令に、すぎなかったのである。しかも忠邦は更に、家臣の減俸を厳しくした。新しい策は何ひとつなく、家臣の知行を借りるのみとはまさに馬鹿のひとつ覚えといえた。

一千四百石以下、八百石までを四分引きとする。

七百石以下、二百石までを三分五厘引きとする。

百石以下、六十石までを三分引きとする。

五十石以下、二十石までを二分引きとする。

十石以下は、一分引きとする。

役料、役扶持《ふち》、奥女中給金、江戸扶持、隠居扶持はすべて一分引きとする。

各役所の経費を、より節減させる。

建物の新規の普請《ふしん》は、いかなる必要性があろうと認めない。

建物の修理は残らず、中止または延期とする。

その他の道、土手、橋といった工事も行なわない。

新しい職人は雇《やと》わず、中間《ちゅうげん》と鳶《とび》の者には暇《ひま》を出す。

畳替えは、忠邦の居間のみとする。

忠邦の朝食以外は料理方に任せず、侍女に作らせる。

忠邦の衣服も着古そうと不用にせず、新調させることはしない。

忠邦の衣服料五百両と内証金三百両には、手をつけないように努める。

こんなふうに忠邦みずからが倹約に徹することも公表したが、恐縮する家臣はいなかった。いまになって麗々しくそんなことを言われても、胸に響くものは何もないと家臣たちはシラけきっていた。

二

倹約令も家臣の減俸も、焼け石に水であった。むしろ領内の荒廃と人心の離反を、招くことになる。家臣たちには、絶望感しかなかった。

何とかしたくても、どうにもならない。空から何十万枚となく小判が降ってこなければ、財政の立て直しは不可能だということを誰もが知っている。それでは、無気力にならざるを得なかった。

忠邦自身も、そのように思い知らされていた。

忠邦は、最後の手を打った。父の忠光に嫌われた元年寄の二本松大炊と、気心の知れた柘植宗理《つげむねまさ》を江戸より呼び寄せて、藩政を任せることにしたのである。

二本松大炊は水野家の忠任、忠鼎、忠光、忠邦の四代に年寄として仕えている。儒学者であり、剣と槍の使い手だった。忠鼎の時代に、二本松大炊は財政改革として領民に重税を課した。

これは一割以上の減収が見込まれる災害を除いて、いっさい検見《けみ》を行なわず例年どおり年貢を取り立てるという情け知らずの徴税である。

検見を抜きにして定められた年貢を、問答無用で納入させられる。そうなれば農村は疲弊し、年貢を納められない農民が続出するに決まっている。

二本松大炊は領民が団結して反抗するのを恐れ、庄屋を頻繁に交替させた。常に新しいリーダーを迎えることで、農民に団結の隙《すき》を与えなかったのである。

だが、この二本松大炊の政策はほかに例のない酷税だと、他藩からも悪評を買うようになった。それで忠光の代になると直《ただ》ちにこの徴税制度は廃止され、二本松大炊は年寄から城代《じょうだい》に格下げを命ぜられた。

その後、二本松大炊は江戸詰めとなり、閑職に等しい渉外の役目についていた。

もうひとりの柘植平助宗理は、忠邦が少年のころから小納戸《こなんど》を務めていた。つまり忠邦に近侍《きんじ》して、理髪や食事の世話を焼いていたのだ。

忠邦は十一代当主になると柘植平助を表小納戸、用人側勤《そばづとめ》に取り立てた。忠邦にとって柘植平助は公私ともに、腹を割って話し合える懐刀《ふところがたな》といえた。

そうした二本松大炊と柘植平助を、忠邦は江戸から唐津へ呼び返した。二本松大炊に藩政を任せるといっても、忠邦が徴税の手腕を買ってのことである。

柘植平助には初めから、勝手方（会計・財政官）を命じた。これもまた経済面の好転を、忠邦の思惑としては大いに期待したのに違いない。

だが、神でもない二本松大炊や柘植平助に、小判を生み出す知恵も能力もなかった。増税も、限界を超えていた。相変わらず倹約と借知、すなわち家臣の賃金カットに頼るのみだった。

それも、壁にぶつかっている。在府中の忠邦にそのことを報告すべく、柘植平助は江戸へ向かった。江戸上屋敷の書院で、忠邦と柘植平助は延々と密談を続けた。

「進退極《きわ》まれりとは、まさにこのことにございます」

柘植平助は、最初から弱音を吐いた。

「さりながら進まず退《ひ》かずで、事が相すむであろうか」

忠邦は、眉間《みけん》に皺《しわ》を刻んだ。

「申し上げるまでもなく、それでは相すみませぬ」

平助は、額《ひたい》の汗をふいた。

「しかも、退くことは許されぬ」

忠邦も、苦渋に満ちた顔つきでいた。

「仰《おお》せにはございますが、前へ進むには万策尽きましてございます」

平助は、肩を落とした。

「余が腹をかき切ったところで、どうにもなるまい」

忠邦は、真剣な面持ちでいる。

「お腹を召《め》されるご覚悟が、殿にはございますか」

平助は、忠邦を見つめた。

「それで事が相すむのであれば、腹を切ってもよいぞ」

忠邦は気持ちのうえで、完全に追いつめられていたのだった。

「それほどのご覚悟がございますならば、いかなることもお厭《いと》いにはございますまい」

平助の目が、明るさを増した。

「いまさら、何を厭おうぞ」

忠邦は、語気を強めた。

「されば、ただ一筋のみ開ける道がございます」

平助は、膝を進めた。

「まことか」

忠邦は、ニコリともしなかった。

「ただし尋常なる手立てでは、叶《かな》わぬ望みにございます」

よからぬことを企《たくら》むように、平助は陰険な目つきになっていた。

「申してみよ」

忠邦はまだ、半信半疑でいる。

「殿が、ご出世あそばされることにございます」

平助は上目遣《づか》いに、忠邦を見やった。

「出世せよとな」

平助のたったのひと言で、その意図するところが忠邦にも読めた。

「高隆院さまがお跡《あと》を、追われるのでございます」

平助のその言葉は、忠邦の胸のうちを熱くさせた。

「うむ」

忠邦は、うなずいた。

高隆院とは、五代忠之の法名であった。水野家の代々の当主の中で、ただひとり老中にまで出世した忠之である。その意味から忠邦は、誰よりも忠之のことを敬愛していた。

数年前までの忠邦は、一日たりとも忠之の偉大さを忘れたことがなかった。心酔と憧憬の対象として忠之の姿を頭に描くとき、忠邦は必ずそれに自分を重ねた。

忠之と同様に老中の地位までのぼりつめ、幕閣を支配するのだという野心が、忠邦に希望と生き甲斐《がい》を与えていた。しかし、意外にも救いようのない唐津藩の財政破綻《はたん》に追いつめられて、ここ数年のあいだそれどころではない忠邦でいたのである。

それだけにいまの平助の言葉は、忠邦に強烈な刺激を与えていた。忠邦の心の中で、忠之がみごとに蘇生した。忠邦の野望に、再び火が放たれたのであった。

「殿が御老中にご昇進あそばされようと、少しも不思議ではございませぬ」

平助は、忠邦の気持ちを煽《あお》った。

「うむ。徳川家の外戚に当たる水野家でありながら、老中に任ぜられたるはいまだにただひとり。むしろ、情けなきことよ」

忠邦の眼光は、熱っぽさを増していた。

忠邦の遠い祖先に、三河刈屋《かりや》の城主だった水野忠政がいる。この水野忠政に二百八十六年前、ひとりの娘が生まれた。この娘は十四歳で松平広忠と結婚し、翌年に男子を出産した。

この男子こそが、のちの徳川家康なのである。

生母は、於大《おだい》の方であった。

於大の方は関ヶ原の合戦の二年後、七十五歳で伏見《ふしみ》城内にて没す。後日、小石川《こいしかわ》の伝通院《でんづういん》に改葬される。そのため於大の方は、伝通院でも知られるようになった。

つまり忠邦の祖先は、家康の生母の実家なのである。

しかし、於大の方が家康を生んだのは、二百七十三年前のこと。於大の方は二百十三年前まで生きていたと、いまさら叫んでみたところであまりに話が古すぎる。

祖先は家康の生母の実家ということは、すでに水野家の栄誉や威光にならない。それをもって、特別の門閥とか名家とか目されることもない。

しかし、祖先が家康の生母の実家であり、いまもなお徳川家と水野家が外戚関係にあることに違いはない。水野家がただの譜代大名でないことは、確かであった。

ただ、祖先が家康の生母の実家ということは、もはや出世の道具として通用しない。だが、決して冷遇はされないし、何かのときには優先の条件になるだろう。
これが江戸の初期であれば、於大の方の力が発揮されたかもしれない。いまは残念なが
ら、江戸も末期となっている。だが、徳川家の外戚に当たる水野家に、出世のチャンスを
与えないはずはなかった。
「長崎警固を任ぜられます唐津の御城主になられたことが、不運にも殿のご出世の妨《さまた》げと
相成りましてございます。しかし、これは策を用いますれば、何とでもなろうかと存じま
す」
平助は、声をひそめた。
「その策とは……」
忠邦もあたりを、見回すようにした。
「策は、二つございます。そのひとつは、御老中の方々への贈り物、御進物を惜しまぬこ
とにございます」
平助は贈り物、進物という言い方をしたが、もちろんそれは賄賂《わいろ》を意味している。
「うむ」
まいない——賄賂を惜《お》しまないとすると金銀をはじめ大変な出費になろうと、忠邦の心
はズシリと重くなった。
「この折に莫大なる金銀を投げ出しますことは、勝手方にとりましてこのうえなき苦労に

ございます。しかしながら背に腹は替えられぬ事態と相成りますれば、致し方ございませぬ」

平助は表情に、悲壮感を漂わせていた。

「いまひとつの策とは……」

忠邦は訊《き》いた。

「水野出羽《でわ》守さまのお力に、おすがりあそばされることにございます」

平助は忠邦を、にらみつけるようにした。

「さようか」

それは名案だと、忠邦も納得がいった。

牧野備前《びぜん》守忠精《ただきよ》
土井大炊頭《おおいのかみ》利厚
青山下野守忠裕《ただやす》
松平伊豆《いず》守信明
松平能登《のと》守乗保

これが、いまの時点における老中の顔ぶれである。このうち松平伊豆守信明は、かの松平定信の盟友だった人物で、いまだに清き流れの信奉者でいる。

いったん老中を辞したのだが、三年後に再任されたのであった。松平信明は五十五歳になって病気がちと聞くが、信念まで曲げることはないだろう。松平信明が、賄賂を受け付けるとは考えられない。

しかし、あとの四人は賄賂を歓迎するし、その効果もあるはずだった。

そしてもうひとり、老中以上の実力者がいる。平助が名を挙げたが、水野出羽守である。水野出羽守忠成《ただあきら》、沼津《ぬまづ》二万石であった。奏者番、寺社奉行、若年寄を経て、御側御《おそばご》用人《ようにん》に任ぜられている。

水野忠成は、将軍家斉《いえなり》の信任を得ている。そのうえ水野忠成の腹心とされる土方縫殿《ひじかたぬい》介《のすけ》という者が、家斉は大のお気に入りだった。水野忠成が難しい問題を持ち込むと、家斉は、

『土方も承知であろうな』と念を押す。

「承知にござりまする」

忠成は答える。

「ならば、よかろう」

家斉は、あっさり認めることになる。

このように御側御用人とその腹心が将軍の信任厚いとなれば、老中以上の権力を持つこ

となる。水野忠成は大奥の人気も十分に集めているから、鬼に鉄棒《かなぼう》である。

沼津の水野と唐津の水野は同族であり、そうした関係から忠成は何かにつけて忠邦に目をかけてくれた。同族であって六万石と二万石でありながら、唐津の水野から老中がひとりしか出ていない。

それに対して沼津の水野は、初代の忠友が老中になっている。加えて二代の忠成が権力を得て、間もなく老中になるだろうといわれている。その違いについて忠邦は、忠成に問うてみたことがある。

「これじゃよ」

忠成は、品物を差し出したり、受け取ったりする手つきをしてみせた。

贈収賄という意味であった。ただし賄賂だということを明白にするのは、下手なやり方だと忠成は解説した。

「その辺のことについては、土方縫殿介こそまさしく達人」

「達人とは……」

「土方は、奇策を用いる」

「いかなる奇策にござろうか」

「権勢このうえなきお方の屋敷の門前にて、土方は腹痛を起こす」

「ほう」

「腹痛に苦しむ者が門前におれば、屋敷の者とて知らぬ顔はできまい。屋敷内へ運び入れ、やれ横にさせよ、やれ妙薬を与えよと面倒を見ることと相成る」

「うむ」

「やがて、土方の腹痛は治る。そこで土方は、それがし水野出羽守が家来にて土方縫殿介と申す者、おかげをもちまして快癒《かいゆ》致しましたと厚く礼を述べる」

「そのまま、屋敷を辞するのでございますな」

「さよう。再び屋敷致すは、翌日のことじゃ。そのときは、金銀などを山ほど持参する。主人水野出羽守が心よりの御礼にござると、土方は口上を述べる」

「あくまで礼の品々であって、まいないにあらず」

「親切に報ゆるのも、恩に礼を尽くすも人の道じゃ。またそれが縁となって、権勢このうえなきお方とわしは昵懇《じっこん》なる間柄と相成るわけじゃ」

水野忠成は、豪快に笑った。

「わかり申した」

そのときの忠邦は、自分には縁のないことだと思ったものである。

だが、平助はそういう水野忠成の力を借りるようにと進言し、忠邦もその必要性を感じたのだ。

三

水野忠邦の老中への野心は、いまや消しようのない大火となった。まず老中になるには、原則として出世コースが決まっている。特例というのは、少なかった。特例となると将軍家の寵臣《ちょうしん》ということで、特別待遇により御側御用人《おそばごようにん》に抜擢され、のちに老中に任ぜられる。

この特例の代表としては、柳沢吉保《やなぎさわよしやす》と田沼意次《たぬまおきつぐ》が真っ先に挙げられる。柳沢吉保などは、大老格にまで列せられている。

一般的なコースだと、まず奏者番から出発する。この奏者番というのは、寺社奉行を兼務することが多い。

京都所司代に、昇進する。大坂城代に、任ぜられることもある。

若年寄《わかどしより》に、進む。

そして、老中であった。

老中の上位に大老がいるが、大老は臨時職であって常任されていない。家光《いえみつ》以来、家茂《いえもち》まで二百三十年の徳川幕府に置かれた大老は、わずか十二人にすぎない。

酒井《さかい》忠世《ただよ》（在任七日間）
土井《どい》利勝《としかつ》（在任六年）
酒井忠勝《ただかつ》（在任十八年）
酒井忠清《ただきよ》（在任十四年）
井伊《いい》直澄（在任八年）
堀田《ほった》正俊《まさとし》（在任三年）
井伊直該《なおもり》（在任三年）
井伊直該（再任・在任三年）
井伊直幸《なおひで》（在任三年）
井伊直亮《なおあき》（在任六年）
井伊直弼（在任二年）
酒井忠績（在任十カ月半）

以上、再任を含めて十二人。

柳沢吉保は大老ではなく、大老格なので除外してある。

家光以来の徳川将軍の幕府統治のあいだで、大老が在任したのは、たったの六十四年間。残りの四分の三は、大老など空位だったのだ。

大老は実力者というより、名誉職に近かった。絶対的な権力者になれても、老中によって動かされることもある。そのうえ、大老に就任する家柄が決まっている。譜代《ふだい》門閥のうちでも名門中の名門、酒井と井伊であった。土井利勝が大老であったときは、酒井忠勝も同役で大老が二人いた。

堀田正俊は、綱吉《つなよし》を五代将軍に強力に推挙した功賞として、大老の地位を与えられた。いわば将軍の謝礼人事であり、堀田家から大老が出たのは特例である。

たとえ大老格であろうと、柳沢吉保がそこまで出世できたのは私設の地位というほかはない。結局、酒井か井伊なのだ。したがって両家の出でない大名は、いかに実力があろうと大老の地位は望まない。

水野忠邦にしても、目標はあくまで老中だった。老中に任ぜられて、幕府と天下を動かす。そうならずして生まれて来た甲斐があろうかと、水野忠邦は野望の実現にすべてを賭けたのであった。

第一に、出世コースに乗ること。

第二に、出世コースからはずれてしまう唐津から、浜松《はままつ》への移封を願い出ること。

その二つの野望の突破口を開くために、水野忠邦は幕閣の実力者への贈賄工作に徹した。忠邦は、金銀を惜しまなかった。忠邦の協力者となった沼津《ぬまづ》の水野忠成《ただあきら》さえも、その凄まじさに圧倒された。

忠邦は甘い顔をする老中たちに、水野忠成を通じて湯水のごとく金銀を使った。収賄を喜ぶ老中たちの屋敷は、忠邦からの贈り物で息が詰まりそうになるほど埋《うず》まった。

その効果は、思ったよりはるかに早く出た。半年後の文化十二年（一八一五年）十一月十二日に、水野忠邦は奏者番に任命されたのであった。

御奏者番――。

ついに出世コースの入口を、突破した。老中への階段を、のぼり始めたのである。しかし、まだ二十二歳だったが、その程度のことで狂喜するような忠邦ではなかった。

忠邦には、次なる狙いがある。唐津から浜松への国替えと、大坂城代に昇進することだった。水野忠邦はこの国替えのことを、『青雲之要路』と称していた。

青雲――。

それは青雲の志《こころざし》などというように、『高く超えたところ』を意味する。青雲の志は、『高位・高官を目ざす志』であった。水野忠邦は、大坂城代になることが、出世の早道と考えていたらしい。

そこで忠邦は、贈賄を怠《おこた》らなかった。怠るどころか、実力者への贈り物を倍増した。その皺《しわ》寄せは、水野家の領民へ行く。唐津藩の領民は苛酷な課税に泣かされ、水野家の財政はますます逼迫《ひっぱく》する。

しかし、水野忠邦はお構いなしに、贈り物のための費用を求めてくる。水野忠邦の頭の中には、『青雲之要路』しかなかったのだ。翌々年、忠邦は二十四歳で寺社奉行を命ぜられる。

だが、忠邦は大して喜ばない。奏者番が寺社奉行を兼務するのは当たり前のようなことで、出世のうちにはいらないという忠邦の考え方なのである。

ところが一方でこの年の半ば、水野忠成にとって思わぬ幸運が転がり込《ころ》んで来た。老中首座の松平伊豆守《いずのかみ》信明《のぶあきら》が、死んだのだった。松平信明はかつての松平定信の盟友であり、その後も清き流れの人生を信奉し、清廉潔白な政治に取り組んで来た。

松平信明から見れば水野忠成は堕落した拝金主義者、腐臭を放つ権力者、政治の毒虫であった。そういうことから松平信明は極力、水野忠成に権力を与えまいとした。

今日まで水野忠成が老中になれずにいたのも、松平信明が承知しなかったからだった。水野忠成とすれば松平信明は逆に大敵であり、邪魔者であり、頭痛の種である。

「運、不運とはかようなものよ」

忠邦を屋敷へ招くと、水野忠成は人気《ひとけ》のない座敷で言った。

「まったく」

松平信明に死期が近づいたという六日前に、水野忠成はすでに老中格に任ぜられているのだから、この世界は恐ろしいと改めて思った。

「大敵も邪魔者も、ときがくればさっさと消えてくれる」

さすがに笑いはしないが、水野忠成の表情が緩《ゆる》んでいる。

「これよりのちは、出羽守さまが天下と相成りましょう」

後ろ盾の水野忠成が最高権力者になるのだから、忠邦にとってもこれほど心強いことはない。

「国替えの件などわが意のままになろうぞ」

「何とぞ、お力添えのほどを……」

「そなたの唐津より浜松への国替えも、早々に片付けよう」

「かたじけのう存じます」

「ところで唐津には、余剰の知行地《ちぎょうち》があると聞く」

「はっ、それは……」

「どうじゃ。一万石ほど、ご返納奉《たてまつ》るつもりはないか」

「一万石……」

「上さまも殊勝なりと、お褒《ほ》めのお言葉を下さる。老中たちの受けも、よかろう。先のことを思案致すならば、御上知も結構なまいないとなろうぞ」

水野忠成は、そのように提案した。

大名が領有して支配することを、領知という。この領知する大名の所有地には、公認の禄高《ろくだか》が定められている。それが、表高であった。

だが、それ以外にも未公認の収入を得ている大名もいた。検地に差が生じたり、米の収穫量が違っていたり、新田開発に誤差があったり、領地の面積が不正確だったりすれば、表高をはるかに超えた実収入を大名は得ることができた。

これが、実高である。

唐津の水野家も表高は六万石にすぎないが、実高は二十数万石といわれていた。いろいろな事情が重なって財政破綻に至るまでの水野家は、ひどく豊かだったわけである。

格式は、六万石ですむ。

しかし、実収入は二十六万石だとすれば、いわば隠し金のように二十万石が浮く。水野忠成が余剰の知行地ありと指摘したのは、その表高と実高の差額のことである。

余剰の知行のうちから一万石ほど、上知すべきだと水野忠成はすすめたことになる。そうすれば将軍家は忠邦に好感を抱くし、老中たちも心証をよくする。

それが忠邦の今後の出世に、大いに役立つだろう。そうなれば一万石の上知が、このうえない賄賂になろうと水野忠成は忠邦を説いたのだ。

上知とは返納することだが、要するに贈り物である。一万石の献上となれば、かなりスケールの大きい賄賂といえる。それなりの効果もあるし、忠邦はできることなら『承知』と即答したかった。

だが、唐津水野家の経済的な窮乏は、底をついている。赤字などという生易《なまやさ》しいものではなく、ニッチもサッチもいかなくなっていた。借金で、首が回らない。

「買い手がおるなれば、この唐津城も売りたいものよ」

家臣のひとりが、そう自嘲したという。

そこまで、財政的に追いつめられている。それに加えて更に一万石の上知を命ずれば、唐津水野家は大混乱に陥《おちい》るかもしれない。一文でも二文でも必要だという家臣たちに、一万石の減収を告げるのだ。

とはいうものの、いまや水野忠成には逆らえない忠邦になっている。忠邦の運命と将来は水野忠成の手に握られていて、その助言や忠告に従わなければ野望は成り立たない。

「承知つかまつりました」

何事も『青雲之要路』のためと、忠邦は、一万石の上知を決意した。

水野忠成は文化十四年八月二十三日に、突如として老中格を命ぜられている。それから五日後に大敵である松平信明が幕閣より姿を消した。

松平信明の死を予知して、水野忠成を早々に老中に昇進させようという策が取られたことは、誰の目にも明らかだった。

水野忠成が老中格でいたのは、一年たらずにすぎない。

翌文政元年（一八一八年）八月二日、水野忠成は老中格から老中に昇進する。しかも新任の老中にいきなり、老中首座の地位を与えられた。

水野忠成は同日、相当に荒っぽい人事を断行している。それは老中から諸奉行まで、水野忠成派で固める人事であった。

老中首座　水野出羽守忠成　（新任）
老中　土井大炊頭《おおいのかみ》利厚（留任）
老中　青山下野《しもつけ》守忠裕《ただやす》（留任）
老中　松平能登《のと》守乗保（留任）
老中　酒井若狭《わかさ》守忠進《ただゆき》（留任）
老中　阿部備中《びっちゅう》守正精《まさきよ》（新任）
老中　大久保加賀《かが》守忠真《ただざね》（新任）

このように、老中を七人制にした。御側御用人は自分が老中になるために辞任したが、水野忠成はそのあとを空席のままにしておいた。若年寄には手をつけず、むしろ諸奉行とその有力な配下を大幅に異動させた。

忠邦のお役目は、奏者番と寺社奉行の兼務である。いくら何でも、出世コースを突っ走るのは早すぎる。その前に唐津から、浜松へ移らなければならない。

唐津にいる限り、『青雲之要路』は見えてこない。浜松への転封出願が許可されることこそが、忠邦の待つ唯一最高の吉報なのであった。

その吉報が噂として聞こえて来たのは、文化十四年の九月。水野忠成が老中格になって、間もなくのことだった。噂であろうと、忠邦は欣喜雀躍《きんきじゃくやく》である。

直《ただ》ちに江戸から、使者が唐津へと急行する。

浜松への転封を主君が希望していることは知っていたが、それがこうも簡単に実現されるとは、唐津の家臣たちは予想していなかった。多分、永久に許可されないだろうと、甘く考えていた。

賄賂の恐ろしさというものを、唐津の家臣たちは計算のうちに入れていなかったのかもしれない。

それだけに、唐津の家臣は驚愕《きょうがく》した。唐津城中はにわかに騒然となり、総登城を告げる太鼓が御城下に鳴り響く。士分以下を除いて、続々と大広間に集まる。

家老と年寄が、正面に着座した。

脇には近習《きんじゅう》、物頭《ものがしら》が居並ぶ。

そして馬廻《うままわ》り、平士《へいし》などが広間を埋めた。家老が、江戸から届いた書状を読み上げる。

忠邦の直筆ではないにしろ、署名と花押《かおう》があれば主君からの命令書である。

だが、途中から頭を下げて、聞く者がいなくなった。家臣一同は姿勢を正して、眼光鋭く家老をにらみつけるようにしている。抗議するというより、怒りの表情だった。

家老が書状を読み終えると、ざわめきが波のように次から次へと広がった。立ち上がることは控えても、詰め寄るように膝《ひざ》を進める者が大勢いた。

「愚かな！」

「それが一国を統治なさるお方が、申されることにござるか！」

「家臣と領民に餓えて死ねと申されるお方は、もはや主君にあらず！」

「この国の貧苦貧困を、何年ものあいだご存じないはずはござるまい！」

「殿ご自身がこの地に参られ、小判の一枚もお捜しあれ！」

「唐津藩は、天下一の貧乏大名にございますぞ！」

怒号があちこちから、飛ぶようになっていた。

しかし、それらを家老も年寄も、制止しなかった。この財政窮乏のときに一万五百七十一石を余剰地として幕府に上知し、そのうえ浜松へ転封とは、まさしく狂気の沙汰と家老も年寄も同意見だったからである。

四

主君の出世に、反対する家臣はいない。家臣は当然、主君が幕閣にまで昇進してくれることを期待し、心から歓迎する。

水野忠邦の家中で転封反対の声が起こったのは、転封の費用として多額の出費を要するためであった。だから現在の水野家が裕福ならば、反対の理由もなくなるのだ。

ところが、いまの唐津藩は貧乏のどん底にあって、家臣も領民も最後の一滴まで水を絞り取られた雑巾《ぞうきん》のようになっている。そんなときになおも大金を消費すれば、家臣や領民にとって死活問題になる。

転封の費用は、大名の自弁である。その費用も藩の財政を圧迫し、領民の生活を貧しくするほど莫大なのである。水野家は岡崎《おかざき》から、唐津へ移された。もう五十年以上も前のことだが、そのときの苦しい体験を祖父や父から聞いて、知っている者が少なからずいるのだった。

とにかく、反対の意見が強硬であった。いちおうそのことを忠邦に報告しなければ、反乱とか一揆とかが起きる可能性もある。もしかすると、忠邦の考え方に変化が生じるかもしれない。

藩士の総意を伝える代表ということで、藩政を任されている二本松大炊が選ばれた。二本松大炊は、唐津を出発した。海路と陸路を急ぎに急いで、忠邦が休養中だという江戸下屋敷についた。

「長旅、大儀であった。さように申したいところだが、大炊の話あまり聞きとうないのう」

忠邦には、二本松大炊が持ち込んで来たことの内容が、かなり具体的に読めているようである。

「これは、唐津の御家中の総意にございます」

そのように断わってから大炊は、上知も転封も不承知という家中の主張を、秘めるところなく率直に述べた。

「主人にああせいこうせいと指図を致すのが、臣たるものか」

忠邦は、不機嫌そうな顔でいった。

「お言葉ではございますが、御当家におきましては一文たりとも動かすゆとりがございませぬ」

大炊は、平伏した。

「進退窮《きわ》まれりとは、いくたびか耳に致しておる」

「御当家では年ごとに、金八千六百六十両が不足と相成ります。それらはすべて、借り入れることにより埋めて参りました。さりながら、返済が叶《かな》いませぬ。それゆえ借り入れましたる金銀は、天井知らずで嵩《かさ》みおりまする。返済の期限を延ばす一手にて押しておりますが、もはや大坂商人からも大名家からも貸すという言葉は聞けませぬ」

「もはや、賄《まかな》いきれぬと申すのか」

「ときここに至りまして一万石の御上知とは、ご無理がすぎて無茶だとの声も聞こえます」

「寺社奉行の在府賄い料として近江《おうみ》（滋賀県）などに一万石を賜《たま》わっておるが、この忠邦の禄高は六万石じゃ」

「はは」

「上知はそのうちの一万五百七十一石、それを差し引けば五万石となる唐津より、六万石の浜松の方が高禄ではないか」

「お言葉ではございますが唐津と浜松では、表高と実高の違いというものがございますれば……」

「表高と実高の差を誤魔化すは、不正なることである。大炊はこの忠邦に、不正を働けと申すのか」

「滅相もございませぬ」

「これまで唐津六万石であった大名が、浜松にて同じ六万石の知行を賜わることに、いかなる不足があると申すのか」

「不足を、申し上げておるわけではございませぬ」

「不肖忠邦、将軍家の御外戚の生まれにして、譜代の席に連なる者なり」

「ははっ」

「更に御奏者番、寺社奉行のお役を仰せ付かりし身なれば、御老中となりて天下のご政道に参与致すことこそ、この忠邦が畢生《ひっせい》の大事である」

「ははっ」

「そのための第一歩が、浜松への国替えなのじゃ」

「さようなことは、家臣一同よく承知のうえにございます」

「この忠邦の出世を妨ぐ家臣一同なれば、不忠者と叱りつけるほかに言葉が見つかるまいぞ！」

強気一辺倒の忠邦は、一歩も退《ひ》こうとしない。

「それはまた、お情けなきお言葉」

二本松大炊は、ハラハラと涙をこぼした。

忠邦の気持ちは、絶対に変わらない。それに、すでに遅すぎた。いまから国替えの辞退を申し出たりすれば、忠邦は罰せられるだろう。

少なくとも晴れやかな未来は望めなくなる、という忠邦の立場も大炊にはよくわかる。

忠邦に、押し切られるほかはない。二本松大炊は失意のうちに、江戸をあとにした。

九州の博多《はかた》までは、急ぎ旅であった。しかし、博多から先の大炊の足は、引きずるように重くなった。唐津へ、どうしても帰りたくなかったのだ。

やがて、筑前《ちくぜん》（福岡県）と肥前《ひぜん》（佐賀県）の国境を越える。そこはもう、唐津領であった。

「所用がある」

供の者たちにそう告げて、大炊は街道を北へそれた。

間もなく、海辺に出る。眼前に、玄界灘《げんかいなだ》を臨む唐津湾が広がる。大炊は浜辺にすわり、遠く玄界灘の大海原を眺めながら脇差を抜く。次の瞬間、大炊は脇差で腹を切ったうえ、喉を突いて自害した。


代表としての責務を果たせず、面目ない。殿の決意にかかわりなく、お国替えはもはや避けられぬこと。かくなるうえは、ご一同も粛々としてお国替えに応じられるようお願い申す。


死の直前にしたためた二本松大炊の遺書には、このようにあった。だが、二本松大炊が死を選んだ本意は、長年にわたる財政上の苦難を、認めようとしない忠邦への痛憤にあったのだろう。

水野家の浜松への国替えはその年のうちに始まり、翌年の六月二十二日に完了している。家老の拝郷縫殿、重臣の二本松一介（大炊の子）らが入城して、浜松城の内渡しが行なわれた。

それにしても忠邦のように幕閣にまで出世しながら、貧乏神に付きまとわれた人物というのも珍しい。あらゆる意味で常に財政苦と金の工面に追い回され、借金まみれになっていた。

金が欲しい、金が欲しいの地獄の中から逃れられなかった。借金だらけで、それも返済不能であった。やむなく、忠邦は借金の踏み倒しを常習とした。

新天地であるはずの浜松にも、やはり貧しさが待ち受けていた。忠邦は次から次へと新しい政策を打ち出したが、財政の立て直しというものは難しくて時間がかかる。大して効果がないとなると、領民に重税を課するか借金に頼るしかない。浜松はたちまち、貧乏臭くなる。東海道の宿場でもある浜松は、旅人の往来が多い。その旅人たちまでが、浜松の住民の生活苦に同情した。当然、領民は悪政として、水野家の財政改革を批判する。忠邦は浜松でも、経済との闘いを続けることになる。

忠邦は寺社奉行を辞任しようとさえ、思ったこともある。役向きの費用というのも、馬鹿にならない。忠邦は、奏者番に任ぜられている。それに加役として、寺社奉行も兼務していた。これらの役向きの出費というのを、忠邦が負担することになる。

寺社奉行は役人を、家臣のうちから選ぶことになる。だが、従来の俸給だけで、すませるわけにはいかない。衣服、仕着せ、雑用金などを支給してやる。

寺社奉行として活動すれば、臨時の出費を要する。寺社奉行になってから通常で、年に三千両は支出が増えた。

この三千両を、節約しようというのである。たったの三千両を浮かせるために、寺社奉行という要職を投げ出す。この話は忠邦がいかに、金に困っていたかを証明している。

あれほど出世欲に取りつかれていた忠邦が、みずから三千両を倹約しようと寺社奉行を辞する気になった。そこまで財政状態が最悪になったのかと、家臣のほうが絶望したほどである。

この件について忠邦は、数人の老中から諫められている。

「寺社奉行を、何と心得る」

「軽々しく御辞退を申し上げて、許されるような御奉公ではない」

「寺社奉行ほどのお役目をひとたび辞すれば、再びお役目につくことも叶うまい」

「年老いたため、あるいは重病のためを除き、勝手に辞退を申し出るは上さまへの不忠と相成る」

こんなふうに言われて、忠邦は寺社奉行の辞任を翻意した。

後年のことで、忠邦もかなり昇進した。相応の権力も、得たはずだった。だが、そうなってからも依然として、忠邦は経済的に追いつめられている。借金で、首が回らなくなってもいた。

借金が返済できなければ、返済期限を延ばすことになる。一種の踏み倒しだが、返済中止と称する。

これを『断わり切り』という。返済中止すなわち借金の踏み倒しだが、その対象は大半が商人であった。まずい相手だと、踏み倒しの『断わり切り』を避けている。

その筆頭は、御番所金である。

御番所金は、町奉行の扱いになっている幕府の貸付金であった。いくら何でも、町奉行から借りた幕府の公金を踏み倒すことはできないだろう。

次いでは、郷印金。

領内の百姓衆の裏印を押させたうえで、年貢米を担保に借りた金が郷印金である。これも踏み倒したら、取り返しのつかないような一大事になる。

それで御番所金と郷印金は、利子だけを支払うことにした。しかし、実際には勘定奉行《かんじょうぶぎょう》の職権斡旋の力を借りて、御番所金や郷印金の元金・利子ともに踏み倒したこともあった。

こうなると踏み倒しではなく、詐欺か強奪である。

寛永寺《かんえいじ》と増上寺《ぞうじょうじ》からの借金は、踏み倒していない。

大坂の樋口屋、大嶋屋、金井屋を除いては、元金も利子も踏み倒し。

安芸《あき》（広島県）の浅野《あさの》家（四十二万六千石）名義にかかわりある借財は、三年のあいだ『お断わり切り』とする。

摂津《せっつ》・河内《かわち》（兵庫県と大阪府）の借金は、六朱の利息のみを支払う。有栖川宮家《ありすがわのみやけ》よりの借財も、同様とする。

大坂で両替の豪商として知られる加島屋の借金は、断固として踏み倒す。

忠邦はまた、たびたび幕府拝借金を借りている。その中でいちばん金額が大きかったのは五千両で、返済が十年間の分割払いとなっていた。

だが、再三にわたり延期願が出ているし、完済したという記録もない。あるいは忠邦は、幕府拝借金まで踏み倒したのかもしれない。いずれにせよ、忠邦は借金地獄から抜け出せない男だったのだ。

いったい、どうしてなのか。

まずは以前からの財政危機が解消できなかったことが、最大の理由である。第二は出世コースをたどろうとする忠邦の野心と焦りが、賄賂としての大金をバラ撒《ま》きすぎたことだろう。

本丸の老中または権力の頂点に立った者だけが、驚異的な贈り物の山に埋まって巨利を得ることができる。たとえ西の丸の老中に昇進しようとも、まだ収賄ではなく贈賄する側なのだ。

忠邦の場合は、水野忠成という大物の援助を得たことが、かえって仇《あだ》になった。そのために忠邦は賄賂として必要な大金を捻出しようと、早くから無理をしすぎた。

奏者番になりたい、唐津から移動したい、大坂城代になりたいと、まだそこまでの段階で不相応な賄賂を使ってしまった。水野忠成に、いいようにカモられたといえなくもない。

天保《てんぽう》二年（一八三一年）——。

忠邦はすでに西の丸の老中であり、年齢も三十八歳になっていた。そんな忠邦が江戸への送金を、もう二千両ばかり増やしてくれと国元に泣きついている。

江戸への送金は、五千両まで節減されていた。しかし、それでは二千両ほど不足だと、忠邦は訴えている。

同列衆への進物《しんもつ》と見舞、上屋敷・中屋敷・下屋敷の畳替え、庭の手入れと常識的な経費がかかるのは当然であった。だが、忠邦の出費には、ひとつの特徴が認められる。

交際費である。

幕府の有力者たちを接待することが、実に多い。しかも、一度の接待に高額な金を使っている。

その中でも水野忠成の訪問と招待が、群を抜いている。

更に接待した上に水野忠成へ、忠邦は大金を渡しているのである。

「当年七月までに出羽どの（水野忠成）へは、四百四十六両をお渡し致しておる。そのうえ、すでにお渡し申し上げねばならぬ金子《きんす》が、三、四百両は残っておる」

忠邦は、こう明らかにしている。

忠邦から水野忠成に渡されるのは、昇進を願っての賄賂である。それが叶わぬのであれば、忠邦が本丸の老中になることも難しくなるだろう。

このように哀訴する三十八歳の男は、またしても借金地獄へ深入りすることになる。

五

松平康任《まつだいらやすとう》という大名がいる。

従五位下《じゅごいげ》左京亮《さきょうのすけ》に叙任《じょにん》、のちに周防守《すおうのかみ》となる。石見《いわみ》（島根県）浜田《はまだ》六万石余の領主だが、水野忠邦はこの松平康任をライバル視していた。

松平康任のほうに、そうした意識はない。水野忠邦が一方的に、競争相手と決めてかかっていたのだ。その原因は、明らかでない。対立するような理由も、見つからなかった。だいたい忠邦と康任には、むかしから接点がない。

水野忠邦は徳川家の外戚《がいせき》に当たるが、松平康任は祖先が家康の重臣だったのにすぎない。年齢も松平康任のほうが、十四ほど年長である。張り合うとすれば両者が同時期に、同じ昇進コースをたどったことぐらいだろうか。

とはいっても、松平康任のほうが常に先行していた。奏者番と寺社奉行を兼務したのも、松平康任が数年は早かった。

康任が大坂城代に任ぜられたのは、文政五年（一八二二年）七月八日、四十三歳のときだった。

それに遅れること三年、文政八年五月十五日に忠邦は大坂城代に出世している。ただし年齢となれば、忠邦は三十二歳と若かった。

忠邦が大坂城代となった日に、康任は京都所司代に就任する。

約一年半後の文政九年十一月二十三日に、康任は京都所司代から江戸城西の丸の老中に栄転した。

同日、忠邦が京都所司代を命ぜられた。しかも忠邦はまるまる二年間を、京都所司代として過ごしている。

このとき忠邦は侍従《じじゅう》となり、越前《えちぜん》守に改めた。

翌年、将軍家斉《いえなり》が朝廷から、太政《だじょう》大臣に任ぜられた。武家にして太政大臣まで出世したのは過去、平　清盛《たいらのきよもり》、足利義満《あしかがよしみつ》、豊臣秀吉《とよとみひでよし》、徳川家康、同じく秀忠《ひでただ》しかいない。

自分が六人目だという栄誉に、家斉の喜ぶまいことか。京都所司代にも何かと苦労があったことだろうと、家斉は忠邦に好感を抱いた。

その褒美《ほうび》というわけでもないだろうが、家斉は忠邦を京都所司代から西の丸の老中に栄進させた。文政十一年十一月二十二日のことであり、水野越前守忠邦は三十五歳になっていた。

だが、またしても先んじられて、松平康任はすでに本丸の老中の地位にあった。忠邦の昇進は失速して、六年間も西の丸の老中を務《つと》めなければならなかった。

西の丸は次期将軍と決まっている世嗣か、将軍を隠居した大御所が居住するところである。このときの西の丸には、世嗣の家慶《いえよし》がいた。

家慶は家斉の四人目の子で、次男ということになる。ところが長男の竹千代《たけちよ》が早世したので、世嗣は次男の家慶に決まった。家慶は忠邦が西の丸の老中となった時点で、三十六歳になっていた。

忠邦より、ひとつ年上だった。普通ならば、将軍になっていなければならない年齢である。有栖川宮織仁《ありすがわのみやおりひと》親王の姫を、とっくに正室として迎えている。

側室も、決して少なくなかった。二十九人の子を作ったが、三人を除いた二十六人が五歳になる前に夭折《ようせつ》している。それなのに、いまだに将軍になれない。

父の家斉は五十六歳になっているが健在であり、隠居しようという気配も示さなかった。政事に飽きたなどと口では言うが、家斉は権力の座がすっかり気に入っているようであった。

家斉の子作りは、家慶の比ではなかった。十七歳から五十四歳までの三十七年間に、五十三人の子を生ませている。加えて、流産した胎児が四人いたという。

とにかく家斉は、享楽主義に徹した将軍だった。武士も町人も一種の嗅覚のようなものを通じて、家斉からの影響を受けている。松平定信《さだのぶ》の清き流れは、もはや完全に否定されていた。

むしろその反動によって、人々は濁った生きざまを求めた。遊興と贅沢がなければ人生ではない、という退廃的な考え方が滲透していく。大名からして出府すると江戸にいるあいだ、借金してまで遊びたがった。

武士も、派手な生活を求めたがるだけの人間になった。そのために、栄達《えいたつ》を金で買おうとする。売るほうも金になるならと、恥を捨ててかかる。その間に成立するのは、収賄と贈賄であった。

風流と称しても、すべては華美な風潮を追うことになる。吉原《よしわら》はもちろんのこと、江戸の遊女屋は大繁盛する。女たちは歌舞音曲になじむことに酔い、浮世絵が大流行して芝居小屋は連日大入り満員であった。

知行《ちぎょう》を抵当として旗本《はたもと》たちに金を貸す蔵前《くらまえ》の札差《ふださし》はいずれも大金持ちになり、逆に旗本は借金で首が回らなくなる。それでもなお外国船の脅威にすら無関心で、旗本は武士の魂を失っていた。

家斉の側室の養父で中野《なかの》碩翁《せきおう》という者は、昇進を願う旗本や利益を求める商人から賄賂を受け取ることを、毎日の仕事にしている。しかし、汚職そのものに不感症になっている家斉は、そうしたことも黙認する。

僧も堕落して奥女中の愛欲を満たすことに尽くしたが、家斉が生存中は事件として扱われなかった。江戸に文政の大火という天罰が下ったが、そうなっても金のある連中は華美な風潮に流されていた。

徐々にではあったが天保《てんぽう》の大飢饉《ききん》が迫りつつあることにも、不安を覚えない人々が多かった。現実に引き戻されたのは、文政の大火でお救い小屋に収容され、握り飯を配られた罹災者《りさいしゃ》だけだったかもしれない。

「世の中の流れを、変えねばなりませぬ」

「武家も町人も、おのれの本分を忘れておるのう」

「このままでは、天下の御政道が役立たずに相成りましょう」

「何やら異変が、起きそうな思いがしてならぬ」

家慶と忠邦は、そんなふうに話し合ったこともあった。だが、西の丸にいては、どうすることもできない。傍観者でいて、批判するしかないのである。

忠邦にしても、偉そうなことを言える立場にはなかった。国元の浜松の貧困はひどくなる一方だし、その財政難に喘《あえ》ぐ水野家に送金を増やしてくれと泣きつく忠邦だったのである。

忠邦は六年間も、西の丸の老中でいた。一日も早く本丸の老中になりたいと、忠邦はせっせと六年のあいだ贈賄に励んでいたのだった。

若いときから憧れの的《まと》であった松平定信が文政の大火の直後にこの世を去ったが、その霊前で忠邦は何を祈ったのだろうか。まさか清き流れに対して、贈賄まみれでいることを詫《わ》びたわけではないだろう。

しかし、六年間も西の丸の老中でいたのは、忠邦にとって決して悪いことではなかった。次期将軍と互いに親近感を抱いたし、忠邦は家慶の信任を得たからである。

その六年間がすぎて、天保五年（一八三四年）になった――。

天保五年の二月末に、老中首座の水野出羽守忠成が病死した。そのあとを埋めて、何者かが老中にならなければならない。当然、西の丸の老中を六年間も務めている水野忠邦が、後釜に選ばれることになった。

ついに水野忠邦は、老中に就任した。権力の頂点に、立ったのである。

「われ、青雲の要路を極めたり」

四十一歳の忠邦も、喜びの色は隠せなかった。

家斉の放漫政治、遊興に明け暮れる風潮、それに凶作続きが重なって、前年から天保の大飢饉が東北地方を中心に本格化している。諸藩に大がかりな一揆が起きて、それをキッカケにいずこも藩政改革に乗り出した。

天下は、乱れている。世直しの必要があると、忠邦は痛感した。だが、忠邦にはまだ、幕閣を動かす力はない。このときの老中は、次のような顔触れだった。

水野忠成の後継者として、松平康任が老中首座。
青山忠裕《あおやまただやす》。
大久保《おおくぼ》忠真《ただざね》（勝手掛《かってがかり》老中）。
松平乗寛《のりひろ》。
水野忠邦。

老中五人体制だが青山忠裕が病気がちのため、実際には四人と変わらない。

水野忠邦はまだいわゆる新参で、強力な発言権を与えられていない。ライバル視しようと、老中首座として幅をきかせている松平康任にはとても逆らえない。

松平乗寛と大久保忠真は、なぜか忠邦に好意的でなく信用もしていない。身体の具合がよくない青山忠裕は、登城の回数が減っている。老中の足並みがそろっていないのだ。

忠邦は宿願を果たすと、御三家《ごさんけ》から大奥の老女に至るまで老中就任の挨拶回りをする。大久保忠真に教えてもらって、挨拶すべきところを回って歩く。

普通三カ月が老中の見習い期間だが、忠邦の場合は翌月から一般の老中と同様に執務した。老中は、月番制である。だからといって、隔月に休暇がもらえるというわけではない。

老中の仕事は、激務であった。休みには、縁がなかった。政務の内容は将軍家、大奥、朝廷、公卿、大名、旗本、寺院、幕府全体、外国の諸問題にまで及ぶ。現代の内閣のすべての仕事を、二人か三人で片付けるのと変わらない。

いや、それどころではない。司法、立法、行政がそっくり老中に任される。ほかに勝手掛を兼務する老中は、財政も担当する。多忙を極めるのは、当然である。

老中の勤務時間は四ツ（午前十時）の登城から、八ツ（午後二時）の下城までであった。たったの四時間の勤務なら楽だと思われそうだが、決してそんなものではない。

四時間は、城中にいる時間にすぎない。その四時間は御用部屋での書類の決裁、将軍への報告と将軍からの下問、多くの役向きへの指示通達、人事の発令、評定所《ひょうじょうしょ》への出席、その他の諸会議に加わることによって費《つい》やされる。

お茶の一杯も、飲んでいる暇はない。

しかも登城前の四時間ぐらいは、来客や面会者の応対という仕事をすでにすませている。下城してからも、それでお役御免にはならない。

役宅ではまたしても、大勢の客が老中の下城を待っている。遊興のための来客ではなく、それぞれ重大な諸問題について、老中に相談を持ち込んでくるのだ。

それも御用のうちと、老中はひとりひとりと談合する。話し合いが延々と続けば、日が暮れても終わらない。これでは書見したり、日記をしたためる時間はない。

非番月であっても、大して変わりはない。評定所で取り決められたり、老中全員の意見を要する会議があったりすればその都度、呼び出される。それに非番月の老中には、願い出て許された人々と面談することが義務づけられている。日が定められていて、それを対客日と称したが、これがまた多忙を招くのだった。

水野忠邦の非番月の対客日は三日、五日、七日、十三日、十八日、二十三日、二十五日と指定されていた。水野忠邦が初めての対客日を迎えたとき、六ツ（午前六時）に開門してからの四時間に、百九十七人が役宅へ押しかけたという。

その内容は大名が三十一人、それ以下が百六十六人であった。大半が玄関の受付にご挨拶の進物を置いて帰り、四人だけが座敷に上がって忠邦と面談した。

この対客日に訪れる者の中には、真面目《まじめ》な役向きの打ち合わせ、深刻な相談事、もっともな上申書を持参してくる人間もいる。しかし、大抵は老中という権力者のご機嫌取り、懐柔が目的だった。

そうなれば当然、賄賂というものが幅を利かすことになる。ご進物、贈り物、御礼、お祝いといった名目で、水野忠邦の役宅へ山のように品物が持ち込まれる。

品物となれば高価な金銀細工、品物に見せかけるとなれば中身は小判である。柳沢吉保《やなぎさわよしやす》や田沼意次《たぬまおきつぐ》とはスケールが違うが、水野忠邦のもとへもかなりの賄賂が贈られた。

水野忠邦は、賄賂を拒否しなかった。突き返したりはしないで、黙視した。勝手に贈り物を置いて帰ったのだから、受け取っておくほかはあるまいという態度を取ったのであった。

しかし、どういう受け取り方をしようと、結果的には金銀が山をなすことになる。かつての忠邦は絞り取られるように、賄賂を求められた。

忠邦は昇進するために、賄賂に必死となった。水野家を破産させるかのように、次から次へと賄賂に使う大金を捻出《ねんしゅつ》した。その皺寄《しわよ》せで、家臣と領民が苦しんだ。わずか三千両のために、寺社奉行のお役を辞することを考えたときもあった。西の丸の老中時代には、江戸表への運送金を二千両ばかり増やしてくれと、国もとに泣きついている。

そうしたことが、いまでは夢のようである。おかげで念願を果たし、老中の地位についた。とたんに水野忠邦は贈賄するのではなく、収賄する側に回ったのだ。

水野家は、裕福になる。忠邦はさっそく国もとに、運送金の二千両の増額の中止を命じている。もはや借金地獄も、恐ろしくなかった。われは老中なり、借金などいかようにもできる――。

ただし、役目には忠実だった。優秀な政治家と称賛されると、収賄を常習としている忠邦を悪く言う者はいなかった。同じ老中の大久保忠真が『松本康任と同格の威勢を身につけた水野忠邦が賄賂を求めることを天下に広めている』と、御三家の水戸斉昭《みとなりあき》へ書き送っているが信じてもらえなかった。

六

但馬国《たじまのくに》（兵庫県）に、出石《いずし》というところがある。

出石五万八千石は、仙石《せんごく》家が統治している。水野忠邦が初めて関与した有名な事件となると、この仙石家で起きたお家騒動であった。

仙石家のお家騒動の端緒は、藩政改革派と反対派との対立にあったとされていた。九代当主の仙石美濃《みの》守政美《まさみつ》は、改革派を支持している。

それに対して守旧派を動かすのは、筆頭家老の仙石左京《さきょう》だった。主君と同姓なのは、仙石家の支流だからである。主家の一族というだけで一目も二目も置かれるのに、加えて仙石左京はやり手の野心家である。

代々、筆頭家老を務める。

実力ナンバーワンで、絶大な権力を握っている。家臣は主君より、仙石左京のほうを恐れた。事実上、仙石家を支配しているのは、左京だからだった。

水野忠邦が本丸の老中になった天保五年から十年前、文政七年（一八二四年）に思わぬ異変が起きた。

参勤交代で出府した仙石政美が麻疹《はしか》にかかり、江戸について間もない五月三日にこの世を去ったのだ。政美に正室はいたが、実子がひとりもいなかった。

大名の急死で、大問題になるのがこのことである。世嗣がいなければお家は断絶、それで政美の死を秘めておき急遽《きゅうきょ》、養子を選定のうえ決めなければならない。

隠居している政美の父の仙石久道は、江戸での会議に出席せよと左京に命じた。左京はなぜか息子の小太郎をともなって、江戸へ向かった。

そのことは、多くの疑惑を招くことになった。政美の喪が伏せきれなくなったとき、仙石左京は息子の小太郎を前面に押し出すつもりなのではないか。

左京は仙石一族の血を引く小太郎が、藩主になってもおかしくないという考えを日ごろから持っている。それに仙石家の実権を握る左京には、野心をまっとうしようという思いがあるかもしれない。

仙石久道も激怒して、やはり仙石一族の家老の仙石造酒《みき》の弟を、一日遅れで江戸に派遣した。仙石久道は後継者に政美の弟を推《お》すことも、江戸に伝えさせた。

後嗣選定をめぐる騒動の中で、政美の三番目の弟が藩主と決定した。しかし、久道の四男はまだ五歳、そのうえ病弱と来ている。道之助という幼名を久利と改めたところで、飾りものであることには変わりない。

仙石左京は久利の自然死を待つか、暗殺するかしてわが子の小太郎を藩主に据え、お家乗っ取りを画策するのではないか。そのような家中の疑いは、なかなか消えなかった。

こんなふうにして改革派と守旧派の争いには、俗っぽくて生臭いお家騒動の色合いも濃くなったのだった。

そののち、何年かがたつ。

あれこれと紆余《うよ》曲折を経て、結果的には左京派の勝利に終わった。一時は筆頭家老の地位も失うという危機を迎えた左京だが、反左京派の頭目でいた荒木玄蕃を失脚させることで、失地を回復したのである。反左京派の家老、年寄、その他の要職にあった者は残らず追放された。

久道までが左京の味方となり、反左京派の家臣を厳しく処分した。左京を諫《いさ》める者がいれば、容赦なく罰した。やがて、死罪にされる反左京派の臣も出るようになった。

河野瀬兵衛という熱血漢も追放されたひとりだが、このままではすまさないと憤激した。河野瀬兵衛は江戸へ出て、仙石一族の旗本などに左京の悪行を訴えた。

一　左京はお家乗っ取りを、いまだ断念していない。

一　主君を無視して、好き勝手に振る舞っている。

一　私腹を肥《こ》やし、栄耀栄華を一家で恣《ほしいまま》にしている。

一　おのれの意に背《そむ》く者は、罪もないのに処罰する。

一　左京の暴挙と悪政によって、領民は困窮している。
一　左京は御老中と手を結び、わが威勢を強めている。
一　左京は子の小太郎の妻に、幕府寄合《よりあい》の松平主税《ちから》の娘を迎えている。松平主税は、御老中首座の松平康任の弟である。
一　左京は松平康任と昵懇《じっこん》な仲になるために、六千両を献じている。
これは天保四年のことであり、水野忠邦が老中に就任する前年に騒動の舞台は江戸に移ったのである。河野瀬兵衛の仙石一門への上書を仲介したのは、仙石弥三郎の用人を務める神谷転《うたた》であった。

左京の一味は江戸から急使を走らせ、河野瀬兵衛と神谷転が危険人物であることを知らせた。もし彼らが荒木玄蕃たちと結託すれば一大事と、仙石左京は河野瀬兵衛と神谷転を捕えることにした。

だが、河野瀬兵衛の上書はすでに、久道夫人の常真院のもとへも届いていた。一読して大いに怒った常真院は、実家の姫路《ひめじ》十五万石酒井忠学《ただのり》にこの一件を打ち明けた。

酒井忠学は常真院の義弟であり、正室は将軍家斉の娘の喜代姫である。この喜代姫のルートを通じて、仙石家が乱れているらしいという情報が、将軍家斉の耳にも達していたのだった。

ところが老中首座の松平康任が、一向に動こうとしない。やはり情報どおり松平康任は買収されて、仙石左京に手心を加えているのではないかと家斉は疑いを持った。

そこで家斉は多くのお庭番《にわばん》を但馬国に放ち、仙石家の内情を探らせた。

一方では河野瀬兵衛を仙石左京の一味が捕えて、国もとに護送し投獄した。河野瀬兵衛は、天保六年七月に死罪に処せられた。

仙石左京はもうひとりの危険人物、神谷転に帰国を命じた。しかし、帰国すれば殺されると察した神谷は江戸屋敷を出奔、柔術家として知られる渋川伴五郎《しぶかわはんごろう》の世話で、下総《しもうさ》小金にある一月寺へ逃げ込んだ。

一月寺は普化《ふけ》宗の総本山のひとつで、虚無僧《こむそう》寺ということである。虚無僧寺は幕府から特別の保護を受け、『武門の隠れ家』と称されていた。

治外法権の虚無僧寺には、虚無僧しか出入りできない。いかなる権力の干渉をも、虚無僧寺は拒否できる。そういう一月寺に避難して、神谷は友鵞《ゆうが》と名を改めて虚無僧になったのである。

しかし、仙石左京は諦めず友鵞を捕縛してくれと、南町奉行の筒井伊賀《いが》守政憲《まさのり》に泣きついた。これにも松平康任の口添えがあったらしく、筒井政憲は断わりきれなかった。

筒井政憲は同心を配置して、友鵞が外出したところを捕えた。一月寺では再三再四、友鵞の釈放を要求したが、南町奉行所は頑として応じない。

そのうちに友鵞のほうから取調べを申し出たので、南町奉行所から所轄の寺社奉行所へ移された。担当したのは寺社奉行としては決断力も実行力も抜群と、町人にまで人気がある脇坂淡路守安董《わきさかあわじやすただ》であった。

友鶩の取調べが、始まった。

友鶩は克明に、事実を述べた。仙石左京の野望、専横、悪政、反対派の粛清、中央への贈賄などについて、友鶩は涙を流しながら切々と訴えた。

とても、作り話とは思えない。脇坂安董と配下の吟味役の心証は、友鶩の正義と仙石左京の不正という結論に達した。脇坂安董はその旨を、老中たちに報告した。

だが、老中首座の松平康任がかかわっていることを知る老中たちは、脇坂安董の申し入れに即答せず、直《ただ》ちに仙石左京の審問を始めるという動きも見せなかった。

ところが天保六年八月になって、将軍家斉が乗り出して来た。家斉は水野忠邦を呼びつけ、みずからお庭番に集めさせた数々の情報を披露した。

「これほどの証《あかし》がありながら、いまだに決着を見ぬと申すのか。早々に仙石左京と、その一味の審問を始めよ」

家斉は強い語調で、水野忠邦に命じた。

「ははっ」

平伏しながら水野忠邦は、絶好の機会の訪れを感じていた。

これまでは忠邦にも多少は、松平康任への遠慮があった。しかし、将軍家の命令があったとなれば、まるで話が違ってくる。水野忠邦は堂々と、松平康任の罪状を糾明できるのだ。

長年のライバルを、ついに追い落とす。これまで常に忠邦の上位にいた松平康任が、姿を消すことになる。それは同時に、忠邦のさらなる出世を意味している。

水野忠邦は、脇坂安董を役宅に招いた。

「曲がらねば、世は渡れぬ。と、古き言葉がある」

水野忠邦は、苦笑した。

「曲がらねば、世は渡れぬ……」

脇坂安董は、そのことわざを知らなかったのだ。

「世の中とは、不正も矛盾も多いもの。曲がっておっては道理も通らぬし、真《ま》っ直《す》ぐに進むことも難しい。正しいばかりでは、相手にもされぬ。適当に順応することも必要、との意にござる」

水野忠邦は、そのように説明を加えた。

「名言にございます」

脇坂安董は、感心してうなずいた。

「ただし、曲がりすぎてはなるまい。老中首座なるお立場にある周防守（康任）どのが、仙石左京がごとき者より六千両もの賂《まいない》を受け取るのは、明らかに曲がりすぎ。曲がりすぎれば天下の大罪となることこそ、世の中の恐ろしさにござる」

水野忠邦にとって、おのれの収賄は他人事《ひとごと》だった。

「肝《きも》に銘じましてございます」

「その曲がりすぎの周防守どの、並びに仙石左京とその一味のお裁きを、急がねばならなくなってのう」

「はっ」

「本日、早々に審問を進めよと、お叱りがござった。仙石左京どもの審問は、淡路守どのにお任せ致す」

「承知つかまつりました」

「審問も吟味も、いかに厳しかろうと構わぬ」

「ははっ」

「周防守どのにかかわりがあろうと、遠慮はいっさい無用。これは、上意にござる」

水野忠邦は、胸を張った。

「微力ながら早急に、審議を終えてご覧に入れます」

脇坂安董にとっても、出世が早まるか遅れるかの岐路《きろ》だから必死だった。

仙石左京とその関係者の取調べは、九月五日から始まって二十七日まで続いた。連日の尋問は、かなり厳しかった。それに証拠も証言もそろっているので、詰問されると結局は白状することになる。

お家乗っ取りだけは、野心があっても実行されていないと認められた。だが、野心があれば、それがいちばんの大罪であった。ほかに数々の不正行為、河野瀬兵衛を含めた反対派への殺傷と虐待、松平康任の買収など、山を築くように膨大な罪状が明らかにされた。

松平康任は先を読んで覚悟を固め、九月二十九日に病気と称して老中を辞任した。

一件は評定所に回されて、そこで判決が下る。

仙石左京、獄門。

左京の腹心だった年寄岩田静馬、死罪。

同じく用人宇野甚助、死罪。

左京の子小太郎、遠島。

左京の姉婿杉原官兵衛、遠島。

その他、六名の者が重追放、中追放、軽追放。

二名の者は、仙石家で相応に処罰。

藩主の仙石久利は家政不取締まりで閉門を命ぜられたうえに、五万八千石から二万八千石を公収され、三万石の大名となった。

松平康任は書簡によって取調べ、老中罷免、隠居、謹慎の裁きを受けた。

娘を小太郎の妻にして仙石左京とのパイプ役を務めた松平康任の弟、松平主税も隠居と謹慎を仰《おお》せ付かっている。

勘定奉行の曾我豊後守は、左京の頼みで天領踏み込みを認めた罪で、免職のうえ差控《さしひかえ》となった。差控とはこの場合、自宅謹慎を意味する。

南町奉行の筒井伊賀守は、左京に依頼され虚無僧の友鵞こと神谷転を捕えた罪により、将軍家にお目通りすることを禁じられた。

こうして仙石騒動は、天保六年の暮れにすべて決着した。

だが、松平康任の不運はまだ続く。

翌七年、浜田の廻船問屋の会津屋八右衛門が康任の公認のもとに、竹島《たけしま》で密貿易を続けていたことが発覚した。責任を取って家老の岡田頼母《たのも》と年寄の松井図書《ずしょ》が自害、捕えられた勘定方の橋本三兵衛と会津屋八右衛門は死罪となった。

藩主の松平康爵《やすたか》は、棚倉《たなくら》への移封を命ぜられる。康任も隠居の身で、悪地で知られる棚倉で余生を送らなければならない。しかも康任には、永蟄居《えいちっきょ》の刑が加えられた。

康任は死ぬまで、一室の中に引き籠《こも》っていなければならない。これでは失脚どころではなく残酷な重罪だと、水野忠邦が同情したくらいであった。

仙石騒動は極端に得をした人間と、損をした人間に分かれたようである。

得をした人間の代表は、脇坂安董だろう。仙石騒動の解決で大いに認められた脇坂安董は、この年の三月に西の丸の老中格、西の丸老中を経て、翌八年七月に本丸老中というスピード出世を遂げている。

それに次いでは、水野忠邦である。

松平康任という権力のうえでのライバルが水野忠邦を一歩先んじていたのに、みずから滑って転んで失脚してくれた。それだけではなかった。

なぜか水野忠邦を信用せず、反対派のような態度をとりたがった大久保忠真が、天保八年の三月に病死したのであった。もう水野忠邦に、指図できる老中はいなかった。

七

天保八年（一八三七年）に水野忠邦は、幕閣における実力者になった。

しかし、だからといって、浮かれていられるような社会情勢にはなかった。順風満帆《まんぱん》どころか水野丸を待ち受けているのは、山積する難問の荒波だったのである。

まずは、飢饉《ききん》であった。その兆候は天保の初めから、すでに認められていた。だが、凶作と不作が主たる原因なので、幕府も諸大名も効果的な手を打てなかった。

それを裏付けているのが一揆、打毀《うちこわし》、強訴《ごうそ》、逃散《ちょうさん》、騒動といった農民の反逆行為の回数だった。歴史上において、その回数が群を抜いて多かったのは天保年間である。

原因も凶作、不作、米の買占《し》め、米価の高騰、年貢米の取り立てがほとんどであった。

次いで領主の悪政と圧政、役人の不正となっているが、これらも凶作や飢饉が遠因といえた。

米の買占めと物価騰貴に対する一揆は、天保元年から始まっていた。二年、三年とそうした騒動は、全国的に広まっていく。そして天保四年になって、餓死者多数の飢饉が東北地方を中心に襲う。

米の不足分は、仙台藩で七十五万九千石、御三家を含めた十三の藩で百七十八万石に達した。一村の全員が餓死、一家そろって餓死、どこへ行こうと累々《るいるい》たる死体、という惨憺《さんたん》たる状況が見られたのも当然だった。

しかも、この大飢饉は一年で終わるものではなかった。翌年は冷夏、翌々年は風雨と大霜で凶作が続く。年々、飢饉は深刻さを増していった。

江戸と大坂では、米の値段が倍以上に上がった。もはや百姓一揆だけではなく、都会の町人たちも米屋を襲う暴徒と化した。全国に平穏無事なところは、見つけようがなかった。

次の年は、天保七年。

ついに天保の飢饉は、そのピークを迎えた。東北では作物が全滅、関東は大凶作、東海と北陸は凶作、畿内《きない》も大凶作、山陰と山陽は北陸から備蓄米を買い入れ、九州は六割が不作となった。

しかも外国に頼れない日本では、自給自足ができない。餓死者が続出するのを、傍観しているほかはなかった。餓死者は全国で、数十万人といわれている。

幕府は、七十万人ほどを救済した。しかし、幕府自体も収入が激減していて、救済には限度があった。徳川領も凶作や不作なので、年貢が減るのは当然である。

だが、それに加えて農民が意識的に、年貢の納入を怠《おこた》っていることもあった。徳川家の収納高が以前から下降線を描いているのが、そのことを物語っている。

年貢の増徴を促《うなが》しても、農民はそれに応じない。将軍の威光に、農民は抵抗することができるようになったのだ。幕府はこの時点で、財政的な破綻《はたん》を迎えつつあったのかもしれない。

餓死者が続出する一方、全国各地で一揆の嵐が吹き荒れた。この年の一揆の合計は、七十四件であった。その中には、大がかりな一揆も含まれている。

三河《みかわ》（愛知県）の加茂《かも》郡の一揆には天領、大名領、旗本知行所《ちぎょうしょ》の領民の別なく参加して、その数は一万二千人にふくれ上がった。一万二千人の一揆勢は片端《かたっぱし》から商家を襲い、破壊と掠奪の限りを尽くす。

だが、挙母《ころも》藩、岡崎《おかざき》藩、尾張《おわり》藩の鉄砲隊の出動によって、一揆勢は四日後に鎮圧された。

甲斐《かい》（山梨県）郡内《ぐんない》地方では二千人が決起して、最終的には五万人という武装兵の大軍となる。一揆勢は笹子《ささご》峠を越えて、甲府《こうふ》の御城下に乱入する。一揆勢はそこで、五百軒の裕福な家を破壊した。

石和《いさわ》と甲府に代官陣屋があったが、とても手に負えるものではない。そこで信濃《しなの》（長野県）高島《たかしま》藩の軍勢が進撃を開始、更に駿河《するが》（静岡県）沼津《ぬまづ》藩も援軍を送り込む。

両藩の鉄砲隊によって、四日後に一揆勢は鎮圧される。

このように諸大名は、大がかりな一揆には鉄砲隊を動員するようになった。ちょっとした内戦状態であり、国は大いに乱れていたのであった。

天保の大飢饉は、七年後の天保最後の年まで尾を引き、いろいろな影響を与えている。幕府の体制の崩壊を早めたのも、天保の大飢饉が原因のひとつになっているという。

翌年——。

水野忠邦が幕府の実権を握らんとする天保八年の二月には、大坂で驚くべき反乱事件が発生する。

大塩平八郎《おおしおへいはちろう》の乱であった。

大塩平八郎は大坂東町奉行所の与力で、多くの事件を解決したことから、東町奉行の高井山城守《やましろのかみ》実徳の厚い信頼を得ていた。大塩平八郎はまた中斎《ちゅうさい》と号し、陽明《ようめい》学者としてその名を知られている。

洗心洞《せんしんどう》という家塾を開き、多くの門人に思想的な影響を与えた。東町奉行の高井実徳が職を辞すると大塩平八郎も、恩義に報《むく》いて三十八歳で潔《いさぎよ》く隠居した。これが、天保元年（一八三〇年）のことであった。

　それから三代を経て、跡部《あとべ》山城守良弼《よしただ》が天保七年に大坂東町奉行に任ぜられた。この跡部良弼が根性の悪いなかなかの曲者《くせもの》で、不正を厭《いと》わない権力主義者なのであった。それもそのはずで、跡部良弼は水野忠邦の実弟なのである。

　好き嫌いが激しく、嫉妬心が強い。他人が称賛されることを喜ばない。協調性に欠けているし、温厚なところがなかった。大塩平八郎と跡部良弼には所詮《しょせん》、互いに和を結べない嫌悪感があったのだろう。

　大塩平八郎は生涯、正妻を迎えていない。大坂の近郊の富農の娘を、妾《めかけ》として家に入れている。ここに大塩平八郎の家族と経済状態を記した江戸武家事典（稲垣史生氏編纂）があるので、転じて書かせていただこう。

　大塩平八郎　知行は二百石。四公六民なので実収は、四割の八十石。そのうち搗減《つきべ》りというのが二割はあるので、六十四石しか残らない。

　ほかに、平八郎の妾のゆう。

　養子の格之助。

　格之助の妾みね。

平八郎の養女いく。

若党《わかとう》の曾我岩蔵。

中間《ちゆうげん》の木八と吉助。

家塾の門人の世話をする杉山三平。

下女が、りつとうた。

この者たちの扶持《ふち》は、男扶持が六人分の合計で十石八斗。女扶持が、五人分で五石四斗。当時の金にすると八十両余り。これが、大塩家の年収である。

次は、支出。

若党の年間の給料が、四両。

中間が二人いて、塾生の世話をする杉山三平も中間並みなので、三人分で八両。

二人の下女が一両二分ずつで、合わせて三両。若党たちに与える塩や味噌料が、七両はかかる。人件費といえそうな出費は、合計で二十二両となる。

武具、家具の修繕費、家の普請代、香典や祝儀と交際費で七両を要す。

女たち三、四人が使う金が三十両。

この計算によると、大塩家の収入は六十四石。支出は六十六両。まあ、ぎりぎりとんとんである。格式を重んずる武士はこの貧乏所帯なのに、使用人を六人も置いているのだから驚く。

しかし、これは好きこのんでの贅沢ではなく、武士の分限というものだからやむを得ない。その分限に従っていざというときには、決まった数の家来を引き連れて出陣しなければならない。

三百石を分限とする者は、侍二名、具足持ち一名、槍持ち一名、挟箱《はさみばこ》持ち一名、馬の口取り二名、草履《ぞうり》取り一名、小荷駄二名と、かつての軍役に定められている。三百石取りとなると、常に十名の男の奉公人を抱えていなければならないのだ。

いずれにしても大塩平八郎は貧困、窮民、飢餓の苦しみを、実感として知ることができる人物だったのである。しかも、平八郎は陽明学者であった。

窮極も形も感覚もない万物の根源、すなわち宇宙の本体または気の本体という『太虚』が、平八郎の学問の中核になっていた。跡部良弼などに到底、理解できることではなかった。

農学者で多くの農業指導書を著《あらわ》した大蔵永常《おおくらながつね》と、平八郎は親交があった。あるとき大蔵永常は平八郎に、次のような主張を淡々と聞かせた。

「国を富ましむるの経済は、まず下民を賑わし、しかしてのちに領主の益となすことを図るべし」

これだ、と平八郎は思った。共鳴、同調どころではなかった。わが意を得たりで、みずからの思想を支えるものであることに、平八郎は気づいたのだ。

世間一般が豊かになれば、国そのものの景気もよくなる——。

当たり前のことのように聞こえるが、江戸時代の幕府や大半の大名に、こうした経済方針は定着していなかった。あくまで、領主あっての領民だった。

まず、領主が潤《うるお》うことであった。領民は一生懸命働いて何事があろうとも、年貢米とその他の税金を完納するという義務を果たす。そうすればその国は豊かになると、まるで逆の経済政策しか発想がない。

だから、民栄えてこそ国は富むという意見は、江戸末期だろうと画期的なものといえたのだ。したがって平八郎は現状を見て、いっそう憤激する。

「この大飢饉は、天災にあらず」

平八郎は、長男の格之助に言った。

「はい」

格之助は平八郎の養子だが、大坂東町奉行所の現職の与力であった。

「大坂の民を守る者は、町奉行を措《お》いて他におらぬ」

「はい」

「大坂東町奉行の跡部山城守とは、何たるうつけ者。町奉行としての務《つと》めを果たさぬばかりか、大坂の貧民を苦しめることに精を出しておる」

「御奉行さまがまたしても、あるまじきことをなされましたか」

「そちは、耳に致しておらぬのか」

「はい」

「一口の飯にでもありつきたいの一念で、近郷より大坂市中へ少々の米を買い求めにくる者が、次第に増えつつある」

「そのことなれば、存じております」

「跡部はそれらの者どもを厳しく取締まり、引っ捕えては牢《ろう》にぶち込んでおるのじゃ」

「存じませんでした」

「銭もない窮民には、椀に一杯の米を買うのがせいぜいであろう。そこまで飢えたる者を、何ゆえ救うてやらぬ。救うどころか跡部は、入牢《じゅろう》を申し付けておる」

「何ゆえに、ございますか」

「たとえ一合の米であろうと、大坂より持ち出されることを惜しんでおるのじゃ。持ち出されることのみならず、大坂近郷の者どもに米を食われたくもないのじゃ」

「わかりませぬ」

「江戸も米不足。江戸に米がなくなれば、お上《かみ》のご威光にかかわる。そこで御公儀では、諸国に回米を求める」

「諸国の年貢米または商人米を江戸、大坂などに回送する回米でございますか」

「跡部は京大坂の米を一合でも多く集め、江戸への回米に努めておる」

「さような次第だったのでございますか」

「回米もその必要があれば、致し方ない。しかし、大坂にも米がなく日々、餓死者が出ておる。それにもかかわらず何ゆえ、江戸へ江戸へと回米に励まねばならぬのか。何ゆえ、わずかな米を買い求める大坂近郷の住人を、罰せねばならぬのか。それが、大坂町奉行所のなすべきことか」

「それもまた、何やら子細があってのことにございます」

「跡部の実兄は、御老中の水野越中守さま。このことなれば、そちも承知しておろう」

「はい」

「跡部は実兄の手前もあり、江戸への回米にいそしんでおる。されど、これは断じて許されぬこと。跡部は私情により、餓死者の山に目を閉じておる」

「大坂市中の政事《まつりごと》を司《つかさど》る大坂町奉行所として、恥ずべきことにございます。血も涙もなき不浄役人の謗《そし》りは、免《まぬが》れませぬ」

「父の意を、十分に察したか」

平八郎はまだ、いくらか感情的になっていた。

「はい」

格之助も、頰を紅潮させている。

「よろしい。なれば明日にでもこれを持参し、跡部の手もとに届けよ。これには父がいま申したことのすべてが、したためてあるのでな」

平八郎は、分厚い書状を差し出した。

「確かに……」

格之助は畏《かしこま》って、書状を受け取った。

このくらいのことで恐れ入って、考えを改めるような跡部良弼ではない。そうなれば決戦だと、大塩平八郎は砲煙に包まれる大坂の町を想像していた。

八

平八郎はすでに大砲、炮録玉《ほうろくだま》、棒火矢《ぼうひや》などの製造と扱い方を門人に教えていた。炮録玉は戦国時代から使われていたが、近世になっていろいろの意味で進歩した。

簡単にいえば塩硝、硫黄《いおう》、炭、松脂《まつやに》、樟脳《しょうのう》などを混合した火薬を丸い玉にしたもので、焼夷弾の役目をする爆裂弾である。手で投げる投炮録と、発射式の炮録火矢の二種類が造られた。

棒火矢は、鉄製の筒に火薬を詰めて発射する火矢で、遠くから火を放つとなれば鉄砲より威力を発揮した。鉄砲は製造が困難で手にもはいりにくいので、ひそかに猟銃を買い集めた。

太刀、槍、弓矢の稽古《けいこ》も怠らなかった。こうした武器の製造や武術の稽古は、近いうちに起きるはずの大規模な百姓一揆を鎮圧するため、という名目にしてあった。

予想どおり、跡部良弼は何の反応も示さなかった。返書どころか、格之助を通じての伝言もなかった。平八郎は同じ内容の書状を、何度となく格之助に持たせてやった。

だが、結果に変わりはなかった。書状を格之助に、突っ返したりはしない。おそらく良弼は平八郎からの書状を、読まずに捨ててしまうのだろう。

完全無視——。

「かくなるうえは……」

平八郎は単身、東町奉行所に乗り込んだ。

びっくり仰天したのは、東町奉行所の与力や同心である。新人でなければ、平八郎のことを知らない者はいない。隠居の身とはいえ、数々の難事件を解決した平八郎の過去の功績は、それなりにものを言う。

加えて、平八郎は高名な学者である。門人をはじめ後援者、盟友、信奉者が少なからずいる。各方面に影響力を持つ平八郎は、おろそかに扱える人物ではない。

これまでの代々の奉行はそろって、平八郎が優秀であることを称賛した。それが気に入らない現奉行の跡部良弼は、平八郎を嫌って無視することにしている。

一方の平八郎は無能な為政者と批判して、跡部良弼を憎悪しているとも聞く。その跡部良弼を敵視する平八郎が、みずから東町奉行所を訪れたのであった。

平八郎を、追い返すわけにはいかなかった。

まずは奉行にお伺《うかが》いを立ててみようと、与力のひとりが跡部良弼に直接言上《ごんじょう》した。大塩平八郎どのが奉行どのにお目通りを願いたいと、罷《まか》り越されましたがいかに取り計らいましょうや——。

「通せ」

良弼の返事は、意外に簡単であった。

好意的に平八郎との会談を、良弼が快諾するはずはなかった。良弼は今後の具申《ぐしん》をいっさい禁ずると、平八郎に引導を渡すつもりで会うことをあっさり承知したのだ。

平八郎は通された客間で、良弼が現われるのを待った。この中庭に面した客間を、以前の平八郎はよく知っている。しかし、懐かしいといった思いはまるでなく、平八郎は不動明王のような形相《ぎょうそう》でいる。

やがて良弼が、ひとりで入室する。良弼は平八郎と向かい合いに、着座した。ともに羽織袴《はかま》の姿だが、背筋がピンと伸びている。一瞬、目と目が合う。

「用件を、承《うけたまわ》ろう」

良弼の視線には、初めから怒りがこめられていた。

「先日より五、六たびも書状を差し上げ申したが、貴殿はそれに目を通されたのでござろうか」

良弼の視線を受けて、平八郎の眼光も敵意の火花を散らした。

「最初の書状は、拝読致した。しかし、あとの書状にはいずれも同様のことがしたためてあるゆえ、半《なか》ばにて捨て申した」

「同様のことをしたため五、六たびも書状を届けさせるは、貴殿より一向に返書をいただけなかったためでござる」

「さようであろうな」

「最初の書状は、全文を読み取られたとのこと。されば返書を下されずにおられたのは、いかがなためにござろう」

「大塩どのも知らぬことではあるまいが、奉行は多忙を極めるものにござる。その奉行が無用な具申にまで、いちいち返書を遣《つか》わすとお思いか」

「無用な具申だと……」

「さよう。大塩どのより届けられたる書状は、拙者にとって採《と》り上げるにほど遠い意見書にござった」

「意見書と、受け取られてござるか」

「人それぞれには、立場と意見の相違というものがござる。たとえば国を富ましむるの経済は、まず下民を賑わし、しかしてのちに領主の益となすことを図るべしとの一項など、拙者には何とも理解しがたき意見なり」

「国が富むことを領主が望むのであれば、まずは領民に豊かさを与える。これが、理解しがたきことにござろうか」

「貴殿は当然のことと思うても、拙者には理解しがたい。これが、意見の相違というものにござろう」

「なれば奉行どののがご意見を、伺おうではないか」

「領民が富を生み、領主がそれを国の政事のために費やす。これが支障なく巧《たく》みに進められることにより国は栄える。領民に求められるべきは、少しでも多くの年貢を納めるため汗を流すことにござる。拙者はさように、心得ておる」

「なるほど、天と地の違いじゃ」

「天と地をひとつに致すことは、何としてでも無理にござろう。よって書状にて貴殿と論じ合う無駄を、拙者は省《はぶ》いたまでのこと」

「無駄とは、何たること！　大坂を含め天下隈《くま》なく日々、無数の餓死者によって埋め尽くされつつあることを論ずるのが、奉行どのには無駄なりと申されるのか」

「拙者は貴殿と論じ合うことが、無駄だと申したのじゃ」

「奉行どのは大坂市中に山積みとされた餓死者をご覧になり、いかように思われましたか」

「やむなきことながら何とか致さねばと、心を痛める一方、焦りを覚え申した」

「心を痛め、焦りを覚える奉行どのが、些少《さしょう》なりとも米を求めんと致す窮民どもを容赦なく捕え、江戸への回米に精を出すのはいかがなことにござろう」

「江戸への回米は、将軍職大礼のためにと仰《おお》せ付かっておる」

「ご実兄の御老中と大坂市中の民、奉行どのにはそのいずれを大事と心得ておられようか」

「大塩どの、言葉がすぎようぞ」

「では、諸大名の大坂蔵《くら》屋敷に出入りを許される豪商どもが、米の売買を通じての暴利を貪《むさぼ》らんと諸役人を遊里に誘い豪勢な飲み食いを、繰り返しおるのを奉行どのはご承知か」

「いや」

良弼の顔つきが、変わっていた。

良弼にも、身に覚えがあるからだった。こうした非常時を利用して大儲けをすることを企《たく》む商人が、抱き込みを画すとなると大坂では町奉行がいちばんの大物である。町奉行は、接待と収賄《しゅうわい》に追われる。

「ご承知となれば奉行どのは、厳しく罰せられるおつもりか」

こうなると、平八郎の言うことは皮肉そのものであった。

「そのほうの指図は受けぬ」

良弼は、開き直った。

「そのほう呼ばわりも、奉行どのの役目柄か」

平八郎は、茶台を握りしめた。

茶台はお茶をすすめるとき茶碗をのせる台だが、茶托《ちゃたく》のように平らではない。茶台は各種あるが、高くなっている。いま平八郎が手にしたのは、一本の脚が付いている茶台である。

「そのほうは隠居の身であり、御政道への差し出口は許されておらぬ。今後、意見書の類《たぐい》を当奉行所へ持ち込むことを、固く禁ずる。さよう、心得よ」

良弼は、立ち上がった。

「意見書にあらず、諫言《かんげん》の書じゃ！」

平八郎は、声を大きくした。

「そのほうが拙者を、諫《いさ》めるとは笑止千万《しょうしせんばん》。強訴の罪に、問うてもよいぞ」

良弼は、平八郎に背を向けた。

「諫言に耳をかさざる愚か者は、のちに必ずや悔ゆるものなり」

平八郎の右手が、ボキッという音を立てた。

その音にギクリとしたが、良弼は足早に客間を出ていった。ボキッというのは、平八郎の右手が茶台の脚を折った音なのである。しかも平八郎自身は、そのことに気づいていないのだ。

平八郎は座を立ってから、脚の折れた茶台、転がった茶碗、こぼれたお茶に初めて目をやったくらいであった。

これと似た話が、『江戸逸話事典』に載《の》っている。

矢部《やべ》駿河守定謙《さだのり》は大坂西町奉行だが当時、東町奉行所の与力だった平八郎を高く評価していた。その視野の広さと博学にして気骨のある点で、師にも等しいと矢部定謙は平八郎を尊敬した。

東町と西町、奉行と与力という違いがあっても、矢部定謙は盟友として平八郎をよく役宅へ招いた。矢部定謙は重要な訴訟問題などで壁にぶつかると、奉行としていかがすべきか平八郎に教えを請《こ》うた。

ある晩、定謙と平八郎は食事をしながら歓談していた。話題はいくらでもあったが、いつしか国事に及んだ。とたんに平八郎は、国政に携《たずさ》わる者の不正と無能ぶりに怒り出した。

「まあまあ……」

定謙が平八郎の憂憤を慰めたが、効果はない。

平八郎は国政を厳しく批判しながら、ますます怒りが激しくなる。興奮がその極に達して、定謙の声も平八郎の耳にはいらなかった。平八郎は怒声を発しながら、皿の上にあった『かながしら』という魚に口をつけた。

『かながしら』は金頭、火魚と書くように、ごつい魚である。体長一尺（三十センチ）で頭が大きく、角張っていて棘《とげ》が多い。胸鰭《びれ》には、三本の遊離条がある。

平八郎はその魚を頭から尾まで嚙み砕き、無意識のうちに食べてしまった。

「あのお方は、気がふれておるものと思われます。あまり親しくなされるのは、考えものにございます」

翌日になって家臣が、矢部定謙にそう言った。

「そのほうなどに、何がわかる」

定謙は、せせら笑った。

定謙は平八郎を、『悍馬《かんば》のごとし』と評したという。

話を戻そう。

跡部良弼に絶望した平八郎は、決断を下していた。東町奉行所をあとにしながら、平八郎は自制心を捨てていた。平八郎の怒りが爆発すれば、決起あるのみであった。

それでも平八郎は、もし救済金が手にはいればと、一縷《いちる》の望みを持っていた。ただし、真夏に雪が降ることを、期待するような希望といえた。

平八郎は、北船場《せんば》へ向かった。

北船場は、豪商の町である。平八郎は三井《みつい》、鴻池《こうのいけ》などの豪商たちに、六万両の借金を申し入れた。それで何万人という大坂市民が救われるのだからと、平八郎は豪商ひとりひとりを説いた。

「借金は、返さななならんものにございましてな」

「お返しくださる手立てが、おありなんで……」

「どなたはんかが六万両も、肩代わりをしてくださいますのやろか」

どこも、相手にはしてくれなかった。やはり、夏に雪は降らないものである。一介《いっかい》の貧乏隠居に、六万両も貸すような頓馬《とんま》がいるはずはない。

しかし、平八郎は怒りを覚える。

豪商は、汚れた金に埋まっている。巨利を得られるならば、大飢饉だろうと便乗する。見返りのある権力者の前には、惜しげもなく大金を積む。

大坂の町奉行と豪商が当面の敵と、平八郎は断じた。

平八郎はみずからの蔵書の五百巻をすべて売り払い、その代金千両余りを貧民一万戸に一朱銀（八枚で一両）ずつ分配した。これは救済金ではなく、協力を依頼するための金だった。

一朱銀を配りながら、『天満《てんま》より火の手が上がりしときは馳《は》せ参じよ』と言って回る。

だが、いざとなるとこの一万戸の住人は、大半が動かなかったという結果に終わっている。

平八郎は決起の日を、二月十九日と決めた。二月十九日を選んだ理由は、二つほどあった。

まず十九日は孔子《こうし》を祀《まつ》る釈奠《しゃくてん》の日で、門人たちが集団で行動しても怪しまれる心配がないこと。

また東町奉行の跡部良弼と、新任の西町奉行の堀利堅《ほりとしかた》が市中を巡視する予定になっていたことである。

九

二月十九日の夕七ツ（午後四時）に、出陣と決まっていた。ところが、何事にも裏切者はいる。

平八郎の門人二名が、あっさりと裏切った。

東町奉行所の同心で平山助次郎なる者が、二日も前の十七日に跡部良弼に平八郎の決起を密告していた。

十八日になると吉見九郎右衛門という同心が、西町奉行の堀利堅に通報したのであった。

跡部良弼と堀利堅は、大坂城代《じょうだい》の土井大炊頭《おおいのかみ》利位《としつら》にこの一大事を報告する。しかし、叛乱を未然に防ぐ方策はなく、戦って鎮圧するほかはなかった。

大塩一派も、密告されたことを知っていた。大坂城代の土井利位が乗り出してくると、見当がつかないはずはない。

いまさら、中止するわけにはいかなかった。あくまで、決行である。その代わり、機先を制することが肝要だった。

急遽、出陣を夕刻の七ツから八時間ほど早めて、朝五ツ（午前八時）に変更した。出陣の用意を整えたのは平八郎以下、門人と人足など八十名にすぎなかった。

以前から今度の計画に反対だった宇津木矩之允という門人が、出陣に至ってもなお一同を制止するのに躍起となっていた。矩之允は、平八郎の足にすがった。

「無謀がすぎます。何とぞ、思い留まってくだされ」

矩之允は、声を嗄《しゃが》らせている。

「いまさら思い留まって、何があろう」

平八郎の目は異常な輝きを帯びていた。

「いまからでも、遅くはございませぬ。このままわれらが散り散りと相成れば、何事もなくすみましょう」

「愚かな！」

「何が、愚かにございましょうや」

「何事もなくすんでは、困るのだ。われらは事を起こさんとして、出陣を致すのではないか」

「しかしながら、これではいたずらに死地に赴《おもむ》くこととなります」

「死地へ赴くとは、もとより承知のうえ。われらが何千の騎馬を手勢に攻め立てようと、合戦には勝てぬ。われらが何のために死したるかを、天下に知らしむることこそが肝心《かんじん》なのじゃ。それをいたずらに死地へ赴くとは、何たる申しよう！」

　平八郎は、矩之允を蹴倒した。

「いや、犬死にとしか思えませぬ」

矩之允のこの言葉は、一同をいっそう怒らせた。

「犬死にと、申したな！」

「おのれ、腰抜けめ！」

「出陣の血祭りぞ！」

数人の門人が抜刀して、矩之允に斬りつけた。

矩之允は、家の中に逃げ込んだ。だが、立て続けに大塩邸へ、火矢が射込まれる。大塩邸は、たちまち炎上する。燃え盛る邸内で、宇津木矩之允は焼死した。

平八郎が自邸に火を放ったのは、宇津木矩之允を焼き殺すためではない。一万戸に一朱銀ずつ配ったとき、天満に火の手が上がったら蜂起《ほうき》の合図だと約束したが、それを実行したのであった。

次いで轟音一発、大塩邸の向かいにある朝岡助之丞の屋敷に大砲が撃ち込まれた。朝岡助之丞は、東町奉行所の与力である。

密告されてさえいなければ東町奉行の跡部良弼と、西町奉行の堀利堅はこの朝岡邸で休息することになっていたのだ。計画に狂いが生じなければ、両町奉行とも確実にここで落命していたのであった。

平八郎以下わずか八十人は、天満宮を抜けて船場へ向かった。途中、町奉行の飢饉対策を許すまじと檄文《げきぶん》を撒《ま》きながら、『救民』の旗を掲げての進軍だった。

絶え間なく大砲、炮録玉、棒火矢を放つので、いずこも火災となり延焼地域を拡大していった。

平八郎が民衆の敵と断じた豪商の屋敷が建ち並ぶ北船場は、集中砲火の目標とされて全焼した。一揆勢は三百人、六百人、八百人と増えていった。

それにしても大坂城代、両町奉行の対応は鈍かった。この日の叛乱を承知しているのだから、早朝に警戒態勢を固めて兵を配置しておくのが当然だろう。

敵が戦法を変えて、攻撃を夕刻から朝に早めるという読みもなかったのか、大坂城代と両町奉行の出動は大坂の町が猛火に包まれたのちのことである。これは敵を甘く見ていたというより、基本的な軍法を知らなかったためだろう。

つまり幕府にはもはや、本物の将兵がいなかったのだ。軍勢といえる幕軍も、末期的症状にあったのである。

その証拠に大坂城代、両町奉行が出動してからも戦うべき士の統率がとれず、ただ混乱するばかりだった。そのうえ最初から逃げ腰で、戦意を失っている。

両町奉行の跡部良弼も堀利堅もそろって、砲声に驚いた馬から振り落とされている。そうなると滑稽《こっけい》を通り越して、哀れを感じさせる。

平八郎は何千騎を率いていようと、この合戦には勝てないと言った。それは、天下を敵に回す合戦になることを、考えたからに違いない。

だが、かつての精鋭部隊と変わらない数千の騎馬を率いて攻撃すれば、大坂城を落とすぐらいは簡単だっただろう。半年間、畿内を制することも可能だったと思われる。

もし強力な大名がいて徳川家に戦いを挑んだら、天下を取ることができたかもしれない。徳川幕府が安泰でいられたのは、さいわいにも野望と実力を持つ大名がいなかったからである。

いくら腰抜けといえども、数に差があれば何とか勝てる。恐ろしいのは平八郎とその門人数十名で、あとはすぐに逃げ散ってしまう烏合《うごう》の衆だった。

半日かかってようやく、叛乱の一味を鎮圧することができた。しかし、大坂の町の五分の一が、焼け野原と化していた。それだけでも責任重大なのに大塩の乱の鎮定に功があったとして、土井利位、跡部良弼は褒詞《ほうし》を受けている。

一方、平八郎と格之助父子は、一向に発見されなかった。一説によると、箱根《はこね》の山中で平八郎が飛脚に託した書状三通を、代官の手の者が見つけたという。

多分、飛脚が大塩事件にかかわり合いになるのを恐れて、書状を箱根山中で捨てたのだろうということである。書状の内容は、一部幕閣の不正を暴露したものだった。

水戸斉昭《なりあき》

幕府の大学頭・林述斎《じゅっさい》

老中・大久保《おおくぼ》忠真《ただざね》（間もなく病死）

宛名は、この三人になっていた。大塩父子は書状が三人の手もとに届いているものと思っていただろうし、それなりの効果や反応があることを期待して生き長らえていたのかもしれない。

大塩の乱から、三十七日間がすぎた。三月二十六日、大塩父子はついに捜し出された。

大塩父子は大坂市中の油掛町にあって、手拭地の仕入れを営む美吉屋五郎兵衛方に、隠れ棲《す》んでいたのであった。

大塩父子は直《ただ》ちに、自刃《じじん》して果てた。

平八郎、四十五歳。

これで、大塩平八郎の乱は終わった。

それより七日前、大塩平八郎が信頼する老中の大久保忠真がこの世を去り、代わって平八郎が不信感を抱く老中の水野忠邦が最高指導者の地位につく。大塩平八郎にしてみれば、何から何まで不運であった。

しかし、大坂では大塩さま平八郎さまと、神のように敬《うやま》う庶民の声がいつまでも消えなかった。

また四月には備後《びんご》（広島県）の三原《みはら》で、六月には越後《えちご》（新潟県）の柏崎《かしわざき》で、七月には摂津《せっつ》（大阪府北西部）の能勢《のせ》で、大塩平八郎の遺志を継ぐものとして大がかりな一揆が起きている。

大塩平八郎の乱の影響力は、かなりのものだったのである。

それに、幕府に与えた衝撃が激しかった。幕府に正面から戦いを挑み、大砲まで持ち出して大坂の市街地の五分の一を焼いた。このような叛乱が起きると、誰が予想しただろうか。

平和ボケだけではない。いつの間にか幕府の威信がそこまで落ちていたことに、幕府そのものが気づいていなかったのだ。

郡内騒動も三河加茂郡の大一揆も、諸藩の武力によって制圧された。甲斐国は天領なので、郡内騒動などは幕府の力で鎮圧するのが当然である。ところが甲府、石和などの代官陣屋はまったくの役立たず、江戸から幕軍も出動しなかった。甲州に近い諸大名に、銃撃隊の派遣を頼んでいる。

今回の大塩の乱にしても、変わりなかった。相手は武士も極《ご》くわずか、あとは戦うことに無縁な連中が数百人。大した武装もしていないし、鉄砲隊がいるわけでもない。

軍隊ではなく、暴徒にすぎなかった。そうした暴徒の進軍によって、幕府側は大混乱に陥《おちい》る。鎮圧するのに八時間もかかり、大坂の町の五分の一を焼失するという大損害を受けている。

幕府は知らせを受けて、近畿の諸大名に出兵を命じている。たった数百人の暴徒を始末するのに、複数の大名の軍勢を頼らなければならない。

大坂の幕臣は、それでも武士なのか。幕府の軍事力の弱体化を、大塩平八郎は天下に知らしめた。大塩の乱の詳しい情報が聞こえてくるに連れて、江戸でも幕臣がいかに無力であるかを知り、背筋を冷たくした人々が多くなった。

「これがもし江戸でしたら、どうなったでしょう」

「さあ、大して変わらないことに、なるんじゃありませんか」

町人までが、そんなふうに話し合った。

「むかしならともかく、いまでは切腹もできないお侍が多いそうですから、あまり頼りにはならんでしょう」

「旗本八万騎なんて、もうむかしのことですよ」

「御家人衆にしたって、数ばかり多くてねえ」

「いざとなれば、役には立ちませんよ。大砲の音に、腰を抜かすほうでしょう」

「大塩平八郎とその一味は、芝口《しばぐち》から京橋《きょうばし》、日本橋《にほんばし》へ進んで来ましょうね」

「炮録玉や棒火矢を放ちながらですから、あたりはあっという間に火の海ですよ」

「江戸は、大火になりやすい造りの町ですからねえ」

話はどうしても、悲観論になる。どうせ関《かん》八州の諸大名に援軍を頼むことになると、幕臣をまるで信用していない。

大塩の乱の報に接したとき水野忠邦が、姫路《ひめじ》、丹波《たんば》篠山《ささやま》、岸和田《きしわだ》、尼ケ崎《あまがさき》、大和郡山《やまとこおりやま》の五藩に出兵を命じたということを、誰もが知っているからだった。

「大塩の乱で畿内の諸大名もにわかに緊張し、関東もおのずと不安になりあわてて武器の整備に取りかかったが、わが水戸家のみは人々すでに用意して、旗指物《はたさしもの》に至るまで備わり……」

藤田東湖《ふじたとうこ》は、そう自慢している。

だが、これは大名たちがいかに、恐れをなしたかを物語っているのにすぎない。いつ誰が、反逆者になるかわからない。反逆者が一般民衆だろうと御城下を焼き払うぐらいのことはやってのけると、諸大名がそろって深刻に受けとめたのである。

一方で大塩平八郎を贔屓《ひいき》する大学頭の林述斎、それに江戸にあって勘定奉行を務める矢部定謙は、流言を撒《ま》き散らして大名たちの心胆を寒からしめた。

「大坂勢は総崩れ、もはや御城代の手に負えぬ有様」

「大塩一味はその数一万に、増えたそうにございますな」

「大坂はすでに落城との声が、聞こえて参りましたぞ」

「西町奉行の堀伊賀守どのは、京へ逃げ延びたそうにございます」

「東町奉行の跡部山城守どのは百匁筒《もんめ》（大砲）が命中し、首が砕け散ったと聞いております」

「大塩のごとき人物が、次々に現われるご時世と相成りました」

「諸侯におかれましては、ご用心が肝要にございますな」

これらが単なる風聞と明らかになるまで、諸大名はあわてふためくことになったのである。それでもなお善政を施《ほどこ》すことが第一と、悟《さと》った大名は少なかったらしい。

それを証明するのは、この後も全国的に一揆や強訴が少しも減っていないことである。特に大塩の乱よりわずか一年半後、奉行の悪政に怒った島民が全島で荒れ狂うという佐渡《さど》の大一揆が起きている。

直接の原因は、賄賂であった。いかなる大事があろうと贈収賄は当然という役人の体質に変化はない。水野忠邦の身にも、何ら変わりはなかった。

それどころか大塩の乱がいちおうの解決を見た三月、水野忠邦は勝手掛《かってがかり》（財政官）兼務の老中に任ぜられている。

十

四月二日――。

前々から洩らしていた言葉どおり、将軍家斉が隠居した。

在職五十年の長期、四十人という側室の数、早世した子を含めれば生まれた子女五十七人と驚くべき精力家としては、よく知られる家斉であった。

しかし、将軍たる価値はどうだったのかとなると、さっぱりわからない人物である。ただ家斉を、名将軍と評価する者はいない。そうかと言って、手に負えないほど暗愚ではなかった。

これという事績はないし、家斉ならではと思うような善政も施していない。政治は適当に決定のみを行ない、人生のほとんどを享楽と遊興に費やした。

将軍職を与えられ、丈夫で長生きしたから五十年も在職した。治国に熱意あり、政治に意欲あり。だから、いつまでも辞することがなかったというのではなく、将軍が握る実権を手放したくなかった。

それで延々と、将軍の座にすわり続けた。しかし、六十五歳という年齢になれば、現役の将軍の仕事も煩《わずら》わしくなる。それで、隠居する気になった。

家斉は、そういう将軍だったのではないか。

いずれにしても、家斉は隠居して西の丸へ移った。後継者の家慶は四十五歳になって、ようやく十二代将軍に就任した。だが、それでもなお、家慶は将軍という頂点に立ったわけではない。

将軍は隠居すれば、大御所となる。実際に引退して、悠々自適の日々を過ごすという隠居とは違う。将軍が西の丸に移り住んだのと、大して変わらない。

最終決定権をはじめとする実権は、依然として大御所の家斉が握っている。将軍の家慶は、大御所に逆らうことができない。将軍よりも、大御所のほうが上位なのだ。

大御所の家康と、将軍の秀忠《ひでただ》。

大御所の秀忠と、将軍の家光《いえみつ》。

同じく吉宗と、同じく家重《いえしげ》。

過去のこの取り合わせのように、必ず大御所政治となるのであった。大御所が健在のうちは、ただの飾りものにすぎないのが将軍なのである。

大御所が死ぬまで、将軍は実権を握れない。その代わり家臣は、本丸派と西の丸派に分かれる。大御所が死ねば、西の丸派は粛清《しゆくせい》される。

家斉の場合は、大奥の絶対的な支配者だった。したがって大奥も西の丸派で、大御所を通じて政治に影響をもたらしていた。そういう時点で水野忠邦は、目立つような言動をいっさい示していない。

内憂はひとまず収まったかに見えた六月になって、外患ともいうべき事件が発生している。外国船の接近と開国要求は、とっくに始まっていた。

まずは、ロシアの外交と侵略姿勢に手を焼いた。そのほかにも国籍不明の外国船が、近海に現われるのは毎度のことであった。幕府は急ぎ、海防の強化に努めなければならなかった。

文化五年（一八〇八年）、オランダの植民地占領を目ざすイギリス艦隊の軍艦が、オランダ船を拿捕《だほ》しようと、突如として長崎《ながさき》港に侵入した。その責任を取って、長崎奉行の松平康英《まつだいらやすひで》は自刃する。

五年後、イギリスは長崎の出島《でじま》の占領を企てるが、失敗した。

このころヨーロッパ諸国の捕鯨船との争いが、頻発した。捕鯨船は薪《まき》、水、食糧を必要として上陸を求めるのだが、上陸後に必ず暴力事件を引き起こす。

そういう事件が繰り返されたことから、幕府はついに異国船打ち払い令を布告する。日本の沿岸に接近した外国船は、すべて理由を問わず撃退せよという命令である。

文政八年（一八二五年）のことであった。

海に面した諸国は半島、岬、湾岸などに台場（砲台）を築き、常に見張りを厳重にし、領民に海防訓練を積ませることに追われた。外国船の船影を海上に見るたびに、大騒ぎになった。

文政十年、イギリスは無人島と見なして小笠原《おがさわら》諸島を占領した。イギリス人を含めて、ヨーロッパから移住する人々もいた。

イギリスは小笠原諸島を公式にイギリス領とするために、軍艦ロウレー号を派遣する。ロウレー号には日本人漂流民と交換に、日本に貿易を求めるという任務もあった。

当然、日本側はそれを拒否する。その結果、日本人漂流民の送還が、宙に浮いてしまう。ロウレー号は日本人漂流民の送還を、オリファント会社のアメリカ船に依頼することにした。

天保八年七月四日に、アメリカ船のモリソン号はマカオを出航する。モリソン号には、マカオのイギリス商務庁に保護されていた日本人漁民の岩吉、庄蔵ら七人も乗り込んでいた。

七月二十九日に、モリソン号は江戸湾を眼前にした。しかし、三浦《みうら》半島の浦賀《うらが》奉行所にしてみれば、単なる異国船の接近である。浦賀の沖に異国船が現われ江戸湾を目ざしているという報告を受けて、浦賀奉行所は直ちに対処しなければならなかった。

異国船打ち払い令が、公布されている。

それから十二年がすぎているが、その法令はまだ活《い》きている。

異国船打ち払い令に従い、問答無用で打ち払うほかはないと、浦賀奉行所では判断を下した。

モリソン号に、砲撃が加えられる。

異国船打ち払い令が初めて実行されたという意味で、このモリソン号事件は重大であった。

砲撃されたモリソン号は、三浦半島沖へ逃れた。しかし、再び砲撃を受けたため、モリソン号はやむなく江戸湾から遠ざかった。

何とかして岩吉たち漁民を上陸させなければならないと、モリソン号は九州の南端へ向かった。だが、鹿児島湾に停泊したとたんに、モリソン号はまたしても薩摩藩の砲撃を浴びる。

帰国できなかった岩吉たち七人を乗せて、モリソン号は日本から遠ざかった。後日、モリソン号の来航の目的に漂流民の送還も含まれていたことを知り、水野忠邦は評定所にこれからの取り扱いについて諮《はか》った。

結論は、異国船打ち払い令に変更はないが、日本人漂流民はオランダを通じて受け入れるということであった。

実際に異国船を砲撃で打ち払ったモリソン号事件は水野忠邦に、強まる外圧との戦いを予感させた。

たとえばイギリスに小笠原諸島を占領されれば、江戸湾の封鎖の可能性も出てくる。江戸湾を封鎖されたら、江戸は都市機能を失う。幕府はイギリスに無条件降伏を、申し出ることを余儀なくされる。

水野忠邦はにわかに、江戸湾とその付近の海防を重視した。

翌年、天保九年（一八三八年）三月、水野忠邦は伊豆《いず》七島を所轄とする代官の羽倉外記《はくらげき》に、島々の巡回を命じた。地図改めを名目としているが、軍備にも関係がないはずはなかった。

羽倉外記は二カ月をかけて伊豆七島を巡視し、六月半ばに江戸へ戻った。羽倉外記は同行した渡辺崋山《わたなべかざん》の門下の画工、長谷川茜山に多くの図面を描かせている。

次いで九月に水野忠邦は伊豆韮山《にらやま》の代官の江川太郎左衛門《えがわたろうざえもん》と目付《めつけ》の鳥居耀蔵《とりいようぞう》に、江戸湾全体を囲む地形を巡察させた。軍備強化のためであった。

ここに、鳥居耀蔵が登場する。

悪党の代表。

裏切者の典型。

非道な野心家。

汚れた男。

甲斐守になったので、耀蔵の耀と甲斐をもじって『妖怪』とまで言われた。

そんな鳥居耀蔵だが、生まれは悪くない。寛政《かんせい》八年（一七九六年）十一月、大学頭の林述斎の第七子として誕生している。江戸時代は林道春の孫の信篤が、従五位《じゅごい》に叙せられて大学頭と称した。

以来、林家が代々大学頭に任ぜられ、江戸幕府の学問所のいっさいを統轄するようになった。林述斎は将軍家斉にも重んぜられ、政務の諮問にあずかった。その林述斎の子なのだから、名家の出である。

耀蔵は元服《げんぷく》の直前のころ、屋敷が近い旗本の秀三郎という三男坊と仲よくしていた。秀三郎のほうは、元服をすませたばかりであった。

「秀三郎どの」

ある日、路上で耀蔵が声をかけた。

「うむ」

秀三郎は、振り返った。

「おぬし、すての尻に触れたであろう」

耀蔵は、秀三郎と肩を並べた。

すてというのは林家の奉公人で、十五歳と娘盛りの下女だった。

「何を申す」

秀三郎は、みるみるうちに真っ赤になった。

「隠すことはあるまい」

耀蔵は、ニヤリとする。

「身に覚えのないことだ」

秀三郎は、むきになって首を振る。

「証人がおる」

耀蔵が、胸を張った。

「何者だ」

秀三郎は、怒ったような顔つきになっていた。

「弁太じゃ」

耀蔵は、すかさず答えた。

弁太というのも林家の奉公人で、四十すぎの小者である。

「弁太の作り話であろう」

「あの律義で正直者の弁太が、そのように話を作るはずはない」

「いつのことだ」

「今朝五ツ（午前八時）、ところはこの先の稲荷の赤い鳥居の前」

「知らぬ」

「おぬしは後ろから追い抜きながら、すての尻に触れた。すてはキャッと叫んで、稲荷の鳥居の奥へ逃げたであろう」

「それを弁太が、たまたま見かけたと申すのか」

「たまたまではない」

「どういうことだ」

「弁太は、おぬしとすてのあとを追っておったのじゃ」

「何ゆえに……」

「拙者の指図よ」

「おぬしが、指図したのか」

「おぬしのすてを見る目が、色好みのように怪しげなことに気づいた。それで拙者はいつか必ず、すてにおぬしが何か仕掛けるであろうと読んだ。そのときから弁太に、すてが使いに出たら見張るようにと命じた」

「弁太はいつごろより、見張りを続けておったのじゃ」

「本日が、二十四度になる。たとえ二十日も費やそうと、大魚が網にかかればそれでよい」

耀蔵の眼光が、妙に鋭くなっていた。

「許せぬ。おぬしとは、二度と会うまいぞ！」

秀三郎は、怒声を発して去っていった。

鳥居耀蔵はやがて、スパイを使って人を陥《おとしい》れるようになる。耀蔵の政界における暗躍は、多くのスパイによって支えられていた。陰険にして、卑劣なやり方である。

それが少年時代に早くも、耀蔵の行動に表われていたのだ。見張りをつけることで、秀三郎が何をするかを探っていた。それで秀三郎という友人を失っても、耀蔵は平然としている。

おそらく、そういう性格だったのだろう。悪い性格というよりも、異常性を感じさせる。決して、人に好かれることはなかった。嫌われなくても、不可解で気味の悪い男と思われる。

それが、鳥居耀蔵であった。

鳥居耀蔵がいかに人間として価値を認められなかったか、それをみごとに証明する事実がある。

後年、耀蔵は処罰されて、五十歳のときから罪人の生活にはいる。相良《さがら》家、佐竹《さたけ》家、京《きょう》極《ごく》家へお預けを経て、四国の丸亀《まるがめ》に監禁の身となる。

それから二十三年間も、監禁されたままであった。監禁を解かれたのは、明治元年である。耀蔵は、七十三歳になっていた。二十三年間の幽閉というのは、実に残酷な刑罰であった。

それにもかかわらず、耀蔵赦免の声はついに出なかった。二十三年間には、将軍をはじめ幕閣の実力者も交替を繰り返す。しかし、誰ひとりとして、鳥居耀蔵の赦免を提案する者はいなかった。

林家からも、赦免の働きかけはない。

許すまじき人間は死ぬまで、監禁されていて当然と、耀蔵は完全に見捨てられていたのかもしれない。明治維新がなければ、耀蔵は死ぬまで自由の身になれなかったはずである。

十一

耀蔵は文政三年（一八二〇年）二十五歳で、二千五百石の旗本鳥居一学の養子となっている。

鳥居一学の長女の登与を妻としているので、耀蔵は完全に『婿《むこ》どの』であった。この目的のためには手段を選ばぬ野心家が、婿どのに収まるのは何となくそぐわない。

しかし、鳥居一学が翌年に隠居し、耀蔵は労せずして二千五百石の旗本になる。

二年後に、中奥番を仰せ付かる。これは将軍の官邸ともいうべき中奥に詰めているが、これといって重要な任務がない。あってもなくてもいいような閑職が、中奥番なのだった。

意欲も情熱も、必要としない。その代わり、才能を認められて出世することもない。野心家には飽きたらず、退屈に耐えなければならないので、およそ耀蔵には向かないお役目である。

それでも、九年間は辛抱した。だが、おのれの年齢を考えると、じっとしていられなくなる。廊下で昼寝をしている猫のような一生を過ごしたくないと、耀蔵の激しい気性が苛《いら》立《だ》ちの限界を超《こ》えた。

九年間の中奥番に、耀蔵は終止符を打った。辞職したのだ。

天保三年（一八三二年）のことであり、耀蔵は三十七歳になっていた。

二年半、耀蔵は無役でいた。しかし、野望に燃える策士が、ただブラブラしているわけはない。耀蔵は多くの人々と接触を持ち、進むべき道を模索していた。

とにかく、強気な男である。よほどの事情がなければ、自分のほうからさっさと職を辞することはあり得ない。将軍の命令に背《そむ》くのと、変わりないからだった。

それを耀蔵は、平然とやってのける。傲慢《ごうまん》な人物として、嫌われても仕方がない。林述斎の実子でなければ、再起不能になってもおかしくはない。

さすがに二年半は何の役目にもつけなかったが、ちゃんと耀蔵は蘇《よみがえ》る。どのような手を打ったか不明にしても、何らかの工作がなされていたことは間違いない。

天保五年六月、耀蔵は徒士頭《かちがしら》に任ぜられる。徒士頭は武官であって、耀蔵の望むところではない。だが、昇進の可能性がある点で、歓迎できる役目といえた。

耀蔵が徒士頭となる三カ月前に、水野忠邦が本丸の老中に就任している。

更に二年後、鳥居耀蔵は西の丸の目付へと進む。

この西の丸の目付時代だった天保八年に、大塩平八郎の乱が起きる。謀叛人の罪状書は、江戸と大坂で高札《こうさつ》に表示しなければならない。これは、名文を必要とする。それを書いたのは、耀蔵だったといわれている。ほかに本丸の目付、評定所、町奉行所には専門家がいるのに、誰もがいやがって耀蔵に押しつけたのだそうである。

翌天保九年、耀蔵は本丸の目付に栄転した。ついに耀蔵は政界の舞台に立ち、権力の一端を担《にな》うことになったのだ。

本丸の目付――。

若年寄《わかどしより》の耳目《じもく》となって、旗本以下の武士を監察する。

ただこれだけならば、ほんの名目にすぎない。目付の日常の職務は、極めて広範囲にわたっている。幕府御用となれば、すべてに関与して監視する。

監察、監督、監視といった線であらゆる政務に干渉した。身分は幕閣に達せず、上司に対して命令権は持たない。しかし、老中、若年寄、大目付、それに目付同士さえも監視するのが目付なのだった。

何しろ将軍に直接、言上する権限を与えられているので、目付というのは恐ろしいものなのである。目付が訪問すると誰もが沈黙してしまうので、どこへ行こうと歓迎されなかった。

さて、目付の耀蔵は韮山代官の江川太郎左衛門とともに、江戸湾沿岸の巡視を命ぜられた。このときの耀蔵は、すこぶる機嫌が悪かった。その理由は、同行者が気に入らなかったからなのだ。

耀蔵は幕府儒学の総本山たる林家の出であり、漢学一本槍に時代の変化が影響をもたらすことを何よりも恐れている。当然、外国や洋学嫌いで、凝《こ》り固まっていた。開明派などといわれる進歩的文化人を嫌悪するどころか、殺したいほど憎悪している。この耀蔵の極端な保守性が権力と結びつくことで、幕臣はいっそう彼を嫌うようになっていた。

一方の江川太郎左衛門は西洋流砲術に熟達し、蘭学を理解して尚歯会《しょうしかい》の後援者でもあった。尚歯会は蛮学社中《ばんがくしゃちゅう》（蛮社）の中心人物をはじめ、蘭学者や西洋文化に強い関心を持つ人々の集まりである。

尚歯会は母体の蛮社と変わらず、蘭学と西洋文化を研究し政治論や経済論を戦わしていた。蛮社には、耀蔵の知る人物が何人も属している。

たとえば、勘定吟味役《かんじようぎんみやく》の川路聖謨《かわじとしあきら》。

伊豆七島の地図改めをしたばかりの代官、羽倉外記。

それに、いま行動をともにしている江川太郎左衛門。

指導的立場にあるのは、田原藩家老の渡辺崋山。

シーボルトに師事した蘭方医、蘭学者の高野長英《たかのちょうえい》。

幕府天文台出仕、オランダ書籍和解御用を命ぜられた蘭学者の小関三英《おぜきさんえい》。

ほかにも、幕臣と水戸藩士が少なくなかった。不思議なのは、儒者が多いことである。

彼らの共通点はいずれも、洋学に心を寄せる知識人ということであった。

この洋学に熱心な知識人というのが、耀蔵にとっては不倶戴天《ふぐたいてん》の敵にも等しい存在なのだ。耀蔵はいかなる陰謀を用いても、彼らを葬り去らなければならないと決意を固めている。

その蛮社のメンバーであり、尚歯会の後援者でもある江川太郎左衛門と一緒に二カ月以上も巡視を続けるのだから、耀蔵としてはおもしろくないことこのうえない。耀蔵は太郎左衛門の意見に、ほとんど耳を貸すことがなかった。

同じころ渡辺崋山はひそかに『慎機論《しんきろん》』を起草し、高野長英は『夢物語』を著した。どちらも幕府批判の書だが、『夢物語』は特にイギリスが強大な国であること、イギリスの植民政策、モリソンの人柄などを記して、異国船打ち払いの無謀を説いた。

『夢物語』は出版されたわけではないが、共鳴者たちが写し書きをして広めたために多くの人々が読んでいる。モリソンの人柄というのは船名のモリソンを、有名な中国学者のモリソンと間違えてのことである。

渡辺崋山の『慎機論』は、ヨーロッパの列強が世界を制覇しつつあり、アジアで占領されていないのは日本、中国、ペルシアだけ、しかもヨーロッパと通信していないのは日本のみ、いまや列強は虎視眈々《こしたんたん》と日本を狙《ねら》っていると世界情勢を明らかにしている。

そのうえで渡辺崋山はそうした世界情勢も知らない幕府の無能ぶりを、かなり激しい調子で批判する。更にこの非常時に外国船を打ち払ったりすれば、列強に日本占領の口実を与えることの危険性を強調した。

しかし、保守的な考えに支配される幕府に、世界情勢を理解させることは不可能だった。これまでどおりの将軍と幕府の体制を維持すれば、日本の鎖国《さこく》はそのまま通用するものと信じている。

保守派は『夢物語』や『慎機論』を、大塩平八郎の思想と同様に見る。耀蔵ごときは邪説をもって幕府に反抗する悪人と、進歩的文化人を敵視する。

耀蔵のために間もなく、『夢物語』や『慎機論』が、高野長英と渡辺崋山の命取りになるのであった。

若いころ耀蔵は、花街に居続けたことがある。朝から酒を飲み女と戯れ、何日も屋敷へ帰ることがない。もちろん、惜しげもなく金を使う。

「ちと、度がすぎるのではないか」

遊び仲間までが、心配する。

「何の、これしき」

耀蔵は、ケロッとした顔つきでいる。

「たまの遊興でも、よいのではないかと申しておるのだ」

「遊興に明け暮れることが叶うのは、生きている証《あかし》であろう」

「しかし、散財も容易ではなかろう」

「散財を恐れておっては、遊興と申せまい。金は使うためにある」

「ならば、尋《たず》ねる。何のための遊興じゃ」

「武士たる者、死は常に覚悟のうえ。武士に死が付きものなること、戦国の世と少しも変わらぬ」

「明日にでも、死ぬやもしれぬ。それはいまさら、申すまでもないこと」

「遊興を控えておっては、そのときになって悔ゆるぞ。この世での楽しみをおろそかに致し、死んでも死にきれぬとな」

「おぬし、豪気じゃのう」

「さあ、飲め」

耀蔵は、呵々《かか》大笑した。

「うむ」

遊び仲間は耀蔵のことを、豪放磊落《らいらく》にして愛すべき大器だと思った。

そうした一面もあった耀蔵が、なぜこうも変わってしまったのか。かつての遊び仲間たちも、いまでは耀蔵を蛇蝎《だかつ》のごとくに嫌っている。

陰湿で、良心のカケラもない自己中心主義者である。おのれの野望を遂げるためには、手段を選ばない。気に入らない相手には、憎悪の念から成る敵意を抱く。

敵視した人間は、この世から抹殺する。邪魔な人間は、蹴落としにかかる。そのためには、あらゆる権謀術数《けんぼうじゅっすう》をめぐらす。しかも、実に執念深い。

そのうえ、耀蔵は目付に任ぜられた。耀蔵のような策謀家に、目付は打ってつけであった。目付自体が、監察権を持っている。それに徒目付《かち》と、その下の小人《こびと》目付を自在に操《あやつ》れる。

徒目付も小人目付も、探偵を得意としている。いわば隠密、スパイを任せることができた。目付の命令となれば、事件のデッチ上げも厭わない。

目付すべてが、そうだというのではなかった。たまに悪い目付がいると、無実の人間だろうと罪人に仕立てることができるのだ。そういう意味では耀蔵こそ、史上最悪の目付といえるだろう。

江戸湾岸の巡視中、耀蔵と江川太郎左衛門は事あるごとに衝突した。そのたびに、双方とも激怒する。両者の対立は深まり、もはや埋めようのない溝になっている。

しかも、巡視を終えて江戸に戻った両者が提出した復命書に、明らかすぎる優劣の差があった。江川太郎左衛門の復命書には、思いきった意見と斬新な提案が盛られている。

それに対して耀蔵の復命書の内容は、むかしの松平定信の時代から一歩も進んでいなかった。耀蔵は恥をかいたことで一段と、太郎左衛門への敵意を強める。

間もなく江川太郎左衛門の復命書が、渡辺崋山の考えに基づいていることを知り、耀蔵は怒り狂った。江川太郎左衛門も渡辺崋山も、絶対に許すことができない。いや、蛮社の一味を残らず粛清しようと、耀蔵は決意したのである。

耀蔵にしてみれば、目付としての職権の行使であった。

耀蔵は、小笠原貢蔵をはじめとする小人目付たちに、密偵として動くことを命じる。そのとき耀蔵はこれは老中の内命であると、小人目付たちに嘘をついている。

やがて耀蔵は小人目付たちの報告を告発状にまとめて、二度に分けて水野忠邦に提出した。

異国を称賛、わが国を批判する邪説『夢物語』の著者は、高野長英あるいは渡辺崋山。また高野長英が翻訳した蘭書をもとに、渡辺崋山が著作したとの噂あり。

川路聖謨、羽倉外記、江川太郎左衛門、内田弥太郎《うちだやたろう》、奥村喜三郎《おくむらきさぶろう》らは、水戸藩士幡崎《はんざき》鼎《かなえ》の蘭学講義を聴講して、現在は崋山や長英と昵懇《じっこん》な間柄にある。

渡辺崋山は、僧侶の順宣・順道父子たち六人による無人島渡航計画に参加した。崋山の目的は、異国人との接触にあったものと思われる。蛮社の一味は全員が密航に加わるつもりだったとの声あり（これは事実ではないので、作られた罪である）。

渡辺崋山は、大塩平八郎と文通していたらしい（これもそうした事実がないので、耀蔵が罪を捏造《ねつぞう》したのだろう）。

渡辺崋山は、アメリカへの密航を企てていた（これも事実ではない）。

このように鳥居耀蔵は渡辺崋山を葬り去ることによって、一気に敵対する人々を陥れようと無実の罪を並べ立てて、強引に『蛮社《ばんしゃ》の獄《ごく》』へと持ち込むのである。

渡辺崋山をはじめとする開明派を、一気に潰滅《かいめつ》へと追い込むべし。

十二

その鳥居耀蔵の陰謀は、早々に実行に移された。それは単なる思想の違いから、開明派の粛清を意図したのではないことを物語っている。

耀蔵は渡辺崋山に結びつく人々を、個人的にも憎悪していたのだ。その原因を、明らかにすることは難しい。おそらく自分に敵対する人物という主観的な思い込みが、耀蔵には働いていたのではないか。

耀蔵の野望や未来の妨げになる者は、早いところ抹殺する。憎悪という感情に動かされれば、なおさら悠長には構えていられない。鳥居耀蔵というのは、そうした人間でもあったのである。

鳥居耀蔵と江川太郎左衛門が江戸湾巡察から戻ったのが、天保《てんぽう》十年（一八三九年）の三月。同じ三月中に両名は、報告書を提出している。

その報告書に優劣の差がありすぎて、耀蔵は赤っ恥をかいたこと。太郎左衛門の報告書作成には、渡辺崋山が力を貸しているとの情報を得たこと。

この二点が耀蔵をして蛮社の獄に、踏み切らせるキッカケになっている。耀蔵は小人目《こびとめ》付《つけ》に内偵させて、渡辺崋山らに関する情報を入手、罪のデッチ上げに努《つと》める。
それだけの作業に、十日以上を費やしている。
密告者の姓名まで添えた告発状は、二度に分けて水野忠邦に差し出される。水野忠邦は、わが目を疑った。渡辺崋山の一味として、忠邦の信頼する幕臣たちが名を連《つら》ねていたからだった。
そうなっては告発を、そのまま受け入れるわけにはいかない。水野忠邦は、耀蔵の息のかからない者どもに再調査を命じた。その結果、幕臣たちはすべて疑惑の対象にならないという答えを、水野忠邦は引き出すことができた。
川路聖謨
羽倉外記
江川太郎左衛門
内田弥太郎
奥村喜三郎
その他全員が、告発から除外された。
こういった結論を出すのにも、それなりの日数がかかっただろう。だが、蛮社の獄が具体化したのは、江戸湾巡察を終えてからわずか二カ月後の五月だったのだ。
耀蔵がいかに冤罪《えんざい》による疑獄を急いだかが、窺《うかが》えるといえるだろう。耀蔵の陰謀は半分、幕臣が救われたことで失敗に終わった。しかし、進歩的文化人の粛清には、成功したことになる。

水野忠邦は渡辺崋山らを捕えて取調べることを、北町奉行の大草安房守《あわのかみ》高好に一任した。渡辺崋山には五月十四日に、北町奉行所から呼び出しがあった。

渡辺崋山は、渥美《あつみ》半島にある田原《たわら》一万二千石の三宅《みやけ》家に仕え、この時点では家老の地位にいた。三宅家は一万二千石で最低に近いが、大名であることに違いはない。

一方の町奉行所は、町人と浪人のみを支配している。幕臣や藩士という武士には、特別な事情がない限り手出しができない。特例があるにしろ大名の家老を町奉行所で取調べるのは、例のないことである。

三宅家が貧乏大名なので、家臣はもっと貧しい。崋山も若いときから、生活苦に追われる。絵を描いて生計を立てることを思いつき、崋山は谷文晁《たにぶんちょう》の弟子になる。

それで渡辺崋山は、画家としても知られるようになる。三宅家の家老であるとともに農政、蘭学《らんがく》、経済の学者で、時代をはるかに超えた知識人だった。

そうした渡辺崋山が捕えられたということで、多くの進歩的文化人が衝撃を受けた。同じ日のうちに崋山の一味として、蛮社のメンバー六人が縄をかけられた。

小関三英はもはや逃《のが》れられまいと前途を悲観して、三日後の五月十七日に自殺した。高野長英はいったん逃亡したが、十八日の夜になって北町奉行所に自首して出た。

ほかに蛮社にかかわりなしと言いきれない学者たちが、少なからず江戸を離れている。かくも幼稚な耀蔵の陰謀に、どうして水野忠邦まで乗せられることになったのだろうか。

水野忠邦はこの年の三月に一万石の加増があり、七万石となっている。十二月には、老中首座《しゅざ》に任ぜられる。幕閣の権力の大半を握り、水野忠邦は最高実力者の地位に立った。その忠邦が優秀な人材を失うべきではないと反対すれば、鳥居耀蔵といった小役人には返す言葉もない。耀蔵はスゴスゴと引き下がり、蛮社の獄が日本史に残ることもなかっただろう。

ところが水野忠邦は、おのれに忠実な幕臣たちを救っただけで、あとは耀蔵の望むがままにほぼ応じている。その理由については、三つの説がある。

第一に、忠邦には人を見る目がなかったということ。

第二に、忠邦は耀蔵を役に立つ男と、買い被《かぶ》りすぎたこと。

第三は、忠邦にも蛮社の進歩的文化人に対する危機感が強かったこと。幕府の無能ぶりを誹謗《ひぼう》し、幕政を批判する者は危険人物として封じ込めたほうがよいと、忠邦は耀蔵の陰謀と承知のうえで片棒を担《かつ》いだ。

この三つの説は、いずれも正しいと思われる。

渡辺崋山への取調べは一時、無罪か微罪に行きつくものと期待された。だが、新たに不利な証拠が発見されたということから、一転して崋山は絶体絶命の状況を迎えることになる。

「幕政を真っ向から否定する輩《やから》は、謀叛《むほん》人と見なされてもやむを得まいと、奉行が申されたそうじゃ」

「謀叛人か」

「まずいことになったぞ」

「切腹か」

「いや、切腹は許されまい」

「斬罪であろう」

「いずれにせよ、生きてはおられぬ」

「死なせてはならぬ。渡辺さまを失えば、国家百年の害となる」

「いかがすれば、よいのじゃ」

「まともに訴えて出ても、取り上げられることはまずあるまい」

「裏から、手を回すのか」

「ご身分の高き方々に、口ききをお願い申し上げるのだ」

助命運動に決起したのは崋山の師弟、友人、それに共鳴者であった。彼らの努力は、死にもの狂いという表現を超えていた。みずからの一命を救うよりも、必死だった。

彼らと鳥居耀蔵を並べて比較したら、これが同じ人間かと疑わしくなるような誠心誠意の差といえた。彼らは幕閣から上野輪王寺宮《うえのりんのうじのみや》に至るまで、嘆願することを恐れなかった。何と鳥居耀蔵と面談して直接、崋山の救済を申し入れた者もいた。

高名な学者たちが次々に、水野忠邦へ書状を送り始めた。どれも崋山の人格と人柄を称賛し、ほかに望めない優秀な学者であることを強調、某《なにがし》に陥《おとしい》れられての罪だから寛大な処置を望むと懇願する内容であった。それらの書状を忠邦は、七月に熟読している。

忠邦も死刑にする必要はないという気持ちでいたし、渡辺崋山を極刑に処した場合の影響にも配慮しなければならなかった。しかし、無罪にすることは公儀の面目もあり、追放刑でも軽すぎるように思える。

忠邦は、時間を置くことにした。それもまた嘆願に応じたと受け取られては困る、という幕府の威光にこだわってのことであった。斬罪、切腹、遠島は避けての厳罰というのが、忠邦の最終的な決定となった。

その年ギリギリまで引き延ばして、十二月十八日に渡辺崋山と高野長英に刑が申し渡された。

渡辺崋山
三宅家に引き渡し国許に戻したうえ、永蟄居《えいちっきょ》。
高野長英

永牢を申し付くるものなり。

崋山は田原に帰国し、三宅家の監視下で永蟄居する。蟄居というのは公卿《くぎょう》、大名《だいみょう》、陪《ばい》臣《しん》（大名の家臣）に科されるもので刑としては珍しい。

国許で執行され、家の門を閉じ一室に籠《こも》って謹慎する。永蟄居の『永《えい》』は、生涯とか死ぬまでとかの意味である。つまり死ぬまで一室に押し込まれている幽閉であり、刑罰としては残酷なものだった。

高野長英も永牢なので、終身刑ということになる。

渡辺崋山はこの間に、多くの絵を描いている。幽閉生活でも、絵を描いていれば退屈はしない。水野忠邦に長文の嘆願書を送ったことで知られる崋山の師の松崎慊堂《まつざきこうどう》は、その後も赦《しゃ》免《めん》を実現させようと飛び回ってくれている。

しかし、赦免はおそらく、不可能だろう。可能になるとしても、十年か十五年は待たなければならない。このままでも結構だと、崋山は欲を捨てていた。

ただ欲を捨てられても、人間は食べなければならない。崋山が何よりも苦しんだのは、渡辺家の経済的困窮だった。崋山が永蟄居になってからの約一年半、渡辺家は貧困のどん底にあった。

その極貧の生活に心を痛めたのは、崋山の門弟たちであった。見るに見かねて、門弟たちは何とかしようと話し合いを持つ。門弟の中にも、金持ちはいない。

「われらが銭を集めて持参したところで、さような恵みは受けぬと師のお怒りを買うことになろう」

「何かを、売り払う。これしか、あるまいな」

「それも、渡辺家の品物でなければ、師はご承知にならぬ」

「さりとて、わが師が宝物《ほうもつ》を隠し持っておられるはずはない」

「宝物がおありならば、とうに換金されておいでじゃ」

「師には、絵がおありではないか」

「師の絵には、相応の値がつく。つまり、売り物になる」

「師の絵を、売らせていただこうではないか」

「それには、江戸でなければならぬ」

「師が描かれた絵で身すぎ世すぎをなされるのであれば、師もお怒りにはなるまい」

衆議一決した。

もともと絵を売って生計を立てようとした時代があったのだからと、崋山も反対はしなかった。絵を描いたり売ったりすることにまで、公儀が干渉するとは思わなかったのである。

門弟たちは崋山の絵を、江戸まで運んだ。江戸で開いた崋山の画会は、かなりの盛況だった。だが、それを快く思わない保守派の幕臣から、横槍がはいった。

「永蟄居の身でありながら、不謹慎なる所業である」

こういう声は、老中の耳にも達している。幕閣としてもこのまま放置できないのではないかという噂が、田原へも伝わって来た。直《ただ》ちに、画会を中止させる。

本来ならば、それだけで充分だったのだ。画会を中止すれば、非難の声は消える。老中たちもその件で、公式に咎《とが》め立てをするつもりはなかったのである。

ところが崋山は、主君の三宅康直に迷惑が及ぶことを恐れた。監視下に置いている崋山の不行跡として、三宅康直が責任を問われたら申し訳ない。

崋山は、自殺を決意した。

永蟄居でいれば死んだも同然という絶望感、厭世《えんせい》感も前々から働いていたのかもしれない。

天保十二年十月十一日、渡辺崋山は四十九歳で自刃《じじん》した。

永蟄居を命ぜられてから、閏《うるう》月も含め約一年と十一カ月後のことであった。遺書はたったの七文字を、大書したものである。

『不忠不孝渡辺登』と、これだけであった。『登』は、当人の通称である。七文字はそのまま墓標となる大きさで、脇に『罪人だから自分で墓標を書いた』という意味のことが記されている。

崋山は杞憂《きゆう》をもって罪にかかり、杞憂をもって死す、哀しきかな——。

松崎慊堂は日記の中で、渡辺崋山の取り越し苦労をそう嘆いている。

もちろん水野忠邦は特に、崋山の死を惜《お》しまなかった。だが、崋山が『慎機論』を通じて主張したことが、予言のように的中するという認識を持たなければならなくなっていた。

アヘン戦争の勃発である。崋山が永蟄居の身でいるうちに、イギリスが清国《しんこく》に侵攻したのだった。しかし、武器の優劣に差がありすぎて兵士が戦意を失ったために、清国は八カ月でイギリスに休戦を申し入れる。

アヘン戦争における清国の最初の敗北であり、それを知った幕閣は愕然《がくぜん》となった。イギリス、強し。そのイギリスが、隣国まで攻めて来ている。

イギリスの次の狙《ねら》いは、日本なのかもしれない。明日はわが身——と、水野忠邦も大いに狼狽《ろうばい》し、イギリスの攻撃は防ぎきれまいと苦悩した。

渡辺崋山と同様の罪で永牢を命ぜられた高野長英は、五年後に十一両で牢内の雑役掛を買収、放火をさせて脱獄する。長英は関東、東北の各地を転々とし、一時期を江戸などで過ごしている。

その後、四国の宇和島《うわじま》、広島、明石、大坂、名古屋《なごや》と長英は蘭学を教えながらの逃走を続ける。名古屋では硝酸で顔を焼き、長英は人相を変えている。

しかし、大手配を受けている長英のそんな小細工は通用せず、江戸に舞い戻ったその年のうちに幕吏の襲撃を受けて死亡する。自殺説と、重傷を負っての失血死説とがある。

高野長英、四十七歳。

捕えられてから十一年、脱獄してから六年が経過していた。蛮社の獄は嘉永《かえい》三年（一八五〇年）まで、尾を引いたのである。

十三

渡辺崋山が自刃した天保十二年に、話を戻す。

その年の閏一月三十日に、崋山より十カ月余り早く大御所の家斉が六十九歳でこの世を去っている。家斉の死に関しては、ホッとする幕臣が少なからずいた。

この将軍在職五十年という新記録を持つ家斉は、あらゆる意味で迷惑な存在だったのだ。ただひたすら多くの側室と交わり、子どもを粗製濫造《らんぞう》するために将軍でいるような男である。

政事となると、霧がかかったようにぼんやりしている。それでいて権力の維持には、ギラギラした夏の陽光のような欲望をむき出しにする。

何のための権力かといえば、最高の享楽の人生の支えになるからであった。家斉が求めるのは華美、贅沢、退廃的な悦楽の日々と、それを保証してくれる権勢だけだった。

将軍職を家慶に譲ってからも、家斉は大御所という権力の座に執着した。西の丸へ移っても、将軍よりまずは大御所さまというシステムが保たれていた。

将軍の許可をもらっても、大御所が首を横に振ればそれっきり。あるいは将軍に差し出す文書も、それを妨げられたうえ大御所の裁可を受けることもある。

そうなると、家斉は幕府の最大のガンといえる。多くの弊害を生む大御所政治の元凶に、家斉はなりすぎるほどなっていた。家斉は、手に負えない害虫ということになる。

日本国がいま内憂外患《ないゆうがいかん》の危機に晒《さら》されているなどと、家斉は考えることもない。飢餓も百姓一揆も窮民の増加も、家斉の眼中にはなかった。

幕府も徳川家そのものも、財政悪化の状況を迎えているといったことさえ、家斉はお構いなしである。家斉は西の丸と大奥の栄華のために、浪費を続けるのだ。

家斉が大御所になった翌年の大奥勘定所《おおおくかんじょうしょ》には、次のように記録されている。

大御所付、御台所《みだいどころ》付の女中の数。

上女中、四十五人。

中女中、百七十人。

下女中、三百九十一人。

合計六百六人。

更にこれらの女中たちは、大勢の召使いを抱えているのだから、総数がどれほどになるかわからない。

嘉祥《かしょう》の祝儀のときに要した菓子の数は、次のように記されている。嘉祥の祝儀とは、主君から家来に菓子を賜《たま》うという年中行事のひとつであった。

御座敷盛《おざしきもり》、千六百十二膳。
大饅頭《おおまんじゅう》、百九十六膳。
　数五百八十。
大鶉焼《うずら》、一二百八十膳。
　数千四百十。
黄黒金鈍、二百八膳。
　数三千百二十。
黄白寄水、二百八膳。
　数六千二百四十。
熨斗操、百九十六膳。

数四千九百本。

煮染麩、百九十四膳。

羊羹《ようかん》、数九百七十。

数九百七十切。

外切麥、三十六膳。

これ以外にもいろいろと記録されているが、とにかく家斉は西の丸で豪華に菓子を賜わったものである。


この年、西の丸は火を出して焼失する。急遽、西の丸の再建が始められる。その普請《ふしん》の総費用に何と、金百七十万四千三百九十両と三分《ぶ》、銀三十五貫《かん》三百匁《もんめ》をかけている。

こういった家斉の限りなき浪費が徳川滅亡の時期を早めた原因のひとつと、批判されても仕方がないだろう。

将軍と大御所の存在は、どうしても派閥化という結果を招く。将軍家慶に忠実な幕臣は、本丸派ということになる。大御所になってからの家斉に、なお取り入る者たちは西の丸派である。

大御所の顔色を窺いながらも、本丸派に属する幕臣が主流には違いない。しかし、将軍の父親で後見人でもある大御所という権力者を抱き込んでいることで、人数や地位はともかく西の丸派も鼻息が荒かった。

若年寄《わかどしより》　林肥後守忠英《はやしひごのかみただふさ》
御側御用取次《おそばごようとりつぎ》　水野美濃守忠篤《みののかみただあつ》
小納戸頭取《こなんどとうどり》　美濃部筑前守茂育《みのべちくぜんのかみもちなる》

中でもこの三人が西の丸派の三佞人《ねいじん》といわれ、家斉べったりの処世術を誇っていた。まさに虎の威を借る狐どもで、家斉の寵臣《ちょうしん》を看板に権勢を振るっている。

三佞人を含め西の丸派は、家斉が健在な限り安泰だった。ということを裏返せば、西の丸派の最大の弱点は、何であるかがわかる。西の丸派が恐れているのは、家斉が他界してしまうことである。

家斉が死ねば、大御所も西の丸も消える。西の丸派は、自然に崩壊する。家斉を失った西の丸派は、ただの人にすぎない。そのうえ、本丸派から敵視される。

将軍が旧西の丸派を、いかに遇するか。西の丸を徹底的に掃除して、西の丸派の匂いがする者まで粛清されるだろう。この世に、救いの神はいない。

だが、人間はいつまでも、生きていられない。ついに、そのときが来た。天保十二年閏一月三十日、家斉はあの世へと旅立った。

西の丸御政事は、終わった。

それでも家斉の葬儀が盛大に執《と》り行なわれているうちは、西の丸派の面々も無事でいられた。老中首座の水野忠邦が、葬儀にかかりっきりでいたためである。

しかし、四月十六日から水野忠邦は、にわかに行動を開始した。西の丸派の予想どおり、報復人事の波が押し寄せた。いったん懲罰による追放を推し進めると、もう忠邦は息を抜くこともなかった。

当然、忠邦は三佞人の処罰を、最優先した。忠邦の処罰には厳しいだけではなく、一度ですまないという執拗さがあった。

御側御用取次　水野忠篤。

忠邦は老中が列座する御用部屋に呼びつけ、御役御免のうえ菊之間縁側詰めを命じた。禄高八千石のうち、加増分の五千石を召し上げる。

夕刻には若年寄の堀親寚《ほりちかしげ》の役宅に呼び出し、水野忠篤に寄合《よりあい》入りと屋敷や家作の召し上げを通告する。三日後、小姓《こしょう》でいた忠篤の孫二人に、寄合入りと差控《さしひかえ》を命じた。

更に一年後、すでに隠退していた忠篤を、不遜な態度ありとして信濃（長野県）高島の諏訪《すわ》家にお預けとした。一年たってもまだ罰を追加されたのだから、よほど憎まれていたのだろう。

若年寄　林忠英。

同じ四月十六日、水野忠邦は林忠英に直ちに下城し、自邸で待機せよと命じた。そのうえで忠邦みずからの役宅に出頭するようにと、林忠英に指示する。

夕刻、忠邦の役宅の大書院に大老、老中、大目付、目付などが参集した。林忠英は呼び出しの意味がわかっているので、名代《みょうだい》を出頭させた。

「御役御免のうえ、菊之間詰めを申し付くる。禄《ろく》一万八千石のうち、御加増分八千石を召し上ぐるものなり。なお差控を命じ、屋敷並びに家作などは没収と相成る」

忠邦はそのように、林忠英の名代に申し渡した。

林忠英はあっさり、若年寄の地位を失った。八千石の減封で一万石が残り、何とか最低の大名でいられたが、隠居を命ぜられては惨めなことこのうえない。しかも、屋敷を早々に、引き払わなければならなかった。

忠英の時代に大名となった林家だが二代、三代、四代で明治を迎えている。それまでどうにか一万石の大名でいられたことを、林忠英は喜ぶべきだろう。

小納戸頭取　美濃部茂育。

水野忠邦は美濃部茂育にも、若年寄の堀親寚の役宅へ出頭せよと命じている。美濃部茂育は御役御免、小普請入り、知行《ちぎょう》七百十四石のうち三百石を召し上げ、差控を申し渡された。

差控は刑罰であって、出仕を禁じられ自宅に引き籠って謹慎するのである。

十日後、美濃部茂育には改めて、甲府勤番《こうふきんばん》の命令が下った。甲府勤番は島流しと称され、切腹のほうがまだマシだと幕臣から忌み嫌われた左遷先だった。

美濃部茂育は五十日以内に、江戸を出発しなければならなかった。

このように水野忠邦は一気に、三佞人を地獄へ追い落とした。次いで本丸と西の丸の別を問わず、家斉の側近でいたと見なされる小姓、小納戸、側衆《そばしゅう》などが片っ端から免職になった。

加えて西の丸御政事にかかわりがあったとされる幕臣の数十人が、御役御免となって追放された。このあとはいよいよ、大奥の清掃となる。

大奥の有力な女たちはすべてを大御所さまの思し召《おぼ》しということにして、政治に口を挟《はさ》んだり莫大な出費を求めたりした。西の丸御政事に、大きな影響を与えていたのであった。

大奥で最も厄介《やっかい》な存在だったのは、お美代の方である。数多い家斉の側室の中にあって、お美代の方の美貌と才智は群を抜いていたという。

お美代の方が大奥に奉公に上がったのが、文化三年(一八〇六年)三月。

家斉の目にとまってお美代の方が、お手付の御中臈《おちゅうろう》になったのが四年後の文化七年。

お美代の方は、三人の娘を生んでいる。

家斉の三十四人目の子、溶姫。

三十九人目の子、仲姫。

四十一人目の子、末姫。

このうち仲姫だけが、三歳で夭折《ようせつ》した。溶姫と末姫は、無事に成長する。溶姫は加賀《かが》百二十万石、前田斉泰《まえだなりやす》の継室となる。末姫は芸州《げいしゅう》（広島県）四十二万六千石、浅野斉粛《あさのなりたか》の正室となった。

お美代の方は家斉の寵愛を一身に受け、栄耀栄華を極めたとされている。天下の将軍さまがお美代の方の言いなり放題、二人の娘は百二十万石に四十二万六千石という大大名の妻。

女冥利《みようり》に尽きるとは、このことである。お美代の方が『おねだり』すれば、家斉は絶対に駄目とは言わない。どんな望みだろうと、実現してくれる。

そのうえ、お美代の方の背後には二人のよくない男がいた。実父と養父であった。この二人の父親のためにも、お美代の方は悪知恵を働かせて『おねだり』をする。

実父は下総《しもうさ》国の中山法華経寺の寺内にある智泉院の坊主で、日啓という破戒僧だった。

お美代の方が出世したことで、日啓はとんでもない野心を抱く。

養父は、中野清武。

家斉の小姓を務める中野清武は、三百石の旗本にすぎなかった。日啓と中野家は、縁があって親しくしていた。そうした関係から初め、お美代の方は中野家に奉公していたのである。

そのうちに中野清武は、お美代の方の美貌に着目した。お美代の方の美貌と才智を利用して、どでかい賭けに出てみようと清武は思い立ったのだ。

「拙者《せっしゃ》はいまでも御小姓組として、上《うえ》さまよりご信頼を賜わっておる。しかし、いまより更に上さまがご寵臣として頭角を現わさば、いっそう出世が早まるであろう」

清武は、日啓に相談を持ちかけた。

「道理でございますな」

日啓は坊主のくせに、出世という言葉を聞くと目を輝かす。

「上さまに取り入るには、このうえなき手立てがござる」

「伺いましょう」

「女人《にょにん》じゃ」

「公方《くぼう》（将軍）さまがたいそうその道をお好みだということは、知らぬ者などおりますまい」

「そこで日啓どのが娘御に、賭けてみようと思うてな」

「賭けるとは……」

「三百石の旗本の奉公人であっては、行く末が知れておる。どうであろうか、大奥に御奉公させてみては……」

「あの娘を、大奥へ……！」

「苦労は、ほんの二、三年。あの器量のよさを、上さまがお見逃しあそばされるはずはない」

「二、三年のうちに、お声がかかると申されますか」

「まず、間違いはない。上さまよりお情《なさ》けを頂戴《ちょうだい》つかまつれば、お手付の御中﨟だ。それだけでも、大した出世ではないか」

「夢のような話でございますな」

「それにはまず日啓どのが娘御を、拙者の養女と致さねばならぬ」

「実の父親の拙僧も、それなりに甘い汁が吸えるのであれば大いに結構」

清武と日啓の話し合いは、うまくまとまった。

ここに、腹黒い実父と養父が誕生する。しかも清武の予測は、驚くほどみごとに的中したのだ。清武の読みには寸分の狂いもなく、むしろそれ以上の結果を招き寄せるのであった。

お美代の方は家斉に溺愛され三度の出産をして、『御腹さま』あるいは『御内証の方』といわれるようになった。それは大奥の女として、大した権力者になったことをも意味する。

そんなお美代の方のおかげで、中野清武は三百石の御小姓組から、二千石の新御番頭《しんごばん》にまで出世した。いや、そういう昇進など、問題ではなかった。

お美代の方の養父——。

このことが、幕閣も恐れずという強大な勢力を、中野清武に持たせたのである。したがって、いつまでも地位とか知行とかで、出世の道を歩む必要はなかったのだ。

十四

家斉もお美代の方の養父ということで、中野清武を特別待遇の側近とした。もともとお気に入りの清武なので、家斉は身内のような情を覚えるのであった。

政治面で重用するのではなく、楽しい話相手として家斉にはいなくてはならない清武だった。側近中の側近だが、一種の御伽衆《おとぎしゅう》でもあったのである。

そろそろ潮時だと天保年間を迎えると、清武は宮仕えから身を引くことを決意した。いつまでも奥勤めを兼ねた新御番頭でいることはないし、二千石の知行にも未練はない。

お美代の方の養父という看板も使い古せば、いまにどんなシッペ返しを食うかわからない。先見の明がある清武は、そのように考えたのだ。

清武は老いたことを理由に、致仕《ちし》（隠居）を願い出る。

ちょいちょい顔を見せることを条件として、家斉はそれを許した。

清武は名を碩翁と改めて、隅田川《すみだがわ》の河畔に居を構える。表向きは、いかにも隠居らしい暮らしぶりだった。しかし、碩翁の隠然たる勢威には、少しも変わりがなかった。碩翁は気が向くと登城して、家斉とあれこれ話し込む。老中たちとも、顔を合わせる。依然として碩翁は、家斉と親密な間柄にあってなお、お美代の方の養父であるがための威光を失っていない。

将軍との縁が深く、老中からも一目置かれている中野碩翁。公職にはついていないから、かげの実力者ということになる。中野碩翁は、黒幕を思わせた。

願い事がある大名や旗本が続々、碩翁の隠居所を訪れる。碩翁に口をきいてもらい、目的を遂《と》げることが狙いであった。当然、大名や旗本は『進物』とか『謝礼』とかいう名の賄賂を持ち込む。

それらの金額は莫大であり、旗本時代の二千石の知行など比較にならなかった。あり余る小判に囲まれて中野碩翁は、優雅な隠居生活を送ることができた。

実父の日啓もお美代の方を動かし、智泉院を将軍家御祈禱所取扱にまで昇格させた。大奥の女中たちは公然と外出できる代参、参籠を歓迎し、競い合うように智泉院通いを始めた。

それにお美代の方の二人の姫の嫁ぎ先、前田家と浅野家の奥向きの女が加わった。江戸から智泉院までの七里（二十八キロ）の道は、奥女中の乗り物で賑《にぎ》わったという。

やがて奥女中と寺僧とのセックス・スキャンダルが、噂となって広まっていく。しかし、大奥の人気は上昇する一方で、おかげで日啓は守玄院という別当寺の建立《こんりゅう》を許可される。

守玄院のほうが智泉院より、はるかに寺格が高い。そこで日啓は智泉院を長男の日尚に譲り、自分は守玄院の住職となった。だが、日啓の野望は、いまだ満たされない。

日啓は、恐るべき計画を立てていたのだった。

将軍家代々の菩提《ぼだい》寺として、すでに、天台《てんだい》宗の寛永寺と浄土《じょうど》宗の増上寺《ぞうじょうじ》がある。日啓はそのほかに日蓮《にちれん》宗の将軍家菩提寺を、設けようと企《たくら》んだのであった。

家斉は多くの日蓮宗派の上級女中たちの嘆願に、抗しきれなかった。家斉自身が日蓮宗の信者であり、もちろんお美代の方の『おねだり』が効果的だったこともある。

天保五年（一八三四年）、家斉は雑司《ぞうし》ケ谷《や》に二万八千百九十三坪の土地を賜わった。その地鎮祭はちゃっかり、智泉院が承《うけたまわ》っていた。天保六年から造営が始まり、翌年の十二月に感応寺が完成した。

住職が日詮という美貌の名僧と評判を呼んだこともあって、大奥の女たちが祈禱と参籠に押し寄せた。そうした感応寺でも寺僧と大奥女中の姦淫《かんいん》が取り沙汰《ざた》された。

以上のような事情もあったので水野忠邦は、大奥の西の丸派の大掃除を急いだのである。

中野碩翁は城中への出入りを禁じられ、隅田川河畔の寺島《てらじま》村の豪華な隠居屋敷も没収となった。家作だけが手元に残った中野碩翁は、同じ隠居でも世捨人になり果てたのだった。

それより早く大奥の女に、大奥勤仕を免ぜられたり、暇を出されたりという処断が下された。これらは要するに、大奥から追放されるのである。

十二人が、剃髪《ていはつ》を申し出た。そのうちの六人には『それには及ばず、摘髪《つみがみ》でよい』と、寛大な処置が取られている。摘髪とは、後家《ごけ》の茶筌《ちゃせん》髪のことである。

この六人は家斉の子を出産した側室たちなので、ちょっぴり優遇されたのだった。六人の中にはお美代の方も含まれていた。残りの六人は願い出たとおり、剃髪を命ぜられた。

これらの者の地位、身分に大した変化はなく、支給される金品もこれまでどおりで生活の保証は十分すぎるくらいであった。その代わり二の丸へ移されて隔絶された世界で、蟄居も同様の日々を過ごさなければならなかった。

暇を出された三十六人は、大奥から消えていった。大奥に残ることを許されたのは、四十二人となっている。

お美代の方はその後、溶姫の願い出によって、本郷《ほんごう》の前田家屋敷に引き取られた。ところが、溶姫が帰国したことから、お美代の方は末姫のいる浅野家を頼った。

やがて、大名の正室を人質とし江戸屋敷に住まわせるという制度が廃止され、末姫もまた芸州広島へ移住した。お美代の方は再び、前田家に助けを求める。

しかし、前田家はお美代の方を屋敷に入れず、町人地の借屋に居住させる。更に幕府も大名も存在しない時代を迎え、お美代の方に手を差しのべる者はいなくなった。お美代の方は、本郷無縁坂《むえんざか》の講安寺に余生を委《ゆだ》ねた。恵まれすぎた過去を振り返れば、絢爛《けんらん》豪華にすぎる夢まぼろしであった。哀れというよりも、あまりに孤独なお美代の方の晩年だった。

死去したのは、明治五年（一八七二年）の六月。

一方、実父の日啓はどうなったか。

家斉が他界する前年すなわち天保十一年に、水野忠邦はすでに新任早々の寺社奉行に智泉院の調査を命じていたのである。その寺社奉行とは、阿部正弘《あべまさひろ》であった。

調べを始めてみて、阿部正弘は驚愕した。関与している顔触れが、ものすごかった。お美代の方をはじめ、大奥の大物ばかりがズラリと並ぶ。

しかも、寺僧との姦淫という醜行にかかわったとして、大奥や大名の奥向きの女中の名が続々と出てくる。これを公表して処罰したら、諸大名のみならず家斉にまで累《るい》が及ぶことになる。

阿部正弘は日啓と日尚父子を召し捕ってから、一年三カ月も判決を引き延ばした。西の丸派の粛清も完了した天保十二年十月、阿部正弘は日啓に遠島を申し渡した。

大奥と大名の奥向きの関係者については罪をすべて不問にし、その名前さえ明らかにしていない。日啓は町方《まちかた》の女と姦淫したことで、女犯《にょぼん》の罪に問われたのだ。息子の日尚も同様に女犯の罪で、日本橋《にほんばし》に三日晒《みっかざらし》のうえ寺法に従うべしとの判決を受けた。

同日、感応寺の破却も決定した。感応寺の豪華な七堂伽藍《がらん》は、完成後わずか五年で瓦礫《がれき》と化した。なお、日啓は遠島になる前に、七十一歳で牢死した。また中野碩翁もあとを追うようにして、七十四歳の生涯を終えている。

家斉が逝去《せいきょ》した時点で、幕閣の首脳は次の五人であった。

大老・井伊掃部頭直亮《いいかもんなおあき》　彦根《ひこね》三十万石
老中首座・水野越前守忠邦《えちぜん》　浜松《はままつ》七万石
老中・太田備後守資始《おおたびんごすけもと》　掛川《かけがわ》五万石
老中・脇坂中務大輔安董《わきさかなかつかさやすただ》　竜野《たつの》五万三千石
老中・土井大炊頭利位《おおいとしつら》　古河《こが》八万石

だが、家斉の死後それも西の丸派粛清の進行中に、メンバーのうち三人が消え去るのである。まず二月二十四日に、脇坂安董が急死する。

脇坂安董は七十四歳という老齢だが、病気にかかっていなかった。それに突然の死であったから、西の丸派に毒殺されたという風聞も流れた。

忠邦は一カ月後の三月二十四日に、新任の老中を脇坂安董の後釜に据《す》えた。佐倉《さくら》十一万三千石、堀田備中《びっちゅう》守正睦《まさよし》であった。堀田家の祖は、江戸城中で刺殺された大老としても知られる正俊《まさとし》である。

五月十三日には、大老の井伊直亮がみずから辞職を申し出る。

理由は老衰だが、井伊直亮は西の丸派だったのだ。西の丸派潰滅《かいめつ》の嵐が吹きまくる中で、自分だけ生き残ることはできない。追放される前に身を引くべしと、井伊直亮は職を辞したのであった。

大老はいなくても、困るというものではない。補充の必要はなかった。

それから二日後の五月十五日は、名実ともに十二代将軍になりきった家慶の誕生日であった。

家慶は父の家斉と競い合うように、多人数の子作りに励んで来た。将軍、大御所と家斉がいつまでも頑張っているので、家慶にはほかにすることがなかったのかもしれない。

家慶は正室と七人の側室を、二十七回も妊娠させている。そのうち流産が二回、出産の直後の死亡が二回ある。あとの二十三回が出生して、幼名をもらうところにまで漕《こ》ぎつけた。

だが、粗製濫造という点も、父の家斉と変わらない。二十三人の子どもたちは、いずれも短命だった。二十二人が死亡して、生き残ったのはひとりだけである。

それは三男の政之助で当然、世嗣になる。この政之助が、のちの十三代将軍家定だった。二十三人のうち、ただひとり生き残って将軍になったというのは、何となく奇異な印象を受ける。

しかし、いまの家慶は、子どもを作るほかに能がない男ではない。将軍の職務に専念して、治世に努めなければならなかった。そういう意味でも、五月十五日はめでたい誕生日であった。

家慶は四十九歳、つまり四十八回目の誕生日となる。祝儀言上《ごんじょう》のあと、布衣《ほい》以上で役職についている幕臣全員が、西湖間《さいこのま》に集合を命じられた。布衣以上というのは、叙位を指している。

将軍は、従一位《じゅいちい》。

御三家は尾張《おわり》と紀伊《きい》が従二位、水戸《みと》が従三位《み》。

加賀前田家は、従三位。

家門《かもん》の高松松平《たかまつまつだいら》、保科《ほしな》、譜代《ふだい》では井伊、外様《とざま》大名は島津《しまづ》、伊達《だて》などが従四位。老中あるいは京都所司代《しょしだい》に昇進しても、四位の侍従に叙任される。

一般の大名は、五位までであった。

そして武家には、六位以下の階位がない。しかし、六位の代わりに『布衣以上』と呼ばれる一階級が、慣習として存在する。それより更に一階級下が、布衣といわれていた。

布衣以上になるのは、上級の旗本たちである。幕臣と称しても、大名がまざっている。布衣以上で役職についているとなれば、幕府の中枢を占《し》める大名と旗本たちということになる。

そういう重要人物が、残らず集められたのだ。何か異変でもあったのかと思いたくなるが、今日は将軍の誕生日である。祝儀言上があったばかりだし、あまり堅苦しい上意はないはずと気を楽にしている者が多かった。

間もなく、家慶が出座する。

将軍は直接、上意を述べない。書かれたものを御側御用取次が、上意として読み上げる。『御政事の儀、御代々の思し召しはもちろんのこと、とりわけ享保・寛政の御趣意に背《そむ》かぬよう思し召しに付き、いずれも深く心得て相勤むべく候《そうろう》』

要するに、『享保と寛政の改革を手本として、幕政の立て直しに努力せよ』という上意なのだ。西湖間は水を打ったように静まり返り、居並ぶ者たちは緊張した。

「承知つかまつりましてござりまする」

水野忠邦が、平伏しているうえになお頭《ず》を低くした。

これは打ち合わせずみのことであり、家慶の上意に従い水野忠邦が天保の改革を引き受ける旨《むね》を、強調するという脚本どおりであった。

家慶は、奥へ退いた。

老中一同が、中央に並ぶ。水野忠邦が上意に加えて、老中の覚書を申し渡す。すでに老中の覚書が用意されていたのだとしたら、ずいぶん安っぽい芝居である。

それはともかく、ここに忠邦の天保の改革が宣言されたのだった。

それから半月以上がすぎた六月三日、老中の太田資始《すけもと》が辞職する。太田資始は忠邦の改革姿勢が気に入らず、水戸の徳川斉昭《なりあき》を江戸に招き水野失脚を画策したが、その計画が発覚したとされている。

それが事実なら、罪に問われても仕方がない。だが、水野忠邦は太田資始の辞任を、認めただけですませている。資始は忠邦が気に入らないから老中を辞した、という程度のことだったのではないか。

この太田資始という人は、短気で争うのが好きだったらしい。

十七年後に太田資始は、再び老中に就任している。しかし、時の大老の井伊直弼と対立して、一年と一カ月で辞職してしまう。更に四年後、太田資始は三度目の老中就任を果たす。

このときも太田資始は、たったの二十日たらずで老中の座を去っている。

水野忠邦は太田資始の穴を埋めるために、十日ののちに真田《さなだ》信濃守幸貫《ゆきつら》を老中に迎えた。真田家は信濃松代十万石の外様大名だが、幸貫は養子であって松平定信が実の父であった。

非常に有能であり、真田幸貫は以前にも老中に推挙されたことがある。改革にも熱心だということを知って、忠邦は迷わず幸貫を老中に起用したのだ。

十五

七月一日、水野忠邦は腹心ともいえる若年寄の堀親寚を、側用人に昇進させた。御側御用取次の新見正路《しんみまさみち》とともに将軍の側近を監察し、忠邦に情報を提供させることを目的とした。

堀親寚の長男の妻は、忠邦の妹という結びつきがあった。

堀田正衡《まさひら》、遠藤胤統《えんどうたねのり》、本庄道貫、大岡忠固《おおおかただかた》が若年寄に任ぜられ、土岐頼旨、松平政周《まさちか》、跡部良弼《あとべよしただ》が勘定奉行に登用される。

このうち堀田正衡は新任老中の堀田正睦の親戚筋、大岡忠固は忠邦の従弟《いとこ》というつながりがあった。

また大坂町奉行の時代に、かの大塩平八郎に命を狙われた跡部良弼は忠邦の弟である。

一方で同じ大坂町奉行の時代に、大塩平八郎のよき理解者だった矢部定謙《やべさだのり》も、南町奉行に任命されている。

御勝《おかつ》手取締《てとりしまり》掛《がかり》を兼任した。北町奉行はご存じ遠山《とおやま》の金さん、遠山左衛門尉《さえもんのじょう》景元《かげもと》だった。目付の鳥居耀蔵は、御勝手取締掛を兼任した。

このように遠国の代官・奉行に至るまで、忠邦の人事異動は激しかった。全国的に水野体制を確立させ、天保の改革を一気に推し進める決意を固めたのだ。

とかく幕閣を批判しがちで、幕政に干渉したがる徳川斉昭は、決して忠邦の味方でもない。しかも徳川斉昭は、御三家の幕政の関与という古くからのタブーを犯している。水野忠邦は将軍の意志ということにして、あと五、六年は在国するようにと徳川斉昭に命じた。これで斉昭は当分のあいだ、水戸に封じ込められることになった。

もうひとり南町奉行の矢部定謙が、忠邦にとって邪魔者になる。その理由は諸説があって判然としないが突然、十二月になって矢部定謙が南町奉行を罷免される。

懲戒免職だけではなく、矢部定謙は重罪を科された。その罪というのが、さっぱりわからない。ほんの些細《ささい》なことを罪として、定謙にかぶせている。

これでは、無理にデッチ上げたということが明白になる。それで定謙を完全に抹殺してしまおうと、いっそう罪を重くしたのではないか。

たとえば定謙が、知人に無実の罪だと訴えたことまで罪状に加えられている。定謙は桑《くわ》名《な》十一万石の松平家にお預けの身となり、息子は改易《かいえき》すなわち武士の身分を奪われ、家禄と屋敷を没収された。

町奉行という高級幕臣に対しては、重すぎる刑罰である。その裏側には、忠邦の憎しみが感じられる。それに、この陰謀にはもちろん、鳥居耀蔵が尽力している。

探索という名目であれこれと調べ上げたり、定謙を陥《おとしい》れるための筋書を作ったりしたのは鳥居耀蔵だと、誰ひとり疑わない者はいなかった。

それを証明するように、矢部定謙が免ぜられて七日後に鳥居耀蔵が後任の南町奉行となっている。同時に耀蔵は、甲斐《かい》守を名乗ることを許された。

いよいよ、耀甲斐——妖怪の出現である。

矢部定謙は桑名において、絶食という方法を用いて自殺を遂げた。世間は矢部定謙に同情を寄せ、鳥居耀蔵を『鬼だ、妖怪だ』と憎悪した。

天保の改革については、いまさら詳述することもないだろう。

享保の改革。中心人物、八代将軍吉宗。

寛政の改革。中心人物、松平定信。

天保の改革。中心人物、水野忠邦。

これを江戸幕府の三大改革と称するが、いずれも定着しなかったし、世直しに成功したわけではない。経済の安定、人心の復古、幕府の財政立て直しといった同じような目的も、ほとんど果たせなかった。

とにかく禁止と奨励しか方法がないのだから、実現は不可能である。苦労と忍耐を強制されれば、士農工商の別なく不満だけが増大する。

全国の戸口調査。

評定所を設ける。

目安箱《めやすばこ》の設置。

法律を改正、定書《さだめがき》百箇条を編纂《へんさん》。

享保の改革では、こうした行政・司法改革に成功している。

倹約の奨励。

武芸の奨励。

諸産業の振興。

収入の安定。

荒地や未開地の開発を奨励、町人の開墾も許可。

上げ米（幕府が諸大名に命じて、一万石につき百石の割りで上納させた米）の実施。

米価の安定。

朝鮮人蔘と甘藷《かんしょ》の栽培を奨励。

このような改革に著《いちじる》しい成果はなく、むしろ経済的に混乱を招いた。結局、貨幣の改鋳も行なわなければならず、飢饉なども加わって封建制はいっそう動揺を来《きた》した。

享保の改革は結果として、尻切れトンボに終わっている。

寛政の改革の松平定信の方針にも、目新しさはなかった。

徹底した緊縮政策。

倹約と貯蓄の奨励。

棄捐令《きえんれい》。

士風の刷新。

農民の出稼ぎ禁止。

株仲間の整理。

異学の禁。

海防対策。

農村対策。

武士の生活の安定。

以上のようなことで幕府の財政は落ち着いたかのように見えたが商業、高利貸資本の成長に抗しきれず、寛政の改革は非常に消極的なものに終わった。

天保の改革にしても、目を見張るようなアイデアが組み込まれていない。

倹約。

武芸の奨励。

風紀の取締まり。

人別改め（都市に流入した百姓を農村へ押し戻すため）。

大名と旗本の救済。

各種株仲間の解散。

物価の引き下げ。

江戸・大坂十里四方の上知令《あげちれい》。

軍制改革。

これらを、水野忠邦は断固強行した。しかも、水野忠邦は急ぎすぎた。三、四年で改革を、終えようとしたのではなかろうか。そうなると、どうしても無理を要する。命令に頼ることになる。毎日のように、触れ書を出す。そのいずれも、禁止令だった。

ざっと拾ってみても、次のような禁止令が連発されている。

農民の奢侈《しゃし》を禁止。

祭礼の緊縮令。

諸役人の勤務態度を改め、諸役所の経常費と補助金の節約を命ずる。

汚職の禁止。

奢侈の禁止。

問屋の称号を禁止。

売春を禁止。
米穀の延取引を禁止。
農民の余業を禁止。
諸藩の専売制を禁止。
無宿人に帰郷命令。
人別改め。
関東の諸大名に、悪党無宿の逮捕命令。
改革弛緩《しかん》の流言の禁止。
印旛沼《いんばぬま》開鑿《かいさく》の命令。
ほかに——。
幕臣の文武を奨励。
年貢の増徴に着手。
江戸の三大芝居小屋を、猿若《さるわか》町へ移す。
江戸市中の寄席を、十五カ所に制限する。
地代、店賃の引き下げ。
職人、日雇いの賃金を公定する。
物価引き下げ令。

出版物の取締まり。

異国船打ち払い令を改める。

銭の相場を引き上げる（物価の低落のため）。

株仲間の停止。

買占めと、売り惜しみを厳禁。

利息を制限。

こうしたことで水野忠邦は、上知令によってついに自滅する。

江戸市中の取調べは、特に苛酷を極めた。諸物価の調査、値上げ、商人の指導にまで町奉行所の役人を動員する。倹約令と奢侈禁止令の監視には、同心や岡っ引が活動する。鳥居耀蔵は得意のスパイ攻勢で、隠密を放って違反者を摘発した。

女郎屋の若い衆百五十人を使い、情報を集めさせた。女の隠密に派手な服装をさせ、捕えようとする役人の懐中に一、二両を入れ、見逃したところを収賄の罪でお縄にするという陰険なやり方も用いた。

袋物屋、鼈甲《べっこう》屋、煙管《きせる》屋、呉服屋、下駄屋、小切《こぎれ》屋、冠笠屋、雛屋、扇店、傘・下駄屋、鉄物見世、半襟《はんえり》屋、人形屋と合計二十六軒が贅沢品を売ったとして、耀蔵の配下の同心に踏み込まれた。

品物は封印され、主人以下は手鎖のうえ町内預けとなった。寿司屋とか菓子屋とかも、同じ理由で罰せられた。処罰者は、増加の一途をたどった。

江戸にあった五百軒の寄席が十五軒に減らされ、吉原《よしわら》を除いて岡場所はすべて取り払われた。料理茶屋、芝居茶屋は商売替えを命じられた。失業者、無職となった者が目立って増えていく。

北町奉行の遠山景元は、江戸市民に甘かった。多少なことには目をつぶるし、事によっては手抜きもする。遠山景元はやりすぎだとして、改革に反対だったのである。

そういう遠山を強く批判して遠山の分まで厳しく取締まろうと、苛酷な厳罰主義に徹したのが南町奉行の鳥居耀蔵だった。それで江戸では遠山の金さんが人気者で、妖怪の耀蔵は毛嫌いされた。

そして、天保十四年（一八四三年）六月――。

上知令が、発布された。

江戸最寄りの直径十里四方、大坂最寄りの直径十里四方の領地（飛び地を含む）を、幕府に返納せよと大名と旗本に命じた上知令である。この上知令は、多くの大名と旗本に通達している。

老中の土井利位も一万二千八百八十四石、同じく堀田正睦も一万五千十一石、御三卿の清水《しみず》徳川家も六百十七石の上知を申し渡された。

減収に通じる上知に、賛成する大名や旗本はいない。領民も不安を抱き、大反対であった。上知令反対の合唱が、各地に起こった。それでも、忠邦は強引だった。幕府の財政の安定と対外軍備の一石二鳥を狙うという理由から、水野忠邦はおのれの主張を押し通し、何とか将軍家慶を説得した。だが、前年から増えつつあった反改革派に、上知令反対者が加わった。

このことが、水野忠邦の直接的な命取りになる。

水野忠邦は挙国一致して、イギリスの侵略を防ぐつもりでいる。それに対し、鳥居耀蔵は絶対的な幕府独裁主義だった。その違いから、両者は対立する。それは、鳥居耀蔵の裏切りを招く。

忠邦の旗色を悪くし、このまま忠邦に忠実な耀蔵でいればわが身も危険だという読みもあったのだろう。昨年まで忠邦の手足となって働いていた者たちが次々に、反改革か反上知令かに回っている。

老中の土井利位と堀田正睦が、上知令反対を宣した。幕閣が、二つに割れた。次いで、御三家の紀伊徳川家が、上知令に激怒した。尾張徳川家、あるいは御三卿の逆鱗《げきりん》にも触れる恐れもある。

大奥も、忠邦の改革に反対した。そうなっては将軍家慶も、忠邦の味方ではいられない。忠邦は孤立無援となり、みずから失脚を予知した。

鳥居耀蔵は大勢の人たちを罠にはめて陥れたが、ついに最後になって水野忠邦を裏切った。耀蔵は上知令反対派に寝返って、土井利位のところへ機密書類や極秘文書を持ち込んだ。

閏九月一日から風邪寒熱と称して、水野忠邦は登城しなくなった。

同月七日、将軍家慶の名において上知令は撤回された。

九日、土井利位に病気が長引きそうだからと、勝手掛御用を引き継いでもらった。

十二日になると、明日登城せよとの伝達があった。その意味がわかっているので、忠邦は二名の名代を遣《つか》わせた。土井利位が二人の名代に、水野忠邦の老中罷免を申し渡した。

老中の座を追われた水野忠邦は、その日の夕暮れまでに西の丸下の役宅を引き払い、三田《み た》の中屋敷で沙汰あるまで謹慎することを命ぜられた。

しかし、厳しい改革の指導者の失脚に歓喜した連中のうち、過激な群集が引っ越しを始めようとしていた西の丸下の水野邸へ押し寄せた。その数、数千人。

邸内に小石を投げ込み、役宅の不浄門を破り、辻番所を破壊して番人に傷を負わせるという乱暴を働く。しかも、夜遅くまで群集は立ち去ろうとしない。

それで近辺の大名屋敷から人を出して、制圧に取りかかる。南町奉行所からも、鳥居耀蔵以下が出動する。六十六名を逮捕して夜中の十二時に、ようやく鎮定されるという騒ぎになった。

三田の中屋敷、青山《あおやま》の下屋敷も襲撃する計画だったらしい。水野忠邦こそ天下一の憎まれ者で、誰よりも恨まれている人間にされてしまったのだ。

いずれにしても、その夜の引っ越しは不可能になった。十二日後になって、こっそり三田の中屋敷へ移転したという。幕閣の最高権力者の地位にいた人間にとって、これ以上に惨めで哀れなことはなかっただろう。

新任された老中は、阿部正弘であった。かつて水野忠邦が寺社奉行に任じた若造で、智泉院や感応寺の事件に活躍した俊英であった。

しかし、その阿部正弘がまさか二十五歳で、老中に大抜擢されるとは、水野忠邦も予測していなかったのに違いない。

五章　最後の幕閣

一

阿部正弘の毛並は、悪くない。

初代の正次は、家康の旗本だった阿部正勝の長男で、慶長《けいちょう》年間にすでに大名となっている。大坂城代まで出世して、八万六千石を領した。

二代の重次は老中まで昇進して、九万九千石を領した。重次は、家光のあとを追って殉死している。

六代の正福《まさよし》は大坂城代まで出世、十万石を領した。

七代の正右《まさすけ》は京都所司代、西の丸老中、老中を歴任、十万石を領した。

八代の正倫《まさとし》は老中まで昇進、十万石を領した。

九代の正精《まさきよ》も寺社奉行から老中へ昇進、十万石を領した。

そして十一代の正弘も、寺社奉行から老中へと抜擢された。

二代、七代、八代、九代、十一代と老中を経験したのだから大したものである。なお正弘は、九代正精の五男だった。十代の兄の正寧の後継者となり、正弘は養子という形で十一代の家督を相続した。

部屋住みでいたころの正弘は文武に励み、馬術と槍術は達人といわれた。阿部伊勢守正弘、後年に一万石の加増があり十一万石を領した。

正弘は二十歳で、奏者番となる。二十二歳で、寺社奉行になる。そのとき水野忠邦は、正弘の人物テストをしている。馬術と槍術の達人というが、猛々《たけだけ》しさに欠けていた。

みずからの意見を言わないし、強硬な主張もしなかった。正弘は無口だという評判で、どことなく頼りない。二十歳と若くもあり、寺社奉行を任せられるのかと忠邦は思ったのである。

「そのほう、口数がたいそう少ないと耳に致したが……」

水野忠邦はじっと、阿部正弘の顔を見据えた。

「さように、受け取られやすいらしゅうございまする」

阿部正弘は、無表情であった。

「何ゆえ、さように受け取られやすいのであろう」

「無用な口出しを控えるためと、手前は心得おりましてございまする」

「無用な口出しとな」

「ははっ」

「いかなるときに口を挟むのを、無用な口出しと申すのじゃ」

「まずは手前が申し上げても、通用致すまいと察せられる場合にござりまする」

「うむ」

「次には手前が口を挟みましたるがために、かえって喧嘩口論となる恐れありと、読み取れましたるときにござりまする」

「うむ」

「愚にもつかぬことを申すな、ちょこ才なり、生意気なと先方を怒らせることは口に致さぬほうが、若輩者にとっては無難かと存じまする」

「うむ」

「問われて答えずば、礼を失することに相成りましょう。さりながら、進んで口出しを致しますのは、何かにつけて損だと悟りましてございまする」

「そのほう、おのれの意見なるものを述べぬのか」

「正しき意見がございましたならば、述べさせていただきまする」

「奉行たるものは、常におのれの意見を述べる。首を横に振る者がどれほどあろうと、奉行はおのれの意見を押し通さねばならぬのじゃ」

「役目柄と相成りますれば、また別にございまする」

「そのほう無口より、引っ込み思案と思われるが……」

「さようなことは、決してございませぬ」

「されば、尋ねる」

「ははっ」

「下総中山に、法華経寺なる寺があってのう」

「もしや、知泉院の件では……」

「そのほう、知泉院を存じおるのか」

「何やら怪しき風聞ありと聞きましたるゆえ、内々にて調べを進めおりましてございまする」

「そのほう、寺社奉行を仰《おお》せ付かり、どれほど相成る」

「五十日ほど、すぎたようにございまする」

正弘からは意気込みといったものが、まったく感じられなかった。

「知泉院の件は改めて、そのほうに任すことと致す」

水野忠邦は、見かけによらぬ若者よと感心した。

こういうのを不言実行型と称するのだろうと、忠邦はそれなりに阿部正弘を評価した。

それがわずか三年後に、互いの立場が逆転したのであった。

最初に堀田正睦が、老中の座を去った。その後任として、阿部正弘が老中に抜擢される。それとほとんど入れ替わりに、水野忠邦が失脚して罷免された。

忠邦の後任は三カ月後に、長岡《ながおか》の牧野《まきの》備前《びぜん》守忠雅が選ばれる。

翌天保十五年は、十二月に弘化《こうか》元年と改元される。この天保十五年の五月に、老中の真田幸貫が辞職する。その穴を、堀親寚が埋める。

　そして六月に、奇跡が起きる。前年に罷免された水野忠邦が、老中に復帰したのであった。これには、誰もが驚いた。忠邦の返り咲きは『アメリカが清国と通商条約を結び次は日本に目をつけている。フランスも琉球に開国を求めている。イギリスとロシアは相変わらず、オランダは焦っている、とこのように国際問題がにわかに活発化している。しかし、こうした危機を乗り切れる人材が、幕閣にはひとりもいない。このような外交関係を理解して対処できる者は、水野忠邦を除いてほかにいない』と、将軍家慶が要求したことによる。

　将軍が望むことには、逆らえなかった。ただひとり忠邦の復帰に激しく抵抗したのは、何と阿部正弘であった。だが、いつまでも反対はしていられない。正弘は、将軍に説得された。

　忠邦が戻ってくることに、いちばんあわてたのは老中の土井利位と鳥居耀蔵だっただろう。土井利位は上知令に反対して、忠邦に罷免を申し渡した。鳥居耀蔵は側近でありながら、忠邦を裏切ったのである。

　土井利位は、水野忠邦が老中首座に再任されてから二カ月後に、老中を辞職した。鳥居耀蔵も、南町奉行を罷免された。

　阿部正弘に勝手掛を任せて、水野忠邦は外交問題に専念する。だが、忠邦に昔日の面影はなかった。ただ単にかつての権勢、実力を失ったためではない。

忠邦には明らかに、幕政に打ち込もうとする気力も意欲もなかった。

そんなところへ、難問というべき要求がオランダから持ち込まれた。忠邦が老中首座に返り咲いてから、半月もたたない七月二日のことである。

オランダの巨大な軍艦パレンバン号が、長崎に入港したのだ。しかもパレンバン号は、オランダ国王ウイレム2世の国書を携行していた。

オランダ国王は次のようなことを、書面を通じて申し入れて来た。

清国はアヘン戦争であっさりと、イギリスの前に敗れ去った。その敗北によって清国の国内は、大変な混乱に陥っている。

これは忠告だが、いつまでも鎖国令にこだわり開国を拒否していると、日本も清国の二の舞いになるだろう。

いまや世界の諸国は、それぞれ国交を結んでいる。門を閉じたままでいるのは日本だけであり、開国に踏みきらないのは日本にとって危険である。

このオランダ国王の好意的な開国要求は、幕府に大きな衝撃を与えた。列強の艦船が日本を包囲しているという危機感はあっても、幕府にはまだまだ世界情勢を見極める目がなかった。

それに家光による鎖国令が、約二百年ものあいだ守られて来ている。そのような重要祖法を捨て去るのは、将軍家と幕府を崩壊せしめることを意味する。

いずれにせよ、そのような鎖国順守派が圧倒的に多かった。阿部正弘も、鎖国順守派であった。

阿部正弘は後年になって、『開国前後の難局によく対処した政治家』と称賛されている。だが阿部正弘はいまこそ開国のチャンスと、見抜けなかったのだからあまり褒《ほ》められたものではない。

無知であれば、危険をナメてかかる。そうした自己過信、状況誤認、時代遅れというのは、いかんともし難《がた》いものなのだろう。

徳川斉昭は阿部正弘への手紙の中で、こう書いている。

――日本は小さい国だが、人間が大勢いる。それも忠信義勇な者ばかりだから、外国と戦っても敗れることはないだろう。異国船打払い令を復活して、清国やオランダとも交易を禁じていいのではないか。

いくら攘夷《じょうい》論者のナンバーワンであろうと、御三家のひとりにしてこの程度の認識だったのである。

十月十日になって幕府は、オランダ国への返書を作成するのに時間を要すので、ひとまずパレンバン号に帰国を求めよと長崎奉行に命じている。これはオランダの忠告を、無視するのと変わらない。

何と一年後に阿部正弘は、オランダ国王へ返書を送っている。内容はもちろん祖法の鎖国令は変更できないし、オランダ、清国、朝鮮、琉球を除く諸国との交流を拒否するというものであった。

幕府の対策は、海防のみである。諸大名に沿岸の警備を厳しくして、水深の測定結果を報告せよと命じている。異国船が室蘭《むろらん》に来航して厚岸《あつけし》に上陸したという知らせがあると、あわてて北海道の十二カ所に守備兵を派遣し、砲台を築かせたりした。

では幕臣に、開国派はまったくいなかったのか。

それが、存在したのだった。

水野忠邦である。

忠邦はオランダ国王の忠告が現実のこととなる可能性も強いし、こうなれば開国するほかなしと主張した。

しかし、少数派ではいかなる意見も、空回りに終わる。特に幕閣にあっては、大半が鎖国維持派であった。

忠邦の主張は問題にされず、忠邦そのものが無視されるようになった。

忠邦は、孤立した。同時に、完全にやる気もなくしていた。

老中を罷免しておいて、再任を要請してくる。外交問題を担当してくれという。だが、今度はその外務大臣の言うことに、耳を貸そうともしない。

あまりに勝手すぎると、忠邦は老中でいることの張り合いも失っていた。体調にも、影響してくる。すぐ死ぬという重病ではないが、忠邦は病気を口実に登城を控えるようになった。

十二月に、弘化元年に改まる。

年が明ければ、もう弘化二年である。忠邦は、五十二歳になっていた。

一月もずっと休んでいた忠邦は、老中を退くことを決めた。

二月二十一日、忠邦は再任された老中を辞職する。

ここに、高島秋帆《たかしましゅうはん》の一件というのがある。高島秋帆は西洋砲術の知識と技術を忠邦に見込まれて、幕臣に取り立てられて重用された。その秋帆が突如、長崎奉行に召し捕られて罪人となった。

罪状は秋帆が大量の大砲や小銃を準備して、異国の兵を引き入れようとしたという荒唐《こうとう》無稽《むけい》な容疑で、これも鳥居耀蔵のデッチ上げとされている。

それでは審理が進むはずはなく、罪状の立証もできないまま二年以上、放置された。ところが忠邦が老中を再辞職したとたん、『そのほうは鳥居耀蔵に指図して、秋帆への不正な取調べをさせた疑いがあるので真実を述べよ』と将軍の上意があった。

更に忠邦は大名小路の役宅を没収され、代わりに麻布市兵衛町《あざぶいちべえ》にある内藤駿河守《ないとうするが》の屋敷を与えられた。阿部正弘が、動き出したのだ。阿部正弘は老中の牧野忠雅を掛りとして、高島秋帆と鳥居耀蔵の取調べを同時進行で開始させた。水野忠邦を完全に失脚させる。そういう阿部正弘の意図を、忠邦は感じ取った。

七月、阿部正弘は再び、老中首座に復している。阿部正弘が、権力者の地位を極めたのだ。

九月、本高のうちの一万石と加増分一万石、合計二万石と屋敷・家作をともに没収のうえ隠居謹慎を水野忠邦は命ぜられた。

長男の水野忠精は出羽《でわ》の山形へ国替え、二万石の減封となった五万石を相続することを許された。この忠精は寺社奉行、若年寄を経て、幕末に老中となっている。

鳥居耀蔵は、四国丸亀《まるがめ》五万一千五百石の京極家に預かりとなる。妖怪と呼ばれた非道な男は赦免のない幽閉生活に耐えて、明治まで生き抜くのである。

水野忠邦は五年半も、謹慎の身でいなければならなかった。謹慎という罰は外出も許されないのだから、病人に精神的苦痛を与える。五年半のうちの四年以上は、中渋谷村の下屋敷で過ごした。

病状悪化を理由に忠精から何度となく三田の屋敷への移転と謹慎の赦免を願い出たが、阿部正弘がなかなか認めようとしなかったのである。

ようやく嘉永《かえい》二年（一八四九年）の十二月に三田の屋敷へ移ることを許されたが、余命は一年と二カ月しかなかった。嘉永四年二月十日、水野忠邦は五十八歳でこの世を去る。五日後には謹慎が解かれることを、知らずして。

二

阿部正弘は寺社奉行に任ぜられて間もなく、無用な口出しは控える主義だと水野忠邦に語っている。

それは、正弘の本音だったのかもしれない。権力の座についてからの正弘は、一段と消極的になっている。争いや対立を、好まない。

政策にしても、世の中の反感を買わず不満を招くまいという点に、気遣いを示している。それに若い割りには、保守的だった。先見の明がないというか、いかにも視野が狭かった。

若き老中首座にしては、進歩性がまるでない。海外に目を向けて時代の変化を読み取り、日本の将来のために開国という大英断を下すことなど思いも及ばなかった。

それどころか、鎖国という祖法にしがみついていた。英才といえども、勉強不足である。世界情勢に取り組むという決断を、下せるような正弘ではなかった。

いまもなお、かつての異国船打払い令の復活を叫び続ける攘夷派の大物、水戸の徳川斉昭。同じく強力な攘夷論者、越前（福井県）の松平慶永《まつだいらよしなが》。それに宇和島《うわじま》の伊達宗城《だてむねなり》などを、信頼する正弘であった。

こうした正弘が最高権力者でいては、開国を望んでも行動に移せない。まして正弘には、進歩的な指導力がないのだ。幕閣をはじめ幕臣の大部分を、攘夷論者が占めることになる。

その考え方たるや、驚くほど古い。いまも徳川時代であるかのように、錯誤している。世界から取り残されて、完全に時代遅れの孤児になっていた。

もはや、戦国時代の武将はいない。武士階級は堕落しきっていて、軟弱そのものであった。兵器、艦船も、外国とは比較にならないほど劣悪である。

莫大な軍資金にしても、思うようにはならない。つまり、戦闘力がないのも変わりなかった。外国の軍隊の進攻を受ければ、日本はあっという間に占領される。

アヘン戦争で清国があっさり敗北したことも、教訓にはしなかった。外国の艦船が日本に接近しようと、海防という戦いによって追い払えると、攘夷論者は信じきっていたのだから認識不足も甚《はなは》だしい。

オランダ国王の忠告さえ、正弘は受け入れようとしなかった。しかし、オランダ国王の予想は的中し、外国船の近海出没が急激に増えた。

それも商船ではなく、列強諸国が日本に派遣するのは軍艦であった。軍艦はうむを言わさず日本各地に入港した。それ以前から外国艦船の来航が頻繁《ひんぱん》になっていたが、正弘が老中首座に任ぜられた後は次のようになっている。

弘化二年（一八四五年）三月、アメリカの捕鯨船が浦賀《うらが》に来航して通商を求めるが、薪《まき》と水を与えて追い返す。

同年五月、イギリス船が那覇《なは》へ入港、貿易を迫るが二日後に退去。

同年七月、イギリスの軍艦サマランダ号が長崎に入港、薪水と測量の許可を求めるが四日後に出港。

同じく七月、イギリス船が長崎の伊王島《いおうじま》に接岸。

弘化三年四月、イギリス船スターリング号が那覇へ入港して上陸を強行する。

同じく四月、フランスの軍艦がやはり琉球に来航。

同年五月、アメリカの捕鯨船が択捉島《えとろふとう》に漂着する。

同じく五月、フランスのインドシナ艦隊司令官セシュが那覇に寄港、通商を求めたが琉球王は拒絶。

そしてついにロシア、フランス、イギリスなどの列強にアメリカも加わる。アメリカは、開国と通商の意思が日本にあるかどうかを確認するために、積極的な行動に出たのだった。

アメリカ東インド艦隊のビッドル司令長官が、日本を目ざすことになったのである。弘化三年閏《うるう》五月の二十七日に、ビッドル司令長官は浦賀に到着した。

顔色を失ったのは、浦賀湾の警備を任されている川越《かわごえ》藩士たちであった。数百艘の番船が出動したが、獅子《しし》と蟻《あり》の群れの違いであり相手にならなかった。

軍艦が大挙して、押し寄せたわけではない。戦艦コロンバス号、スループ艦のビンセンズ号と、たった二隻だったのである。しかし、その巨艦ぶりは、日本人を威圧するのに十分すぎた。

浦賀奉行は観音崎《かんのんざき》の台場に警備兵を集結させたが、手も足も出ない。外国の巨大な軍艦、特に大砲七十六門を備えた全長六十五メートルのコロンバス号（二四八〇トン）には、日本の番船がまったく無力であることを思い知らされた。

浦賀奉行から、江戸へ急報が届く。幕府は愕然《がくぜん》となるが無能にして無策、相変わらず通商には応じられないから帰国せよと繰り返すのみだった。

二隻のアメリカ軍艦は、十日後になって退去した。実際に巨艦を見た人々は、どうなることかと生きた心地がしなかったという。それなのに徳川斉昭は武力でアメリカの軍艦を放逐すべしと、非常識極まりないことを正弘に申し送っている。

だが、さすがに正弘も力の相違というものを、重視せざるを得なかったらしい。

「いま異国船と海上で戦っても、勝てる見込みはない。日本の小船は、巨大な異国船に太刀《たち》打ちできない。異国船は難なく、江戸湾を封鎖するであろう。それより、わが国の急務は西洋並みの軍船、武器を大量生産して海防に尽力することである」

正弘は斉昭に対して、このように答えている。

その一方で幕府は琉球に限り、諸外国との通商を黙認することを薩摩藩に伝えたのであった。

同じ六月に幕府が依頼した武器と軍艦の模型を届けに、オランダ船が長崎に入港する。

八月になると、朝廷から幕府へ勅旨が送られた。

家康《いえやす》以来、朝廷は幕政に関与しないことと決まっている。その禁を破って朝廷は初めて幕府に対し、政治的な注文をつけたのだ。

――異国船がしきりと神州《しんしゅう》（日本）の近海を侵《おか》すとのことだが、神州を汚されることのなきよう、天皇の御心を安んじ奉《たてまつ》るためにも、幕府は奮励努力せよ。

このような勅旨によって朝廷は幕府に、海防の強化を命じたのである。

しかし、朝廷は幕府以上に古く、外国の理解にも欠けていた。朝廷から開国の提案が、あろうはずはなかった。何しろ朝廷は、外夷退散の祈禱に頼るくらいなのだ。

病魔退散の祈禱と似ているが、開国と通商を迫る列強の軍艦と病気には明らかな違いがあった。そのうえ、幕府の海防策は遅々として進まない。

弘化四年二月、琉球は正式に外国貿易を許可された。だが、琉球全土にはなかなか、徹底しなかったらしい。

同年四月、北海道周辺の外国船出没が盛んになる。

弘化五年（二月に嘉永《かえい》と改元）三月から四月にかけて、北海道より九州に至る日本海の沿岸を、多数の外国船が航行する。日本海側の諸藩は、警戒態勢を維持。

同年四月、佐渡《さど》の近海で外国船が堺《さかい》の船を襲い、積み荷の大豆《だいず》を強奪するという事件が起きる。

同年五月、アメリカの捕鯨船から脱走した船員十五人が、北海道の小砂子《ちいさご》村に上陸する。この十五人は間もなく捕えられて、長崎へ護送される。

同じく五月、フランスの軍艦三隻が琉球の運天《こんてん》に入港。威嚇しつつ、開港と通商を求めた。

同年六月、アメリカの捕鯨船の船員が利尻島《りしりとう》に上陸。

同年七月、フランス船が琉球に来航する。

嘉永《かえい》二年（一八四九年）二月、外国船が隠岐《おき》の三度《みたべ》浦に来航、乗員が上陸。

同年三月、アメリカの軍艦プレブル号が長崎に寄港し、漂流民の引き渡しを求める。

同年閏四月、イギリスの軍艦マリナー号が浦賀沖に現われ、当然のことのように江戸湾の測量を始めた。

マリナー号はイギリス東インド艦隊に所属する軍艦で、艦長はマゼソン、乗員は百十名、大砲は十二門、マストが二本で船体は黒塗りだった。

このマリナー号は浦賀沖を去ったのち、下田港にも立ち寄って測量をしている。浦賀と下田にマリナー号は、十日近くも居すわったのであった。

同年十一月、イギリス軍艦が那覇に入港して貿易を要求する。琉球は外国との貿易を正式に許可されているのに、琉球王は拒否している。

幕府は『海防を厳重に』と、お題目《だいもく》を唱《とな》えるように諸藩に指示するだけである。諸藩から大砲や小銃を製造したいという願い出があれば、幕府は喜んでそれを認めた。

江川太郎左衛門が、伊豆に反射炉を築く。肥前《ひぜん》藩に次いで薩摩藩、水戸藩なども反射炉の建設に着手する。反射炉はいわば溶鉱炉で、製鉄すなわち鉄製の大砲の鋳造には欠かせないものだった。

ところが幕府はとなると、鉄製の大砲鋳造に率先垂範《すいはん》して取り組むということをしなかった。諸大名に実行を任せて、幕閣はひたすら攘夷と海防の号令をかけているのにすぎない。

したがって江戸湾岸の大砲も砲弾もオモチャ同然で、量質ともに貧弱そのものであった。浦賀奉行はこのままにしておけば外国の軍艦の江戸湾進入を防げないと、軍備の拡充を何度となく幕府に訴えた。

しかし、幕府は何ひとつ、手を打とうとしなかった。これではとても役目を果たせないと、浦賀奉行の浅野長祚はさっさと辞任してしまった。

嘉永三年六月、オランダ船が長崎に寄港した。このオランダ船は、オランダのジャワ総督の警告書を長崎奉行に手渡した。

――近いうちにアメリカが日本との通商を求めて、かなり強硬な行動を起こすものと思われる。

これが、オランダからの警告の内容であった。警告書はすぐさま、長崎から江戸へ送られる。阿部正弘、戸田忠温《とだただはる》、牧野忠雅、松平乗全《のりやす》、松平忠優《ただます》と五人の老中が警告文に目を通す。

事ここに至っても、なお楽観主義でいる老中たちであった。『かなり強硬な手段』というのは、戦争かもしれないと緊張する者もいない。

「この文書を扱うべきかが、肝心にござろう」

「信書とすれば、突き返さねばなりますまい」

「信書のやりとりは、祖法に背《そむ》くことと相成る」

「先年もオランダに対し、いっさいの通信を拒んでおる」

「されば、ただの筆記として受け取れば、よろしかろう」

「これなる文書は通信にあらず、ただの筆記にござるな」

こんな馬鹿げた議論が、延々と続く。アメリカの強硬な態度にどう対応するか、といったことはまったく語られなかった。これでは、幕閣といわれるような大物ではない。危急存亡の秋《とき》という自覚さえなく、規則や形式にこだわる小役人であった。

嘉永五年の八月にも、オランダの東インド総督からの公文書と風説書が届いている。それにはアメリカ使節のペリーが艦隊を率いて日本へ向かうこと、軍艦は完全武装のうえ軍隊を乗せていることが、警告として記されていた。

加えてアメリカとの武力衝突を避けるための唯一の手段として、オランダといまのうちに通商条約を結ぶという提案があった。だが幕閣には、先を読み取る能力がない。オランダの策略だと、単純に解釈する。

このときも阿部正弘は、オランダの警告と提案を黙殺した。幕府の最高指導者とすれば、情けなくなるようなお粗末さであった。これより二カ月後にはペリー艦隊が、アメリカを出発するのだからである。

四隻の軍艦は大西洋、インド洋を経て翌年の嘉永六年四月に那覇港に到着する。それから偵察行動に一カ月以上を費やしたうえで、艦隊は江戸へ向かう。

これまでの諸国の艦船のように、遠慮や柔軟性がなかった。武力を行使して江戸を占領するような勢いで、目的を遂げるつもりのアメリカ艦隊だった。

六月三日の夕七ツ半（午後五時）、四隻の軍艦が浦賀沖に現われた。日本人の目には、海を渡る竜のように映じたらしい。それだけに、不気味な黒船であった。

旗艦サスケハナ号、最新鋭の蒸気船、二四五〇トン、乗組員三百名。

ミシシッピ号、同じく蒸気船。

プリマス号、帆船。

サラトガ号、同じく帆船。

サスケハナ号とミシシッピ号は帆をすべて巻き上げ、黒煙を噴き上げながら進む。帆船のプリマス号とサラトガ号が、そのあとに従う。

四隻の軍艦が碇泊《ていはく》するのを待って、浦賀奉行所の与力《よりき》二名が御用船からサスケハナ号に乗り移る。与力二名は、副官のコンティ大尉と話し合う。

——長崎への回航を求める。

——拒否する。

——ここから、上陸はできない。

——われわれは、フィルモア大統領の国書を持参した。その国書を将軍に受理させるのが、われわれの任務だ。

——われらに、これ以上の権限はない。

——われわれの要求を認めなければ、砲撃を開始するかもしれない。

アメリカ側には、友好的な一面も認められない。最初から挑戦的で、脅迫する征服者になっていた。

三

　翌朝、再び浦賀奉行所の与力がサスケハナ号を訪れ、アメリカ大統領の国書は長崎で受け取るとコンティ大尉に申し入れた。だが、コンティ大尉は威嚇しつつ、その申し入れを一蹴した。

　――それならば、武力によって上陸する。国書を受理するか否かを、四日のうちに回答せよ。ノーという答えであれば、一戦をも辞さない。

　四隻の黒船と交戦すれば、敗北は明らかである。浦賀奉行所の与力は返す言葉もなく、すごすごと引き下がった。

　こうしたペリー艦隊の強硬な態度は、そっくりそのまま江戸に報告される。幕府全体が大混乱に陥《おちい》ったが、その中でも周章狼狽《しゅうしょうろうばい》ぶりが目立ったのは幕閣たちだった。

　それでも例によって、幕閣は議論に終始する。結論は、なかなか出ない。攘夷の方針は崩せないが、見たこともないようなアメリカの巨艦が眼前に迫っているのだ。

　イエスであれば、攘夷という基本線を曲げることになる。

　ノーであれば、黒船の砲撃を受けてアメリカ兵の上陸を許すことになる。

進退ここに極《きわ》まれりという泣き言にも近い会議が、延々と続けられる。しかし、猶予期限が切れる前日、幕閣は腰が抜けそうになるほど驚愕させられた。黒船の一隻が、江戸湾の奥へと進んで来たのである。ミシシッピ号だった。ミシシッピ号は測量が目的のようだが、あるいは江戸に接近するのかもしれないと陸上では大騒ぎになる。

このミシシッピ号のデモンストレーションは、実に効果的であった。早急にイエスという答えを出さなければ江戸が砲撃されると、幕閣を仰天させたのだ。

正弘をはじめ幕閣たちは、目が覚《さ》めた。裏付けのない楽観主義は、捨てなければならない。黒船の存在という現実に直面して、勝てるはずがないことの恐怖を実感したのである。

幕閣は徹夜で協議して、久里浜《くりはま》でアメリカ大統領の国書を受理することを決めた。その決定が浦賀奉行所に伝えられたのは、猶予期限が切れる六月七日であった。

直《ただ》ちに浦賀から近い久里浜の海岸に、仮の応接所が設《もう》けられた。六月九日、その応接所で浦賀奉行とペリーが会見する。幕府は正式に、アメリカの国書を受理したわけであった。

――来春、より多くの軍艦を率いて、返書を受け取りにくるだろう。

ペリーはそう言ったが、浦賀奉行は沈黙を守っていた。

その後、ペリー艦隊は威嚇のために勇姿を誇示して、江戸湾内をわがもの顔に航行したが、六月十二日にようやく外海へと退去する。

それで黒船騒ぎも、いったんは収まった。同じ六月の二十二日に将軍家慶《いえよし》が病没したが、この非常事態にということで幕府は喪《も》を秘した。

七月一日、正弘は御三家《ごさんけ》、諸大名、幕臣らに総登城を命じた。アメリカ大統領の国書にいかに対応すべきかを、身分の別なく問うためである。正弘はみずから、幕府独裁を放棄したのだった。

結果は大部分が、アメリカの要求拒否となっていた。まだ懲《こ》りていないというか、外国の文明の進歩を軽視し、日本は勝つものと信じている。

もともと攘夷論が主流なのだから、徹底抗戦を主張するほかはない。開国を唱える人々は、まだまだほんの少数であった。その中には、幕臣の勝麟太郎《かつりんたろう》もいた。

いちおう海防の強化を、急ぐという決定がなされた。海へ向けた台場を増やし、大砲と小銃の準備を整《ととの》える。農民や漁民を在郷軍人として、海岸線防衛の訓練を施《ほどこ》す。

幕府も品川《しながわ》沖に、二列十一基の台場を築造する計画を立てた。江川太郎左衛門の指揮のもと、八月二十四日から工事に着手することになった。

だが、年内に完成した砲台は六基までで、あとは資金難のために中止となっている。また、完成した六基も、砲弾を発射することがなかった。

外国の軍艦の大砲は、はるかに飛距離が長い。その射程距離を計算すれば、品川沖の台場は発射する前に破壊されている。幕府はここでも、幼稚な無駄遣いをしたのであった。

九月十五日、幕府は大船建造の禁令を解く。海軍力として大船の建造を、奨励するのである。水戸藩には、大船（軍艦）の建造を命じている。

更に九月二十五日、幕府は長崎奉行を通じてオランダ商館長に、軍艦をはじめ大量の大砲、兵書、小銃を注文している。

一方で家慶の死は、七月二十二日に明らかにされた。後継者は三男の家祥《いえさき》と、決まっていた。家祥は十三代の将軍職につき、家定と改める。

だが、この家定に問題があったのだ。家定はあらゆる意味で、無能な将軍といえた。生来、病弱なうえに『癇性公子《かんしょうこうし》』と呼ばれるほど、癇癪《かんしゃく》持ちだった。

常に首を振るように動かしていて、身体には痙攣《けいれん》が走る。言葉も意のままには、口から出なかった。それに幼児性が強く、鵞鳥《がちょう》を追い回して喜んでいる。

みずからの手で豆を煮ては、近習《きんじゅう》や小姓《こしょう》に食べさせる。難しい話には、耳を貸さない。無理に進言すると、泣き出すこともあった。せめて子作りに励んでくれればと思うが、そっちのほうもまるで駄目だった。

最初の夫人は、鷹司准后前関白左大臣正熙の姫の任子である。任子は子ができないまま嘉永元年（一八四八年）六月、疱瘡《ほうそう》にかかってこの世を去った。

二度目の夫人は一条左大臣忠香の姫で秀子、嘉永二年の入輿《じゅよ》で、翌年の六月に病死した。もちろん、懐妊はしなかった。

三人目は薩摩の島津《しまづ》斉彬《なりあきら》の一族、島津忠剛の娘で敬子。左大臣近衛忠煕の養女として名も篤《あつ》姫と改め、安政三年（一八五六年）十二月に将軍家へ輿《こし》入れをする。

これは、阿部正弘がまとめた政略結婚であった。幕府の威勢を少しでも取り戻すために、将軍家と九州の雄藩を結びつけるというのが正弘の狙《ねら》いだった。

ところが、今度は家定のほうが、安政五年の七月に死去することになる。家定と篤子の結婚生活は一年と七カ月、やはり懐妊には縁がなかった。

家定は病弱であり、男女の交わりにも淡白であった。大奥に泊まることは、極端に少なかったといわれている。側室もたったひとりだったというから、徳川代々の将軍としては珍しい。

その側室のお志賀の方も、懐妊することなく終わった。家定が将軍に就任したときは三十歳、二度目の妻の秀子が死去してから側室を持つまで三年以上も独身でいたわけである。

女っ気は、お志賀の方のみ。それなのに、子ができない。それで家定については『女嫌いというより男ではないのだろう』といったことまで囁《ささや》かれた。

家定が政治を離れた飾り物の将軍であっても、一向に構わない。国事は阿部正弘か堀田正睦に任せておけば、それでよかった。だが、将軍世嗣となると、そうはいかない。

家定が十三代将軍になったときから、早くも十四代将軍のことが案じられたのだった。今後、家定の実子が誕生することは、まずあり得ない。

それに病弱な家定が、長生きすることは期待できない。おそらく、短命だろう。世嗣もなく家定がこの世を去ったとなれば、一大事である。

家定が元気でいるうちに、十四代将軍となる養子を決めておかなければならない。血筋のうえで、次期将軍の地位につける人物となると限られている。

御三家のうち水戸の徳川斉昭《なりあき》の七男として生まれ、御三卿《ごさんきょう》の一橋《ひとつばし》家を相続した徳川慶喜。

御三家のうち紀伊《きい》の徳川斉順《なりより》の長男として生まれ、家督を相続した徳川慶福《よしとみ》。十一代将軍家斉《いえなり》の孫であり、その点では家定と変わりない。

次期将軍候補は、この二人に絞られた。候補が二人であれば当然、それぞれの擁立者たちも二派に分かれる。権力争いにもつながる暗闘が、開始されることになる。

将軍家の未来は不透明、徳川幕府の今後も大いに揺れるだろう。それにもかかわらず、この期《ご》に及んでまたしても将軍継嗣《けいし》問題で揉《も》めるのかと、あきれるような騒動に発展する。

その原因は、家定にあったのだ。

それはともかく家定は嘉永六年十一月二十三日、正式に十三代将軍となった。それから間もない十二月五日に、ロシアのプチャーチン極東艦隊司令長官が長崎を訪れる。

この年、二度目の来日である。前回のプチャーチンは、国書の受理を求めた。アメリカの国書を受理しているので、拒否するわけにはいかなかった。

今回の来航の目的は、和親条約と国境問題についての協議であった。開国に結びつくとだし、国境問題ももつれないほうがおかしい。

協議は難航して、年を越すことになった。新年は安政元年（一八五四年）で、プチャーチンも一時的に帰国することを決めた。正月八日、ロシア艦隊は長崎を去った。

すると、それを待っていたかのように、アメリカ艦隊が現われた。ペリーは去年、来春に多くの軍艦を率いて返書を受け取りにくると通告したが、そのとおりに実行したのである。

アメリカの軍艦は七隻で、確かに去年より三隻多い。そのように軍艦を増やすのは、武力で威圧して屈服させるというやり方だった。ロシアなどと比べると、紳士的とはいえなかった。

一月十六日に、アメリカ艦隊が浦賀に到着する。浦賀奉行は浦賀に碇泊することを求めたが、アメリカ艦隊はそれを無視した。蒸気船三隻と帆船四隻から成る艦隊は浦賀沖を通過、そのまま江戸湾内への航行を続けたのである。

アメリカ艦隊は神奈川《かながわ》に近づき、羽田《はねだ》まで進んだ。羽田からは、江戸が望見できる。外国の艦隊がこれほど深く、江戸湾に侵入したという前例はない。

しかし、その侵略的な暴挙に、幕府は怒ることができなかった。いくら怒ったところで、実力行使に対抗する実力がなければどうにもならない。

幕府はあわてふためき、神奈川宿のはずれの横浜《よこはま》村を交渉の地とした。幕府からは儒者の林輝大学頭《はやしあきらだいがくのかみ》、江戸町奉行の井戸覚弘《さとひろ》、浦賀奉行の伊沢政義、目付《めつけ》の鵜殿長鋭《うどのながとし》が全権として横浜村へ派遣された。

アメリカ艦隊は祝砲とか礼砲とか称して、五十五発も大砲をぶっぱなす。あるいは途中から新たに、二隻の軍艦を羽田沖に呼び寄せる。軍艦は計九隻になった。

そのように脅しをかけながら、ペリーは十二カ条の条約の締結を迫った。拒否、反論、代案はいっさい認めず、ペリーは力でねじ伏せたのである。

下田と箱館《はこだて》の開港

薪水、食糧、石炭の供給

下田・箱館両港における遊歩区域の設定

アメリカ船の必要品購入の許可（事実上の交易）

アメリカ外交官の下田駐在許可

最恵国《さいけいこく》待遇の承認

以上を柱とする条約の締結を、ペリーは力ずくで押しきったのである。幕府全権の抵抗をはねのけて、ペリーはほとんど一方的に条約締結へ持ち込む。

三月三日、日米和親条約が調印される。これで祖法とする鎖国令は、有名無実となった。日本との和親条約締結の一番乗りは、何と最も付き合いの短いアメリカだったのだ。アメリカの力の勝利であった。

ペリーの艦隊は江戸湾に別れを告げたあと、箱館と下田を視察した。下田では、外交官駐在のための下田条約を結ぶ。五月末になって、アメリカ艦隊は下田を去り琉球へ向かう。

こうなれば諸外国は当然、アメリカのあとに続けという行動を取る。それらに対して幕府も、アメリカは特例と逃げることはできなかった。

ペリーの艦隊が消えてわずか三カ月後に、イギリスの艦隊が長崎へ入港する。イギリス東インド艦隊司令長官スターリングに交渉を求められ、幕府はやむなくそれに応じた。八月二十三日、幕府はイギリスに長崎と箱館の開港を認め、日英和親条約に調印した。次いで、九月には、プチャーチンが率いるロシア極東艦隊が大坂湾に現われる。

ロシア艦隊は翌月、下田へ移動する。幕府とプチャーチンの交渉は下田で行なわれ、十二月二十一日に日露和親条約の調印が実現した。幕府はロシアに対して下田、長崎、箱館を開港したのである。

事ここに至っては、鎖国も何もあったものではない。しかし、いまだに徳川斉昭や松平慶永らを頂点とする攘夷派が大勢を占め、兵力の差をもってやむなしとする阿部正弘を鋭く批判していた。

阿部正弘も堂々と鎖国はもはや不可能であることを説き、開国への指導力を発揮すべきだった。だが、そういう大英断を下せないところが、阿部正弘の弱点なのである。

正弘はペリー退去の直後に、和親条約締結の責任を取るということで辞職を申し出ている。それ自体は、慰留によって帳消しとなった。しかし、鎖国を貫《つらぬ》き通さなかったのは正しくないことという印象を強め、攘夷派を勢いづかせる結果を招いたのである。

しかも、正弘は海防の強化を、怠《おこた》っていない。いったいどこの国と、戦うための海防だったのか。やがてオランダとも、和親条約を結ぶことになるのだ。

幕府が下田条約に調印した五月二十五日に、正弘は海防と御所造営のための資金二十九万六千両を、町人が上納することを命じている。

無意味で無用な海防の強化に、無駄遣いはかさむ一方であった。

四

この年の十一月四日の朝、現在の静岡県と神奈川県を中心とする東海・南関東に大きな地震が起きている。地震、火事、津波による被害は甚大で、死者だけで一万人を超えたという。

倒壊したり焼流失したりした家屋は、計算することさえ困難だった。震源地は遠州灘《えんしゅうなだ》の沖、規模がマグニチュード8.4と推定されている。江戸でも、損害が出た。

伊豆の下田も津波によって、ほぼ全滅状態であった。折から下田で条約締結の交渉を続けていたロシアのプチャーチンは、下田港に碇泊中だった軍艦ディアナ号を失うことになる。

翌五日には、伊勢湾から南九州にかけて大地震が発生した。この大地震では家屋八万戸以上が失われ、三千人余の死者が出た。東海道は通行不能、復旧費も莫大であり、海防どころではなくなった。

そして約一年後の安政二年の十月二日、今度は江戸がマグニチュード6.9の直下型地震に激しく揺れた。焼失・倒壊戸数、死傷者の数は記録に残されているものの比ではないという。

前年の二度の地震よりも、江戸の被害は凄まじかったらしい。この東海、南海、江戸を襲った安政の大地震は、空前の災害だったとされている。

そうした江戸の大震災から七日がすぎた十月九日、阿部正弘は堀田正睦を老中に任じた。堀田正睦は佐倉十一万石、二年ほど老中を経験したが水野忠邦とともに罷免《ひめん》されている。

以来、溜之間《たまりのま》に詰めていた。溜之間という詰席にいるのは、家門《かもん》（徳川家の一族で松平姓を名乗る）または譜代《ふだい》の名門にして大身の大名である。

将軍から政治上の諮問《しもん》を受けるので、老中待遇といってもいいだろう。老中経験者も少なくないし、井伊家は代々この溜之間が詰席に決まっていた。

そういう大名たちが一致団結しているので、溜之間には隠然たる勢力が存在する。そして溜之間の実力者は、井伊ということになる。このときのリーダーも、井伊掃部頭直弼であった。

阿部正弘は堀田正睦を老中に再任しただけでなく、いきなり老中首座に祭り上げた。正弘みずからは、並みの老中に退いた。この人事には、三つの理由があった。

第一に堀田正睦は西洋かぶれと冷やかされるほど洋学に精通しているし、心の奥底は開国論者である。そんな堀田正睦こそが、いまの時代の老中首座に適任だと思ったのだ。

第二に自分は不適任であり、外交問題で更に決断を迫られることに疲れたという思いがあった。敵を作りたくない、苦境に追い込まれたくない、争いの渦に巻き込まれたくないという正弘の哲学に従ったのかもしれない。

第三に、溜之間との融和策である。もともと、正弘に好意的な溜之間ではなかった。溜之間の思想は当然のことながら、徳川幕府の安定を最優先とするものである。

ところが、正弘はそれに反して幕府独裁を放棄したり、朝廷の政治関与を認めたりした。そのうえ徳川斉昭の圧力に屈して、正弘は二カ月前に溜之間の息がかかった松平乗全と松平忠優の両老中を罷免とした。

それで井伊直弼をはじめ、溜之間の面々の怒りを買うことになった。溜之間を敵に回すことは、避けなければならない。そのような思惑もあって正弘は、堀田正睦を老中首座に据えたのである。

翌安政三年になると正弘も、世界の動きを直視するようになっている。わが国も出国の禁を解き、海外へ乗り出し、交易の利益による富国強兵を目ざすべきだと開国を明言したのも、そのころの正弘であった。

同年七月、アメリカ総領事のハリスが下田に上陸した。八月、ハリスが領事館とする下田の玉泉寺《ぎょくせんじ》に、アメリカの旗が翻《ひるがえ》る。そのうえでハリスはまず下田奉行に、通商の自由と通貨交換比率の決定を求めた。

十月になって堀田正睦は、外国御用取扱いを命ぜられた。その上意の中で将軍は、外国との貿易を許している。これで正弘は、外交問題から解放された。

今後は内政に専念できると気の緩みが生じたせいか、正弘は腹部に異常を感ずるようになった。それでも正弘の頭からは、ハリスのことが離れない。

ハリスは、より完全な外交関係の樹立を急いでいる。おそらく領事館を江戸に移し、将軍にも会いたいというのがハリスの本心だろう。

そのとおりになれば、攘夷派と開国派の対決だけではすまない。朝廷と幕府の対立にまで、発展する。ハリスは爆弾だと、正弘には思えてならなかった。

果たして安政四年にはいると、ハリスは将軍との会見を強く求めるようになった。だが、その是非を積極的に論ずる力を、正弘はすでに失っていた。

体調の悪化が、ひどくなったのである。三月、四月はしばしば登城に支障を来した。五月になると腹痛に苦しみ、本物の病人になっていた。

五月二十六日に幕府とタウンゼント・ハリスとのあいだで下田協約が結ばれたことを、正弘は病床で聞いた。ハリスは将軍に謁見《えっけん》すると同時に、通商条約を締結するという下心でいるらしい。

今後ますます多事多端になるだろうと日々、正弘は夢を見るように考えていた。二十五歳で老中になってから、とにかく多忙だった。それこそ夢のように、歳月が流れていった。

六月十七日、阿部正弘は大名小路の役宅で死亡した。三十九歳、という若さでの永眠である。

しかし、正弘は失脚したわけではない。病死という形でみずから、権力者の座を去ったのであった。

そのほうがあるいは、正弘にとってしあわせだったかもしれない。あと数年でも長生きをすれば、朝廷の日米修好通商条約に対する勅許と将軍継嗣問題が絡み合った熾烈《しれつ》な争いに、正弘ももちろん巻き込まれることになる。

その争いに敗れる側に与《くみ》していれば、正弘は失脚するのであった。

正弘の死後四カ月、十月十六日に松平慶永、島津斉彬、山内豊信《やまのうちとよしげ》らが一橋慶喜を次期将軍とするように幕府に建議した。当然その背後には、慶喜の実父である徳川斉昭が控えていた。

これらを中心とした慶喜擁立派は、一橋派と称された。それに対抗して紀伊の徳川慶福《よしとみ》を推《お》す一派は、南紀《なんき》派ということになる。南紀派の先頭に立つのは、溜之間の井伊直弼であった。

同じく十月の二十一日、ハリスは将軍家定に謁見した。この謁見に反対する者も少なからずいたが、例によってアメリカ軍艦ポーツマス号が下田に入港したことに威圧されて、賛成するほかはなかった。

ハリスは江戸に滞在して、堀田正睦に通商条約の必要性を説いた。その結果、幕府はアメリカとの通商条約に関して、交渉を始めることになる。

かくして将軍継嗣に通商条約の勅許という絡み合った二本の導火線に、ほとんど同時に火が放たれたのである。将軍継嗣については最初のうち、一橋派のほうが先手を取って有利だった。

だが、通商条約となると有利も不利もなく、勝ったの負けたので単純に解決するものではない。何しろ攘夷の総本山ともいうべき朝廷から、通商条約の許可をもらわなければならないのである。

安政五年一月、堀田正睦はみずから条約勅許を得るために京都へ向かった。京都は陰謀と画策の舞台になっているし、堀田正睦も工作に骨を折った。

しかし、正睦の苦労は報われず、三月二十日になって朝廷が条約の勅許を拒否する。正睦はむなしく、江戸へ戻ることになる。朝廷と徳川斉昭のあいだのパイプが太いことを、正睦は痛感した。

朝廷は一橋派に、好意的であった。一橋慶喜が将軍の継嗣になれば、朝廷は条約勅許を下される。そんな取引を考えたときから、堀田正睦は一橋派であることの態度を鮮明にした。

だが、甘かった。正睦が四月二十日に江戸へ帰りついて将軍に報告を終えたあと、政局は急転する。その翌日に、井伊直弼の大老就任が決まったのである。

四月二十三日、正式に大老に任ぜられた井伊直弼は、御用部屋の上席についた。四十四歳とはいえ、直弼の貫禄と風格は大老として十分であった。

過去十人の大老あるいは大老格が誕生しているが、そのうちの四人を井伊家の当主が占めていた。直弼が、五人目となる。そのうえ、溜之間のリーダーでもある。

溜之間を詰席とする大名は、だいたい八、九人であった。代々が溜之間詰めを命ぜられるので、入れ替わるということがほとんどない。

たとえば高松《たかまつ》十二万石の松平家、家門。

松山《まつやま》十五万石の松平家、家門。

桑名十一万石の松平家、家門。

会津二十三万石の松平家、家門。

忍《おし》十万石の松平家、家門。

姫路《ひめじ》十五万石の酒井家、譜代。

小浜《おばま》十万三千石の酒井家、譜代。

佐倉十一万石の堀田家、譜代。

それに彦根《ひこね》三十万石の井伊家、譜代といったところであった。

いずれも、家門、譜代の名門中の名門であり、錚々《そうそう》たる顔触れといえる。井伊直弼は、その溜之間詰めの筆頭なのである。最高権力者に、ふさわしい人物だった。

堀田正睦は翌日から、ハリスとの交渉を始める。勅許をもらえないので、条約の調印を延期したいと申し入れたのだ。しかし、アメリカは将軍を日本の皇帝と見なしているので、勅許を必要としないと、ハリスは条約調印の延期を拒絶した。

そのうえ六月半《なか》ばになると、アロー号事件を発端とする清国との戦争に大勝利を収めた英仏の大艦隊が日本を侵攻するかもしれないと、海外からの情報が聞こえて来た。

それを楯《たて》にハリスは、条約を結べばイギリスとフランスの大艦隊が押し寄せて来ても、アメリカが調停の役を果たすからと締結を迫った。

堀田正睦は、現実的に対処する意味で調印に同意した。井伊直弼は、大政は幕府に委任されているという持論に従って調印を認めた。勅許なしの条約調印で、両者は揉めていない。

直弼が正睦を敵視したのは、あくまで南紀派と一橋派の対立からであった。六月十九日に幕府は、アメリカとの修好通商条約に調印する。

とたんに直弼は二日後、外交処置不行届きという理由で正睦を罷免した。老中の職を免ぜられた堀田正睦は、完全に失脚するのであった。

六月二十五日、幕府は家定の後継者が紀伊徳川家の当主で十三歳の慶福に決まったことを発表した。直弼はすでに一橋派の有力な幕臣、能吏たちを左遷したり処罰したりで整理をすませていたので、大した混乱はなかった。

だが、一橋派の中心人物たちは、あくまで抵抗した。勅許なしの条約調印を口実に松平慶永、一橋慶喜、伊達宗城は井伊大老を激しく責め立て、徳川斉昭は書状を送って直弼に抗議している。

正義を装っているが、後継者争いには野望と利益が付きものである。慶喜が将軍になれば、一橋派に属する者の立場は有利であろう。斉昭は将軍の実父として権力を増し、慶永も大老になれたはずだった。

将軍継嗣が公表される前日にも、松平慶永は井伊邸に乗り込んで直弼に怒りをぶつけている。徳川斉昭、慶篤《よしあつ》（水戸藩主）、徳川慶勝《よしかつ》（尾張藩主）は登城日でもないのに殿中へ押しかけ、直弼に談判するという逆上ぶりであった。

直弼は、すかさず反撃に出る。不時登城ばかりではなく、処罰する理由ならいくらでもある。徳川斉昭は謹慎、水戸藩主の慶篤と一橋慶喜は登城を禁じられた。

尾張藩主の慶勝と松平慶永は、謹慎のうえ隠居を命ぜられた。御三家、御三卿、御家門だろうと容赦なく罰したのであった。直弼にすれば幕府の威信回復、朝廷の政治介入を封ずるために、毅然たる態度を示す必要があったのだろう。

慶福という後継者が決まって間もない七月六日に、十三代将軍家定は在位五年の三十五歳で病没した。

幕府は七月十日にオランダと、七月十一日にロシアと、七月十八日にイギリスと、九月三日にフランスと、それぞれ修好通商条約を結んだ。

鎖国は形骸化し、攘夷も空論に近くなる。それもすべて勅許を得ずしての条約調印のためということで、朝廷は一段と幕府への批判を強める。慶福はやっと十月になって朝廷から正二位、権大納言に叙せられ、内大臣と征夷《せいい》大将軍に任命された。

十四代将軍、家茂《いえもち》の誕生である。その後、直弼は幕政を批判する大名、志士、浪人など尊攘派の連合に大弾圧を加える。この安政の大獄が、直弼の代名詞と変わらなくなるほどの粛清であった。

しかし、直弼自身もわずか二年たらずの万延《まんえん》元年（一八六〇年）三月三日、雪の降りしきる桜田《さくらだ》門外で十八人の水戸浪士に襲われて死んだ。水戸浪士は惨殺したうえで、直弼の首級を挙げた。

直弼も失脚したのではなく、殺しの被害者として幕閣から消えたのであった。同時に井伊直弼こそが、最後の権力者だったのだ。万延元年以降、再任を除いて二十人が老中に任ぜられているが、幕閣らしい働きをした者はいない。

井伊直弼が暗殺されて六年後に、十四代将軍家茂が長州《ちょうしゅう》征討の本営であった大坂城で病没する。十五代将軍となった一橋慶喜は、翌年に大政奉還《たいせいほうかん》した。

徳川幕府そのものが、失脚したのである。


（完）

本書は平成八年十二月および平成九年九月に小社より刊行した
『徳川幕閣盛衰記　失脚』（5・6）を合本にしたものです。

略年譜〈下段は幕閣関連〉

宝暦八年 (一七五八) 宝暦事件おこる
十年 (一七六〇) 家重、将軍職を辞す。家治、将軍宣下を受ける
明和四年 (一七六七) 明和事件おこる
九年 (一七七二) 江戸明和の大火
天明三年 (一七八三) 天明の大飢饉おこる
四年 (一七八四) 佐野善左衛門、若年寄・田沼意知を江戸城中にて刺殺

延享三年 (一七四六) 松平武元、老中となる
宝暦元年 (一七五一) 大岡忠相、没する
六年 (一七五六) 大岡忠光、側用人となる
十年 (一七六〇) 大岡忠光、没する
十二年 (一七六二) 松平康福、老中となる
明和四年 (一七六七) 田沼意次、側用人となる
六年 (一七六九) 田沼意次、老中格となる
九年 (一七七二) 田沼意次、老中となる
安永八年 (一七七九) 松平武元、没する
天明元年 (一七八一) 水野忠友、老中格となる
四年 (一七八四) 井伊直幸、大老となる
五年 (一七八五) 水野忠友、老中となる

天明六年　（一七八六）家治、没する
七年　（一七八七）家斉、将軍宣下を受ける。天明の打ちこわしおこる。倹約令を発布する
寛政元年　（一七八九）尊号事件おこる。棄捐令を発布する
二年　（一七九〇）寛政異学の禁
四年　（一七九二）ロシア使節ラックスマン、根室に来航する

天明六年　（一七八六）田沼意次、老中を罷免さる
七年　（一七八七）松平定信、老中首座となる。井伊直幸、大老を辞す
八年　（一七八八）松平定信、将軍補佐となる。水野忠友、老中を罷免さる。松平康福、老中を辞す。松平信明、老中となる
寛政二年　（一七九〇）本多忠籌、老中格となる。戸田氏教、老中となる
五年　（一七九三）松平定信、老中を辞す
十年　（一七九八）本多忠籌、老中格を辞す
享和元年　（一八〇一）牧野忠精、老中となる
二年　（一八〇二）土井利厚、老中となる
三年　（一八〇三）松平信明、老中を辞す

文化三年（一八〇六）江戸文化の大火

文政八年（一八二五）異国船打ち払い令を発布する

十一年（一八二八）シーボルト事件おこる

天保三年（一八三二）天保の大飢饉おこる

享和四年（一八〇四）青山忠裕、老中となる

文化三年（一八〇六）戸田氏教、没する。松平信明、再び老中となる

十三年（一八一六）牧野忠精、老中を辞す

十四年（一八一七）水野忠成、老中格となる。松平信明、没する

文政元年（一八一八）水野忠成、大久保忠真、老中となる

五年（一八二二）土井利厚、没する

九年（一八二六）松平康任、老中となる

天保五年（一八三四）水野忠成、没する。水野忠邦、老中となる

六年（一八三五）青山忠裕、老中を辞す。松平康任、老中を罷免さる。井伊直亮、大老となる

天保八年（一八三七）大塩平八郎の乱おこる。家斉、将軍職を辞す。モリソン号事件おこる。家慶、将軍宣下を受ける
十年（一八三九）蛮社の獄
十四年（一八四三）上知令を発布する
十五年（一八四四）オランダ国王、開国を進言する

天保八年（一八三七）大久保忠真、没する。太田資始、脇坂安董、老中となる
十年（一八三九）土井利位、老中となる
十一年（一八四〇）遠山景元、北町奉行となる
十二年（一八四一）脇坂安董、没する。堀田正睦、老中となる。井伊直亮、大老を辞す。太田資始、老中を辞す。鳥居耀蔵、南町奉行となる
十四年（一八四三）堀田正睦、老中を辞す。阿部正弘、老中となる。水野忠邦、老中を罷免さる
十五年（一八四四）水野忠邦、再び老中となる。鳥居耀蔵、南町奉行を罷免さる。土井利位、老中を辞す
弘化二年（一八四五）水野忠邦、老中を辞す。遠山景元、南町奉行となる
嘉永五年（一八五二）遠山景元、致仕する

嘉永六年　（一八五三）　家慶、没する。ペリー、浦賀に来航する。家定、将軍宣下を受ける
七年　（一八五四）　日米和親条約調印
安政五年　（一八五八）　日米修好通商条約調印。家定、没する。家茂、将軍宣下を受ける
六年　（一八五九）　安政の大獄
万延元年　（一八六〇）　大老・井伊直弼、桜田門外にて暗殺される
文久二年　（一八六二）　老中・安藤信正、坂下門外にて水戸浪士に襲撃される
慶応二年　（一八六六）　家茂、没する。慶喜、将軍宣下を受ける
三年　（一八六七）　慶喜、大政奉還を請う

安政二年　（一八五五）　堀田正睦、再び老中となる
四年　（一八五七）　阿部正弘、没する
五年　（一八五八）　井伊直弼、大老となる。堀田正睦、老中を罷免さる
万延元年　（一八六〇）　安藤信正、老中となる
文久二年　（一八六二）　安藤信正、老中を辞す
元治元年　（一八六四）　勝海舟、軍艦奉行となるが罷免さる

一〇〇字書評

切り取り線

本書の購買動機（新聞名か雑誌名か、あるいは○をつけてください）

＿＿新聞の広告を見て	雑誌の広告を見て	書店で見かけて	知人のすすめで

住所

なまえ

年齢

職業

あなたにお願い

この本をお読みになって、どんな感想をお持ちでしょうか。右の「一〇〇字書評」を私までいただけたらありがたく存じます。今後の企画の参考にさせていただきます。

あなたの「一〇〇字書評」は新聞・雑誌などを通じて紹介させていただくことがあります。

そして、その場合は、お礼として、特製図書カードを差しあげます。

右の原稿用紙に書評をお書きのうえ、このページを切りとり、左記へお送りください。電子メールでもけっこうです。

〒101-8701 東京都千代田区神田神保町三－六－五
九段尚学ビル　祥伝社　☎（三二六五）二〇八〇
祥伝社文庫編集長　加藤　淳
bunko@shodensha.co.jp

祥伝社文庫

上質のエンターテインメントを！　珠玉のエスプリを！

祥伝社文庫は創刊15周年を迎える2000年を機に、ここに新たな宣言をいたします。いつの世にも変わらない価値観、つまり「豊かな心」「深い知恵」「大きな楽しみ」に満ちた作品を厳選し、次代を拓く書下ろし作品を大胆に起用し、読者の皆様の心に響く文庫を目指します。どうぞご意見、ご希望を編集部までお寄せくださるよう、お願いいたします。

2000年1月1日　祥伝社文庫編集部

黒船擾乱《くろふねじょうらん》——徳川幕閣盛衰記《とくがわばつかくせいすいき》・下巻《げかん》　長編歴史小説

平成14年5月20日　初版第1刷発行

著者　笹沢左保《ささざわさほ》
発行者　渡辺起知夫
発行所　祥伝社《しょうでんしゃ》
東京都千代田区神田神保町3-6-5
九段尚学ビル　〒101-8701
☎03（3265）2081（販売）
☎03（3265）2080（編集）
印刷所　図書印刷
製本所　図書印刷

万一、落丁・乱丁がありました場合は、お取りかえします。
ISBN4-396-33045-6　C0193
祥伝社のホームページ・http://www.shodensha.co.jp/